SUR L’AUTRE RIVE

EMMANUEL GRAND

SUR L'AUTRE RIVE

ROMAN

ALBIN MICHEL

À mon frère et à notre enfance

Agrippé à la rambarde, Franck embrassait la ville entière d'un seul coup d'œil. En contrebas, il apercevait les alvéoles des chantiers tandis qu'au loin, de longues traînées phosphorescentes couraient jusqu'au bout de la rade. Un peu plus à droite, au milieu d'une forêt d'étincelles dans la nuit noire, il devinait la soucoupe et la route bleue qui filait vers la côte. Qu'elle était belle, cette cité laborieuse, hérissée de silos, d'entrepôts, de grues, de quatre-voies éclairées comme en plein jour. Tous ces points lumineux, ces maisons éclairées, ces voitures, ces lampadaires de rue, réduits comme des têtes d'épingle, agglutinés en grappes ou disséminés au hasard, abritant chacun un échantillon de vie nocturne, une famille, un quartier, quelques cœurs battants ou endormis. Telle une sentinelle dans les ténèbres, sa ville ne dormait jamais que d'un œil, toujours vigilante dans sa lutte contre l'océan, toujours alerte dans ce combat au corps à corps qui la recouvrait en permanence d'une mince pellicule de bave grasse et salée, un combat qui semblait encore plus terrible de nuit quand les lumières de la ville étaient prises entre les mâchoires sombres de l'immensité.

D'où il se trouvait, toute la baie semblait à portée de main, depuis les darses jusqu'au bout de la plage et au marais de Brière qu'on devinait à l'ouest perdu dans l'ombre. Il lui aurait presque suffi d'allonger le bras pour ramasser une pleine poignée de lucioles. Il y aurait trouvé des gamins recroquevillés comme des bigorneaux, des vieillards aux yeux ouverts, des travailleurs exténués, des poivrots hagards, des amoureux emmêlés… Toute cette vie sommeillante, si proche et si lointaine, insaisissable du fait de cette obscurité qui s'interposait. Le gouffre sous ses pieds. Le vent glacé sifflant entre les lames d'acier.

Franck était au bout de ses forces, frappé de convulsions qui refluaient depuis ses jambes jusqu'à la racine de ses cheveux. Il grelottait des épaules et avait des fourmis dans les bras. Le peu d'énergie qui lui restait était concentré dans ses deux mains, livides tant elles étaient serrées. Son souffle était court et son pouls battait à toute allure. La brise mouillait le coin de ses yeux. Il ne réalisait pas ce qui était en train d'arriver. Trop d'images défilaient dans sa tête. Tout allait trop vite. Il n'arrivait pas à y mettre du sens. Il essaya pourtant de remonter le cours des événements depuis leur virée dans les marais, avec Yann et Clément, depuis cette fête déjantée à La Bernerie. Il revoyait ses potes courir derrière lui sur la plage. Il ressentait cette oppression du côté des poumons comme quand il accélérait à la poursuite d'un ballon. Il revoyait Sandra, son visage doux, ses cheveux ondulés, ses gestes lents. Elle l'avait mis en garde, mais il n'avait rien écouté. Pas le temps. Pas besoin. Il savait mieux que tout le monde et n'avait de conseils à recevoir de personne. Sa gorge se serra. Il aurait voulu en hurler de rage et ses yeux se baignèrent de larmes. Sandra. Il se rendait compte qu'il avait oublié de lui dire des choses, des trucs mielleux que les filles adorent. Et maintenant, c'était trop tard. Beaucoup trop tard.

Des effluves marins lui entraient par le nez et par la bouche. Le vent régulier l'enveloppait de son haleine glacée. L'odeur de marée s'immisçait en lui comme un anesthésiant, atténuant la douleur dans ses jambes et la tension dans ses bras. Il respirait par saccades, les yeux trempés, les joues morveuses, sanglotant comme un enfant. Pourquoi en était-il arrivé là ? Qu'est-ce qui s'était passé ? Comment ne s'était-il rendu compte de rien ? Trop de questions auxquelles il ne trouverait jamais de réponse. Il avait joué sans savoir, sans connaître toutes les règles et il avait perdu. Les jeux étaient faits. Le destin s'était retourné contre lui et on ne pouvait plus arrêter le cours des choses. Il poussa un cri qui lui brûla les bronches. Les lucioles ne pouvaient pas l'entendre. Elles étaient trop loin, trop occupées, trop assoupies. Il était seul, livré à lui-même, sans personne pour le défendre. Plus rien ne pouvait le retenir. Il tremblait. Son cœur débordait dans sa poitrine. Il ne sentait plus ses mains cramponnées au câble d'acier. L'espace autour de lui sembla se rétrécir. La ville s'assombrit, l'océan se tut. Plus de lumières ni de gens. Juste le souffle de sa respiration et le sifflement du vent contre sa peau. Le monde entier, toutes les rues, tous les jardins, tous ceux qu'il aimait, tous ceux qu'il avait connus, tout disparut. Avalés. Le trou noir se referma sur lui. Plus de son ni de sens. Il ne restait à présent que lui et le vide.

AUJOURD'HUI

1

Il est presque vingt heures et Julia, le visage éclairé par la lueur bleue de son ordinateur, allume la lampe articulée posée sur son bureau. Au second étage de la rue de Lisbonne qui s'est assombri d'un coup, elle relit le procès-verbal qu'elle doit rendre le lendemain. Elle se frotte les paupières. C'est la dernière ligne droite et elle ne doit pas relâcher son attention. Elle peaufine ses phrases, pèse chaque mot, évalue chaque formule, saupoudre des clauses techniques savantes, des réserves pointues exprimées dans un vocabulaire abscons, elle fait de ce texte que son client ne lira jamais un édifice technique élaboré. Elle soupire. C'est la troisième fois qu'elle parcourt le document. Elle l'a déjà corrigé. Il était bon pour signature quand une petite erreur à la page 2 l'a convaincue de le relire en intégralité. Sur l'ordinateur, cette fois. Pour pouvoir le modifier à la volée.

– Julia ?

C'est Camille, sa collègue. Trente-trois ans, petite, les cheveux noirs avec les pointes brunes, deux grands yeux doux presque tristes, le nez long et fin, des joues bien dessinées, deux lèvres rouges ramassées en forme de cœur.

– Julia, on va être en retard.

Julia lève les yeux. Embrumée. Elle fait oui de la tête avant de replonger dans sa lecture.

– J'en ai pour cinq minutes.

Camille n'insiste pas. Julia est « charrette » et elle sait ce que c'est. Elle retourne à sa place, éteint son PC, range ses affaires, jette un œil par la fenêtre. De l'autre côté de la rue, le balcon du quatrième vient de basculer dans l'ombre. C'est un immeuble de bureaux, comme le leur. Il n'y a plus que ça dans le quartier. Elle le regrette un peu. À l'heure du déjeuner, on ne croise que des trentenaires en costume gris ou des jeunes femmes en tailleur élégant. Pas de poussettes, pas d'employés, pas de petits vieux aux sacs minuscules revenant de l'épicerie d'un pas hésitant. Les classes moyennes, ça fait longtemps qu'elles ont déguerpi de ce quartier chic pour se réfugier en banlieue ou en province. Dans ce VIIIe arrondissement de Paris, le Français moyen n'est plus qu'un concept lointain, une notion étrange dont on sait qu'elle existe mais qu'on n'a jamais vue de près et à laquelle on répugne à se frotter. Camille, quant à elle, vient de Cherbourg-en-Cotentin. Les classes laborieuses, elle connaît. Elle en a plein sa famille et ses photos de classe. Elle pense à eux parfois avec une légère mélancolie. La simplicité rustique des gens de là-bas lui manque un peu. Sans regret néanmoins. Elle a très bien réussi et ses parents sont fiers d'elle, mais aussi accablés, d'une certaine façon, elle le sait, par le monde qui les sépare à présent. Camille se lève, jette un coup d'œil à Julia à travers l'open space. Murs blancs, moulures, trois mètres sous plafond, parquet en point de Hongrie, tableaux pastel représentant des plages de Normandie… Elles passent leurs journées à leurs tables de bois sombre, assises sur des chaises en cuir italien, isolées les unes des autres par de magnifiques plantes vertes… Bienvenue chez Darcy, Louvelle & Associés. Deux ténors du barreau aux petits soins pour leurs collaborateurs, leur offrant, en échange d'un engagement total sept jours sur sept, vingt-quatre heures sur vingt-quatre, une ligne en or sur le CV, un beau chèque en fin de mois, des conditions de travail royales avec parking à domicile et plateaux repas à volonté. Résultat : le cabinet est plein de huit heures à vingt et une heures tous les jours de la semaine. Et le week-end, on rencontre toujours une poignée de collègues en jeans et polo occupés à rattraper le retard ou prendre un peu d'avance sur un dossier urgent.

– Je suis prête, dit Camille, on prend ta voiture ?

– Oui, bien sûr. Désolée, je voulais absolument finir…

Camille fait une petite grimace. Elle sait tout cela, mais il faut se dépêcher. Elles arrivent avenue Montaigne un quart d'heure plus tard. La voiture de Julia est une longue berline qu'elle manœuvre avec une étonnante dextérité. Camille n'a jamais compris pourquoi son amie s'en était choisi une si grande. À Paris, franchement… Julia gare son véhicule au parking de la rue François-Ier et quelques minutes plus tard, les deux avocates sont à l'entrée de la Maison Blanche. « Darcy ». Un seul mot suffit à l'hôtesse d'accueil du restaurant qui vient vers elles et qui, dans un geste savamment chorégraphié, leur indique l'ascenseur qui mène à la salle panoramique.

Les portes se referment sans bruit et Julia en profite pour s'inspecter dans le miroir de la cabine. Elle passe la main dans ses épais cheveux mi-longs, rabat une mèche blonde qui masquait son large front, inspecte sa peau immaculée très discrètement maquillée. Elle a des yeux bleus intenses surlignés par des sourcils châtains parfaitement réguliers, un regard sévère et pénétrant. Son nez long et fin, ses lèvres pulpeuses légèrement blasées, sa mâchoire volontaire lui donnent un air de statue grecque. Elle détecte un défaut, sort de son sac son rouge à lèvres qu'elle applique adroitement d'un trait avant de prendre un peu de recul. Elle se tourne de trois quarts. Sa veste en velours lie-de-vin et un chemisier de soie noir orné d'un feston en dentelle laissent entrevoir par un très léger décolleté sa poitrine blanche et galbée. C'est sobre, original et irréprochable à la fois. Julia est parfaitement mise en valeur, superbe et subtilement sexy. Si elle était un mec, Camille en serait totalement dingue. Un tintement signale qu'elles sont arrivées au quatrième étage.

Les portes de la grande salle de réception s'ouvrent sur un décor immaculé et aérien constitué de tables immenses, de décorations florales grandioses et multicolores. Les petits fours abondent sur les plats en argent, des coupes de champagne aux fines bulles blondes sont distribuées aux invités par des serveurs taille mannequin, corsetés dans des livrées noires. Darcy, Louvelle & Associés donnent une soirée privée d'exception en l'honneur de leurs meilleurs clients. Camille et Julia entrent en scène, tout sourires. Elles cherchent les leurs des yeux. Les radars sont en action. Camille, qui en a repéré quelques-uns, laisse Julia pour s'avancer vers un trio de quinquagénaires en costume sombre. Julia est abordée par David Steiner, un de ses collègues spécialisé en fusions et acquisitions, un type brillant mais collant, qui rêve de coucher avec elle. Elle le sait. Tout le monde le sait. Mais c'est plus fort que lui, David lui parle en la dévorant des yeux.

– Tu viens d'arriver ?

– À l'instant, et toi ?

– Il y a trois quarts d'heure. J'ai déjà discuté avec quatre clients. Tu as vu le rooftop ?

David lui montre la terrasse qui donne sur la tour Eiffel illuminée. La vue est à couper le souffle. Les invités font beaucoup d'efforts pour paraître blasés mais tout le monde est manifestement très impressionné. Les clients sont en condition. Ça se sent. Les associés de Darcy jubilent. La soirée est déjà une réussite. Au milieu d'un attroupement de directeurs généraux, Jean-Paul Darcy, alias « le Fakir » agite son impressionnante tignasse noire en faisant de grands gestes avec les bras. Son auditoire est tantôt amusé, tantôt intrigué ou fasciné. Peu importe. Ce qui compte, c'est qu'ils soient accrochés à ses lèvres comme des brochets au bout d'une ligne de pêche. Dans le cabinet, Darcy est une icône. Soixante-cinq ans, un mètre quatre-vingt-cinq, grosses lunettes en écaille noire, la même paire depuis trente ans, une gueule plissée par les UV, pas une once de graisse, une voix de baryton et des manières de maître d'hôtel. Darcy est reconnu par ses pairs comme l'un des meilleurs avocats de Paris, mais il ferait également un excellent vendeur de voitures. Des Maserati de préférence, son péché mignon. Ou bien il pourrait aussi être acteur de théâtre. On lui fait souvent ce compliment, tant il est capable de tenir une assistance en haleine pendant des heures en dissertant sur les techniques picturales du Titien, la flambée des cours du gaz de schiste ou l'issue incertaine des prochaines municipales à la Ferté-sous-Jouarre. Mais à la vérité, ce qui impressionne le plus ses collaborateurs et qui en fait le patron incontesté du cabinet qui porte son nom, c'est la décontraction avec laquelle il sait facturer des honoraires pharaoniques à des clients envoûtés, qui bénissent le destin d'avoir un jour mis le Fakir sur leur chemin.

Julia se prête de bonne grâce au jeu de la soirée. Elle a cinq noms dans son carnet de bal. Elle les rencontre l'un après l'autre avec méthode, aménité, perspicacité, sans oublier l'indispensable zeste d'humour. Elle y passe deux heures non-stop. Le dernier d'entre eux est un jeune entrepreneur de trente ans en conflit avec ses associés. Chemise blanche, peau bronzée, un sourire carnassier qui ne trompe personne. Face à leur avocat, ces *smart guys* sont comme des garnements dans le bureau du proviseur. Ils font semblant de faire les malins mais tout le monde sait qu'ils attendent les recommandations de Darcy avec angoisse. Chemise blanche a créé sa boîte avec deux copains de Centrale il y a trois ans. Leur deuxième tour de table a fait entrer de nouveaux actionnaires comme des loups dans la bergerie. Les ex-copains se déchirent sur la stratégie à adopter, les nouveaux actionnaires soufflent sur les braises. Chemise blanche voudrait passer en force. Julia devra lui expliquer que la seule issue pour lui est de tout vendre et de repartir de zéro. Mais pas ce soir. Ce soir on ne parle pas de ce qui fâche.

– Julia ?

C'est David Steiner. Il prie Chemise blanche de les excuser. Julia n'oppose pas de résistance ; son client commençait à broyer du noir. David la prend par le bras. La pression de sa main est douce et ferme à la fois. La terrasse côté rue est aménagée en petits salons de jardin délimités par des plantes en pot au feuillage éclairé par des guirlandes lumineuses. Des canapés en cuir blanc sont collés aux parois de verre qui ménagent une vue plongeante sur les quais de la Seine et le pont de l'Alma. Autour de tables basses parsemées de bougies parfumées, les invités sirotent leur coupe de champagne en discutant à mots feutrés. Julia aperçoit Camille absorbée dans une conversation avec un petit maigre coiffé comme un moine, un banquier sans doute. Au léger vague dans son regard, Julia comprend qu'elle s'ennuie à mourir.

Julia prend place dans un canapé. David propose d'aller chercher des mojitos. Les doigts se lèvent. Un, deux, quatre… C'est une assemblée récréative : pas de client autour de la table. On est entre soi.

– Comment vas-tu ? Ça fait un bail qu'on ne s'est pas croisés au bureau.

C'est un des managers qui s'adresse à elle. Trente-cinq ans, petites lunettes. Un *shark*.

– Ça va, répond Julia. Je suis en train de terminer le dossier pour Rolltech.

Petites Lunettes l'interrompt, tirant parti de l'absence momentanée de David.

– David n'en peut plus, ma chère. Quand vas-tu te décider à abréger ses souffrances ?

Autour de la table, les autres se délectent de la plaisanterie. Julia sourit à son tour.

– Eh bien… peut-être plus tôt que tu ne le penses…

– Aaahhh !

Un murmure de contentement se propage sur tous les visages. Les yeux brillent. On veut savoir.

– L'heureux homme est-il au courant ? reprend Petites Lunettes.

– Pas pour l'instant, répond Julia, mutine.

– Ooohhh !

David revient avec quatre mojitos, qu'il dépose au centre de la petite table en teck. La conversation bifurque immédiatement. Petites Lunettes rappelle à voix basse qu'il est en train de plaider sur un cas amusant. La mairie de Carhaix-Plouguer attaque son client, la Générale des eaux, pour non-respect des normes de qualité. Elle a missionné un bureau d'étude et fait tout un foin dans le Landerneau. Il a eu quelques réunions avec l'adjoint du service des eaux et de l'assainissement de Carhaix-Plouguer. Un vrai bonheur. Petites Lunettes mime le paysan de Perpète-les-Oies en train de brandir les feuilles de son rapport. Petites Lunettes s'en donne à cœur joie. Tous autour de lui font des efforts pour ne pas éclater de rire. C'est comme si on y était. Le péquenot menace la Générale, soutenu par le conseil juridique de la commune. Et il y croit, l'imbécile. Petites Lunettes le décrit en deux phrases. Les autres se tordent de rire. L'un d'eux manque de recracher son mojito. Julia sourit jaune. Ce genre de raillerie la met toujours mal à l'aise. David se tient à distance des lazzis.

– La Générale est-elle dans son tort ? demande Julia.

Petites Lunettes la regarde comme s'il avait avalé une olive de travers.

– Ce n'est pas le problème.

– Je sais, répond Julia. C'est juste une question.

Petites Lunettes la regarde avec un soupçon d'inquiétude. Il a très bien compris ce qui se trame dans la tête de Julia et ce ne sont pas des considérations qui doivent entrer en ligne de compte pour des professionnels comme eux. Si elle pense ce qu'elle pense, Julia vient de commettre un faux pas. Elle sent un silence autour d'elle. David le brise en évoquant le numéro de bateleur de Darcy auprès des actionnaires d'une boîte de green tech. L'atmosphère se détend. La conversation repart. Julia regarde le ciel. Il est encombré de nuages sombres que la ville éclaire par-dessous. Elle pourrait l'observer ainsi pendant des heures. Au bout de cinq minutes, David lui propose de l'accompagner au bar. Julia se lève, regarde autour d'elle.

– Tu cherches quelqu'un ?

– Camille.

– Je l'ai vue là-bas, en grande discussion. Tu veux la rejoindre ?

– Non. Je suis fatiguée. Tu me raccompagnes ?

David ne s'y attendait pas. Il calcule à toute allure. Il lui reste un client à voir. Peut-être deux. En même temps, ce n'est pas comme s'ils étaient venus pour lui. Ils sont tous ici pour serrer la main du *big boss* et s'empiffrer de petits fours, il ne faut pas se faire d'illusions. Du coup, il peut raisonnablement se considérer comme non indispensable.

2

Julia fouille dans son sac. Sa chevelure blonde coule sur son visage. Ses bras sont nus et David devine l'arête de sa colonne vertébrale sous sa veste. Triomphante, elle brandit un ticket de parking et la porte de l'ascenseur se referme sur eux. La secousse du départ la fait chavirer. Elle a un peu trop bu. Ses seins s'écrasent contre la poitrine de David. Ses lèvres s'approchent tout près des siennes. Elle sent la menthe. La porte automatique s'ouvre dans un frémissement. Sa clé en main, Julia tend son bras au hasard quand deux feux orange finissent enfin par clignoter.

Ils arrivent chez elle vingt minutes plus tard. David a proposé de conduire et Julia a accepté. Tandis qu'elle se tient dos au mur sur le palier, David introduit la clé dans la serrure. Il n'est jamais venu chez elle. La sphère d'intimité de Julia se limite habituellement au parking de la rue de Lisbonne. C'est le maximum de ce qu'il a eu le droit de voir. Ce soir, c'est le grand bond en avant. Il l'accompagne à la salle de bains puis entre prudemment dans le salon. L'appartement est vaste pour une célibataire. Les murs sont blancs. Les canapés en tissu chocolat. L'ensemble est beau et impersonnel. À certains détails, un lustre moiré dans la cuisine, un tapis chiné dans les mêmes tons que le parquet, il est évident que cet intérieur est l'œuvre d'un décorateur. David entend l'eau qui coule dans la douche. Il jette un œil à la bibliothèque. Des bouquins d'architecture. Les halles Baltard. Un Wilmotte. Des livres d'art achetés dans les boutiques des musées parisiens. Grand Palais. Musée Picasso. Fondation Vuitton. Julia aime Paris comme seuls les provinciaux savent l'aimer. De la littérature française. Les *Pensées* de Marc-Aurèle et les Mémoires de Mendès France. En deux rayonnages de bibliothèque, David dresse le portrait-robot de Julia : provinciale, études littéraires à Paris, choisit le droit par raison et le droit des affaires pour assouvir son besoin de revanche sociale. Mais ce qui la fait vibrer est ailleurs.

– Tu vois quelque chose qui te plaît ? demande Julia.

Elle se tient debout, enveloppée dans un peignoir crème, ses cheveux mouillés plaqués en arrière.

– Ça va mieux ? demande David.

– Ça va aller. Merci de m'avoir raccompagnée.

– C'est normal. Tu n'étais vraiment pas en état de conduire…

Julia ne répond pas. Elle dévisage David, se rend compte qu'elle ne l'avait jamais fait auparavant. Enfin si, furtivement, à la dérobée, mais pas en détail. Et à la réflexion, elle doit avouer qu'il n'est pas si mal. Avec sa mèche blonde et ses cheveux mi-longs qui lui tombent dans le cou, il a un petit look de kitesurfeur qui tranche avec son costume-cravate. C'est assez sexy. S'il pouvait juste de temps en temps se défaire de ce côté premier de la classe absolument horripilant…

– Tu peux retourner à la soirée, ajoute Julia. Je crois que ça va aller.

– Je peux m'en aller si tu veux, mais je ne repars pas là-bas. Il est tard et j'ai déjà fait le job.

Julia acquiesce de la tête. David s'approche pour l'embrasser sur la joue. Il brûle de désir. Au moment où ses lèvres la touchent, Julia glisse sa main sous sa veste, la pose sur sa hanche, suit la ceinture, descend sur la fesse gauche. Un pan de son peignoir s'ouvre. David est en apnée. Son visage est figé contre celui de Julia. Sa respiration est devenue subitement plus laborieuse. Julia sent le corps de cet homme contre le sien. Du bout des doigts, elle l'explore. Il a de belles fesses, l'animal. Elle les avait vaguement remarquées au bureau, mais ces pantalons de costume rendent les formes imprécises. Au toucher en revanche, c'est clair et net. Fermes et bien dessinées, charnues à l'extérieur, concaves sur les côtés, arrimées à la cuisse comme des patelles sur un rocher, presque une œuvre d'art. David porte bien son nom, on dirait la statue de Michel-Ange. Elle se tourne d'un quart pour l'embrasser. À l'instant où leurs lèvres se rencontrent, David soulève Julia et l'emmène dans la chambre.

Le lendemain matin, sept heures. Julia s'étire dans ses draps tandis que la voix suave de FIP s'échappe du radio-réveil. Son coude effleure un dos puissant et nu. Pendant un instant fugace elle ne comprend pas, puis tout se remet en place. David Steiner, avocat au barreau, spécialiste des fusions et acquisitions, ronfle doucement à côté d'elle. Elle lui caresse l'épaule. C'est vrai qu'il est beau, vu de dos. Et côté caractère, elle lui accorde une promotion : d'ennuyeux à timide. Encore qu'à la fin, ça revient souvent au même. Pour être tout à fait juste, elle ajoute « habile » et « imaginatif ». Le kitesurfeur cachait bien son jeu. Julia ramasse son peignoir, file dans la cuisine se faire bouillir de l'eau pour le thé et court à la salle de bains.

Devant le miroir, elle soupire. Ses yeux sont bouffis, ses cheveux ternes et puis il y a ces cernes. Sous le jet d'eau tiède, elle se demande si son départ prématuré a été remarqué la veille. Quitter une soirée de représentation auprès des clients du cabinet avant qu'elle soit terminée équivaut à sortir d'une réunion de direction en claquant la porte. Il y aura certainement un rappel à l'ordre ce matin au bureau, voire un passage chez Darcy *himself*. À vrai dire, elle s'en fout. Elle va rappeler ses clients pour les remercier d'être passés et la boucle sera bouclée. C'est un autre sujet qui la préoccupe : que dire à David quand il se réveillera ? « David, c'était très bien cette nuit. Mais tu sais… » Non. Le ton est trop grave. Il faut le prendre plus légèrement. Elle répète en se séchant le corps. Ils ont passé un bon moment. Hier, c'était hier, et aujourd'hui, c'est aujourd'hui. Voilà tout. Elle agrafe son soutien-gorge. Elle sait que David lui tourne autour depuis un moment. Elle est certaine qu'il veut plus qu'une nuit. Se revoir, sortir à deux, une relation… Comment lui dire non sans le froisser ?

Julia sort de la salle de bains et entre dans la chambre sur la pointe des pieds. David est assis sur le lit et lui sourit. Elle doit mettre les choses au point tout de suite, sinon ça ne fera pas naturel. Elle s'approche, un sourire figé accroché aux lèvres quand son téléphone se met à sonner. Sauvée par le gong… Elle s'excuse, se précipite vers son sac, fouille à l'intérieur, jette un coup d'œil à l'écran. Un 02. Le numéro s'affiche en entier, il n'est pas dans ses contacts.

– Allô ?… Oui, c'est moi…

Elle fronce les sourcils, puis écarquille les yeux.

– Mélanie ?

David a passé la tête dans le salon.

– Ce n'est pas vrai…

Une mauvaise nouvelle, suppute David. Julia s'est laissée tomber sur le canapé. Son visage est devenu blanc comme un linge.

– Et maman ?

Une voix crachote dans le portable que Julia a collé à son oreille. Elle ne répond pas. Puis elle pose sa main sur sa joue. Le verdict tombe : c'est une catastrophe.

– J'arrive, reprend Julia après un long moment d'effarement. Au revoir, Mélanie. Merci de m'avoir prévenue…

Julia pose son téléphone à côté d'elle. Des larmes luisent dans son regard. Elle se tourne lentement vers David qui ne la quitte pas des yeux. Une terreur sourde envahit son visage. On dirait le ralenti d'un accident de voiture. La scène est muette, mais une déflagration interne produit son onde de choc qui est en train de tout casser à l'intérieur. Alors, après un moment d'hébétude, elle remue lentement les lèvres.

– Je dois partir… Maintenant.

3

– Tu te dépêches, mon cœur. On part dans dix minutes.

Le gamin secoue la tête, la bouche pleine de corn flakes dégoulinants de lait. Son papa lui fait une grimace. Le gamin hoquette de rire et projette quelques pétales trempés sur la table de la cuisine. Une voix féminine retentit depuis le premier étage.

– Marc !

– Quoi ?

– Tu as sorti les poubelles ?

– Merde… J'y vais !

Le camion est en train de remonter la rue des Genêts. On entend son grognement dans le silence du matin et Marc sait qu'il n'a que deux minutes avant qu'ils atteignent la maison. Il attrape le trousseau de clés accroché dans le couloir, entre dans le garage.

– Steeeph !

– Quoi ?

– C'est laquelle ? La bleue ou la jaune ?

Le camion se rapproche.

– Marc ! Ça fait dix ans qu'on habite ici, tu ne sais toujours pas que le mercredi, c'est la bleue ?

Marc grommelle, empoigne la poubelle bleue, la fait rouler sur les gravillons, passe entre la voiture et les thuyas, arrive en même temps que les éboueurs, les salue de la main et rentre chez lui. Puis il repasse rapidement dans la cuisine pour vérifier qu'Arthur a bien fini son déjeuner. Mais Arthur rêve, comme d'habitude.

– Dépêche-toi, chéri, décollage dans trois minutes.

Son père lui passe une main affectueuse dans les cheveux avant de monter quatre à quatre les escaliers. Stéphanie est dans la chambre. Elle se regarde dans la glace, une serviette nouée autour de la poitrine. Elle écoute la radio en se séchant les cheveux. Marc la rejoint, se colle derrière elle, lui met une main sur le ventre, l'autre sur les seins.

– Marc…

Il plonge son nez dans son cou humide et chaud. Il adore cette odeur de savon du petit matin. Inspirer, embrasser sa nuque…

– Marc, s'il te plaît !

– Oh, ça va…, bougonne-t-il en se reculant et en finissant de boutonner sa chemise.

– Tu te souviens que tu dois passer à l'Intermarché ce soir ? J'ai une réunion de parents d'élèves et je ne rentre pas avant huit heures. On a prévu un barbecue avec les Rougier ce week-end et je ne veux pas aller au supermarché le samedi.

– Yes, darling ! J'irai aux saucisses-merguez.

– J'ai fait une liste dans la cuisine, prends-la avant de partir.

– OK…, répond Marc en enfilant son pull en coton.

Puis il sort de la chambre, fait une bise en l'air à Stéphanie, qui lui répond d'un clignement d'yeux dans le miroir.

L'école d'Arthur se trouve à moins d'un kilomètre et c'est Marc qui le dépose tous les matins avant d'aller bosser. Arthur a cinq ans. Il est en maternelle. Dans quelques années, il ira tout seul à l'école, mais son père n'est pas du tout impatient que ce jour arrive. Il se souvient très bien de sa propre classe de maternelle. Les bisous interminables aux mamans, le papier crépon aux fenêtres, les livres colorés, la colle blanche parfumée à l'amande, les toilettes minuscules. Une vie de rêve, hors du monde. À peine le temps de démarrer qu'ils sont déjà arrivés. Marc prend son fils dans les bras, l'aide à enfiler son cartable, l'accompagne à l'intérieur de l'école et embrasse ses joues douces comme du velours, avant de le regarder se mêler à la marmaille gesticulante. Sa gorge se serre. C'est délirant, il le sait, l'amour qu'il éprouve pour cet enfant. Il tient à ce gosse plus qu'à tout. Marc revient à sa voiture, redémarre et tourne au rond-point suivant, direction Saint-Nazaire.

Le temps est clair et frais ce matin. L'air de la nuit a chassé les nuages de la veille. C'est la routine du bord de mer. Chaque jour, on efface tout et on recommence. Pendant qu'il conduit sur cette D96 qu'il connaît par cœur, il pense à son fils, à Steph, au barbecue du week-end, à l'anniversaire auquel il faudra amener Arthur, à la haie qu'il doit tailler, au déjeuner chez ses beaux-parents, à la balade de dimanche à la pointe de Saint-Gildas ou à Saint-Brévin, au cerf-volant qu'on enverra tout haut dans le ciel si le vent le permet. Il pense à tout cela et se demande… À seize ans, il voulait être géologue. Il avait vu un documentaire à la télé où des types parcouraient la planète avec des pelles et des microscopes. Ils crapahutaient sur les volcans de l'Équateur, carottaient les glaces de l'Antarctique, tâtaient de la pierre rouge dans le Swaziland, descendaient en rappel dans les grottes du Colorado. Et puis il y avait les éprouvettes, le labo, le travail de scientifique. Ils avaient un physique de sportifs, le sourire aux lèvres et de la poussière dans les cheveux. C'était sérieux comme dans une série policière, mais avec une ambiance détendue. Le film était intitulé *Les Détectives de la terre* et Marc avait tout de suite compris qu'il voulait en faire son métier. Il y avait vraiment réfléchi, s'était renseigné sur les écoles, mais son père, qui en bavait comme ouvrier aux Chantiers de l'Atlantique, ne jurait que par la fonction publique. De « détectives de la terre », il n'avait retenu que « détectives » et puis « flics », finalement. Un concours administratif, l'emploi à vie : on y était. S'il est tout à fait honnête avec lui-même, Marc doit convenir que certains arguments du père avaient fait mouche. Et puis il y avait eu Stéphanie, qui étudiait à l'IUFM de Nantes. Elle sortait d'une relation de trois ans qui s'était terminée en queue de poisson. Elle n'avait pas vu le coup venir et avait été dévastée par la montagne d'espoirs qui s'était effondrée d'un coup. Elle avait un besoin d'amour extravagant et quand elle avait rencontré Marc, elle lui avait littéralement fondu dessus. Il s'était laissé faire et, très vite, ils s'étaient dessiné un avenir ensemble. Deux jobs bien établis, une maison près de la mer, un enfant, peut-être deux, avec du temps pour s'en occuper. Ils s'étaient mariés et on ne peut pas dire que leur mariage ait été un échec. Ils s'étaient aimés et s'aimaient encore, toutes choses bien pesées. Simplement, parfois, quand il est seul, sur la D96 qu'il connaît si bien, dans l'intimité de l'habitacle fermé, quand les sons qu'on émet avec la bouche sont couverts par le ronron du moteur, Marc se demande, d'un simple murmure du bout des lèvres, si cette vie est vraiment celle qu'il aurait choisie.

4

Marc Ferré dépasse la forêt de Saint-Brévin à huit heures dix et s'engage sur le pont quelques minutes plus tard. Le trafic enfle à vue d'œil. La file des véhicules s'étend comme un long serpentin. Chaque matin et chaque soir au retour, il emprunte cet immense mille-pattes de béton qui enjambe la Loire et relie la Bretagne au pays de Retz. Un ouvrage titanesque, contre nature tellement il est haut dans un pays si plat. Sa traversée de rive à rive est un moment irréel qui vous embarque à la fois sur terre, sur mer et dans les airs. Marc l'attend avec un mélange d'excitation et d'appréhension, comme un gamin avant le départ des manèges. Ce n'est pas par nostalgie de la fête foraine, mais en raison d'un vertige maladif qui lui serre les poumons pendant les dix minutes que prend ce survol du fleuve et de l'océan. Il en connaît chaque mètre, chaque pli sur le bitume. Ça commence par une ligne courbe posée sur l'eau. Quand la mer est haute, on croirait conduire un bateau et en hiver, quand les vents d'ouest tapent les 6 Beaufort, il n'est pas rare que le pare-brise soit maculé de crachats d'écume. Le faux plat dure un kilomètre, puis l'immense montagne de béton se dresse d'un coup, tel un monstre réveillé en plein sommeil. La chaussée à trois voies se soulève et les véhicules en file indienne pointent leur nez vers le ciel. Le coup d'œil change alors radicalement. Les bateaux, les chantiers, les maisons, tout devient microscopique. Quand il passe sous les portiques rouges et blancs culminant à cent trente mètres et supportant la forêt de haubans qui soutiennent le tablier, Marc tient toujours ses mains moites cramponnées au volant. La mer, et le vent qui vibre de partout. Il déteste ça. Ensuite, ce sont quatre cents mètres en aérien à soixante mètres de hauteur. Une minute entière à retenir son souffle avant de redescendre de l'autre côté, vers le port industriel et les Chantiers de l'Atlantique. Aujourd'hui, la circulation est totalement congestionnée et le terminal radio finit par s'animer.

– Capitaine ? Vous êtes où ?

– Sur le pont. C'est le merdier complet.

Marc abaisse la vitre électrique, colle un gyrophare magnétique sur le toit de sa Scénic et déboîte de la file des véhicules arrêtés. Le PC a fermé la voie du milieu et les voitures doivent s'écarter pour le laisser passer. Un boxon infernal. Il aperçoit bientôt deux véhicules de police garés en crabe et des rubalises jaunes qui faseyent dans le vent. Il doit jouer des coudes, se ranger comme il peut. Au-dessus de lui, les haubans d'acier émettent un horrible sifflement rauque. Un flic en tenue vient à sa rencontre.

– Bonjour, capitaine. On a été alertés ce matin par un docker du port sablier. Le type a laissé son véhicule ici. Le corps a été retrouvé sur la rive nord.

– Qui est-ce ?

– On ne sait pas encore. La voiture est au nom de Sandra Bouvet, mais la victime est un homme. Le corps est abîmé mais on devrait être fixés rapidement. Vous prenez un café ? J'ai un Thermos.

Marc remercie le brigadier et s'avance vers la voiture abandonnée sur la voie centrale, une Golf grise. Il lève la tête, regarde à droite, recule d'une dizaine de mètres dans un sens puis dans l'autre. Pas de bol. La voiture se trouve juste en dessous des pylônes, dans l'angle mort des caméras de sécurité. Il en fait le tour, l'inspecte rapidement, prend quelques photos pour la forme. Il tente de refaire le parcours de l'homme au volant, s'assoit sur le siège conducteur. Les automobilistes sont excités par cette microreconstitution et les flics tapent sur les vitres pour les faire circuler. Marc sort de la Golf, fait trois pas, se rapproche de la rambarde en acier. Le pont bouge. Il s'agrippe. Un haut-le-cœur lui remonte de l'estomac et lui mouille les tempes. Il se force à regarder en bas, là où les lignes droites s'entortillent et où le fleuve semble danser comme un jour de tempête. À cette hauteur, les lames qui se brisent contre les piles du pont ressemblent à des vaguelettes. Sa respiration se coupe. Comment peut-on choisir de se suicider de cette façon ?

– De quel côté a-t-il sauté ?

Le flic hausse les sourcils.

– Aucune idée. De toute façon, à droite ou à gauche, le courant l'aura ramené vers Montoir.

– C'était quoi la marée, hier ?

– 85. Basse mer à 23 h 04.

– Le légiste est prévenu ?

– Il est déjà sur place.

Marc regarde en amont et en aval du fleuve. L'horizon à trois cent soixante degrés, les piles rectilignes qui plongent dans l'océan, les pylônes qui montent au ciel, les chaussées qui filent vers Saint-Brévin et Trignac. Les lignes de fuite sont étourdissantes. Sur les deux voies, les automobilistes résignés se paient de leur demi-heure d'embouteillage en épiant quelque indice macabre sur la scène du drame. Marc soupire. Il n'a rien d'autre à voir ici. Il salue les gardiens de la paix et remonte dans sa Scénic. La tête lui tourne. Il est temps de redescendre vers la rive nord, direction Montoir.

À peine extirpé du trafic, il se retrouve tout seul sur une voie d'accès poussiéreuse empruntée par des camions-bennes de vingt-cinq tonnes débordant de sable et de graviers. La route est complètement défoncée et les suspensions de la Renault souffrent le martyre. Au bout de la piste, c'est le fleuve. La zone est bouclée. Deux voitures de police en contrôlent l'accès. Une Clio blanche barrée du logo *Ouest France* stationne à l'entrée, où un type en blouson de daim tente de parlementer avec un gardien de la paix. Marc passe devant, salue le flic et s'avance entre les terrils de sable pour finir sa course sur un terrain vague à côté d'un immense hangar en tôle grise. Les abords du fleuve sont hérissés d'un groupe de six silos de trente mètres couverts de crasse. On dirait un décor de film catastrophe. Un policier en tenue vient à la rencontre de Marc et lui montre le chemin. On est mercredi. C'est un petit matin paisible. Quelques mouettes lancent leurs cris stridents en se laissant dériver dans l'azur. Un homme a fait une chute vertigineuse la veille et tout cela n'a aucun sens. Il y a déjà une dizaine de personnes sur place. Les pompiers, le Samu, la gendarmerie. Marc serre des mains. Le Zodiac de la brigade fluviale fait des ronds dans l'eau. Leur capitaine a les cheveux blancs coupés court. Son front est creusé. Il est abattu.

– C'est un gamin. À peine vingt ans…

Il se tient les mains sur les hanches.

– Comment diable peut-on mettre fin à ses jours si jeune ?

– Il n'y a pas d'âge, rétorque Marc.

Le gendarme acquiesce. Ce pont est une malédiction. Un pousse-au-crime pour tous les désespérés. Le mois dernier, c'est une mère de famille qui a sauté. Elle a laissé deux enfants de quatre et six ans derrière elle. Le précédent, c'était un homme de trente-quatre ans, patron d'un bar sur la plage de Pornichet. Il avait perdu sa femme un an plus tôt et ses affaires périclitaient. À chaque fois, c'est la même chose. Dès qu'on repère une voiture abandonnée sur le tablier, on envoie la fluviale ratisser les berges. Ils ne récupèrent le corps qu'une fois sur deux, quand le suicidé saute à marée montante. S'il se jette à l'eau au moment du reflux, son cadavre est emporté vers le large. Il arrive qu'on le retrouve quelques jours ou quelques semaines plus tard, au Croisic ou à Noirmoutier, à moitié bouffé par les poissons, impossible à identifier. Pour la famille, c'est la double peine.

Marc pénètre dans le dernier carré du périmètre, là où les pompiers ont installé une civière en alu, près de laquelle se trouve un homme aux cheveux gris, un expert que Marc connaît bien et qui lui tourne le dos. Penché sur la victime, il l'observe sous toutes les coutures en murmurant dans un dictaphone. Marc se tient à distance. L'atmosphère est silencieuse. Ces hommes qui en ont pourtant tellement vu ne peuvent s'empêcher d'accuser le coup. Un grand maigre en uniforme vient lui taper à l'épaule.

– On a l'identité de la victime.

Marc l'écoute sans cesser d'observer le légiste faire son travail.

– Il s'appelait Franck Rivière. C'est sa petite amie, Sandra Bouvet, qui est propriétaire de la Golf. Elle a confirmé qu'il était parti faire un tour hier soir et elle n'en sait pas plus. Il avait vingt et un ans.

Marc esquisse une moue résignée. Rivière… C'est un nom commun dans la région. Il faudra en savoir un peu plus, mais chaque chose en son temps. Pour l'instant, comme tous ceux qui se tiennent autour du corps boursouflé par l'eau de mer, Marc se laisse envahir par le silence et un certain désespoir. Il ne peut pourtant pas s'empêcher de songer que le destin est parfois d'un humour noir criant de mauvais goût : tout de même, s'appeler Rivière et mourir ainsi…

5

Le visage livide, Julia pose son téléphone sur le canapé. Ses bras lui pèsent. Elle tourne la tête vers la lumière du jour, les yeux emplis de larmes. David se précipite vers elle. Au moment de poser sa main sur son bras, il renonce et murmure un « Ça va ? » assez pitoyable, auquel Julia ne répond pas. Sans doute a-t-elle besoin d'être seule, alors il s'éclipse en direction de la salle de bains. Quand il reparaît, quelques minutes plus tard, Julia a repris ses esprits. Elle a séché les larmes au bord de ses grands yeux bleus, écarté les méandres de quelques mèches devant son visage, fermé ses lèvres en une expression minimaliste de son chagrin. Elle se tient droite, digne, un peu austère. Elle a décidé de faire face à sa peine et David la trouve encore plus belle que d'habitude.

– Julia, que s'est-il passé ?

Elle incline la tête. Ses mains tremblent un peu. Elle essaie de donner le change, mais elle est sonnée.

– C'est mon frère. Il s'est jeté du pont de Saint-Nazaire.

David esquisse un mouvement de recul. Il est désolé, ne sait quoi dire, arbore un air de circonstance. Julia lui sourit légèrement. Elle va devoir partir dans sa famille quelques jours. David acquiesce. Si elle le souhaite, il peut s'occuper de tout. Ses rendez-vous, ses dossiers en cours. Mais Julia lui prend le bras et lui demande de ne pas s'inquiéter. Il insiste. C'est un drame terrible. Son frère, un suicide… Il lui téléphonera demain pour prendre de ses nouvelles. Il propose de venir, si elle en a besoin. À n'importe quelle heure, il n'hésitera pas. Pour l'instant, il voudrait tellement la prendre dans ses bras, l'embrasser doucement, lui caresser les cheveux. Dans un moment pareil, on a tous besoin d'une épaule sur laquelle s'appuyer et il pourrait lui offrir la sienne. Il a mis sa main sur son poignet et elle ne l'a pas retirée. Il la regarde, le cœur plein d'espoir.

– David, je voudrais rester seule.

– Bien sûr…

David s'excuse, prend sa veste, s'apprête à prendre congé. Julia l'observe, le déchiffre comme un livre ouvert. Il n'a rien dit, mais tout ce qui lui passe par la tête, ses sentiments, ses projets, tout est écrit noir sur blanc sur son visage. Julia se sent lasse, épuisée même. Elle n'a qu'une envie : aller se coucher. Mais elle doit trouver la force de lui parler. Elle ne peut pas le laisser faire des plans sur la comète.

– David, merci. Pour hier et pour cette nuit…

– J'ai passé une nuit merveilleuse, la coupe David.

Il glisse sa main sur la sienne, qu'il presse affectueusement. Julia est sous le choc et il est temps pour lui de partir. Il se lève en refusant qu'elle le raccompagne. Quand la porte blindée a émis son cliquetis, Julia attrape sur son téléphone.

– Camille…

– Julia. Qu'est-ce qui se passe ? Je ne t'ai pas vue partir hier soir.

Julia lui explique ce qui est arrivé à son frère. Elle va devoir aller à Saint-Nazaire pour l'enterrement et elle aurait besoin que sa collègue suive un ou deux dossiers pour elle. Le reste, elle pourra le gérer par téléphone. Camille accepte sans discuter, s'assure que Julia va bien. Qu'elle tient le coup.

– Ça va, la rassure Julia. C'est étrange. Je n'avais pas revu mon frère depuis cinq ans. On ne s'appelait presque jamais et pourtant c'est comme si un vide venait de s'ouvrir en moi.

– C'est normal. C'est ton frère.

Julia ne répond pas.

– Et ta famille ? Elle arrive à faire face ?

– Je ne sais pas. Je n'ai aucun contact avec eux depuis treize ans. C'est une histoire compliquée.

Camille comprend que le drame qui vient de toucher Julia va continuer de l'ébranler et qu'elle va avoir besoin de prendre un peu de recul. Elle en vient tout de suite aux détails pratiques. Les numéros de dossiers, le tiroir où ils sont rangés, le mot de passe de l'ordinateur, le dilemme non encore résolu sur le dossier Rolltech, les points de vigilance particuliers et les noms des deux clients qu'elle devait voir cette semaine. Camille, très organisée, note tout. On dirait un écureuil. Tous ses dossiers sont impeccablement annotés et rangés par thématique, truffés de Post-it de couleur, et répartis dans des chemises cartonnées. Les dossiers de Julia ne pourraient être en de meilleures mains.

Julia raccroche. Elle songe à Franck qui, vingt-quatre heures auparavant devait se tenir accroché à la rambarde du pont de Saint-Nazaire, dans le froid et la nuit, avec Dieu sait quelle trouille à l'idée de se jeter dans le vide. Elle le revoit petit, sa tête ratiboisée, toujours en train de faire l'andouille, un sourire désarmant constamment pendu aux lèvres. Puis elle l'imagine en haut du pont, transi, perdu, désespéré. Et elle s'en veut. Pourquoi leurs destins ont-ils divergé à ce point ? Qu'est-ce qui lui a pris ? Quelle folie s'est emparée de lui ? Julia ferme les yeux et des frissons lui remontent le dos. Elle sent le froid et le vent. Elle devine le vide sous ses pieds et à soixante mètres en contrebas, la surface ridée de l'océan.

6

Ahmed est le premier de la journée à arracher un sourire à Julia. Un vrai sourire, sincère et généreux. Ahmed, c'est le concierge. L'homme à tout faire de l'immeuble du boulevard de Beauséjour, sans qui tout partirait à vau-l'eau. Un corps tout maigre dans un uniforme trop grand, râpé au col et aux manches, qui se dandine comme un pantin de bois. Julia sonne à l'interphone et patiente au volant de sa berline noire lustrée comme un dimanche. Son badge s'est encore démagnétisé. C'est la deuxième fois ce mois-ci. Il y a un truc dans son sac à main qui terrasse le machin électronique et elle ne sait pas quoi. Elle est bloquée comme une conne et franchement ce n'est pas le jour, mais heureusement, il y a Ahmed. Elle aperçoit sa silhouette hésitante qui émerge de la pénombre et cela l'apaise soudain. Ahmed désamorce en elle tout embryon de stress. Il a ce pouvoir car c'est un sage qui a vécu mille vies. Il en porte les stigmates sur son visage, au creux des rides sur son front, au fond du bleu glacé de ses yeux. Il les lui a racontées pendant les longues heures qu'elle a passées à l'écouter. En le regardant s'approcher, elle se demande pourquoi il s'obstine à rester ici, dans son entresol, alors qu'il pourrait revenir au pays, profiter des siens, des arômes de son enfance dont il parle si souvent. Mais elle connaît la réponse.

– Alors, madame Julia ? C'est encore le badge ?

– Encore, oui… Je ne sais plus quoi faire.

Ahmed se penche vers la vitre fumée. Il a tout de suite perçu que son ton n'était pas naturel mais il comprend que Julia tente de donner le change. Est-ce ce mince filet d'air dans sa voix, un geste inhabituel ? Il ne saurait dire, mais il est sûr de lui. C'est dommage. Il aurait bien fait un brin de causette. Il adore discuter avec Julia. Les autres habitants de l'immeuble ne le regardent jamais. À vrai dire, ils ne savent même pas qu'il existe. Aucun d'entre eux ne le reconnaîtrait s'il le croisait dans la rue, tandis que Julia, c'est différent. Quand il vient lui ouvrir ou qu'il la croise dans l'arrière-cour, il ne manque jamais une occasion de lui raconter ses histoires et elle prend toujours un peu de temps, pour l'écouter, lui poser des questions. Il la regarde en souriant. Il est vraiment désolé. Il aurait aimé lui parler de cet article qu'il vient de lire dans *Le Matin*. Il aurait aimé avoir son avis. Mais il n'y aura pas de causette aujourd'hui. Alors Ahmed se contente de passer son badge sur la cellule photoélectrique avant de faire signe à Julia d'avancer.

– Bonne journée, madame Julia. Et bon courage.

Pour une fois, la sortie de Paris s'est passée sans encombre et Julia file maintenant vers l'A11 à pleine vitesse. La voix de velours d'Alfred Deller résonne au cœur de l'habitacle. *Music for a While* de Purcell, une splendeur que le contre-ténor tisse comme des fils d'or sur un brocart de soie. La musique baroque et le jazz nordique sont les deux legs les plus précieux de son histoire d'amour passée avec Nicolas, l'avocat avec qui elle est montée à Paris à dix-huit ans. Aujourd'hui, Julia a choisi Purcell à dessein. Elle va ruminer pendant tout le trajet et elle a besoin d'une musique apaisante. Au fur et à mesure que le bolide avalera les kilomètres, le but de son voyage se précisera telle une île noire émergeant de la brume. Une destination en sept lettres : Trignac. Un nom de village fleurant bon la Dordogne ou les Charentes, c'est-à-dire la France éternelle, ou plutôt l'idée qu'on s'en fait quand on n'y a jamais vécu. Julia, elle, a habité là jusqu'à l'âge de dix-sept ans et les deux syllabes parfaitement ajustées produisent en elle une résonance unique. Il lui suffit de les murmurer pour que les images jaillissent, nettes, puissantes, palpables. Trignac est imprimé en elle. Et pas seulement les rues, les maisons, les magasins, mais aussi des sensations parfaitement anecdotiques comme le modelé du grillage sur le petit muret blanc à l'angle de la rue du Marché, celui qui faisait des vagues quand on y passait la main, le grain du bitume sur les trottoirs de la rue Monet, l'odeur de caoutchouc du magasin de cycles Gitane, le crissement de la porte du disquaire le mercredi après-midi quand elle allait religieusement claquer ses dix euros pour quelques CD d'occasion. Trignac. Elle murmure « Trignac » et se retrouve projetée dans un monde parallèle qu'elle n'a pas fréquenté depuis plus de dix ans mais dont les moindres détails surgissent de sa mémoire avec une précision effrayante. Un monde oublié dans lequel a vécu une adolescente qui portait son nom, une jeune fille sauvage et complexée, une gamine malheureuse qu'elle a traînée comme un boulet pendant des années et qu'elle est parvenue avec le temps et de nombreux efforts à repousser loin d'elle. Trignac, ses joies d'enfant, ses douleurs d'adolescente, sa rébellion d'adulte.

Julia se rabat doucement à la hauteur de Sargé-lès-Le Mans et prend la sortie vers la station Total. L'Audi se faufile, agile entre les garde-corps vers l'alignement des pompes à essence. Julia conduit d'un doigt. L'aire lui est familière. Elle y fait souvent halte quand elle rejoint la Bretagne. Trois de ses amis y ont des maisons, l'un à Dinard et les deux autres dans le golfe du Morbihan, à Arradon et à Saint-Philibert. Julia adore Dinard, sa verticalité, ses maisons étroites, ses bains de mer surannés, le sable brun glacé sous la plante des pieds. Mais à choisir, elle préfère le golfe. Son paysage qui se transforme avec les heures, ses îles miniatures, ses dériveurs gonflés par la brise, filant sur les eaux calmes et ridées de cette mer intérieure. C'est là qu'elle a découvert la voile. Trois ans auparavant, un des amis de Camille s'était mis en tête de lui apprendre la navigation. Jeffrey, un Irlandais. Elle sourit en repensant à ce « voileux » aux yeux clairs et à la mâchoire carrée qui passait toutes ses vacances en Corse ou en Croatie et la plupart de ses week-ends à La Trinité-sur-Mer. Elle l'avait rencontré chez des amis de Camille, à Arradon. Le type, plutôt mutique, était devenu raide dingue d'elle dès la première rencontre. Il l'avait vue et son cerveau avait grillé. Elles en avaient beaucoup ri avec Camille, avec qui elle avait passé des heures à se remémorer ce jour où le beau Jeffrey était tombé comme un fruit mûr. Gentil mais un peu ennuyeux. Quand Julia avait montré à Jeffrey quelque intérêt pour son sport de prédilection, le sang de l'Irlandais n'avait fait qu'un tour et il avait insisté pour lui en expliquer l'art et la manière. Il l'avait emmenée sur la plage à marée basse et lui avait dessiné sur le sable mouillé un cercle qu'il avait découpé en quartiers comme un gâteau. Au centre, à l'aide d'un morceau de bois, il lui avait raconté la rose des vents, le près, le largue, et d'autres allures dont elle ne se souvenait pas. Il avait dessiné les virements de bord, la remontée au vent en zigzag – ça portait un nom spécial. Elle comprenait à peu près ses explications mais ne savait jamais d'où venait le vent, du coup il fallait tout reprendre au début. Ils en riaient et Jeffrey recommençait, patiemment, heureux de prolonger ce moment dont il maîtrisait toutes les ficelles. S'il était touchant sur le sable avec son bâton, c'est sur le bateau que ça se gâtait. D'un coup, il se raidissait comme un épagneul qui aurait vu une bécasse. Il fallait faire des lignes droites, virer de bord au mètre près, tirer sur les écoutes, un peu mais pas trop, faire attention à la bôme, étarquer, lofer, abattre, des mots incompréhensibles. Et tandis qu'il prenait tout ça très au sérieux, Julia regardait le paysage. Elle se tenait à la corde et se balançait légèrement en arrière les yeux fermés, s'enivrant du parfum salé de la brise et du clapotis de l'eau sur la coque du dériveur. Une impression de liberté qu'elle n'avait éprouvée nulle part ailleurs. L'aire d'autoroute de Sargé a réveillé toutes ces sensations. Depuis Paris, la route était toujours la même : A11 jusqu'au Mans, une pause à Sargé, un café, le plein, bifurcation vers Rennes. En dix ans, c'est la première fois qu'elle prend l'autre direction, celle d'Angers et de Nantes.

On est vendredi mais la station est déserte. Julia se glisse sans difficulté jusqu'à la pompe, coupe le moteur et sort à l'air libre pour s'étirer un peu. Puis elle s'installe à la cafétéria, sur une table haute face à la baie vitrée pour avaler le café insipide que lui a craché le distributeur automatique. À côté d'elle, un couple hagard sirote un jus en silence. Julia pose son regard à l'extérieur, à travers la vitre fumée. Elle songe à Trignac et à son frère. La dernière fois qu'elle l'a vu, c'était encore un gamin. Avec ses grands yeux bleus en amande, ses poils au menton, son blouson de jean avec col en mouton. Cet air de petite frappe qui mettait les bouchées doubles pour dissimuler son cœur d'artichaut. Il était venu pour un emploi saisonnier dans un entrepôt de la banlieue parisienne. Le copain qui l'hébergeait ayant eu un empêchement, Franck avait eu l'idée d'appeler sa sœur. Elle l'avait invité chez elle. Ils s'étaient raconté un peu de leur vie, avec précaution, sans vraiment se comprendre. Julia avait tenté en vain de retrouver le jeune frère blagueur et affectueux derrière la pelote de muscles un peu gauche et vaguement malotrue. Elle en avait gardé un souvenir pénible. Leur rapport à Trignac et à la famille, le boulot, les copains, leur manière d'envisager la vie – tout les séparait. Alors qu'à son âge Julia ne pensait qu'à foutre le camp, Franck se sentait bien chez lui. Il avait ses potes, son équipe de foot, sa copine, son petit boulot. La Loire-Atlantique était un territoire à sa mesure.

Julia reprend la route. Purcell a cédé la place à Jan Garbarek, un saxophoniste norvégien au souffle envoûtant. Elle dépasse Malicorne. Dehors, les nuages s'amoncellent. Les souvenirs de Trignac aussi. Elle repense à ce jour de juillet 2006, un jeudi. Elle s'est refait mille fois le film. Si elle devait le classer dans une vidéothèque, elle le mettrait au rayon des drames ou des films d'horreur. Elle n'avait rien prémédité. Certes, le terrain était favorable. Elle avait dix-sept ans, des ressentiments contre tout, ce bled, sa famille, ses parents. Rien d'anormal en somme et sans doute était-ce la raison pour laquelle elle n'avait rien vu venir. Elle travaillait à La Baule, un job d'été dans un restaurant chic. Elle allait bosser l'après-midi. La clientèle était plutôt bien élevée, même s'il y avait des vieux grisonnants empestant l'eau de toilette qu'il fallait surveiller de près. Chaque jour, elle faisait le trajet en bus depuis la maison et revenait souvent tard le soir, après la fermeture. Son père s'imaginait-il des choses ? Elle l'ignorait. On parlait peu à la maison. En revanche, elle avait eu l'occasion de s'en rendre compte, la boîte à fantasmes tournait à plein régime. Toujours est-il qu'un soir en revenant chez elle, une anicroche avec le paternel les avait fait monter dans les tours. Une remarque malvenue, une broutille qui avait tourné vinaigre. Le ton qui monte, la bile qui reflue, acide et violente. Les mots comme des flèches qui pleuvent, puis comme des coups de pelle, de massue pour mettre à terre, pour faire mal, humilier, hurler sa douleur parce qu'on ne sait plus se parler. Entre son père et Julia, il y avait un terrain de discorde, comme un étang de pétrole sur lequel ils naviguaient côte à côte depuis des années. Une étincelle avait suffi pour tout embraser. Les flammes avaient pris la forme de paroles assassines. Celles qu'on ne prononce qu'une seule fois parce qu'elles détruisent tout sur leur passage. Ce soir-là, Julia et son père s'étaient approchés tout près du gouffre, au point de non-retour. Et, insensibles à l'horreur qui tétanise et retient de commettre l'irréparable, ils avaient franchi la ligne rouge sans y prendre garde. Ils avaient sauté dans le vide comme deux fous, retenu leur respiration, traversé ce calme étrange, ce silence éphémère qui sommeille au fond de l'œil du cyclone. Puis le souffle de l'explosion avait tout emporté. Dès le lendemain, ils ne se parlaient plus. Rupture franche, définitive et irréversible.

Julia dépasse Angers et le ciel s'éclaircit. Déjà, les premiers signes du Grand Ouest. L'océan derrière la ligne d'horizon. Elle jette un œil au compteur. Il reste cent quarante-cinq kilomètres. Elle les fera en moins de deux heures.

7

Le dictaphone à la main, Parlongue tourne autour du corps comme une abeille sur une mirabelle bien mûre. Il se penche, s'agenouille, approche ses mains gantées, se redresse, réfléchit, marmonne dans son appareil puis recommence. Agglutinés derrière lui tout en se tenant à distance, les flics observent le légiste. Vingt ans de métier, un artiste réputé pour ne jamais se laisser tromper par les apparences, et un humour décapant qui vous prend toujours à contrepied. Parlongue est belge. Marc le regarde faire tout en gardant un œil sur le pont. D'où ils se trouvent, l'ouvrage est gigantesque, aérien et terrifiant. Marc a beau admettre que tous les indices convergent vers un suicide, quelque chose en lui se refuse à prendre cette évidence pour argent comptant. Une intuition, rien d'alarmant. Parlongue se relève et Marc lui tend la main.

– Comment allez-vous, Henri ?

– Comme un charme, répond le légiste en ôtant ses gants en latex. Quand je pense que je ne voulais pas être poissonnier parce que c'est trop dégueulasse…

À leurs pieds, le cadavre étendu sur le dos semble pétrifié comme un scarabée qui aurait séché au soleil. À la différence près que celui-ci est plein d'eau, difforme, gonflé comme un soufflé, couvert de marbrures violettes et translucides. La peau déchirée à plusieurs endroits, sur le ventre et dans le cou, les lèvres et l'oreille droite à moitié manquantes indiquent que les carnassiers du fleuve avaient commencé leur déjeuner. Parlongue réécoute ses notes.

– Qu'est-ce que vous pouvez en dire ? demande Marc.

– Il est mort, réplique le légiste sans sourciller.

Marc ne peut réprimer un sourire. Parlongue enchaîne.

– Faire la gueule ne le fera pas revenir, pas vrai ?

Le capitaine acquiesce tandis que le Belge reprend son diagnostic.

– Le corps a subi des chocs mineurs à la tête et sur l'abdomen, causés selon toute vraisemblance par sa chute. Le tibia gauche est fracturé, sans doute après avoir heurté un rocher ou la base du pont. Le corps est cyanosé : coloration bleuâtre de la peau et des muqueuses sur les mains, les pieds, le visage, caractéristique d'une infiltration hématique suite à détresse respiratoire intense. C'est une noyade. Température intracorporelle : vingt-quatre degrés. La mort est survenue cette nuit. Impossible de donner une heure plus précise avec un examen à l'œil nu. Voilà, capitaine, termine le légiste. Encore un qui a mis un point final à ses tourments en faisant le saut de l'ange depuis là-haut. Le huitième cette année. Et maintenant, il va falloir montrer ça à la famille…

Marc regarde autour de lui. Les flics ont des mines de déterrés. C'est vrai que ça en devient écœurant. Cette régularité. Un mort par mois, quoi qu'il arrive. Une vraie malédiction. Les autorités qui se débattent, les associations qui s'étranglent. Et le pont imperturbable qui attire à lui les malheureux comme le chant des sirènes conduisait les marins vers les récifs. Ce chant-là est plein de silence et des soupirs du vent du large. Cette immensité qui enveloppe, ce vide qui attend et fredonne l'irrésistible promesse de faire cesser tout découragement, toute dette, toute douleur en un claquement de doigts. Se donner une fois au gouffre et tout arrêter pour l'éternité. Soixante mètres de dénivelé. Aucune chance d'en réchapper. Nul besoin d'être suicidaire pour éprouver l'attraction magnétique du pont. Chacun peut en faire l'expérience. Surtout la nuit, depuis Montoir ou Saint-Nazaire, quand cette route aérienne n'est plus qu'une ligne noire posée sur de fins pilotis, hérissée de lampadaires à peine plus lumineux que des bougies sur un gâteau d'anniversaire. Avec ses deux pylônes ornés de leurs lanternes rouges, il ressemble à une guirlande lumineuse jetée entre les deux rives de la Loire. Un 14 Juillet permanent, une Saint-Sylvestre perpétuelle. Et pour les désespérés, un baroud d'honneur retentissant, une sortie par la grande porte. Au petit matin, la fluviale repêche de tout. Des employés au bout du rouleau, des mères de famille accablées, des agriculteurs criblés de dettes, des petits patrons en faillite. Les suicides sur le pont représentent un quart des accidents de la route du département et tout le monde le sait ici : c'est un problème insoluble.

– Capitaine ?

Un brigadier se précipite vers Ferré, le téléphone portable à la main.

– C'est la panique en bas du pont.

À la sortie vers Montoir, à l'endroit où la circulation devrait se fluidifier en se délestant sur une première bretelle, elle s'est au contraire subitement congestionnée. Les flics sont descendus à toute allure. Deux Kangoo et un Boxer, toutes sirènes hurlantes. Manquait plus que ça.

– Capitaine Ferré ? Sergente Desandou. La sortie est bloquée. Des Gilets jaunes. Ils ont des banderoles « Halte aux suicides sur le pont de Saint-Nazaire ».

– C'est l'asso antisuicides. Ils se sont réveillés de bonne heure.

– Y a des fumigènes et des sirènes partout.

– On les entend d'ici. Vous temporisez, on arrive.

Marc raccroche, puis ordonne deux véhicules supplémentaires sur la rampe nord du pont. « Desandou ? songe-t-il. Connais pas. » Ce doit être une nouvelle recrue. Ça tourne pas mal en ce moment au commissariat. Il fait la moue en levant les yeux vers le pont. L'association ne lui fait pas peur. Elle montre son nez après chaque drame et revendique toujours ces foutues barrières de protection que le département refuse de financer sans contribution de l'État ou de la région. Le différend dure depuis six ans et les manifs sont toujours pacifiques. Mais si les Gilets jaunes s'en mêlent… Il demande un point tous les quarts d'heure et espère que Desandou sera à la hauteur si l'ambiance se tend. Tandis que Parlongue s'écarte pour laisser les gendarmes envelopper le corps de la victime dans le sac en polyéthylène, Marc lui pose une question qui le tracasse.

– Henri, sur les huit suicides de cette année, vous rappelez-vous combien avaient moins de vingt ans ?

Parlongue hésite.

– Aucun.

– Et les années précédentes ?

– Je ne m'en souviens plus, mais je crois bien que c'est le premier.

Marc acquiesce, songeur.

– Pourtant les jeunes se suicident malheureusement, à Saint-Nazaire comme ailleurs. Ils se coupent les veines, avalent des médicaments, font des overdoses ou se jettent ivres morts depuis leur balcon. Mais ils ne sautent pas du pont de Saint-Nazaire. Pourquoi ?

– Je n'en ai aucune idée. Peut-être faudrait-il interroger la famille ? suggère Parlongue.

– C'est ce que je vais faire, réplique Marc. Et je vais demander une autopsie.

– Une autopsie ?

Ferré hoche la tête. Le légiste considère le policier avec une sorte de lassitude dans le regard.

– Ce gamin est tombé du pont et s'est noyé. L'autopsie ne vous apprendra rien de plus.

Marc reste de marbre.

– Comme vous voulez, conclut le légiste. C'est l'argent du contribuable, pas le mien.

Puis il le salue et lui donne rendez-vous quelques jours plus tard pour les résultats.

8

Marc se pointe au commissariat un peu avant midi. À l'accueil, une jeune recrue au visage poupon le gratifie d'un sourire niais. Coupe réglementaire, uniforme bien repassé, on dirait un écolier.

– Le commissaire est là ? demande Marc en montrant son badge.

– Oui, capitaine. Il vous attend dans son bureau.

Le gamin libère la porte électrique et Marc monte l'escalier au pas de course. Les collègues qu'il croise courent dans tous les sens. Quelques gamins des quartiers de la Trébale et du Petit Caporal en blousons et survêts déambulent sur les marches en regardant leurs pompes. C'est la cohue, comme d'habitude. Le commissariat est installé dans un ancien hôtel particulier, un monument classé, absolument pas fonctionnel, qui craque de partout. Au premier étage, le palier donne sur un salon d'apparat reconverti en salle d'attente, une pièce gigantesque avec un plafond de trois mètres, une cheminée et des moulures Henri II. Sur les ailes, de part et d'autre de l'escalier central ridiculement large, on a cassé quelques cloisons et entassé des bureaux comme des cages à lapins. Impossible de construire ne serait-ce qu'une annexe dans cette bicoque. Ça fait cinq ans que le ministère promet des nouveaux locaux mais plus personne n'y croit. Marc continue. Second étage. Il frappe à la porte du milieu. Un « Entrez » sonore résonne depuis l'intérieur.

Le combiné sur l'oreille, le commissaire Mantoni fait signe à Ferré de s'asseoir tandis qu'au même moment, dans un étrange mouvement de balancier, il se lève de son fauteuil, parlant fort, faisant des moulinets avec les bras. Marc l'observe. Un air de fouine, le crâne dégarni, le teint mat, un bon petit bide sous son costume gris. À le voir pour la première fois, on le prendrait pour un employé de banque collectionneur de petites faveurs et de notes de frais… et on se tromperait lourdement. Ancien de la BRI et du SRPJ d'Ajaccio, sa ville natale, Mantoni a quarante ans passés et des états de service à faire pâlir un préfet. La prise d'otages à la BNP d'Ancenis, c'est lui. L'assassinat du juge Picaud, le triple meurtre des Herbiers et la cavale de Bernard Méhat, rattrapé un an plus tard et abattu de seize balles dans sa Citroën alors qu'il faisait le plein à une station-service, c'est encore lui. Mantoni est un homme de terrain et de talent promis à une grande carrière. Pour l'heure, il se repose. Comme tous les grands coureurs, il sait qu'un champion doit économiser ses forces pour aller loin. Chacun sait qu'il ne fera pas de vieux os à Saint-Nazaire. Il manigance quelque chose, c'est certain. La direction générale de la police nationale, l'OCRB, le ministère ? Certains l'imaginent même entrer en politique.

Marc jette un coup d'œil circulaire, se réjouit de cette sensation délicieusement démocratique : la piaule du boss est aussi pourrie que les autres. Le parquet est usé jusqu'à la corde, le bureau de bois écorné dans les coins, les murs couverts de notes punaisées. Le commissaire n'y attache aucune importance. Le décorum n'a jamais été son fort, ni sa préoccupation. Mantoni tourne autour de son fauteuil, qu'il tient de la main gauche. La conversation dure cinq bonnes minutes avant qu'il ne raccroche et se tourne vers Ferré, excédé.

– C'est le maire… Il pisse dans son froc. Il est à deux doigts d'empiler des sacs de sable devant l'hôtel de ville.

– À cause de l'asso antisuicides ?

– Ces petits malins ont enfilé leurs gilets jaunes et convoqué France 3. Ils passent en boucle à la télé avec un message bien huilé : pendant que les politiques se renvoient la balle, les désespérés se jettent du pont. Ils se démerdent en com', ces salopards. Du coup, le maire voit rouge et il m'appelle.

– Il a le trouillomètre à zéro, reprend Marc. On est à un an des élections.

– Et c'est tout sauf gagné, je sais. On va l'avoir dans les pattes toute l'année. D'ailleurs, ça a commencé. Il vient d'appeler le ministère. Je ne vais pas tarder à avoir la place Beauvau sur le dos. Bon, écoutez, Ferré, les consignes sont claires. On prend ce suicide au sérieux. Enquête, circonstances précises, reconstitution si ça vous chante.

– J'ai demandé une autopsie.

– Très bien. Faites-moi un beau rapport qui prouve qu'on a bien fait notre boulot.

– OK, patron. Mais, de vous à moi, je ne serais pas fâché qu'ils les installent, ces foutues barrières.

– Présentez-vous aux élections ! Il est encore temps…, tonne le commissaire.

La porte du bureau s'entrouvre. Une silhouette surgit de l'ombre. Blouson de cuir, chevelure brune et frisée tombant sur les épaules, un brassard de police autour du bras. Le visage de Marc se fige. Mantoni fait les présentations. Sergente Laure Desandou. Capitaine Marc Ferré. Elle lui tend la main.

– La sergente Desandou a rejoint la brigade lundi. Vous ferez équipe ensemble.

Mantoni interroge Marc du regard. Laure également. Marc hésite un instant. Les grands yeux noisette de sa collègue l'impressionnent. Sa peau lisse comme un buvard, ses larges pommettes, son nez long et fin comme un masque baoulé, ses lèvres légèrement dédaigneuses, ses mèches rebelles cuivrées qui lui caressent les joues. Cette fille est d'une beauté rare, magnétique. Marc reste interdit.

– Ça vous pose un problème ? lâche enfin Mantoni, impatient.

Marc se réveille, fait non de la tête. Laure laisse filtrer un sourire.

– Alors on y va. On expédie le cas Rivière et on passe aux choses sérieuses. Rompez.

Laure et Marc redescendent l'escalier central. Laure tire une feuille de son porte-document et la tend à Marc.

– Voici mon rapport sur l'identité de la victime.

– Vous avez fait vite, sergente, rétorque Ferré.

– Je n'avais rien de plus urgent. On peut se tutoyer et éviter de se donner du sergent-capitaine ?

Marc approuve de la tête. Il regarde sa montre. Midi passé. L'heure d'aller déjeuner. Le ciel est clair, maculé de quelques volutes blanches, presque rien. Il propose un sandwich face à la mer. Les deux policiers montent dans une 306 banalisée et prennent la direction du boulevard Albert-Ier. Une promenade y a été aménagée près des anciennes pêcheries au bout de la baie. Le week-end, ça déborde de familles, de gosses, de vélos, d'ados avachis sur les pelouses. Mais en semaine, l'endroit est désert. Marc adore venir ici pour manger un morceau au calme, se nettoyer un peu la tête des tracas du boulot, sentir l'air marin. Des food-trucks sont installés çà et là le long du chemin de sable, et puis quelques tables, des chaises de couleurs, des parasols, des transats posés sur des pelouses vertes taillées au cordeau. C'est la vue la plus bucolique de la ville. Sur la grève, amarrés à la promenade par leur ponton de bois, les minuscules cabanes de pêcheurs sur pilotis avec leur mât relevé et leur carrelet déployé semblent montées en embuscade, à l'affût des anguilles, des mulets et des éperlans qui frayent dans ces eaux sablonneuses. Un peu plus au large, accrochés à des corps-morts comme de petites taches noires sur les eaux blanches de la fin de matinée, alignés au fil du courant, quelques bateaux pointent leur nez dans une même direction. Au fond du décor, délavés par la brume et écrasés par l'horizon, ce sont les chantiers et le pont, minuscules et inoffensifs.

Marc commande un panini et une bière, Laure un sandwich au thon, un brownie et un Coca. Ils se sont installés à une table ronde face à la mer. Le couple qui déjeune à côté d'eux les observe discrètement. Marc avec ses yeux perçants, sa barbe de trois jours, sa coupe sans forme et son blouson kaki, Laure serrée dans son jean et son blouson de cuir. Aucun doute possible, ce sont des flics en civil. Marc respire. La mer le détend. La répétition immuable du mouvement de la houle agit comme une sorte de broyeur de contrariétés.

– Alors, sergente Desandou, tu ne t'es pas présentée ? dit Marc en mordant dans son panini.

– Tu veux mon CV ? Laure Desandou. Vingt-quatre ans, originaire de Pointe-à-Pitre. Aînée d'une famille de quatre enfants. Père employé, mère femme de ménage. Scolarisée au lycée privé de Massabielle. Heureuse bénéficiaire d'une éducation catholique très stricte. Formée à l'école de police Antilles-Guyane et arrivée en métropole il y a deux ans au commissariat de Saint-Denis. Objectif avoué : me faire tous les saints de France. Saint-Nazaire est ma deuxième affectation. Et toi, capitaine ?

Marc sourit. La glace est rompue.

– Moi ? Capitaine Marc Ferré. Trente et un ans. Natif de Prézégat, dans la banlieue de Saint-Nazaire. Marié, un fils de cinq ans. Flic depuis dix ans. J'ai commencé à Niort, puis La Roche-sur-Yon et enfin ici.

– Une vraie vie d'aventurier, plaisante Laure.

– Il faut croire que j'aime cette région…

Marc aimerait s'en tenir là, mais Laure le relance.

– Et la Loire-Atlantique, c'est par choix ou par obligation ?

– Par choix. Je me sens bien ici.

– C'est un peu ta Caraïbe…

Marc décapsule sa bière et avale une gorgée de mousse fraîche. Il pense qu'il va s'entendre avec la jeune sergente. Elle est pugnace, rentre-dedans, elle sait surfer sur la vague. Elle est bien armée pour le métier.

– Et toi, pourquoi tu l'as quittée, ta Caraïbe ?

– Pour fuir ma famille.

La réponse a fusé sans aucune hésitation. Laure mord à son tour dans son sandwich. Vorace. Elle parle de son père, une brute butée et bornée. Arc-bouté sur des principes appris qui lui tiennent lieu de certitudes. Sa mère ? Soumise au patriarche. Pas un mot plus haut que l'autre. Toujours du même avis que le mâle. Toujours prête à arrondir les angles, à l'excuser, à prévenir ses colères. Ses frères, des petits coqs magouilleurs et orgueilleux. Et puis, le poids de la communauté antillaise de Guadeloupe. Des catholiques pratiquants pour la plupart, la messe tous les dimanches en tenue blanche, l'absolu respect des règles, le poids du qu'en-dira-t-on, le folklore dont ils se gargarisent en permanence. Les « métros » qui débarquent en Guadeloupe sont loin de se l'imaginer, dit-elle, mais Pointe-à-Pitre n'est qu'une sous-préfecture comme toutes les autres, imbue d'elle-même, méfiante et petite-bourgeoise. Laure y étouffait. Le vaste monde, où souffle le vent de la liberté, elle l'a trouvé à Saint-Denis, au bout de la ligne 13.

– Et la victime de ce matin, tu la connais ?

– Non.

– Pourquoi tu as demandé une autopsie ? Le légiste a déjà fait son diagnostic.

– Je ne sais pas, un doute que je voudrais m'ôter de l'esprit.

– Tu penses que ce n'est pas un suicide ?

– J'espère que c'est un suicide. Ce serait plus simple pour tout le monde. Mais il ne faut jamais rien exclure.

Laure porte son Coca à ses lèvres en pensant qu'en effet, Marc Ferré n'a pas usurpé sa réputation de coupeur de cheveux en quatre.

– Est-ce que tu pourras récupérer les enregistrements des caméras de surveillance ? Elles contiennent peut-être une réponse définitive à cette question.

Laure accepte. Elle tiendra Marc au courant. Au-dessus du pont, un épais cumulus couleur cendre s'est déchiré, laissant le champ libre à un rayon de soleil qui caresse les eaux de la baie ridées par le vent.

9

Julia se rabat sur la droite derrière un camion de livraison. Sortie Savenay Centre, N171 vers Saint-Nazaire et La Baule. Ces deux noms sur le panneau l'un à côté de l'autre lui procurent une impression d'irréel – ou plutôt la rappellent à une réalité qu'elle avait enfouie et qui persiste obstinément. Elle met son clignotant et prend la bretelle. L'absence de relief, les bosquets, les acacias en bord de route. Au début, elle ne ressent rien. Elle suit, docile, les méandres de l'échangeur de Savenay, aperçoit quelques pins maritimes au second plan. Puis une sensation diffuse s'installe en elle. Son corps réagit au quart de tour tandis que son esprit demeure embrumé. Tout se passe comme si un texte effacé sur un tableau noir, qui serait resté incrusté dans le bois, caché, replié sur lui-même mais jamais détruit, réapparaissait par l'enchantement d'une encre magique. Julia est sous le choc. Sa volonté de tourner la page et de changer de vie, de tout effacer pour repartir de zéro, réduite ainsi à néant par quelques aménagements de bord d'autoroute ? L'idée est effrayante, mais les faits sont là, irréfutables. Agrippée à son volant, Julia se laisse gagner par cette évidence : elle est ici chez elle. Et, elle le sait, ce sentiment ne cessera de grandir à mesure qu'elle s'approchera de sa destination.

Quinze kilomètres plus loin, elle bifurque à nouveau. Dix ans auparavant, à cet endroit, c'étaient les marais à perte de vue, l'orée du parc de Brière. Elle venait parfois y faire du vélo, se perdre sur les petites routes communales. Aujourd'hui, une passerelle en métal surgie de nulle part enjambe la quatre-voies juste avant la sortie vers Trignac. Plusieurs entrepôts et un magasin de bricolage se sont massés près de la nationale. La couleur est annoncée. Julia s'apprête à redécouvrir Trignac treize ans plus tard et ça ne va pas être une partie de plaisir. Elle tourne au petit pont, descend vers le centre. L'entrée dans la ville est marquée par une pancarte « Vide-grenier » dessinée à la bombe. Puis c'est la rue Marie-Curie. Dès la première maison à l'angle, toute blanche avec son linteau de briques, ses fenêtres à croisillons, son toit pentu en ardoise noire et son poteau EDF en façade soutenant une toile de fils électriques, Julia se sent plonger dans le grand bain. Tout ici lui est familier, même les détails qui n'ont aucune importance et que personne ne remarquerait parce qu'ils n'ont rien de remarquable. Une pelouse débordant d'un grillage, des pavés de verre incrustés dans un mur, un marronnier au tronc tordu, une haie de thuyas coiffant un petit muret blanc, tout lui revient. Elle comprend que dorénavant elle n'aura plus aucun effort à fournir ; le passé va surgir sans prévenir.

Elle conduit à vitesse réduite dans Trignac, le cou tendu vers le pare-brise, observe à droite et à gauche, n'en perd pas une miette. Cette sensation de déjà-vu est vertigineuse. Elle pensait avoir remisé tous ces souvenirs dans les abysses de sa mémoire. Elle les avait délaissés, abandonnés, méprisés à dessein. Certains d'entre eux, les plus terribles ou les plus douloureux, elle les avait mis sous clé, enterrés dans des sarcophages de béton destinés à durer toute la vie. Et il suffit d'une petite déambulation dans la rue Marie-Curie pour que le ciment craque ! Que se passera-t-il quand elle s'approchera de la rue Marcel-Sembat ? Tout semble désert. Les maisons de couleur crème sont séparées par des cours et des jardins. Certaines ont noirci avec les années. D'autres, toutes grises à l'époque, ont été repeintes. Beaucoup de volets roulants. La plupart sont fermés. Sur les trottoirs ont poussé de nouveaux lampadaires bruns déjà démodés. Au-dessus, les fils électriques rebondissent toujours entre les façades et les longs poteaux de béton. Un gamin déboule à vélo. Une petite tête blonde en coupe-vent bleu qui jette un œil soupçonneux sur la longue berline immatriculée 75. Les toits sont bas. Presque toutes les maisons sont de plain-pied. Ici comme ailleurs, la municipalité a planté des garde-corps en métal sur lesquels sont accrochées des jardinières débordant de géraniums orange et mauves. Les feux rouges aussi sont neufs.

Julia roule doucement jusqu'à l'église Saint-Éloi. Une église d'après-guerre, tout en angles avec son pignon troué d'un gigantesque vitrail géométrique, une horreur tracée à la règle sans aucune fantaisie, semblable à une halle de marché et toujours aussi laide que dans ses souvenirs, moins imposante toutefois et plus décrépite. Julia se gare en face, à côté de la salle des fêtes. Elle descend de voiture et pose enfin le pied à Trignac, pour la première fois depuis treize ans.

Elle s'appuie contre l'aile chaude de son véhicule, respire, regarde autour d'elle. La boutique de jouets est devenue un fleuriste, la pharmacie une banque. Derrière elle, la salle des fêtes n'a pas changé d'un iota. Toujours ce même cube de béton troué d'une austère verrière rectangulaire de couleur brique coiffée d'une casquette pointant vers le ciel dans le pur style années cinquante. À l'intérieur, des plaques de plâtre sont entreposées. Les portes sont mangées par la mousse. Le bâtiment semble désaffecté. Julia se souvient des bals qu'on y donnait. Elle avait tout juste quinze ans. C'était la fin d'une époque qui avait commencé cinquante ans plus tôt, quand cette salle était le centre névralgique du canton. C'est ici que les ouvriers des chantiers venaient faire la fête le samedi soir. C'est ici qu'on venait à mobylette se mettre la tête à l'envers, en découdre avec ceux de la bande adverse, danser et emballer pour un soir et claquer une bonne part de sa paye du mois. L'endroit avait mauvaise réputation chez les notables, d'autant qu'il faisait face à l'église, mais il avait tenu bon tout ce temps parce que, pour les classes populaires des alentours, c'est ici et nulle part ailleurs qu'on avait une chance de trouver sa moitié, pour le meilleur et pour le pire. Julia a vécu les dernières années de la salle des fêtes. Elle en a gardé un assez mauvais souvenir. À l'époque, elle n'était pas spécialement jolie et gravitait à la périphérie d'une vague bande du lycée. Elle n'avait pas de petit copain et ses rares aventures, elle les avait eues avec des garçons improbables, mal à l'aise et mal embouchés. Elle se souvient de ce coin du mur, derrière la gouttière. Elle revoit cet adolescent au corps gauche et fort se plaquer contre elle, lui toucher les seins de ses mains malhabiles. Elle revoit son visage oblong, ses yeux globuleux effarés, cette langue pointue qui se débattait dans sa bouche. Elle en frissonne de honte et de dégoût. Julia remonte dans sa voiture, direction Saint-Nazaire.

Elle se gare dans le centre-ville, avenue de La Havane, où elle a trouvé une jolie maison à louer à la semaine. C'est une voie unique en son genre à Saint-Nazaire. Des petites villas début XXe alignées en rang d'oignons, avec balcons, jardinets et grilles en fer forgé sur lesquelles sont enroulés des rosiers grimpants et des glycines. Au bout de la rue, une bande bleue : la mer. Il ne manque que les Ford Impala et on se croirait à Cuba. Julia sonne à la grille d'une maison de ville à la façade rouge sang et une jeune femme descend le perron pour venir lui ouvrir.

– Bonjour. Je suis Julia Rivière.

La jeune femme la salue et la fait entrer. C'est un petit pavillon avec un étage, lumineux, refait à neuf. Murs blancs, parquet, bibliothèque, grands canapés en tissu. C'est décoré avec goût et très accueillant. Ils ont eu la délicate attention de déposer le journal du jour sur la table basse du salon. Julia s'y sent tout de suite bien.

– C'est chez vous ? tente Julia, qui n'y croit pas du tout.

– Oh non. Moi, je suis étudiante. Je fais la remise de clés et le ménage. Les propriétaires habitent Angers. C'est une maison de famille qu'ils ont rénovée pour la louer. Vous verrez, c'est très bien. Les locataires en sont toujours très contents.

L'étudiante emmène Julia fait le tour du propriétaire. Rez-de-chaussée. La cuisine et le séjour qui donnent sur un jardin où un tilleul vient lécher les vitres de son feuillage jaune vif. L'étudiante ouvre les placards, lui explique tout. Elles montent à l'étage. La salle de bains est pimpante et lumineuse. Dans la chambre toute simple, un lit recouvert d'un voile de lin, une armoire normande et une chaise faisant office de table de nuit. C'est parfait. Elles redescendent et l'étudiante lui fait remplir le contrat de location, qu'elle relit pour la forme.

– Julia Rivière ? J'espère que vous n'avez rien à voir avec le suicidé du pont.

Au moment où elle prononce ces paroles, la jeune femme se rend compte de l'énormité de sa gaffe. Julia devient livide. L'étudiante tente de se justifier.

– Je l'ai lu dans le journal. C'est moi qui vous l'ai apporté.

Elle montre l'édition de *Ouest France* qui se trouve sur la table basse.

– Il est de votre famille ?

– C'est mon frère.

– Oh. Je suis désolée.

L'étudiante se tord les mains.

– Je le connaissais. Enfin, un peu… Comme ça. Quand j'ai vu l'article, je n'y ai pas cru. On avait des amis en commun. La dernière fois que je l'ai croisé, c'était cet été, sur la plage de Saint-Brévin.

– Comment était-il ? demande Julia.

– Il avait l'air bien. Ils étaient plusieurs. Ils faisaient la course sur la plage.

Julia hausse les sourcils.

– Vous aviez le même groupe d'amis ?

– Je connais un de ses copains, Kélian. J'ai dû voir votre frère deux ou trois fois. Il était souriant et il mettait de l'ambiance.

Julia acquiesce avec une mimique crispée. Puis elle soupire. Franck était son frère et elle a l'impression de moins le connaître que la première étudiante rencontrée par hasard.

– Vous avez des frères et sœurs ?

– Une sœur de quatorze ans. En pleine crise d'ado.

Julia pose sa main sur le bras de l'étudiante.

– Prenez bien soin d'elle.

Julia sourit à l'étudiante qui lui retourne son sourire et qui, avant de prendre congé, fait un pas vers elle, se lève sur la pointe des pieds et l'embrasse sur les deux joues. Julia en est tout émue.

10

Marc coupe son moteur sur un large trottoir bituminé, dans une rue pavillonnaire semblable à mille autres dans la région. Des maisons blanches aux toits d'ardoise, des haies végétales et des grillages verts, quelques voitures garées sur les côtés, un ciel d'azur taché de cumulus cavalant comme s'ils avaient un train à prendre. Il vérifie son portable, le confronte à la plaque. C'est bien la rue Marcel-Sembat, le domicile des parents de Franck Rivière. Il sonne au numéro 14, attend deux minutes. Une femme frêle aux cheveux en bataille vient lui ouvrir.

– Capitaine Marc Ferré, police judiciaire, dit-il en montrant sa carte. Vous êtes Christine Rivière ?

– Non. Je suis sa sœur, Mélanie Tourneur. Venez, je vous en prie.

Elle fait entrer le policier. Le carrelage et les murs jaunes mettent tout de suite dans le bain. On est dans une maison sur catalogue des années cinquante, rénovée au minimum syndical. À la table de la salle à manger, une femme aux cheveux teints et clairsemés se tient assise, prostrée.

– Bonjour, madame. Je suis désolé pour votre fils. Je suis Marc Ferré, le capitaine de police chargé de l'enquête et j'aimerais vous poser quelques questions. Ça ne durera que quelques minutes.

– C'est qui ? grogne une voix assourdie dans la cage d'escalier.

– La police ! s'exclame Mélanie.

On ne répond pas. Une porte claque à l'étage puis ce sont des bruits de pas dans l'escalier. Christine Rivière pose sur Marc des yeux résignés. Soudain, une tête hirsute apparaît dans l'entrebâillement de la porte.

– La police ? marmonne le maître de maison à travers sa barbe épaisse.

Le père de Franck ressemble à un épouvantail. Épais, râblé, les épaules saillantes, les cheveux et la barbe abondants, on dirait un joueur de rugby réduit aux deux tiers. Son teint pâle et sa peau laiteuse contrastent avec son corps massif, comme ses pommettes dessinées à la plume et ses yeux gris en amande encadrant son nez étroit. Cet homme surprend autant qu'il impressionne. Serré jusqu'à la gorge dans un sous-pull lie-de-vin, il darde sur le policier un regard incandescent.

– Bonjour, monsieur Rivière, dit Marc en lui tendant la main. Je suis le capitaine Marc Ferré et j'enquête sur la mort de votre fils.

Pascal Rivière serre la main de Marc. Mélanie s'est reculée dans un coin de la pièce. Elle propose à Marc une tasse de café et Pascal invite le flic à s'asseoir à la table.

– Merci. Je n'en ai que pour quelques minutes. À l'heure où nous parlons, tout indique que votre fils s'est donné la mort la nuit de mardi à mercredi. Nous avons identifié la voiture de son amie sur le pont et l'heure de la chute. Le médecin légiste a confirmé la noyade.

Tandis que Mélanie apporte deux tasses de café fumantes qu'elle dépose sur la toile cirée, Pascal tente de comprendre ce que ce flic fabrique dans son salon, lui qui aurait sans doute mieux à faire à poursuivre les trafiquants de drogue et les criminels du quartier Malakoff et de Saint-Herblain. Il serre ses mâchoires prognathes et observe Marc avec méfiance.

– Merci, madame.

Marc prend le temps de porter à ses lèvres la tasse que lui a apportée Mélanie puis il sort un petit carnet à spirale et un stylo Bic qu'il pose devant lui.

– Ma question est simple, le suicide de votre fils vous a-t-il surpris ?

Pascal se gratte le menton.

– On n'a rien vu venir, si c'est votre question.

– Rien du tout, complète sa mère, les yeux humides. Il avait l'air heureux. Il avait Sandra, ses copains, son foot…

– Vous n'avez rien constaté d'anormal dans son comportement récent ? Des accès de déprime, de repli sur soi ? D'agressivité ?

– Non. Rien. Peut-être un peu stressé.

– Stressé ?

– Leur équipe de foot avait des compétitions. C'était très important parce que le club ne va pas très bien. Peut-être que ça le tracassait ?

– Dans quel club jouait-il ?

– Saint-Nazaire.

Marc note quelques mots sur son carnet.

– De toutes façons, reprend Pascal de sa voix nasillarde, il n'était pas très bavard.

– Savez-vous s'il avait des problèmes d'argent ?

– Pas que je sache. Il avait un boulot. Il ramenait un salaire à la fin du mois. Il y a pas mal de jeunes qui n'ont pas cette chance de nos jours.

– Quel type de boulot ?

– Jardinier, enfin paysagiste, c'est comme ça qu'on dit, non ? répond Pascal. Il travaillait pour une petite boîte, La Main verte, je crois qu'elle s'appelle. Il tondait les pelouses, coupait les haies, des choses comme ça.

– Depuis quand ?

– Deux ans environ. Récemment il avait décidé de changer. Je lui ai suggéré le bâtiment, mais il ne m'écoutait pas.

– Il n'avait pas de dépenses importantes ? Son train de vie était normal ?

– Il roulait dans une grosse bagnole, un 4 × 4. Je l'ai cuisiné pour savoir, et il m'a dit qu'il n'en était pas propriétaire. En dehors de ça, on n'était pas dans sa vie, mais on n'a rien remarqué de spécial.

– Sandra Bouvet, demande Marc, c'est sa fiancée ?

– Oui, dit Mélanie. Une gentille fille qui travaille à Saint-Nazaire dans un salon de beauté. Ils étaient ensemble depuis deux ans.

– Ils vivaient ensemble ?

– Oui. Dans un lotissement au Bois Joalland.

Marc hoche la tête, signifiant qu'il connaît l'endroit.

– Une jolie maison neuve. On y est allés une fois, murmure Christine.

– Ils avaient des projets ? Se marier ? Des enfants ?

– On ne savait pas trop, dit encore Christine. Franck n'aimait pas en parler. Je crois que Sandra était prête, mais pas lui.

– Encore une chose. Quel genre d'adolescent était-il ?

– Plein d'énergie, dit Pascal. Pas très doué pour l'école. Il ne tenait pas en place. Ce qui l'intéressait, c'était le sport et les copains…

– Il n'a jamais eu de problème de drogue ?

– Pas qu'on sache.

– Et ses copains, vous les connaissiez ?

Pascal hausse les épaules.

– Des gars de Trignac.

– Depuis qu'il habitait avec Sandra, on le voyait moins, ajoute sa mère.

Marc se redresse sur son siège et poursuit.

– Franck avait-il des frères et sœurs ?

À cette question, Pascal se raidit de tout son long. Christine croise ses mains sur la table et pose un regard inquiet sur son mari.

– Une sœur, avance Mélanie. Julia.

Marc percute tout de suite, puis hésite un court instant avant de reprendre :

– J'ai connu une Julia Rivière il y a une douzaine d'années. Nous étions en terminale ensemble au lycée Aristide Briand.

– Elle y était, approuve Christine.

– C'est certainement la même. Le monde est petit, conclut Marc, pensif. Savez-vous où je peux la joindre au cas où je voudrais lui poser quelques questions ?

– Elle habite Paris, tranche Pascal d'un ton sévère et définitif. Nous n'avons plus de nouvelles d'elle depuis des années.

Subitement, la conversation est devenue plus laborieuse, comme s'il était plus facile pour ces parents en deuil de parler de leur fils disparu que de leur fille exilée à la capitale. Pascal soupire. Cet interrogatoire commence à lui peser sérieusement. Pourquoi cette enquête sur un suicide ? Ils n'ont vraiment rien d'autre à foutre dans la police ?

– Je vous remercie, je ne veux pas abuser, dit Marc en rangeant son carnet et son stylo. Nous avons demandé une autopsie. Nous aurons les résultats dans trois jours, lundi. Vous pourrez organiser les funérailles ensuite. Encore toutes mes condoléances.

Mélanie se lève pour raccompagner Marc. Ils sortent de la pièce et au moment où il ouvre la porte d'entrée, Mélanie lui emprunte son stylo :

– Tenez. C'est son numéro de portable. Si vous avez besoin de la joindre, elle doit descendre à Saint-Nazaire pour l'enterrement.

11

Ce samedi matin, Julia s'est levée tôt. La veille, elle s'est effondrée à vingt et une heures. Le voyage, l'émotion, l'appréhension des quelques jours à venir. Elle trouve une boîte de thé noir dans la cuisine, fait bouillir de l'eau, reste quelques instants à contempler par la fenêtre le mur de la villa d'à côté mangé par les mousses. Puis elle s'installe dans le canapé du salon, la tasse de thé fumante entre les mains et se résigne enfin à ouvrir l'édition de *Ouest France* pliée en quatre sur la table basse. C'est en page 3. On y voit une photo du pont prise depuis un bateau sur le fleuve. Le ciel est grevé de nuages noirs de pluie que les deux pylônes semblables à des aiguilles menacent d'éventrer. En manchette : « Un nouveau suicide sur le pont ». Le reste est un article de remplissage avec peu de fond et quelques expressions chocs. « Une chute vertigineuse », « la huitième cette année », « la malédiction du pont ». Et bien sûr, pour faire bonne mesure : « des Gilets jaunes en colère ». Julia lit en diagonale. La gendarmerie a repêché le corps mercredi au petit matin. Le capitaine Marc Ferré est en charge de l'enquête. Elle s'arrête sur le nom puis continue. Des images, des impressions ressurgissent, à peine abîmés par le temps. Julia attrape son téléphone, tape une recherche dans Google. Marc Ferré. Police. Saint-Nazaire. Pas d'erreur, c'est bien lui. Il n'y a que deux photos mais il est parfaitement reconnaissable. Il a quelques fils blancs dans ses cheveux, ses traits sont légèrement creusés, mais il a toujours le même regard intense, presque sévère et mélancolique à la fois. Comme au lycée, il y a treize ans de cela. Julia en sourit, avale une gorgée de thé brûlant et se dirige vers le bow-window qui donne sur la rue. Le ciel s'est subitement assombri et des gouttes commencent à mitrailler les vitres. Elle laisse traîner son regard sur le modelé tellement pittoresque de la rue. La maison d'en face est cubique, en moellons. La suivante est blanche, striée de fausses poutres en ciment dans un style basque d'opérette, celle d'après ne dépareillerait pas dans un faubourg résidentiel londonien. La rue de La Havane est un petit morceau de paradis, aussi irréel qu'un décor de cinéma. Il est neuf heures, grand temps pour Julia de se préparer, de sortir de sa rêverie et de revenir à la réalité.

Après son trajet vers Trignac, David l'a appelée pour prendre de ses nouvelles. Comment s'est passé le voyage, est-elle bien installée, a-t-elle retrouvé ses parents ? Julia a apprécié l'attention. La conversation a duré un quart d'heure et Julia se dit qu'elle l'a peut-être jugé trop rapidement. Il a dit qu'il la rappellerait, on verra bien. Quand elle se gare sur le large trottoir de la rue Marcel-Sembat, Julia reste en arrêt devant ce croisement dont elle connaît à la perfection chaque perspective, chaque détail. Une rue qui ne ressemble à rien, sans début ni fin, sans envers ni endroit. Des maisons jetées de part et d'autre de la chaussée, au hasard, certaines entourées de jardins, d'autres ramassées en grappe en bord de rue sans raison apparente. Elle murmure entre ses dents : « Dix-sept ans. » Elle n'arrive pas à y croire. Pourtant c'est indiscutable, elle a habité dix-sept ans à ce carrefour.

Elle pousse le portillon du pavillon blanc situé à l'angle. C'est un cube à un étage, une porte, trois fenêtres à volets roulants et deux autres dans le pignon, alignées comme sur un dessin d'enfant. Le toit est noir, les murs blancs, le jardinet délimité par une haie de fusains. C'est une maison triste à pleurer. Mais ce qui choque Julia, c'est cet immonde panneau publicitaire qui trône dans le jardin. Elle passe devant, relève la tête, grimace de dégoût. Il ne manquait plus que ça. Elle monte les trois marches en ciment qui mènent à la porte d'entrée, s'arrête un instant avant de sonner, pose le doigt sur la porte. La sensation du bois, le petit nœud à côté de la vitre, le grain plus fin du ciment à cet endroit, tout est tellement familier.

Les secondes qui suivent lui semblent des heures. La porte s'ouvre enfin et une tête blonde hirsute passe l'embrasure. Julia et Mélanie sont sans voix, effarées toutes les deux. Julia a tellement changé. Elle est une tout autre personne. Mélanie cherche dans cette silhouette élégante les traces de l'adolescente entortillée qui a quitté Trignac avec armes et bagages treize ans plus tôt. Elle a beau dévisager sa nièce de ses yeux ronds, elle ne trouve rien.

Julia lui sourit à son tour mais elle est retournée. Sa tante était une jolie femme et elle est devenue vieille. Ses cheveux sont ternes, son teint est cireux et ses doigts jaunis par le tabac. À l'époque, elle avait de la classe, avec sa clope au bout des lèvres. Julia se souvient comme elle penchait légèrement le visage en plissant un œil pour éviter la fumée. Ça lui donnait un air inspiré, une mollesse désinvolte d'actrice américaine.

– Julia.

– Mélanie... Merci de m'avoir appelée.

Elles tombent dans les bras l'une de l'autre. Mélanie est toute frêle. Elle se blottit contre sa nièce qui la serre avec affection. Elles restent ainsi pendant un long moment, sur le seuil de la porte.

– Entre, lui dit enfin sa tante. Tes parents sont là.

Précision inutile. Ses parents ont toujours été casaniers et en pareille circonstance, Julia imagine bien qu'ils sont terrés chez eux. Mélanie la regarde tendrement et la prend par la main. Elle referme la porte derrière elle et la conduit vers la pièce principale, dans cette maison qui – c'est la première chose qui frappe Julia – n'a presque pas changé depuis qu'elle est partie. Le papier peint saumon, les marches carrelées menant à l'étage, le petit radiateur avec sa tablette étroite où l'on pose toujours les clés. Julia reconnait un porte-clés en forme de ballon noir et blanc. Mais ce qui la prend à la gorge, la submerge tout entière, c'est cette odeur de vieux bois, de savon et de légumes cuits, un parfum unique qu'elle n'a respiré qu'ici et qu'elle pourrait reconnaître entre mille. Elle y retrouve ainsi amalgamés le labeur des gens de peu, les règles strictes, la vie ordinaire, les habitudes et les secrets. Tout lui revient instantanément. Elle suit sa tante qui pousse la porte de la salle à manger.

Mélanie murmure quelque chose à la silhouette menue qui se tient assise à la table, recroquevillée sur elle-même. La maison semble comme prise en gelée. Même tapis en laine grise, même toile cirée sur la table de ferme, même crucifix accroché au mur. Julia se sent mal. Elle attrape le dossier d'une chaise de la main.

– Christine. Ta fille est là.

Il faut un temps infini au petit être enroulé sur lui-même pour se redresser. Le poids du chagrin se voit à l'œil nu. Christine relève lentement la tête. Julia aperçoit sous ses cheveux teints au henné son large front couvert de taches de rousseur, ses grands yeux noisette, ses joues légèrement creusées et cette bouche pulpeuse qui n'a jamais ri. Si les années ont altéré les traits de son visage elles n'ont pas, comme pour Mélanie, anéanti sa beauté. Aujourd'hui, malgré sa peine et peut-être en l'honneur de sa fille – c'est du moins ce que Julia imagine –, elle a pris la peine de passer un peu de rouge sur ses lèvres. Tandis que Christine lève les yeux vers elle, Julia perçoit l'abîme qui l'a envahie. Son regard est vague, perdu. Franck était peut-être sa seule joie sur terre, et Julia comprend que rien ne pourra jamais la consoler.

– Maman.

Christine met du temps à réagir. Julia échange un regard avec Mélanie et comprend immédiatement. Ce sont les antidépresseurs et c'est sans doute mieux ainsi. Julia contourne la table, vient s'asseoir à côté d'elle. Christine ne bouge pas. Julia lui prend doucement la main. Celle-ci est si légère. Elle la porte à ses lèvres et l'embrasse.

– Julia, murmure Christine.

Et sur ses joues coulent deux chaudes larmes. Julia l'enlace délicatement, appuie la tête de sa mère contre son épaule. Elle sent ses yeux devenir humides à leur tour. Christine pose sa main sur le bras de sa fille, se love contre elle et éclate en sanglots. Mélanie les rejoint, les serre à son tour et les trois femmes restent ainsi de longues minutes prostrées, à partager leur peine. Quand enfin elles relâchent un peu leur étreinte et qu'elles prennent le temps de se sécher les yeux, elles sont toutes les trois vidées.

– Où est-il ? demande Julia.

– À la morgue, répond Mélanie. Nous sommes allés le reconnaître. C'était…

La voix de Mélanie se brise.

– … une épreuve très difficile pour ta mère.

– Franck a-t-il laissé une lettre ou un message qui explique son geste ? s'enquiert Julia.

Mélanie fait non de la tête. Les lèvres de Christine remuent.

– Je l'ai eu au téléphone lundi soir. Il était bien.

Julia ne sait pas quoi dire. Elle regarde autour d'elle. Mélanie le remarque et se lève.

– Je vais voir s'il est là.

Julia se retrouve seule avec sa mère.

– Tu vas tenir le coup, maman ?

– Mon petit Franck…, sanglote Christine avant de s'effondrer une nouvelle fois dans les bras de sa fille.

Julia reste un moment avec sa mère contre elle. Elle sent les secousses du chagrin contre sa poitrine. Elle observe cette pièce où elle n'a que des mauvais souvenirs. Des dîners à quatre interminables et sinistres. Son père qui commençait toujours par : « Alors, qu'est-ce que tu racontes ? » Elle devait lui expliquer ce qu'elle avait fait de sa journée. Ça lui donnait plein de raisons pour l'engueuler. Elle aurait dû faire ceci, elle aurait dû faire cela. Quand il désapprouvait, il levait les yeux au ciel. Ça voulait dire qu'elle était à côté de la plaque, une vraie bonne à rien. Combien de fois avait-elle eu ce sentiment ?

La porte s'entrouvre. C'est Mélanie.

– Il est occupé, dit-elle d'une voix mal assurée.

Julia prend le coup en pleine face. Sa peine se transforme en rage. Quel con. Un jour pareil. Même la mort de son fils ne parvient pas à l'attendrir. Décidément, le cœur de son père n'est plus qu'un morceau de bois mort. Dans ses bras, sa mère s'est arrêtée de pleurer. Julia se dit qu'elle pourrait y aller, tenter de convaincre son mari de venir la saluer. Ça se fait quand on a un demi-gramme de savoir-vivre ! Ton fils s'est foutu en l'air. Ta fille revient pour l'occasion. Tu ne l'as pas vue depuis treize ans. Alors tu sors de ton putain de placard pour lui souhaiter la bienvenue ! Mais Julia sait que sa mère ne fera rien. Trop fatiguée, trop abattue. Mélanie perçoit les éclairs noirs dans les yeux de sa nièce.

– Quand aura lieu l'enterrement ? lui demande Julia.

– Mercredi, répond Mélanie. La police est venue hier. Ils ont demandé une autopsie.

– Une autopsie ? s'étonne Julia.

– Oui. Ils ouvrent une enquête. Je crois que c'est à cause de la manif sur le pont.

Julia acquiesce de la tête. Le pont a toujours fait l'objet de polémiques. Les autorités veulent se couvrir.

– Celui qui est venu semblait te connaître. Un certain Ferré. Je lui ai donné ton numéro.

Cette information pique la curiosité de Julia.

– Tu restes avec maman ?

– Oui. Au moins pour quelques jours.

– Si tu as besoin de moi, Mélanie, n'hésite pas. Comment va Régis ?

– Il va bien. Toujours très occupé. Tu sais, avec ses affaires. Mais il serait content de te voir. Tu peux venir à la maison. On a des chambres d'amis.

– Je te remercie, j'ai pris une chambre à Saint-Nazaire. C'est plus simple.

Julia embrasse sa tante puis sa mère. Quand elle remonte dans sa voiture, elle sent une pression du côté des poumons, un goût salé dans sa gorge puis les larmes qui viennent et qu'elle ne peut arrêter.

12

À peine a-t-il approché de la barrière blanche que celle-ci se lève comme par enchantement. L'effet bleu-blanc-rouge. Marc Ferré salue l'homme au gilet fluorescent planqué dans sa guérite et engage sa Scénic dans la voie d'accès à l'hôtel-dieu. Il est huit heures quarante-cinq ce lundi matin et l'endroit fourmille déjà. Des ambulances qui déchargent, des familles qui déambulent, des infirmiers qui fument. Le parking est plein. Marc avance au ralenti vers la chapelle. À chaque fois qu'il se pointe au CHU de Nantes, il se demande quel pervers stalinien l'a dessiné. Les bâtiments sont des cubes de béton percés de milliers de petites fenêtres rectangulaires. On dirait des cages à lapins ou une prison, comme on voudra. À l'évidence, un accélérateur de déprime et un frein à la guérison, mais Marc a rendez-vous au centre de médecine légale et pour les morts, c'est bien suffisant.

À l'accueil, une jeune femme en blouse blanche lui demande de patienter pendant qu'elle appelle le docteur Parlongue. L'odeur de l'hôpital, ce mélange d'éther et de caoutchouc, ce parfum d'examen et d'enjeu de vie ou de mort, monte à la gorge de Ferré. Décidément, il ne s'y fera jamais.

– Ascenseur, niveau moins 1. Le médecin va vous recevoir.

Marc descend à la morgue. L'ambiance a changé depuis la dernière fois. Ils ont collé de grandes photos en couleurs sur les murs. Des plages de rêve, des prairies verdoyantes. L'éclairage est plus lumineux. Parlongue vient au-devant de Marc dans son accoutrement de médecin hospitalier. Combinaison intégrale blanche, charlotte et mules. Avec son mètre quatre-vingt-dix, on dirait un Bibendum.

– Bienvenue, capitaine.

– Bonjour, Henri. Vous avez tout changé, ici, on dirait.

– Vous avez remarqué ? fait le médecin, songeur. C'est la nouvelle direction. Elle n'a qu'un mot à la bouche : qualité de vie au travail. Ils ont appris ça dans un séminaire et ils n'en démordent plus. Ils vont résoudre les problèmes de l'hôpital avec des pots de fleurs et des vitrophanies… Nous sommes sous le règne des Bisounours !

Marc ne peut s'empêcher de rire à la plaisanterie de Parlongue, même s'il ne la trouve pas si désagréable, cette plage tropicale dans le couloir. Ça pourrait être une idée pour le commissariat. Parlongue le précède, direction le « frigo ». Il pousse la porte battante de la salle blanche où une jeune femme en combinaison prend des notes auprès d'un cadavre tandis qu'un infirmier lave des ustensiles dans un évier en céramique. Parlongue glisse un mot à ce dernier, qui sort chercher le corps de Rivière. Puis il s'approche du cadavre que l'équipe vient d'examiner.

– Quatre-vingt-cinq ans, retrouvée morte chez elle il y a deux jours.

Il montre la tête de la vieille femme, fripée, tachée, dégarnie, et semble accablé en la contemplant.

– On a trouvé des traces de sperme dans son vagin, vous vous rendez compte ? Violée, la mamie. Dans quel monde vivons-nous ?

– Nous sommes aux premières loges de la barbarie. Et je n'ai pas plus d'explications que vous…

L'infirmier revient avec le corps recouvert d'une toile verte. Seuls les pieds dépassent, difformes et flasques comme si la peau s'était désolidarisée du reste du corps. Parlongue attrape le mémo que lui tend son assistante. Il relève le drap du visage et le replie jusque sur la poitrine. Quand il était juste sorti du fleuve, le corps de Franck portait les stigmates d'un drame. À présent, nu sur la table en inox, il n'est plus qu'un amas de chairs flasques. Parlongue lit en marmonnant, pressé d'en finir.

– Mmm… Retrouvé en amont de la partie septentrionale du pont… Mmm… Suite examen visuel… Putréfaction avancée… Constat des rigidités cadavériques et lividités… Ah. L'examen révèle une cyanose péri-mortem permettant de conclure à une privation d'air ayant entraîné la mort. En gros, noyade. L'analyse thermométrique du cadavre place le sujet en phase intermédiaire de décroissance rapide de la température du corps. Étant donné la masse de soixante-dix kilos, la taille d'un mètre soixante et onze, la position du corps tel qu'il a été repêché, étant donné l'analyse contextuelle du milieu, l'immersion en eau mi-douce, la température de l'air de dix-huit degrés, celle de l'eau de quatorze degrés, la brise de nord-ouest, etc., l'heure de la mort peut être estimée entre une heure et trois heures du matin avec un intervalle de confiance de quatre-vingt-quinze pour cent.

– Et le tibia ? demande Ferré.

– Aucune fragilité particulière, la fracture a été causée par un choc violent, répond le légiste. Le corps a heurté un rocher et la jambe s'est brisée.

– Il n'y a pas de rocher à cet endroit de l'estuaire.

– Soit, mais la trajectoire du corps n'étant pas forcément verticale, il a suffi qu'il dévie de quelques degrés vers la pile du pont. Vous savez à quelle vitesse le corps touche l'eau après une chute de soixante mètres ?

– Cent vingt-trois kilomètres-heure.

– Exact. Et un tibia humain qui rencontre un coin de béton à cent vingt-trois kilomètres-heure finit exactement dans cet état. Je peux vous affirmer que ce corps a sauté en pleine santé, qu'il a subi une commotion en heurtant la surface de l'eau et qu'il est mort noyé dans le fleuve. Mon rapport est formel sur ce point comme sur l'heure probable de la mort et il s'arrête là. La suite vous appartient, mon cher Marc.

Parlongue fronce les sourcils en tendant un exemplaire de son rapport à Ferré d'une main décidée. Il aurait presque l'air sérieux si ce n'était cette charlotte sur la tête qui lui donne vraiment un air de clown. Marc prend le dossier, remercie le légiste et lui donne rendez-vous à la prochaine mort violente.

– Allô, Laure ?

Calfeutré dans sa voiture, Marc parle fort dans son téléphone. Il a mis les essuie-glaces à fond car il tombe des hallebardes.

– Je suis au CHU. La mort de Rivière est survenue entre une heure et trois heures du matin. Tu as visionné les enregistrements ?

– Je suis en train de le faire. La qualité est dégueulasse. C'est un boulot de chien.

– Cible en priorité les deux heures figurant sur le rapport.

En démarrant sa voiture, Marc se trouve immobilisé par l'arrivée subite d'une ambulance toutes sirènes hurlantes dont on ne distingue que le flash bleu lumineux à travers le rideau de pluie. À l'extérieur de l'hôpital, c'est la merde. Un embouteillage monstre. Plus personne n'y voit rien, plus personne ne bouge. Ferré renonce à sortir son gyro. Il est coincé comme les autres. Il va mettre des plombes à sortir de Nantes, autant se faire une raison. Alors il tourne le bouton de la radio et se demande s'il n'est pas en train de perdre son temps.

13

Le bureau de la brigade des accidents et délits routiers se trouve dans l'aile droite du commissariat, une partie attenante au bâtiment principal qui devait faire office de cuisine ou de dépendances au temps où cette maison était habitée par la famille Périmont. À l'époque, à la place de la cour en terre battue où s'entassent les véhicules de police se trouvaient une pelouse et un jardin, où des hommes en redingote et des femmes en robe à volants lisaient sous le grand chêne en buvant des sirops d'orgeat glacés. Au fond de l'aile étroite, le nez sur son écran, Laure est concentrée et sursaute quand Marc lui tape sur l'épaule.

– Salut.

Sur le bureau en faux hêtre, elle a ouvert un cahier à petits carreaux sur lequel elle prend des notes au stylo bleu.

– Alors ?… Ça mord ?

– J'ai trouvé la voiture de la victime. Elle est arrivée à 1 h 18. Je te fais voir ?

Marc attrape un siège à roulettes et s'assoit à côté de la jeune femme qui manipule sa souris, passe de fenêtre en fenêtre, clique sur une vidéo. On voit la chaussée du pont éclairée par des réverbères descendre vers la nuit. Dans le fond, les lumières de la ville. Sur le film, c'est un spectacle insignifiant et monotone. Les phares blancs des véhicules venant du nord surgissent dans la nuit, puis s'extirpent lentement du halo lumineux et grossissent jusqu'à en devenir aveuglants, avant de disparaître sous le champ de la caméra. Même chose pour les véhicules venant du sud. Des feux rouges déboulent dans le champ et s'éloignent progressivement avant de sombrer dans la nuit.

– C'est la caméra C7n. Elle est située sur le pylône nord, au-dessus de la voiture de Rivière. Regarde bien.

Penchée sur son ordinateur, Laure manipule le logiciel vidéo avec une impressionnante rapidité. Elle avance le curseur et la vidéo défile en accéléré. Puis elle se positionne à 1 h 18.

– Regarde. C'est celle-là.

Laure montre du doigt deux phares qui émergent de la nuit et montent vers le pylône. La caméra est malheureusement recouverte d'une fine pellicule de buée et il faut être très attentif pour discerner les détails. La vidéo défile, répétant inlassablement les mêmes images sous le même angle de vue. Pourtant elle contient à ce moment précis une indéniable dose de suspense. Les phares grossissent. Laure appuie sur pause. Elle fait remarquer à Marc qu'il s'agit d'une voiture de couleur claire. Elle redémarre, le ballet silencieux reprend, les phares deviennent de plus en plus lumineux. On distingue à présent les formes de la voiture, le capot, la calandre. De l'autre côté, deux phares rouges dans la nuit, une camionnette file en sens inverse. Elle croise la voiture de Rivière alors qu'il se trouve à environ deux cents mètres de la caméra puis elle continue sa course. Rivière se rapproche encore. Laure stoppe de nouveau et zoome au centre de l'image. Les deux flics se sont rapprochés de l'écran, essaient de distinguer des formes à travers le pare-brise. D'un clic, Laure met en plein écran. L'image double de taille mais elle n'en est que plus floue et pixélisée. À l'aide de son pointeur Laure montre à Marc une zone plus claire. C'est le conducteur. Ce n'est qu'une ombre, mais ce n'est pas tout. À côté du conducteur, l'espace est de couleur sombre. Par contraste, la définition de l'image est suffisante pour conclure avec une quasi-certitude que le siège passager est vide. La voiture de Franck est conduite par une personne seule, non accompagnée.

– Il peut y avoir quelqu'un sur la banquette arrière, dit Marc sans trop y croire.

– Théoriquement, oui, mais pas très logique.

Marc concède que c'est improbable. Laure clique encore. La vidéo reprend. La voiture progresse sous la caméra. Au fur et à mesure qu'elle se rapproche, l'angle de vue se détériore, on la voit de plus en plus en plongée. Quand elle est presque nette à l'écran, on n'en distingue que le toit. Puis elle sort du champ et c'est tout.

– Elle a clairement ralenti sur la fin, dit Marc en se tournant vers Laure.

– Exact. Elle a dû sortir du champ à trente kilomètres-heure, ce qui est cohérent puisqu'elle s'est garée trente mètres plus loin.

– Tu n'as pas pu la récupérer sur une autre caméra ?

– Non. La C8n est défectueuse et la C9n est trop loin.

– Évidemment, murmure Marc. Tu as relevé l'immat' ?

– Oui. C'est bien la voiture de la copine de Franck. Tu vas voir.

Laure Desandou revient en arrière, dézoome plusieurs fois sur la Golf grise, rezoome sur la plaque minéralogique, applique un filtre noir et blanc et un correcteur de contraste. Après plusieurs manipulations, elle parvient à faire apparaître une immatriculation.

– C'est plus dur que chez l'ophtalmo, mais ça le fait. EZ 354 TG. C'est bien celle de Sandra Bouvet.

Marc relève la tête de l'écran et remercie la sergente. Super boulot. Il récapitule. Rivière est monté sur le pont avec la voiture à 1 h 18. Il est passé sous la caméra à 1 h 20 et s'est garé trente mètres plus loin. Ensuite, entre 1 h 20 et trois heures, il s'est jeté du haut du pont. On n'a pas la preuve en image qu'on espérait mais tout converge. Du coup – Ferré fait ses comptes –, la seule piste qui mérite d'être suivie à présent est celle des automobilistes qui croisent la voiture de Rivière à partir de 1 h 20.

– Tu as les enregistrements des autres caméras ? demande Marc.

– Oui. De toutes celles qui fonctionnent. La plus proche est la C7s. Elle est sur le même pylône et pointe vers le sud. Mais on ne voit pas la Golf ressortir.

– Il s'est garé dans l'angle mort entre les deux caméras. On n'a quand même pas de cul, soupire Marc.

– J'avoue…, répond Laure. Pile sous le pylône… comme on le ferait pour se mettre symboliquement à l'abri avant de sortir de sa voiture.

– Bon, on tente un dernier truc.

Marc s'obstine et Laure ne comprend pas. Ils ont largement de quoi rédiger le rapport que Mantoni leur a demandé. Alors pourquoi chercher plus loin ? Ce matin, trois bagnoles de flics ont fait ronfler leurs sirènes dans toute la ville suite à une agression en plein centre commercial. Un type a sorti un flingue dans la galerie marchande. Il est en fuite et tous les riverains sont traumatisés. Laure pense qu'ils ont peut-être mieux à faire que de s'acharner sur le suicidé.

– Laure, je sais ce que tu penses, lui souffle Marc. On fait cette dernière analyse et si on ne trouve rien, on classe. D'accord ?

Laure hoche la tête. Elle est nouvelle dans le service et on ne commence pas une intégration en discutant les ordres d'un supérieur. Marc pose ses mains sur la table.

– Le plan est simple. On récupère les immat' de tous les véhicules qui passent en haut du pont à partir de 1 h 20. À ce moment de la nuit, il y en a à peu près une toutes les trente secondes dans chaque sens. Sur une heure, cela fait cent vingt. C'est jouable. On se concentre sur l'heure qui a suivi l'arrivée de Rivière sur le pont. De 1 h 20 à 2 h 20. Rivière n'est tout de même pas resté là-haut enfermé dans sa voiture pendant plus d'une heure.

Marc fait son calcul. Cent vingt plaques à relever, cent vingt automobilistes à appeler. Il y en a pour deux jours de boulot. Il va demander l'aide d'un stagiaire. Ils vont éplucher les relevés de la C9n pour ceux qui remontent du sud et ceux de la C7s pour ceux qui descendent de Saint-Nazaire. Ils vérifieront les numéros, appelleront les propriétaires en espérant trouver un témoin de la scène. Avec un peu de chance, ça devrait marcher. Laure obtempère. Quarante-huit heures, c'est pas la mer à boire. Et si on ne trouve rien, on passera à autre chose.

– Tu penses vraiment qu'il ne s'est pas suicidé ? demande Laure.

Marc la fixe au fond des yeux. Il aime cette façon directe qu'elle a de poser les questions, sans circonvolutions ni arrière-pensées.

– Je trouve que ce suicide pose problème, reconnaît Marc. D'abord, parce que ce serait le premier de ce type sur le pont et ensuite, parce que sa famille n'a rien vu venir. Ce n'est pas impossible, mais ça m'intrigue et j'ai l'habitude de prendre mes doutes au sérieux. C'est pour ça qu'on va continuer notre boulot patiemment.

À son léger mouvement de tête, il comprend que Laure se satisfait de cette explication. Le stagiaire se chargera des plaques minéralogiques et Laure hérite de l'interrogatoire de la petite amie. Pendant ce temps, Marc interrogera l'ex-patron de Franck et son entraîneur de foot. Avec tout ça, si rien ne sort, l'affaire sera pliée.

14

Ce mardi matin, tout est calme. Julia a ouvert la fenêtre à crémone donnant sur le jardin. Des bergeronnettes et des étourneaux sifflent dans le grand tilleul. Plus haut, les brises de l'océan dispersent sur la ville les cris affamés des goélands argentés. Julia ferme les yeux. Ces cris lui donnent la chair de poule. Elle reste ainsi un long moment, immobile, à écouter Saint-Nazaire. Mélanie a appelé. Rendez-vous demain à neuf heures au funérarium. Il y aura tout le monde, le ban et l'arrière-ban de la famille. Alors, aujourd'hui, Julia a décidé de prendre l'air. Elle se prépare en vitesse et saute dans sa voiture, direction la rive sud. En quelques minutes, elle se retrouve à escalader la montagne de béton qui enjambe la Loire. À l'intérieur de sa berline, l'ascension du pont est d'une facilité déconcertante. Son capot pointe vers le ciel sans que le moteur s'en émeuve. L'envol est aérien. En un rien de temps, elle se retrouve au-dessus des eaux troubles de l'estuaire. Un endroit vertigineux. D'un côté l'Atlantique, de l'autre le fleuve immense et majestueux, indomptable et flegmatique. L'océan démesuré l'avale sans sourciller, comme un thon goberait un anchois. Julia réduit son allure pour observer le premier pylône. Il est composé de deux gigantesques obélisques inclinés l'un vers l'autre, dessinant un triangle longiligne rouge et blanc. Plus loin, le second pylône forme un autre triangle lové au creux du premier sous l'effet de la perspective. Et puis au-dessus d'elle, partout, il y a cette nuée de câbles, cette chaussée hérissée de garde-corps dans laquelle Julia pénètre comme dans une jungle. Assurément, si la tour Eiffel est un symbole phallique, le pont de Saint-Nazaire est féminin.

Elle ralentit encore puis s'arrête. La fourgonnette qui la suit fait un écart pour l'éviter. Le conducteur suivant met un doigt sur sa tempe et le troisième lève simplement son majeur. Ensuite, ça se calme. Les autres se contentent de la contourner comme un obstacle sur la chaussée. Julia sort de sa voiture. Les deux mains sur la rambarde, elle contemple l'ampleur du gouffre qui se déploie sous elle. Le pont bouge sous le vent. C'est saisissant. Elle ne l'avait jamais vu ainsi, en piétonne. Comment Franck a-t-il pu faire ça ? Elle l'imagine sortir de sa voiture, s'approcher du rebord. Il a dû sentir la route onduler, comme elle en ce moment. Les oscillations du tablier alliées aux puissants effluves marins lui donnent la nausée. A-t-il eu la même sensation ou bien était-il tellement shooté qu'il n'a rien ressenti ? Comment était-il ? Déprimé ou hystérique, résigné ou hurlant à la mort ? Julia met sa main sur le câble. Se tenait-il ici ? On se tient pour ne pas tomber, mais que fait-on quand on a décidé de sauter ? Quand on a décidé d'inverser le sens de toute chose ? Quand pour la première fois, on renonce à protéger son corps et qu'on le précipite dans le danger ? Julia regarde le fleuve tourbillonner dans la baie et sa gorge s'assèche. Ici, Franck a vu la mort en face.

Julia songe à ce qu'elle lui aurait dit ce soir-là si elle avait été là. « Franck, tu as vingt et un ans et aucun malheur ne mérite qu'on se foute en l'air. La vie ne fait que commencer. Quand tout n'a été qu'une gigantesque foirade, que cette vie n'a été que pourrie, douloureuse, désespérante, qu'il n'y a eu personne pour t'écouter ni te comprendre, que le poids des choses t'écrase et te brise les os, alors, oui, tu peux tout jeter, tout flanquer par la fenêtre, tirer un trait définitif, partir sans aucun bagage, recommencer à zéro, tout nu, pauvre, minuscule – mais vivant, putain, Franck, vivant. À vingt et un ans, c'est possible. » Julia sait de quoi elle parle et les larmes l'envahissent car elle réalise qu'elle était peut-être la seule qui aurait pu le lui expliquer.

Elle remonte dans sa voiture et traverse le reste du pont sans regarder sur les côtés. Juste la route. La D213 vers Saint-Brévin et Pornic. Elle croise des panneaux qui lui rappellent tant de souvenirs. Saint-Brévin-les-Pins. Les parents d'une amie y possédaient une maison, une villa 1920 au milieu des bois. Les odeurs lui reviennent tout de suite : la mer, le sable humide, le frais à l'ombre des arbres. Et les aiguilles qui piquaient les pieds. Quelques kilomètres plus loin, c'est Saint-Brévin l'océan. La station balnéaire, sa plage immense. Elle y a passé des heures, nichée dans les dunes à se prélasser et à bouquiner. Elle se souvient du club de plage, du remblai, du goût des glaces à la pistache et des chichis enduits de sucre qui brûlaient les doigts à travers leur papier gras. Elle dépasse Saint-Brévin puis Saint-Michel et arrive enfin à Pornic, où elle se gare contre un mur de pierre, rue Neuve, à proximité du centre-ville. La rue est déserte. L'air est délicieusement doux. L'exquise mélancolie du bord de mer à la morte saison. Le cri d'un goéland déchire l'azur. Julia lève la tête. Un soleil pâle brille entre les cumulus. Elle se sent bien, loin de chez elle et près de la mer. Elle monte la rue des Halles, déambule sur les pavés. Au bout, on redescend sur le petit port, une vraie carte postale, avec son château, son aber, ses maisons sagement alignées le long des quais. Un décor tellement pittoresque qu'il semble créé de toutes pièces. Julia se rend sur le quai Leray et s'assoit à la table d'un café. De l'autre côté du port, un vieux gréement assoupi se prélasse, tout de bois vernis, battant pavillon anglais. Encombré par sa carrure de sportif et son mètre quatre-vingts, un serveur d'à peine vingt ans vient prendre la commande de Julia : un double café et un croissant. Le gamin hoche la tête avant de disparaître en se cognant aux chaises en aluminium. Julia ferme les yeux et soupire en se laissant caresser par la douceur tiède du soleil d'automne.

Julia a décidé de se promener un peu dans la ville. Elle prend une rue étroite débouchant sur le port, s'arrête devant une devanture de La Trinitaine, qui expose une impressionnante pyramide de biscuits et de caramels, poursuit sa déambulation dans la rue commerçante, croise quelques restaurants de poissons, une pharmacie, un photographe, des boutiques de vêtements aux vendeuses avenantes. Tout ici est si calme et paisible. Julia continue jusqu'à la librairie L'Encre bleue, dont elle inspecte la vitrine avant de pousser la porte. L'intérieur est simple et chaleureux. Des étagères remplies de bouquins et une grande table centrale sur laquelle sont disposées les nouveautés. Au fond, un petit escalier en colimaçon donne sur une deuxième salle. Julia regarde autour d'elle. Elle est venue de Paris sans rien à lire. Elle parcourt les piles. Les biographies, les essais politiques, les polars. Non. Pas d'histoire avec des cadavres. Elle regarde quelques quatrièmes de couverture tandis qu'un client sort de la pièce attenante suivi par la libraire qui lui parle du livre qu'elle tient à la main. Ils discutent tous deux jusqu'à la caisse. Intriguée par cette voix, Julia lève les yeux. La libraire aussi l'a vue. Elle tend un sac à son client puis le raccompagne à la porte.

– Julia ? tente-t-elle, les yeux écarquillés.

– Élyette, répond Julia, abasourdie.

Les deux femmes se prennent par les mains, s'observent, incrédules, avant de tomber dans les bras l'une de l'autre.

– Ça fait combien de temps ? demande Élyette.

– Treize ans. Depuis la terminale à Aristide Briand.

– Je n'en reviens pas. Treize ans.

– Tu es devenue libraire ?

– Oui, rayonne Élyette. Tu vois. J'ai fait des études de lettres et voilà…

– Je me souviens que tu adorais la poésie.

– C'est vrai ! acquiesce Élyette en rougissant. Après le lycée, je suis partie faire une hypokhâgne à Rennes. J'ai tenu un an et je suis partie à la fac. J'avais un petit boulot en appoint dans une librairie. Après mes études, je leur ai demandé si je pouvais travailler chez eux. Ils m'ont dit oui et c'est parti comme ça. Et puis, de fil en aiguille, je suis revenue ici, il y a trois ans. Et toi, Julia, que deviens-tu ?

– Je suis avocate à Paris. Je suis partie de Trignac l'été du bac et c'est la première fois que je reviens.

– Je me souviens. Tu avais claqué la porte, n'est-ce pas ?

– C'est le moins qu'on puisse dire. J'ai suivi un avocat de quarante ans, gentil et paternel. J'étais un peu en manque de ce côté-là.

– Et tu es montée à Paris, du jour au lendemain ?

– Oui. Je me suis inscrite à la fac de droit et de fil en aiguille…

Élyette ouvre grand ses yeux. Sa copine de lycée a tellement changé.

– Tu es ici en vacances ?

Julia lui explique les circonstances. Élyette se confond en excuses, mais Julia la rassure.

– Ne t'inquiète pas. Tu ne pouvais pas savoir. L'enterrement est prévu demain et là je prends un peu de temps pour moi.

Élyette aussi a beaucoup changé. Elle a l'air posée aujourd'hui, solide, en accord avec elle-même. Au lycée, elle n'existait que par le regard des autres, surtout celui des mecs. Elle portait des jeans taille basse, des tee-shirts décolletés avec des motifs en strass et une casquette retournée en arrière. Un look de midinette sortie d'une émission de téléréalité qu'elle brisait en déclamant du Verlaine aux intercours. Les mecs de terminale A étaient dingues d'elle. L'un d'eux, avec son imper mastic et une mèche brune qui lui barrait le visage, lui avait écrit une pièce de théâtre. Julia au contraire n'aiguisait guère les convoitises. Elle était plutôt bien en chair et ne savait pas trop s'habiller. Elle était assez bonne en sciences, ce qui était beaucoup moins cool que la poésie. À l'époque, Julia était très lucide sur leur amitié utilitaire. Julia était un faire-valoir pour Élyette, qui avait la garantie qu'elle ne lui ferait jamais d'ombre. En échange de quoi, Julia accédait au statut d'amie de la fille la plus en vue du lycée. Ça se tenait.

Une jeune femme d'une trentaine d'années en baskets et veste militaire, encombrée de mioches, pousse la porte de la librairie. Élyette la salue tandis que les trois têtes blondes détalent vers la pièce du fond, où se trouvent les BD.

– Excuse-moi, Julia, je dois y aller. Ça me ferait vraiment plaisir qu'on se revoie pour prendre un verre. Appelle-moi, dit Élyette en tendant à Julia une carte de la librairie.

Le plaisir sera partagé, lui assure Julia, en donnant elle aussi son numéro à Élyette. Puis elles s'embrassent en s'étreignant chaleureusement.

15

Une demi-douzaine de voitures sont déjà garées sur le petit parking de la maison Delvaud dans le quartier nord de Trignac. L'Audi de Julia glisse silencieusement sur le bitume puis se range un peu à l'écart. Elle s'extrait de l'habitacle et marche d'un pas lent vers la porte en verre fumé du funérarium. Elle porte une robe noire en crêpe, une veste en coton velours et des bottines en cuir. Elle est anxieuse, mais ça ne se voit pas. Elle pousse la porte qui bascule sans un bruit. Dans le hall silencieux et feutré, deux silhouettes se retournent à son arrivée. C'est Mélanie et une de ses nièces.

– Julia, s'empresse Mélanie en venant vers elle. Tu te souviens de Carla ?

– Bien sûr. Bonjour, Carla.

– Bonjour, Julia. Je suis désolée pour ton frère, c'est horrible.

Julia la remercie et lui serre la main. Carla devait avoir six ou sept ans à l'époque. Elle se rappelle une fillette réservée et fade. La jeune femme qui lui sourit à présent est une grande brune, sûre d'elle-même. Depuis le hall, un couloir dessert plusieurs portes sombres portant chacune un numéro sur une plaque en laiton. Sur la porte numéro 3, la mention « Famille Rivière » est imprimée dans un cadre en bois clair. Julia entre en silence. La pièce est rectangulaire et aveugle, très sobre. De grandes dalles grises au sol et un papier légèrement flammé sur les murs. Au centre de la pièce, éclairé par deux spots tamisés, se trouve le cercueil en bois vernis. Une croix en faux bronze est posée dessus. De chaque côté, deux consoles portant des urnes blanches et à côté sur la droite, un chevalet présentant une série de photos dans un cadre fin et doré. Autour du corps, quelques personnes assises, courbées, silencieuses. Julia reconnaît immédiatement ses parents. Sa mère, d'une terrible maigreur, se tient penchée, immobile, comme assommée par la douleur. Elle n'a pas remarqué l'arrivée de Julia. À côté d'elle, son père en costume sombre, les jambes croisées, racorni sous sa tignasse grise. Treize ans auparavant, il avait encore les cheveux noirs. Il tient son menton dans sa main. On dirait qu'il réfléchit, ou bien qu'il dort. Lui non plus n'a pas vu Julia. À côté d'eux, il y a la tante Lili, la sœur de son père, son fils André, la cousine de sa mère, Madé, et son mari Jérôme. Ce sont les seuls à l'avoir aperçue. Ils la saluent d'un battement de paupières et d'un hochement de tête. L'air est lourd. Julia a l'impression de manquer d'oxygène quand elle s'avance vers le cercueil de son frère.

Elle s'approche, effleure le bois avec les doigts. Cette boîte, immobile. Elle pense que Franck se trouve à l'intérieur. Son petit frère de vingt et un ans. Elle en est bouleversée. Elle jette un œil sur les photos du chevalet, le retrouve enfin. Une photo où il pose avec son ballon. Un gamin sec, déluré et drôle, toujours fourré avec sa bande de copains, toujours à l'affût d'une bêtise. Le héros de ses parents, et de sa mère en particulier. Elle se rappelle la voix de Christine : « Où est Franck ? Où s'est-il encore fourré ? Oh, la bourrique. Cet enfant est intenable. Franck, réponds-moi. » Franck, Franck, Franck. Christine n'avait que ce mot à la bouche. Il en profitait pour n'en faire qu'à sa tête. Sa mère lui passait tout et son père était fier dès qu'il hérissait sa crête de petit coq. Il faut reconnaître qu'il était mignon, tout blond, avec ses cheveux fins et ses yeux bleus facétieux. Ils avaient dix ans d'écart et vivaient sous le même toit sans jamais vraiment se croiser. Ou plutôt si. C'est à peu près tout ce qu'ils faisaient : se croiser. À table, dans l'escalier ou la salle de bains. Des contacts fortuits, sans conséquence. Plus jeune, elle s'occupait de lui comme une petite maman. Puis l'adolescence est venue et ils se sont éloignés. Julia se remémore leur dernière entrevue chez elle à Paris, cinq ans auparavant. Elle en garde un souvenir pénible, pourtant elle se souvient d'éclats de sensibilité et d'humour sous sa carapace de petit mâle arrogant, mais tout cela semble tellement loin. De tous ces souvenirs, il ne reste plus qu'une boîte et quelques photos, et Julia, des larmes pleins les yeux, se laisse envahir par le chagrin.

Un peu avant midi, toute la famille se retrouve à Trignac pour un verre et une collation. C'est un moment étrange, à la fois lourd et léger parce que la confrontation au corps mort est terminée. La maison de Trignac d'habitude si calme et si peu accueillante déborde de monde. Dans le jardin, deux cousins de Julia sirotent un verre de mousseux sous l'immense panneau publicitaire à la gloire d'une marque de volaille fermière. Elle leur dit bonjour en cherchant à se souvenir de leur nom. La tête du grand blond lui dit quelque chose. Florian ! Bien sûr. Il était haut comme trois pommes et rigolait en permanence. Un rire en forme de hoquet. Il a bien changé. Julia le dévisage mais Florian ne semble pas la reconnaître. Elle se mêle aux invités, salue plusieurs personnes qui l'ont vue grandir. Sur la table du séjour ont été installés du pain et du pâté, des cakes au jambon, de la salade niçoise et des quiches au fromage sans oublier deux cubis de corbières et de l'eau pétillante. C'est Mélanie qui a tout organisé. Elle s'affaire pour amener les plats, distribuer les gobelets, ramasser les assiettes. Julia s'approche du buffet. Assise sur une chaise contre le mur, dévastée, transparente, sa mère semble engloutie par son malheur. Une vieille tante charitable tente de la consoler. Christine a le même regard éteint que lorsque Julia est venue à la maison le samedi précédent. Au fond de la pièce, Julia aperçoit son père devisant avec un type longiligne en costume gris qu'elle ne connaît pas. Un ex-collègue des Chantiers sans doute. Pascal semble tout petit à côté de lui. Avec sa crinière grise et sa barbe épaisse, il a l'air d'avoir quinze ans de plus que son âge. Absorbé dans sa conversation, il tourne le dos à Julia et fait comme si elle n'était pas là. Cela ne trompe personne et surtout pas sa fille. Il sait très bien qu'elle est tout près de lui et qu'elle l'observe. Mais il ne bougera pas.

– Julia !

Julia se retourne vers un homme aux yeux vifs et au front dégarni.

– Régis ! s'exclame-t-elle en lui faisant trois bises sur les joues.

– Je suis tellement désolé pour ton frère, reprend-t-il en lui prenant le bras.

– Merci…

Régis c'est son oncle, le mari de Mélanie. Une tête rondouillarde et dégarnie, des lèvres charnues, un nez fin et des yeux perçants de busard. Un air de bon bougre parfaitement trompeur. Car Régis est un coriace, un gagneur, un entrepreneur autodidacte qui a monté une affaire de boucherie industrielle et qui a fait fortune. Julia se souvient de lui quand elle était toute gamine, vingt ans avant. Régis à l'époque était boucher rue Mermoz à Savenay. Il roulait en Renault 12, et Pascal qui travaillait comme soudeur aux Chantiers de l'Atlantique sur un paquebot prestigieux, le *Millenium*, n'arrêtait pas de se foutre de sa gueule. Il l'appelait « le petit boucher ». Régis, qui avait un physique plutôt ingrat, ne disait rien. Il rasait les murs mais ne se décourageait pas. C'était un accrocheur et un commercial de talent. Il a monté sa boîte et les affaires ont pris de l'ampleur, dans la région, dans tout le pays et même à l'export. Une vraie success story. Pendant ce temps, les Chantiers de l'Atlantique changeaient de main et enchaînaient les plans sociaux. Pascal n'avait pas tardé à se faire mettre à la porte, tandis que

« le petit boucher » commençait à engranger les millions. Quand Julia était partie de Trignac, Pascal était au chômage et subsistait grâce à ses allocations tandis que Régis était devenu l'homme fort de la famille. Rien ne s'était jamais dit ouvertement bien sûr, mais s'il fallait demander un conseil ou une recommandation, s'il fallait choisir un parrain pour un baptême ou un président pour un club de sport, c'est à Régis qu'on le demandait, pas à Pascal.

– Vingt et un ans, quelle tragédie, se lamente Régis. Il hoche la tête d'un air malheureux et prend Julia par les deux bras.

– Et toi, Julia ? Ça fait longtemps. Tu m'as l'air en pleine forme. Toujours à Paris ?

– Toujours.

– Tu es avocate ? C'est ce que m'a dit Mélanie.

– C'est ça. Je travaille dans un cabinet d'affaires.

– Avocate d'affaires. Félicitations.

Puis il se penche vers elle et dit à voix basse :

– Il paraît que ça palpe bien. Pas vrai ?

Julia ne peut réprimer un sourire. Régis acquiesce d'un air entendu.

– Je n'ai jamais eu l'occasion de te le dire, mais je trouve ça formidable, ce que tu as fait. Partir de chez toi à dix-sept ans pour suivre ton destin. C'est très courageux.

– Un peu inconsidéré, non ?

– Pas du tout. Il y a deux types de personnes dans ce monde. Ceux qui se satisfont de ce que la vie leur donne et ceux qui prennent leur destin en main. Toi et moi, Julia, on fait partie de la deuxième catégorie.

Julia fait un vague signe de tête. Elle sait parfaitement où Régis veut en venir. Il a toujours détesté son père et c'est une banderille de plus dans la carcasse du vieux soudeur des Chantiers.

– Il faut que je te dise, Julia, ajoute Régis, l'air plus grave. J'ai essayé d'aider ton frère. J'ai essayé comme j'ai pu.

Julia plisse le front. Elle ne comprend pas ce qu'il veut dire.

– C'était un bon garçon. Tu peux me croire.

Régis prend les mains de Julia dans les siennes. Il sait que Julia voudrait lui poser des questions, mais il n'a pas l'intention d'en dire plus. Elle veut le rattraper, mais il s'est déjà éclipsé. Dépitée, elle se tourne vers la table et se coupe une tranche de cake aux olives, quand une jeune femme se présente à elle.

– Bonjour, vous êtes Julia ?

– Oui.

– Je suis Sandra Bouvet. J'étais l'amie de Franck.

Sandra est petite, blonde et soignée. Elle a l'air déboussolée. Ses lèvres se contractent et ses yeux s'emplissent de larmes. Julia la prend dans ses bras. Elles demeurent ainsi quelques instants. Des regards compatissants se posent sur les deux femmes.

– Excusez-moi, chuchote Sandra.

– Vous n'avez aucune raison de vous excuser.

– Franck parlait de vous, vous savez. Il disait que vous étiez une des meilleures avocates de Paris.

Julia fronce les sourcils et secoue légèrement la tête. Pourquoi son frère était-il allé inventer cela ?

– Je voulais vous dire, reprend Sandra, Franck vous a écrit une lettre. Je l'ai trouvée en rangeant ses affaires et je me suis permis de la lire. Il a mis votre nom sur l'enveloppe et il l'a timbrée, mais il ne l'a jamais envoyée. Je crois qu'il n'a pas osé. Il a écrit dedans qu'il avait fait une connerie. Ce sont ses termes. Il n'a pas donné de détails dans la lettre. Je crois qu'il voulait peut-être vous en parler directement.

Julia est stupéfaite.

– Quand l'a-t-il écrite, vous savez ?

– Non. Il n'avait pas mis de date.

Julia regarde Sandra, ses lèvres roses sur son visage de porcelaine. Elle voudrait en savoir plus mais ce n'est pas le moment. Sandra a gardé la lettre chez elle. Qu'elle passe la voir, elle sera heureuse de la lui remettre. Quand elle voudra, dès le lendemain matin si elle le souhaite. Elle lui tend sa carte de visite. « Sandra Bouvet, Bien-Être et Beauté, cabinet d'esthétique », un numéro de portable. Soudain, un cri retentit dans l'assistance. Une assiette s'est brisée par terre. Il y a un attroupement. Julia et Sandra s'approchent. Mélanie crie.

– Christine ! Appelez le Samu. Vite !

Julia se presse du côté de sa mère qui est tombée à terre, livide et inanimée comme une poupée de chiffon démantibulée.

16

Cette fois-ci, pour sortir de Saint-Nazaire, Laure a suivi les indications de son GPS. La semaine précédente, alors qu'elle revenait d'une intervention au Croisic, elle a ignoré crânement les supplications du petit écran bleu qui lui intimait l'ordre de sortir au plus vite de la quatre-voies apparemment déserte pour finir sa route par les petites rues. Elle a continué et, deux cents mètres plus loin, dans le creux du virage, c'était la guerre. Une heure d'embouteillage. Alors ce matin, elle a décidé d'écouter les recommandations de la petite appli en forme de goutte d'eau. Pour rejoindre le Bois Joalland, elle est passée par la banlieue. Un boulevard interminable refait à neuf, bordé de pavillons engrillagés, d'abribus, de zones commerciales surplombées de lignes à haute tension, de parkings immenses où quelques camping-cars font une halte avant de reprendre leur migration vers l'Aquitaine ou l'Espagne. Le ciel est couleur de plomb et la pluie colle au pare-brise. Saint-Nazaire… Elle se demande ce qui lui a pris de venir ici. Mais elle connaît très bien la réponse. C'est la même qu'à Saint-Denis, quand elle traversait dans sa Kangoo blanche les quartiers décatis de Drancy, de Pierrefitte et d'Aubervilliers : elle souffre d'un irrépressible penchant pour la rébellion contre le monde en général et contre le joug patriarcal en particulier. Autrement dit : *An ka fé chié papa et fwé an mwen konsa*[1]. Pourtant, quand elle se traîne dans un de ces décors tristes à mourir, pourris, crasseux, dont la métropole a le secret, Laure ne peut s'empêcher de rêver à sa Caraïbe. Le ciel outremer et la chaleur qui vous ramollit les os, les étals du marché débordant de goyaves, de groseilles, de piments, de caramboles, de pastèques, d'épices, les feuilles coupantes des bananiers de la Soufrière quand on part s'y aventurer dans la moiteur de la forêt, les rougets tout juste pêchés, découpés et grillés dans les lolos de Deshaies, les eaux vertes des lagons de Gosier, les alizés tièdes caressant les cocotiers des plages de Marie-Galante… Soudain, Laure pile. Elle a failli ne pas la voir ! À un passage piéton, une petite vieille toute courbée, toute ratatinée déambule sur les bandes blanches sans regarder ni à gauche ni à droite. Le véhicule de police chuinte sur l'asphalte humide. La vieille dame ne remarque rien. Heureusement, elle est sourde.

Sandra Bouvet habite rue des Acacias. Laure regarde autour d'elle. On dirait un décor de jeu vidéo ou de série B. L'allée descend en légère pente tandis qu'elle oblique doucement sur la droite. Ce quartier semble avoir été dessiné sur un ordinateur. Toutes les maisons se ressemblent. En fait, en regardant bien, on distingue trois modèles. La grande,

1. Qui peut se traduire du créole par : « Comme ça je fais chier mon père et mes frères. » (*N.d.A.*)

la petite et la moyenne. Comme dans un jeu de construction, les trottoirs sont bitumés et les lampadaires plantés tous les cinquante mètres, en alternance avec un acacia et un buisson d'abélia. Laure sonne au numéro 45. À côté de la Golf grise qu'ils ont retrouvée sur le pont, se trouve un 4 × 4 Nissan noir, sagement garé devant la porte du garage.

– Bonjour. Sergente Desandou, commissariat de Saint-Nazaire.

– Ah oui. Entrez, je vous prie.

Laure passe devant la jeune Sandra. Plutôt mignonne et assez sexy dans son legging blanc. Les ongles et le maquillage impeccables. Normal, c'est son métier. Elle se fait conduire dans le salon. Pareil. Tout propret. Chaque chose à sa place. Un brin ennuyeux. Pas sa tasse de thé. Sandra invite Laure à s'asseoir et la policière la remercie chaleureusement.

– Je suis venue pour vous poser quelques questions à propos de Franck.

– Vous voulez boire quelque chose ? répond Sandra en acquiesçant de la tête.

– Non. Merci. C'est gentil.

Laure ne veut pas s'éterniser et elle sent que Sandra n'en a pas envie non plus. Alors elle va droit au but.

– Ce sont des questions de routine. Ça ne durera pas longtemps.

– Allez-y.

– Je voudrais savoir si Franck était perturbé en ce moment ?

– Oui, reconnaît Sandra. Il avait l'air soucieux. Je ne sais pas pourquoi, ni exactement quand ça a commencé, mais il était d'humeur plus sombre, comme si quelque chose le tracassait.

– Il vous en a parlé ?

– Pas vraiment. Quand j'ai voulu discuter de ça avec lui, il m'a dit que je me faisais des idées. Mais je sais que j'avais raison.

– Il vous semblait plus renfermé que d'habitude ?

– Oui. C'est cela. Il s'était renfermé sur lui-même. Mais ça n'avait pas l'air grave. Rien à voir avec une dépression. Il avait quitté son job avant l'été et je me suis demandé si ça le travaillait. Il m'a affirmé que non. Il m'a dit qu'il avait des pistes et mis un peu de côté pour voir venir. Mon idée était qu'il s'était disputé avec un de ses copains. Quand il était contrarié, il pouvait ruminer pendant des semaines.

– Il ne vous a jamais parlé de suicide ?

– Jamais, proteste Sandra. Et jamais je n'aurais imaginé cela. Il était d'un naturel plutôt joyeux. Il faisait toujours le pitre. Je me suis dit qu'il avait un coup de mou. Ça arrive à tout le monde… Mais un suicide, non…

Elle ne peut retenir ses larmes. Laure ne sait pas trop quoi faire. Elle lui met la main sur l'épaule, lui dit que ça va aller.

– Ça m'a fait un choc terrible, reprend Sandra entre deux sanglots. Le suicide d'abord, et puis me dire que je ne n'avais rien vu. Que je croyais le connaître mais qu'en fin de compte c'était faux…

– Ça peut arriver à tout le monde, la rassure Laure. Il ne faut pas vous en vouloir. Est-ce que vous pouvez me parler de ce qu'il faisait de ses journées ?

Sandra s'essuie les joues avec le poignet.

– Quand il travaillait, il partait tôt le matin et le soir, il revenait vers cinq heures. Il se changeait et souvent il ressortait. Il allait au Cheval d'or avec ses copains.

– C'est un café ?

– Oui. À Trignac. Le jeudi et le samedi il avait foot. Entraînement le jeudi et match le samedi. Il jouait attaquant.

Laure remarque l'immense écran qui trône dans le salon. Elle le montre du menton.

– Et ça, c'était pour le foot ?

– Oui. Au moment de l'UEFA, il avait invité tous ses copains à voir les matchs.

– Ça doit coûter cher, non ?

– Je crois, hésite Sandra. Il l'avait acheté à crédit.

– Où ça ?

– Chez Boulanger.

Laure se lève de sa chaise et se dirige vers l'objet. Un appareil énorme, aussi large qu'un écran de cinéma. Deux mètres au bas mot. Posé sur une desserte en faux bois, il envahit la pièce. Laure, qui regarde des séries sur son téléphone, ne comprend pas comment on peut s'encombrer d'un truc pareil. Elle examine la bête, ouvre le tiroir du meuble, trouve le manuel de l'utilisateur, photographie le numéro du modèle puis elle remet tout à sa place et revient vers Sandra. La jeune femme la regarde, hébétée, les joues rouges et humides. Laure a subitement envie de les lui caresser. Elle tend la main et se retient au dernier moment.

– Je vous remercie, Sandra. Je ne vais pas vous embêter plus longtemps.

– Vous ne m'embêtez pas.

– Dites-moi, j'ai vu une grosse Nissan noire garée dans votre allée. C'est à vous ?

– Non. C'est la voiture de Franck. Moi, je conduis une Golf.

– La voiture qu'on a retrouvée sur le pont le soir du drame ?

– C'est ça.

– Pourquoi n'avait-il pas pris sa voiture ce soir-là ?

– Elle était en panne. C'est du moins ce qu'il m'a dit.

– Ça doit coûter cher, un bolide comme ça. Vous savez comment il se l'était payé ?

– C'était un leasing. Quatre cents euros par mois. Elle va repartir au garage. Ils doivent venir la chercher cette semaine.

Laure considère Sandra avec compassion.

– Je vous remercie et je crois que vous n'entendrez plus parler de nous. Mais même si le suicide est prouvé, les raisons qui ont poussé Franck à commettre cet acte demeureront peut-être inconnues. Il faut vous y préparer. C'est une tragédie dont il emportera sans doute le secret avec lui.

Sandra raccompagne Laure sur le seuil de la maison. Un rayon de soleil éclaire le front de la Guadeloupéenne et met en valeur la finesse de ses traits. Sandra éprouve alors un léger trouble qu'elle a du mal à cerner et qui s'évapore aussi vite qu'il est apparu.

Quand il entre dans la grande serre où sont entreposés les arbustes en pot de La Main verte, Marc se rend compte que ça fait plus de dix ans qu'il n'a pas revu le patron, Pierrick Ruelle, un ancien d'Aristide Briand comme lui. L'homme qui vient vers lui chaussé de ses bottes en caoutchouc a beaucoup moins de cheveux qu'à l'époque, des sourcils plus épais, mais c'est le même regard pétillant, toujours en éveil, sensible, déluré, ostensiblement efféminé. Tout revient en une fraction de seconde. Pour une fête de fin d'année, Pierrick s'était déguisé en Dalida. Il s'était emmailloté dans une robe brillante en argent, avait enfilé une perruque et chanté comme s'il avait une patate dans la bouche en louchant comme un chat siamois et en se tournant les boucles de cheveux avec les doigts. Il avait fait hurler de rire toute la classe y compris le prof de français qui avait tenté de se retenir avant d'exploser littéralement et de faire redoubler l'hilarité de la salle. Le directeur, qui était plutôt vieille école, n'avait pas apprécié et l'avait renvoyé de l'établissement pendant deux jours mais cet épisode avait donné à Pierrick une aura de star dans tout le lycée.

– Marc ! Ça me fait plaisir, dit Pierrick en lui serrant chaleureusement la main.

Marc le félicite pour sa belle PME. Un joli nom, La Main verte. Pierrick est souriant, heureux parmi ses plantes. Il a tout de l'homme accompli.

– Je suis venu te parler de Franck Rivière.

– J'imagine bien. Pauvre garçon.

Pierrick raconte à Marc qu'il l'avait embauché deux ans auparavant et qu'il est tombé de l'arbre quand il a appris la nouvelle. Lui non plus n'a rien vu venir. Certes, il ne le connaissait que professionnellement, mais il lui faisait l'impression d'un garçon équilibré et bien dans sa peau. La nouvelle du suicide l'a consterné. Pour ce qu'il en avait vu, Franck se plaisait dans le métier de paysagiste. Il avait des aptitudes, il était d'un caractère agréable. En plus il adorait travailler au grand air. C'était un garçon sérieux et Pierrick n'avait jamais eu à se plaindre de lui, même s'il avait donné sa démission au mois de juin. Apparemment, il avait d'autres envies. Le sport professionnel, c'est ce qu'il disait.

– Pour être franc, je n'ai jamais imaginé qu'il persévérerait dans le métier. C'est un truc de leur génération : les gamins d'aujourd'hui ne tiennent plus en place. Il faut qu'ils bougent sinon ils finissent par s'ennuyer.

– Est-ce que tu sais si Franck a pu se mettre dans une situation dangereuse ? Est-ce que tu lui as connu des fréquentations bizarres ?

– Tu penses que ce ne serait pas un suicide ?

– Ce ne sont que des hypothèses, mais je dois l'envisager.

– Ça ne m'étonnerait pas. Je n'ai rencontré aucune de ses connaissances en dehors du boulot, mais Franck était payé au smic et ça le frustrait. Il voulait du pognon. Il en avait besoin. Il aimait flamber, impressionner les copains. Je l'ai remarqué tout de suite. Dès que je l'ai embauché, il s'est acheté une bagnole. Mais au lieu de prendre une 206 comme tout le monde, il a choisi une

Alfa Romeo décapotable. Et plus tard, il l'a changée pour un X-Trail, un machin qui doit coûter dans les trente mille ! Je sais qu'il avait des copains qui avaient plus de moyens que lui. Ça créait forcément des besoins.

– Quels copains ?

– Des potes du foot, je crois.

Pierrick aurait dû commencer par là. Son boulot, ses copains, sa copine, tout ça ne comptait pas vraiment. Le plus important dans sa vie, c'était le foot, les entraînements, les matchs. S'il veut en savoir plus sur Franck, Marc doit faire un tour au club de Saint-Nazaire. C'est là-bas que Franck passait le plus clair de son temps. La conversation dure encore un bon moment, puis Marc et Pierrick se séparent en se promettant de se revoir. En sortant de La Main verte, Marc songe qu'il a tout de même engrangé une bonne nouvelle en une heure de discussion. Aujourd'hui, on est jeudi et c'est jour d'entraînement.

17

Avec la tombée de la nuit, un froid mordant s'est abattu sur le stade. La pelouse fluorescente exsude des volutes de brume enflammées par les rayons blafards des projecteurs halogènes. Quelques joueurs en survêtement et bonnet entrent sur le terrain à petites foulées. Un ballon puis un autre surgissent depuis le banc de touche. Les joueurs les attrapent à la volée et se les passent en dribblant vers le milieu du terrain. Assise sur un siège moulé dans la tribune déserte, Laure se frotte les mains en tapant des pieds. Sous l'immense casquette de béton, les courants d'air sont encore plus glaçants et Marc, qui a deviné le désarroi de l'Antillaise, est parti vers les vestiaires chercher deux boissons chaudes. Les couloirs intérieurs ne sont guère plus accueillants. Tout au fond, à côté d'une lourde porte en acier, il a trouvé une machine à café qui crache un liquide clair dans des gobelets blanc. En dehors des quinze gus et de leur entraîneur en train de se geler sur la pelouse, il n'y a pas âme qui vive. Une fois la deuxième mixture prête, Marc revient dans les tribunes. L'entraînement a commencé. Les joueurs sont comme des insectes en train de cavaler sur la pelouse monochrome. Marc remonte la coursive le long des gradins en faisant gaffe à ses gobelets. Quelques rangées plus haut, Laure, en quasi-hypothermie, semble hypnotisée par la couleur et le frétillement des joueurs.

– Un thé à la menthe, c'est tout ce que j'ai trouvé.

Laure saisit le gobelet brûlant qu'elle cale entre les deux paumes de ses mains. Marc s'assied à côté d'elle et ils observent les joueurs qui se sont mis en cercle et se tiennent par la main.

– Ce matin, j'ai interrogé la fiancée de Franck. Petite vie tranquille. Objectif moutards et pavillon à crédit. Son mec avait son jardin secret et elle s'en accommodait. Elle a confirmé pour le 4 × 4 en leasing. Je n'ai rien tiré de l'entretien sauf un truc. Je te préviens, c'est maigre.

– Dis toujours.

– Il a acheté une télé haut de gamme chez Boulanger. Un modèle très au-dessus de ses moyens mais il paraît qu'il avait pris un crédit.

Marc soupire. Ça veut juste dire qu'il avait des goûts de luxe et les yeux plus gros que le ventre. Mais ça n'apporte rien de plus à l'enquête. Soudain, un ballon rebondit au milieu du cercle de joueurs qui se déplace lentement sur la pelouse. Pendant ce temps, un type en survêtement bleu entre sur le stade en traînant derrière lui un grand filet rempli de ballons.

– Tu as joué au foot quand tu étais jeune ?

– Jamais. Je ne cours pas assez vite. Une fois j'ai essayé, j'ai vomi au bout d'un quart d'heure.

– Vraiment ?

– Mes tripes à l'air…

Sur le terrain, l'entraîneur s'égosille derrière une rangée de plots en plastique qu'il a disposés en ligne. Un joueur se tient prêt à tirer. Un autre déboule devant lui, à dix mètres, en sautillant comme s'il voulait éteindre un feu. Le premier lui tire une prune dans la figure. L'autre s'arrête de sautiller, plonge pour arrêter la balle. Bing. Une seconde prune. À peine le temps de se relever, il replonge, dérape sur l'herbe mouillée et sort sur le côté pour laisser sa place et le manège recommence. C'est assez plaisant à regarder. Pour Marc, c'est surtout le plaisir de ne pas y participer. Laure au contraire apprécie la chorégraphie.

– Ça va durer combien de temps ?

– Je sais pas…

Deux heures plus tard, l'entraîneur sonne le coup de sifflet libérateur. Les deux flics sont frigorifiés. Ils se lèvent comme deux petits vieux pour descendre les escaliers de la tribune vers la porte grillagée qui donne sur le terrain. Les joueurs passent devant eux, en file indienne, suant et soufflant comme s'ils avaient couru un marathon. De près, ils semblent plus grands et plus forts. Marc et Laure les observent tandis qu'eux ne semblent pas les voir. L'entraîneur ferme la marche, tirant derrière lui son grand filet. Quand il passe devant eux, Marc l'interpelle.

– Monsieur Delcros ?

Le gros type lève la tête. Il est tout rouge.

– Marc Ferré et Laure Desandou, police judiciaire.

Delcros regarde les deux policiers et fait une moue de surprise. Ils se serrent la main.

– On voudrait vous poser quelques questions au sujet de Franck Rivière.

L'entraîneur leur fait signe de le suivre à l'intérieur des tribunes. Dans les longs couloirs en béton résonne une clameur de chambrée : des cris, des chants étouffés et déformés par l'écho. Imperturbable, l'entraîneur avance d'un pas régulier jusqu'à une porte orange qu'il pousse d'un coup sec.

– Entrez.

La salle est aveugle, écrasée par la lueur glaciale de deux néons. C'est une sorte de salle des profs avec des affiches de rencontres sportives, de footballeurs de l'équipe de France et des plannings en métal avec des Post-it collés dessus. C'est le quartier des cadres. Ici les choses se décident. Delcros pose son filet sur un banc en bois et se retourne vers les deux flics.

– Pauvre gamin. C'est une tragédie.

Marc s'assied sur un banc face à l'entraîneur tandis que Laure reste debout, adossée au mur en crépi saumon. Ça sent le renfermé et elle ne peut s'empêcher de mettre sa main sous son nez.

– Depuis quand Franck jouait-il dans votre club ?

– Depuis un an. Avant, il était à Trignac. C'est Régis Tourneur qui l'a fait venir.

– Régis, son oncle ?

– Oui. Tourneur est notre président délégué administratif et financier. Il était très proche de Franck et quand il a été en âge de jouer en Élite, Tourneur lui a recommandé de venir à Saint-Nazaire. C'était un garçon avec du potentiel et, au SNAF, on a une équipe en Nationale 3. On a les moyens de pousser un joueur qui veut passer pro. C'est ce que Tourneur a dit à Franck et c'est pour ça qu'il est venu.

– Et en tant que joueur, il était comment ?

– Il était très bon. Il avait une accélération impressionnante. Quand il était bien positionné et qu'il était bien lancé, il pouvait faire des remontées de terrain telles que personne ne pouvait le rattraper. Et en plus d'être physique, il avait un bon toucher de balle. C'est lui qui inscrivait la moitié des buts de l'équipe. C'est un drame humain et aussi une perte pour le club.

– Savez-vous s'il fréquentait certains joueurs en dehors des entraînements ?

Delcros se gratte la tête. La question semble lui déplaire. Donner des noms aux flics n'est pas sa tasse de thé. Mais il n'a rien à cacher et il ne veut pas laisser une fausse impression au capitaine.

– Il était apprécié de tout le monde.

– En tant qu'entraîneur, j'imagine que s'il était plus proche d'un joueur, vous le sauriez, n'est-ce pas ?

– Sans doute.

– Avez-vous constaté qu'il était ami avec un ou plusieurs joueurs en particulier, répète Marc en détachant les syllabes, manifestement irrité que l'entraîneur rechigne à lui répondre.

L'autre le considère avec des yeux de poisson d'eau douce puis se résigne.

– Je crois qu'ils s'appréciaient, avec Clément. Clément Moesson, précise-t-il avant que Marc le lui demande. Il ne joue plus ici. Il est reparti à Angers pour ses études.

– Quand est-il parti ?

– Cette année. Pour la rentrée.

– C'était l'entraînement des Élite, ce soir, n'est-ce pas ?

– Ouais. On prépare le match de samedi en huit. Un match contre Pornic qui sera dédié à la mémoire de Franck. C'est une initiative de Régis. Et il y aura tout le monde, le staff, les familles, les officiels.

Marc enregistre l'information et échange un coup d'œil avec Laure, qui n'a rien dit depuis le début de l'entretien. Immédiatement, elle disparaît dans le couloir et Marc se tourne nonchalamment vers l'entraîneur.

– J'ai entendu dire que le club traversait quelques difficultés en ce moment.

Delcros pose un regard las sur le policier. Il n'aime pas sa manière de tourner autour du pot.

– Nous avons des difficultés car nous sommes un peu victimes de nos succès. Le SNAF a décroché une équipe en Nationale 3 il y a deux ans, un succès de notre président et une fierté pour tout l'encadrement. Mais ce succès nécessite des investissements et des prises de risque qui ont déstabilisé un club qui roupillait depuis quinze ans.

– Pourtant vous avez su mobiliser de nouveaux sponsors. J'ai vu la plaquette. Ça fait longtemps que les transports Morandeau financent le club ?

Delcros sent que sa patience fond comme neige au soleil.

– Ça fait un an et demi. C'est un sponsor parmi d'autres. Il y a aussi Leclerc, Abri Services, Legendre, Mercedes, *L'Écho*, France Bleu, Marine Propulsion, etc. Nous avons une direction dynamique qui a réussi à financer quatre-vingts pour cent du budget grâce aux sponsors. Tout le monde devrait être content, mais il faut croire que non…

Marc attaque sans prendre de gants.

– Avez-vous constaté des irrégularités impliquant certains joueurs, cadres ou sponsors ? Vous voyez ce que je veux dire ?

– Non, je ne vois pas ce que vous voulez dire, mais je vais vous répondre. Je n'ai rien constaté ni eu vent de quoi ce soit qui aurait impliqué des membres du SNAF. Rien de rien. Et ces difficultés passagères que vous évoquiez n'ont rien engendré d'illicite. Tous nos comptes sont clairs et limpides. Maintenant, si vous permettez, j'ai à faire.

Marc n'insiste pas. Delcros a tout donné et le mieux pour l'instant est de le ménager.

Sur le parking, Laure a ferré un poisson, un jeune type d'un mètre quatre-vingts enveloppé dans un survêtement blanc qui lui dégouline sur les épaules. Il a les cheveux courts et la démarche chaloupée. Laure se souvient de l'avoir vu cavaler sur le terrain, une sacrée détente. De près, pourtant, il a l'air si juvénile.

– J'y comprends rien, répète le jeune homme. Je ne sais pas ce qui a pu se passer.

Le garçon s'appelle Moussa. Il joue dans l'équipe depuis deux ans. En défense. Il confirme que Franck est entré au club l'année précédente et qu'il était la pièce maîtresse de l'équipe Élite.

– Franck était pote avec Clément Moesson, c'est ça ?

– Ouais. Ils faisaient la teuf ensemble.

– Moesson… Ça a un rapport avec la concession Moesson Mercedes de Pornichet ?

– C'est son père, dit Moussa.

Laure fait le rapprochement. Clément est le fils du concessionnaire Mercedes sponsor du club. Qu'est-ce que ça veut dire ? Rien, sans doute, mais c'est une information et elle la note sur son calepin.

– Je vais être franche et je voudrais une réponse franche. Est-ce que Franck dealait ?

Moussa rentre la tête dans les épaules et prend un air benêt. Inutile de creuser davantage dans cette direction.

– Est-ce que tu penses que Franck a pu se suicider ?

Le jeune homme s'impatiente. Il n'aime pas les interrogatoires, même si c'est une fliquette antillaise qui pose les questions.

– J'en sais rien, balbutie-t-il. On se voyait pas en dehors du foot.

Marc rejoint Laure sur le parking au moment où elle vient de libérer Moussa, qui file en rasant les murs malgré sa carrure de colosse.

– Tu as appris des choses ? demande Marc.

– Rien. Il s'appelle Moussa et il confirme que Franck était pote avec Clément Moesson, mais il ne sait rien d'autre. Sur la drogue, sur le suicide, rien. Et il regardait un film avec sa petite amie le soir du drame.

Laure se tourne vers Marc. Elle ne dit rien mais son silence est parfaitement éloquent. Trois heures à se cailler dans les gradins en pure perte. Ni l'entraîneur ni les joueurs ne lâcheront quoi que ce soit, si tant est qu'ils aient quelque chose à raconter.

– J'aimerais bien parler à ce Clément Moesson, dit Marc.

– Il était à Angers au moment du drame.

Marc ne répond pas. Laure le laisse tirer ses propres conclusions. L'espoir qu'il fondait sur la visite du club est en train de s'évaporer. Son intuition est toujours là, mais les faits de l'aident pas. Ils se rebellent même joyeusement. À ce moment précis, il n'a pas d'idée brillante pour avancer ses pions. Tout ce dont il est sûr, c'est qu'ils commencent à geler sur place et qu'il est grand temps de rentrer.

18

L'eau brûlante de la douche coule par vagues sur son front, ses épaules et son dos. Marc chasse les bulles de savon prisonnières de son torse et lève les yeux vers le jet en se passant la main dans les cheveux. Il voudrait que ce moment dure des heures. Il attrape une serviette, plonge son visage dans les boucles de coton peigné, entend des cris, assourdis par l'escalier. La porte de la salle de bains s'ouvre avec fracas.

– Marc, fais quelque chose ! Cet enfant me rend folle…

Stéphanie vient d'entrer en furie, débraillée, écarlate. Marc s'essuie le cou, pose les yeux sur elle, esquisse un sourire, juste ce qu'il faut pour ne pas la faire monter dans les tours.

– Marc ? Tu m'entends ? Arthur s'est renversé son bol de céréales sur le pantalon. Je n'en peux plus…

Marc la trouve belle quand elle est en colère. Il va garder cette réflexion pour lui. Elle serait capable de le traiter de macho. Il se contente d'avancer vers elle en laissant ostensiblement tomber sa serviette à ses pieds. Il se colle à elle, sa peau est chaude. Il lui pose sa main sur la cuisse, la remonte un peu en approchant sa bouche pour l'embrasser. Mais Stéphanie n'est pas d'humeur. Elle lui prend les bras et le repousse.

– Marc. Je suis sérieuse. Arthur ne m'écoute pas.

Dans sa chambre, Arthur est en train de s'habiller pour partir à l'école, les yeux rouges, le cœur gros. Marc s'assied sur le bord de son lit. Il a le choix entre lui faire un sermon sur l'obéissance à papa et maman, ou bien utiliser un procédé moins glorieux mais diablement plus efficace. Ils sont en retard. Il opte pour l'efficacité.

– Arthur, est-ce que tu as envie d'aller au bowling de la police dans deux semaines ?

Dans son petit bureau du troisième étage, Laure s'est relevée d'un coup, tremblante. Elle n'a qu'une envie : mettre une gifle à ce connard qui palabre comme s'il n'était pas responsable et comme si la poussette s'était jetée de son plein gré sous les roues de son tank. Pourtant à la dernière seconde, elle se retient. Elle ne commettra pas un seul faux pas et cet enfoiré va écoper du maximum. Elle se rassoit et continue à prendre la déposition du chauffard. Sous le Velux bouffé par les moisissures, l'atmosphère est étouffante. Le type répond à contrecœur aux questions de Laure : comment il est arrivé sur le passage piéton, à quelle vitesse, où la nounou a traversé, les détails du choc et du délit de fuite. Elle tape la déposition et à chaque fois que le type se plaint qu'il n'y est pour rien, elle reprend calmement trois paragraphes plus haut et lui fait tout répéter.

Il est neuf heures. Marc pousse la porte du commissariat, salue le planton à l'entrée et file à l'étage à son bureau. Le pire dans ce métier, c'est la paperasse. Personne ne l'imagine. La faute aux films et aux romans policiers. Tout le monde pense que les flics sont occupés à courir après les voyous, à faire des interrogatoires, à relever des empreintes, à soutirer des tuyaux aux indics, mais c'est faux. Ils passent leur temps à taper sur leur ordinateur. Des rapports sur tout, avec deux doigts. Interminables et rasoirs au possible. S'il avait su… Marc est nul en rapport, il déteste ça. Alors quand il en a un gros à pondre, il est d'une humeur de chien et se l'avale sans respirer. C'est le cas ce matin. Il se met à sa table, se plante les écouteurs dans les oreilles et lance son traitement de texte.

Deux heures plus tard, il rencontre Laure à la machine à café.

– Comment tu peux boire ça ?

Laure regarde son chocolat lyophilisé.

– C'est pas mauvais. À Saint-Denis, il était pire.

– Sans déconner ? fait Marc avec une moue totalement dégoûtée.

Laure sourit et avale une lampée sous les yeux de son chef.

– Tu as vu Mantoni ce matin ? demande-t-elle.

– Non, pourquoi ?

Marc a passé deux heures dans sa bulle à se démener avec son clavier dont la lettre *f* ne marche pas et par conséquent, non, il n'a pas eu de nouvelles du patron. Laure l'informe qu'il veut les voir à seize heures pour faire le point sur le suicidé. Il a surtout besoin d'eux en renfort pour une descente au Petit Caporal. Ils seraient sur le point de serrer dix kilos de coke. Une brigade entière est sur le coup. Marc soupire, désabusé. C'est Barthelot qui est en charge de l'opération et ça ne l'étonne pas qu'il ait besoin de renfort. Il introduit une pièce dans la machine et appuie sur la touche Expresso.

– Et les caméras de surveillance, ça donne quoi ?

– Rien. Les automobilistes que j'ai appelés et qui sont passés sur le pont à ce moment-là n'ont rien vu d'autre qu'une Golf grise garée au milieu de la chaussée. Ceux qui l'ont remarquée ont trouvé ça bizarre, mais aucun ne s'est arrêté. Il a dû sauter entre deux bagnoles. C'est facile à cette heure, on peut attendre jusqu'à deux minutes entre deux véhicules.

Marc porte le café à ses lèvres.

En revanche, Laure s'est renseignée sur l'écran plat gigantesque qu'il a acheté à crédit : sept mille euros.

– Sept mille balles ? s'étrangle Marc. Tu es sûre ?

– J'ai noté la référence et je suis allée voir sur le site. 7 499 euros précisément. J'ai regardé son compte bancaire : je n'ai trouvé aucun paiement de ce montant, mais si c'est un crédit, c'est normal. En dehors de ça : que dalle. Et toi ?

Marc hausse les épaules.

– Pas mieux. On boucle le rapport. On présente nos conclusions à Mantoni et on passe à autre chose.

Laure sourit à Marc. Elle l'aime bien finalement. Ce côté obstiné et bougon avec ses cheveux en pétard, un peu marin du Vendée Globe. Il est pas mal dans son genre. Peut-être qu'avec lui, à la limite… Marc et Laure jettent leurs gobelets dans la poubelle et s'apprêtent à remonter à l'étage quand ils croisent le gardien de la paix Pidoux, qui vient se faire un jus de chaussette à la machine. Pidoux est une jeune recrue, chargé de la corvée d'accueil du commissariat en alternance avec un autre « couillon », le gardien de la paix Dupont. « Couillon », c'est le surnom péjoratif et amical que les autres flics donnent aux plantons, qui le perdent à la faveur de l'arrivée de nouveaux bizuths et de leur montée en grade. En voyant Marc à la machine à café, les yeux de Pidoux s'enflamment. Nom de Dieu. Le Post-it. Il est pris d'une panique soudaine, frétille une seconde sur place, demande au capitaine de patienter là un instant. Une minute plus tard, il est de retour, un papier jaune collé au bout des doigts. Marc s'en empare. C'est un numéro de téléphone avec la mention : « Rappeler. Cap. Ferré ». Il l'avait laissé pour Dupont, qui a cru que c'était un pense-bête pour une location de vacances… Pendant que Marc le déchiffre, Pidoux se tortille comme s'il avait envie de pisser car il sait qu'il vient d'hériter de deux années de « couillon » supplémentaires.

– L'ordinateur ne marchait plus, se défend le brigadier. Alors j'ai noté le message sur un Post-it.

Marc a peur de comprendre. Il visse son regard dans celui de Pidoux, qui va éclater comme un tasseau de bois percé par une mèche de douze.

– Quand est-ce que tu as eu cet appel ?

– Il y a trois jours, murmure Pidoux, qui mesure l'ampleur de sa bourde.

– C'est pas vrai !… Mais quel con !

Marc se précipite au premier étage. Laure lui emboîte le pas. Son pressentiment est limpide. Il ne sait pas pourquoi, mais il le sent. Il déboule dans son bureau, se rue sur son téléphone, compose le numéro. Ça sonne. Marc bout intérieurement. Laure l'observe. Un type qui appelle au commissariat pour parler au capitaine Ferré, le capitaine qui a été interviewé dans *Ouest France*, ça sent le tuyau, en cuivre, en or massif, oui. Ça sonne toujours. Marc trépigne. Décroche, putain.

– Allô ?

Bingo.

– Commissariat de Saint-Nazaire. Capitaine Marc Ferré. Vous avez cherché à me joindre.

La voix au bout du fil est mal assurée, lointaine, nébuleuse.

– Oui. Bonjour.

C'est un homme. La cinquantaine. Il hésite, semble rassembler ses esprits. Marc a compris. Il a appelé sur un coup de tête et à présent il tergiverse. Il doit le rassurer.

– Vous aviez quelque chose à me dire. Vous pouvez parler sans crainte.

– Je… C'est-à-dire…

– C'est au sujet d'une enquête que nous menons, c'est cela ?

– Oui…

– Vous avez très bien fait de nous appeler. C'est grâce à des appels comme le vôtre que nous résolvons la plupart de nos enquêtes. Je vous écoute.

– C'est au sujet… du…

– Du suicidé sur le pont de Saint-Nazaire ? L'article dans le journal ?

– Oui. L'article dans *Ouest France.*

– Parfait. Je suis à votre disposition et nous avons tout notre temps.

– Eh bien… Je m'appelle Idriss Melah. Je travaille aux Chantiers de l'Atlantique.

Marc a la gorge sèche. Il sent qu'il tient un gros poisson. Un machin qui pèse son poids et qui va le régaler. Melah avance prudemment. Marc tire sur la ligne, doucement pour pas l'effrayer. Il sent que ça vient, c'est de plus en plus fluide, de plus en plus mou et puis ça sort d'un coup. Marc en a le souffle coupé. Ses jambes sont toutes molles. Il manque d'air. Il était moins une. Une heure plus tard, il mettait cette affaire aux oubliettes. Quand il raccroche, c'est comme si une énorme pression sur sa cage thoracique venait de se libérer. Il se sent libre et léger. Plein d'énergie. À bloc. Il se tourne vers Laure, qui le presse de cracher le morceau.

– Rivière ne s'est pas suicidé. Il a été poussé par-dessus la rambarde. Et on a un témoin.

19

Dix heures trente. Julia entre chez Bien-Être et Beauté, un petit salon tout en longueur aux murs laqués blanc, ouvert sur l'extérieur par une vaste baie vitrée. Un comptoir en bois clair trône au milieu de la pièce, avec dans un vase une énorme orchidée blanche ployant sous son propre poids. Au fond, de longues étagères soulignées par un fil d'ampoules LED présentent les produits cosmétiques et contre le mur habillé d'un miroir immense, se trouve un banc en tissu. Sandra accueille Julia avec empressement.

– Je vous fais patienter trente secondes ?

Une femme de cinquante ans, parfaitement manucurée, sort de la cabine de soins, visiblement regonflée à bloc par le nouvel éclat de ses extrémités. Sandra la fait passer à la caisse en la complimentant, avant de la raccompagner à la porte.

– Une habituée, commente-t-elle en souriant. Comment allez-vous ?

– Moi ça va… Mais maman est toujours à l'hôpital. Elle ne s'alimente plus et elle est incapable de revenir à la maison.

– Mince. Et votre père ne peut pas s'en occuper ?...

– Il a du mal à s'occuper de lui-même. Mais on va trouver une solution. J'ai décidé de rester un peu à Saint-Nazaire pour aider Mélanie. Elle gère la situation, mais on ne sera pas trop de deux, au moins dans un premier temps. Et vous, Sandra ? Vous tenez le choc ?

La jeune femme rétorque que le travail est le meilleur antidote au chagrin. Souvent, les clientes viennent pour tout autre chose qu'un simple soin, pour reprendre confiance, se confier, demander conseil. En ce moment, ces conversations intimes lui font beaucoup de bien. Julia veut bien la croire. Sandra fouille dans un tiroir et lui tend la lettre qu'elle lui avait promise. Elle est courte, un recto et un demi-verso. Julia se plonge dans sa lecture tandis que Sandra guette ses réactions. Julia la retourne et l'inspecte une fois qu'elle a terminé.

– C'est incroyable.

Sandra approuve de la tête. Elle a essayé plusieurs fois de comprendre, mais elle n'y est pas parvenue. Elle aimerait continuer cette conversation, mais elle sent que ce n'est pas le lieu.

– Julia, vous avez l'air fatiguée. Si je vous prenais en cabine ? Ma prochaine cliente arrive dans une heure. J'ai le temps et ça me ferait plaisir.

Julia est cueillie au dépourvu. Elle n'était pas venue pour ça mais devant l'insistance de Sandra, elle se laisse faire. Sandra la conduit dans une petite salle éclairée par des appliques tamisées. Les produits y sont rangés sur les tables et les étagères, les pots de cire, les lingettes, les spatules, le gel antibactérien, les pinceaux, les serviettes, un petit lavabo. Sandra se lave les mains tandis qu'elle invite Julia à se déshabiller. Il fait chaud, au moins vingt-quatre degrés. Julia se met à l'aise et s'assied sur la banquette.

– Vous avez une belle peau, constate Sandra. Qu'est-ce qui vous ferait plaisir ? Modelage, réflexologie plantaire, autre chose ?

– Un modelage, pourquoi pas ?

Sandra la fait s'allonger sur le ventre avant de se retourner pour s'emparer d'un flacon d'huile dont elle jette un trait sur le dos de Julia qui trésaille légèrement.

– Détendez-vous, je prends les choses en main. Dites-moi plutôt ce que vous avez pensé de la lettre.

Julia soupire pour se donner du temps, et aussi parce que les doigts experts de Sandra la palpent le long des côtes et que tous ses muscles se relâchent.

– Je trouve qu'elle soulève plus de questions qu'elle n'apporte de réponses. Ce qui m'intrigue, c'est ce qu'il appelle cette « connerie ». C'est étonnant qu'il n'en ait parlé à personne.

– En tout cas, pas à moi. Franck était assez secret. Ses copains, le foot, le boulot… Je savais vaguement ce qui se passait, mais pas dans les détails.

– Vous savez, je ne pense pas qu'il ait écrit cette lettre à sa sœur, reprend Julia. Il me l'a écrite parce que je suis avocate. Il avait fait une « connerie » et il avait besoin du conseil d'un juriste.

– Vous croyez ?

– J'en suis sûre. En mai dernier, il m'avait contactée et donné rendez-vous à Paris. Je n'ai jamais su pourquoi car il n'est pas venu, mais je suis sûre que ça avait à voir avec le contenu de cette lettre.

Sandra fronce les sourcils en massant le bas du dos de Julia, au creux des reins et puis doucement avec le pouce et l'index, elle lève la peau et la pince en remontant sur la colonne. Elle se concentre sur chaque muscle qui roule sous ses doigts tandis que Julia émet des petits râles de plaisir en fermant les yeux. Elles restent ainsi toutes deux silencieuses, occupées à détendre ce corps dans toutes ses terminaisons.

– Pour être franche, reprend Sandra, notre couple battait de l'aile depuis cinq ou six mois. Vous savez comment je m'en suis aperçue ?

– Non.

Sandra hésite. Elle baisse la voix en se demandant si elle ne va pas trop loin.

– Au printemps dernier, je me suis aperçue qu'il n'avait plus du tout envie de faire l'amour. Ça m'a frappée, parce qu'il a toujours été un chaud lapin, à vouloir faire ça tous les soirs. Je suis désolée de vous dire ça.

Sandra rougit et Julia sourit. La tête appuyée contre la serviette éponge, elle presse Sandra de continuer. Ce qui est dit dans cette salle restera dans cette salle.

– Il avait de gros besoins de ce côté-là. Et puis soudain plus rien. J'ai trouvé ça louche.

– Qu'est-ce qu'il disait ?

– Qu'il était fatigué, mais je n'y ai jamais cru. En même temps, ça me faisait un peu des vacances, alors j'ai pas trop insisté…

Julia et Sandra pouffent de rire. Julia ferme les yeux pendant que Sandra lui masse les fesses et le haut des cuisses. Elle se dit qu'elle aime bien cette fille et que Franck avait de la chance d'avoir déniché quelqu'un comme elle. Tandis qu'elle lui palpe les mollets, Sandra lui avoue que la lecture de la lettre lui a fait de la peine. Elle s'est rendu compte qu'au moment où il avait besoin de parler, il ne s'était pas tourné vers elle. Pas un mot, pas une confidence. Comme s'ils avaient été des étrangers l'un pour l'autre.

– Je peux vous dire quelque chose que je n'ai dit à personne ?

– Je vous en prie, répond Julia.

Les premiers mois, Sandra avait patiemment fait grandir son désir de fonder une famille avec Franck, mais celui-ci freinait des deux pieds. Mais en lisant la lettre, elle avait réalisé que leur histoire était partie sur un malentendu. Et que finalement il était sans doute préférable qu'ils n'aient pas eu d'enfant. Elle se sentait coupable de penser cela et sans l'intimité de la cabine où elle se trouve avec la sœur de Franck, qu'elle connaît pourtant à peine, elle n'en aurait sans doute jamais parlé à personne.

– Vous n'avez aucune raison de vous en vouloir, Sandra. Et vous avez bien fait de vous écouter. La mort de Franck est malheureuse mais ça aurait pu être bien pire pour vous si vous aviez eu un enfant.

Sandra dépose un dé à coudre d'huile dans sa main gauche et reprend un massage de pied qui alanguit Julia et la remet immédiatement en position couchée.

– Je vous remercie, Julia. Je ne sais pas si vous le saviez, mais je peux vous dire qu'il vous admirait. Il disait que vous aviez eu le cran de prendre votre destin en main.

Julia se redresse un peu. Sandra a touché un point sensible.

– Je vous fais mal ?

– Un nerf, quelque chose... Mais continuez, c'est parfait...

Sandra s'applique alors sur la voûte plantaire, malaxe le talon, pétrit les coussinets, frictionne chaque orteil séparément, petit à petit, jusqu'à ce que Julia abandonne toutes ses défenses. Le massage de pied est le roi des massages. Elle grogne en se cabrant et en se raidissant de plaisir.

20

Quand il était gamin, comme tous les gosses de son âge, Marc rêvait de travailler aux Chantiers. Ses parents habitaient Prézégat, une banlieue ouvrière du nord de la ville. Son père était serrurier de marine et avait fait toute sa carrière à Saint-Nazaire. Il avait commencé dans les années soixante-dix sur les supertankers. La Shell et Elf en avaient commandé plusieurs exemplaires suite à la fermeture du canal de Suez. Nasser les obligeait à faire le tour de l'Afrique pour s'approvisionner et le tonnage des pétroliers n'en finissait pas de grimper pour amortir les coûts de transport. Le malheur des uns faisant le bonheur des autres, à Saint-Nazaire, les carnets de commande étaient pleins et les Chantiers étaient une ruche qui tournait à plein régime. Le père Ferré avait travaillé sur le *Batillus* et le *Pierre Guillaumat*, deux pétroliers de plus de cinq cent mille tonnes chacun. Sur les quais de Loire, on avait construit de nouvelles formes rien que pour eux. Et puis le choc pétrolier avait tout bousillé. Les Chantiers avaient frôlé la catastrophe et la grande épopée navale de l'estuaire avait bien failli sombrer, morte pour la

France, la patrie reconnaissante. Mais l'audace et l'intuition des dirigeants de l'époque avaient eu raison des vicissitudes du destin. Le choc pétrolier leur avait inspiré le retour des voyages lents, des croisières au bout du monde pour touristes fortunés sur des navires de luxe et gigantesques qu'il allait bien falloir construire quelque part. Ils s'étaient reconfigurés, avaient pris des risques, investi des millions et les années quatre-vingt avaient vu le retour des grands paquebots à Saint-Nazaire. Le *Sovereign of the Seas* avait été le premier d'une longue liste de géants des mers que Marc avait vus s'élever dans les bassins de Penhoët : le *Vision of the Seas*, le *Millenium*, l'*Infinity* avaient suivi, puis le *Seven Seas*, le *Coral Princess* et tant d'autres, jusqu'à la star de tous, le *Queen Mary II*, commandé par la Cunard en 2001 et sorti des Chantiers en 2004, un transatlantique qui avait fait vibrer le cœur de tous les ouvriers tant il ressemblait au *France* venu au monde dans la forme Joubert en 1960.

Le père de Marc avait travaillé sur ces navires et son fils en avait peuplé son imaginaire. Combien de fois avait-il accompagné son paternel pour observer de loin ces monstres de trois cents mètres de long, aux ponts interminables, effilés comme des flèches, hauts comme des immeubles, flanqués de leurs cheminées démesurées et recourbées vers l'arrière, parés pour la carrière qui les mènerait sur toutes les mers du globe ? Il se souvenait d'eux comme si c'était hier, amarrés dans les bassins, majestueux et dociles, tels des Gulliver endormis, à l'intérieur desquels s'affairaient des milliers de chaudronniers, charpentiers, mécaniciens, soudeurs, serruriers… Toute son enfance avait été illuminée par l'aventure des Chantiers et Marc n'avait eu de cesse de vouloir en faire partie. Tout du moins, jusqu'aux prémices de l'adolescence.

Alors qu'il pénètre sur l'avenue de Penhoët en suivant le tracé des deux rails ferroviaires recouverts de bitume, il peut mesurer combien ces souvenirs d'enfance sont encore vifs. Les grues colossales, les bâtiments longilignes percés de mille fenêtres identiques, les entrepôts monumentaux, les parking immenses, les postes de contrôle, les barrières grillagées et puis, au loin, dominant tout le reste, accroché aux nuages gris comme à des ballons dirigeables qui le maintiendraient en équilibre, le pont supérieur d'un géant, l'*Oasis* de la Royal Caribbean, le plus grand paquebot du monde. Pour Marc, c'est certain, les Chantiers n'ont rien perdu de leur magie, même si cette beauté n'est pas accessible à tous, s'il en juge par le regard morose que Laure promène à l'extérieur de la Scénic. Le capitaine se faufile entre les plots de béton et se gare dans l'espace réservé au personnel. Au poste 4, un agent de maîtrise en pull siglé du logo STX vient les accueillir pour les conduire de l'autre côté du chantier, derrière les chaudronneries, près des grandes formes de montage, dans le no man's land. Deux rues qui se coupent à angle droit, un carrefour ceinturé de grilles antieffraction, des containers épars, des lampadaires rongés par le sel, une butte de terre, puis la mer. L'agent arrête sa voiture et leur montre l'Algeco.

– C'est la déprime, ce bled, dit Laure.

Marc ne relève pas. Inutile de perdre son temps à initier l'Antillaise au charme des zones industrielles portuaires du nord de Loire. Ils montent une marche bricolée avec des palettes de bois et frappent à la porte.

– Monsieur Melah. Police.

La porte en tôle s'ouvre bientôt et un petit homme aux cheveux bruns dégarnis sur le crâne les salue, la main sur le cœur.

– Bonjour, messieurs dames. Je vous en prie.

Marc aurait pu convoquer Idriss Melah au commissariat, mais il a souhaité rencontrer le vigile sur son lieu de travail, se faire une idée par lui-même, apprécier les angles et les distances. À la demande de rendez-vous, Melah avait tenté de résister, par peur d'une réprimande de sa hiérarchie. Des flics sur le chantier, la direction n'aime pas. Ça attire l'attention et ce n'est jamais bon. Le capitaine avait parfaitement compris les réticences d'Idriss et s'était immédiatement adressé à la direction, qui n'avait évidemment rien trouvé à y redire, même si elle n'en pensait pas moins.

À l'intérieur de l'Algeco, l'aménagement est assez confortable. Rideaux de coton aux fenêtres, petit frigo, évier en inox, tables et chaises dépareillées, petit fauteuil en rotin et même un clic-clac contre le mur pour les pauses entre les rondes. Idriss leur explique qu'il partage le lieu avec cinq collègues de la SEP, la société qui assure le gardiennage du site. Ils travaillent deux par deux et se relaient toutes les huit heures. Son collègue Mourad est parti faire sa ronde. Le vigile invite les deux flics à s'asseoir à la table et leur propose du thé.

– Merci, monsieur Melah. Nous ne serons pas long, le rassure Marc. Votre témoignage est essentiel et ma collègue enregistrera votre déposition. Vous êtes d'accord ?

Melah hoche la tête en regardant Laure sortir un ordinateur portable de son sac et le poser sur la table à tréteaux.

– Merci, dit-elle en attrapant la tasse de thé par le bord pour ne pas se brûler.

– Pourriez-vous nous raconter exactement ce qui s'est passé le soir où Franck Rivière est tombé du pont ?

Melah prend son temps pour ne rien oublier.

– Ce soir-là, je faisais ma ronde. Je suis parti du bassin C à une heure du matin, puis j'ai suivi le parking de Loire, jusqu'au feu du Gabion. Il faisait nuit noire. On voyait les étoiles, je me souviens. Au moment où je suis arrivé sous la grande grue, avant de tourner à gauche pour remonter le long du bassin, j'ai remarqué au loin sur le pont un véhicule arrêté près du premier pylône. Ses phares étaient allumés mais il ne bougeait pas. J'ai cru que c'était un accident.

– Quelle heure était-il exactement ?

– Je ne sais pas, réfléchit Melah. Je suis parti à une heure et ma ronde dure trois quarts d'heure. À la grande grue, je suis à mi-chemin. Il devait être une heure vingt.

– D'accord. Qu'avez-vous fait ensuite ?

– J'ai pris mes jumelles.

– Il faisait nuit noire, comment avez-vous fait pour distinguer quoi que ce soit ? demande Marc.

Idriss s'attendait à cette question et elle semble le ravir. Il ouvre un placard en tôle bleue et en extrait une binoculaire.

– Jumelles à infrarouge. Avec ça on voit comme en plein jour. Je les porte toujours sur moi lors des rondes de nuit.

Melah continue son récit tandis que Marc manipule les jumelles.

– J'ai regardé pour voir s'il y avait quelqu'un en difficulté.

– Et qu'avez-vous vu ?

– Il y avait trois personnes. Trois ombres. Impossible de reconnaître les visages, mais je pouvais les compter. Un, deux, trois.

– Que faisaient-ils ?

– C'est difficile à dire. Ils bougeaient.

– De grands gestes ou de petits gestes ?

– Difficile à dire.

– Avaient-ils l'air de discuter tranquillement comme vous et moi en ce moment ?

– Non. Pas tranquillement. On aurait dit qu'ils se bousculaient.

– Ils se bousculaient. Et ensuite ?

Melah hésite. Quand il a appelé trois jours auparavant, il n'avait aucun doute, mais à présent il n'est plus aussi sûr. Il a eu le temps de réfléchir. Et la réflexion lui a inspiré de prendre garde à ce qu'il va dire. Car il sait trop bien qu'un vigile qui se nomme Idriss Melah a toujours intérêt à se faire discret. En toute circonstance.

– Monsieur Melah, reprend Marc qui perçoit ses hésitations, vous n'avez rien à craindre. Votre déposition restera confidentielle. Mais il y a eu un mort et la police a bien l'intention de faire toute la lumière sur cette affaire. Vous avez été témoin d'une scène de bousculade qui a précédé la mort d'un homme et il est de votre devoir de nous dire ce que vous avez vu. Ni plus, ni moins.

Melah soupire. Ce que le capitaine dit n'est que le bon sens. S'il doit choisir, il sait qu'il n'a pas d'autre alternative que de dire la vérité. La vé-ri-té.

– Monsieur Melah, vous m'entendez ?

– Je vous entends. Les trois hommes se bousculaient et moi, je continuais à regarder à la jumelle. Je me disais que ce n'était pas normal. J'ai pensé qu'il y avait eu un accident…

– Un accident de la route ?

– Oui. Et alors les trois hommes se sont rapprochés de la rambarde et tout est allé très vite. C'était sous le pylône nord. Un des trois est monté sur la rambarde.

– Était-il debout ou bien assis ?

– Je ne sais pas. Assis, je crois…

Dans les yeux de Melah, Marc perçoit une terreur primale et profonde.

– C'est difficile à raconter pour moi, monsieur le capitaine. Parce que j'ai le vertige. Déjà, sur une chaise, j'ai le vertige. Alors, tomber du pont, c'est mon cauchemar. À chaque fois que je le regarde, j'ai les mains qui deviennent humides… Vous voyez ce que je veux dire ?

Marc se redresse sur sa chaise.

– Je comprends très bien ce que vous dites. Maintenant, faites un effort. Que s'est-il passé ?

– Ça s'est passé en quelques secondes à peine. Celui qui était assis sur la rambarde a basculé dans le vide. Il était loin, il y avait du vent, pourtant je suis sûr de l'avoir entendu crier.

Melah a la voix qui tremble et les yeux qui brillent. Il dit la vérité. Toutes les analyses le confirmeraient.

– Et les autres hommes ? l'interroge Marc.

– Je ne sais pas. J'ai suivi celui qui était tombé avec mes jumelles. J'ai regardé vers l'eau. J'étais choqué. Et quand j'ai regardé à nouveau sur le pont, les autres avaient disparu.

– Pourquoi n'avez-vous pas prévenu les secours, monsieur Melah ?

Melah secoue la tête. Il fixe le plateau de la table, respire plus bruyamment. Cette question, il se l'est posée de nombreuses fois et il n'a toujours pas trouvé de réponse satisfaisante. Son comportement est inexplicable. Il le sait et il en a honte.

– J'ai eu peur, lâche-il en bégayant. J'ai eu peur de parler parce que, toute ma vie, j'ai appris à me taire.

Marc n'a rien d'autre à lui demander. Laure finit de taper la déposition d'Idriss Melah, la relit brièvement avant de l'imprimer sur l'imprimante portable qu'elle a sortie de son sac. La petite boîte noire traversée par un spasme crache trois feuilles dactylographiées.

– Avant de signer votre déposition, monsieur Melah, dit Marc, je voudrais que nous refassions ensemble le trajet de votre ronde ce soir-là. Vous êtes d'accord ?

Melah ne comprend pas. Aurait-il dit une bêtise ? Les policiers doutent-ils de sa sincérité ? Il les regarde, apeuré, mais Marc le rassure. Il n'a rien à se reprocher. Le capitaine veut seulement comprendre chaque détail par lui-même. Ça ne durera qu'une demi-heure et il demande simplement à Idriss de leur servir de guide. Le vigile semble hésiter. Il jette un œil à la policière au regard impassible et au capitaine. Puis il attrape sa parka, ouvre la porte de l'Algeco et les invite à le suivre.

21

Marc a appelé Julia la veille. Il lui a annoncé qu'il était chargé de l'enquête sur la mort de son frère, ce qu'elle savait déjà, puis il lui a appris que Franck avait été assassiné et Julia a pris la gifle en pleine figure. Comme il souhaitait lui en parler, Marc a proposé qu'ils se voient ce samedi matin à l'R du temps, un bar branché de Saint-Nazaire. Il est onze heures trente et Julia est assise à une table située côté rue, contre la grande baie vitrée. L'endroit est chaleureux, les tables sont en bois de récup', peintes de toutes les couleurs, les chaises en métal, les lustres noirs de style industriel. Au fond, trône une grande bibliothèque bourrée à craquer de livres usagés, un comptoir en zinc file sur le côté et la lumière du dehors envahit la salle à travers les immenses baies vitrées en verre serrurier. Julia patiente, son téléphone collé à l'oreille.

– Camille !

– Julia ? Comment vas-tu ?

– Ma mère est encore à l'hôpital. Elle est complètement abattue, mais elle a recommencé à s'alimenter. Elle devrait sortir la semaine prochaine.

– La pauvre... Quelle tragédie.

– Je voulais te dire...

– Ne t'inquiète pas. Je m'occupe de tout. Le directeur juridique de Rolltech m'a appelée. Ils veulent un rendez-vous pour mardi prochain. J'ai déjà pris mes dispositions pour le rencontrer.

– Vraiment, tu es un amour.

La voix de Camille est précise et sûre d'elle-même. Julia est rassurée de pouvoir compter sur elle. Elle prend des nouvelles du boulot. Un nouveau dossier est entré au cabinet. Un projet de fusion entre deux enseignes de distribution. Le DG a été reçu par Darcy la veille. On se demande qui va récupérer le bébé. Camille lui donne quelques détails. Julia ne l'écoute que d'une oreille. Cinq minutes plus tard, Marc pousse la porte du bar. Il jette un coup d'œil circulaire et repère cette femme seule en blouson et pull bleu orage. C'est elle. Elle croise son regard.

– Julia.

– Marc.

Julia est émue. Elle se lève pour l'embrasser et Marc manque de renverser une chaise. Il est toujours le même. Ses cheveux sont parsemés de quelques fils blancs, comme sur la photo de *Ouest France*, sa peau est plus marquée qu'il y a dix ans, le contour des yeux en particulier, mais sa silhouette est toujours aussi athlétique.

– Je peux ? demande-t-il en s'installant à sa table.

– Bien sûr, je t'en prie, fait Julia.

– C'est incroyable, n'est-ce pas ? Ce que le monde est petit.

Marc est désarçonné. Julia a beaucoup changé. Avec son blouson en cuir, son maquillage discret, sa voix posée. Il tente de débusquer les traits de l'adolescente de terminale derrière ceux de la femme accomplie, mais c'est presque impossible.

– Je suis désolé pour ton frère. C'est un drame terrible.

– Mes parents sont dévastés, confirme Julia.

– Et toi, tu tiens le coup ?

Julia serre ses lèvres. Le serveur lui amène son Perrier et prend la commande de Marc, qui croise ses deux mains sur la table de bistrot. Il doit la mettre au courant des derniers développements.

– Comme je te l'ai dit au téléphone, Franck ne s'est pas suicidé. Nous en avons eu la confirmation hier. Un vigile des Chantiers a vu la scène à la jumelle. Il y avait deux hommes avec lui et ils se sont enfuis. On ne sait rien de plus, mais tu peux me croire, on ne va pas en rester là.

Julia est sonnée. Marc regarde les doigts de Julia qui tremblent autour de son verre.

– Je n'avais plus de relation avec mon frère depuis des années. Même chose avec ma famille. Je suis partie après mon bac et avec le temps, nous sommes presque devenus des étrangers les uns pour les autres. Figure-toi que Franck avait une fiancée, que j'ai rencontrée pour la première fois cette semaine.

Elle sort une feuille pliée en quatre de son sac et la tend à Marc, qui ouvre de grands yeux.

– C'est une lettre qu'il m'avait écrite sans me l'envoyer. Tu verras, il parle d'une « connerie », mais j'ignore ce que c'est.

Marc prend le temps de lire et Julia l'observe, son visage, ses pommettes. Les années l'ont décidément plutôt bien servi. Marc retourne la feuille et Julia observe ses mains. Le mouvement de ses doigts lui en rappelle un autre, et même une sensation. Une caresse soyeuse et chaude. Elle chasse cette pensée qui a surgi sans prévenir. Marc lève les yeux vers elle, lui demande s'il peut garder la lettre et l'interroge sur Franck, ses parents, leurs relations. Elle lui parle du rapport œdipien délétère entre son frère et sa mère, de son père aigri et démissionnaire. Elle lui explique aussi les circonstances de leur dernière rencontre, en 2016.

– Les retrouvailles ont été plus que fraîches. Il était devenu un sale môme, mal élevé, avec des avis tranchés sur tout. Au bout de trois heures, nous avions remis à jour le logiciel familial. Il m'avait rangée dans la catégorie des sales bourges intellos et moi je l'avais casé dans celle des petits branleurs jamais sortis de leur trou. Il est resté une nuit chez moi et il est parti.

– Et depuis, rien ?

– Il y a six mois, il m'a donné rendez-vous à Paris et il n'est jamais venu. Je crois que ça avait à voir avec cette lettre.

Julia tente de contrôler son émotion, mais ses yeux sont devenus brillants. Marc s'en veut d'avoir appuyé sur une blessure qui ne demande qu'à se refermer. Il doit la mettre au courant et lui expose tous les détails de l'enquête, le diagnostic du légiste, les caméras de surveillance, les interrogatoires des automobilistes. Julia lui parle de Sandra, de sa mère qui a besoin d'elle, de son séjour qui va se prolonger un peu. Elle comprend que Marc se méfie des évidences pour aller au bout de ses doutes et elle en éprouve pour lui une vraie gratitude. Elle remarque aussi qu'il fait attention à la manière dont il raconte les choses. Il y met les formes, choisit ses mots, atténue les épisodes les plus traumatisants pour ne pas la blesser. Elle se rend compte que depuis qu'elle est revenue à Trignac, c'est la première fois que quelqu'un se soucie d'elle.

– Tu penses que je peux t'aider ? dit Julia.

– Oui. Appelle-moi si tu apprends quelque chose.

Ils continuent de discuter, commandent un autre verre et Marc redécouvre lentement, par éclairs, la Julia Rivière de la classe de terminale. À l'époque, elle était une adolescente complexée, intelligente mais toujours un peu à côté de la plaque. Elle était différente des autres filles et Marc l'appréciait pour ça. Elle n'avait pas de petit copain et lui qui avait un certain succès auprès des filles n'avait eu aucun mal à sortir avec elle. Le souvenir en est encore très net dans son esprit. C'était pendant une sortie scolaire au château de la Chabotterie, un des hauts lieux des guerres de Vendée. Toute leur classe s'y était rendue en car avec le prof d'histoire. Soixante bornes depuis Saint-Nazaire. La foire totale, et une seule obsession pour les garçons de terminale dans la promiscuité forcée des rangées du fond : peloter les seins des filles et leur rouler des pelles. Julia s'était assise dans le second tiers du bus, une position stratégique qui signifiait qu'elle n'était ni particulièrement intéressée ni tout à fait réticente. Marc en avait profité. Il s'était glissé jusqu'à sa place et avait commencé son cinéma. Julia s'était laissé faire. Marc lui avait glissé la main sous le pull et ils s'étaient embrassés pendant tout le trajet et une partie de la visite du château. Leur histoire n'avait duré que deux semaines mais les guerres de Vendée avaient toujours gardé pour lui le parfum sucré de l'eau de toilette de Julia et le souvenir douloureux d'une érection ininterrompue pendant tout le trajet du retour.

Julia, de son côté, se rappelle le style de Marc et sa réputation sur les bancs du lycée. Avec son air de constamment sortir du lit, sa démarche outrageusement flegmatique, ses déclamations crypto-marxistes dans la cour de récré et les trois accords qu'il connaissait à la guitare, il faisait chavirer le cœur des filles et, comme d'autres, elle était tombée amoureuse de lui. Elle se souvient très bien du jour où ils sont sortis ensemble pour la première fois. C'était dans un car scolaire, une sortie de classe. Les lycéens choisissaient leur place en fonction de leur degré de coolitude. À l'avant, il y avait les polards, les binocleux, les premiers de la classe, les repoussoirs, parmi eux certains sentaient même mauvais. Au fond du car, c'était le territoire réservé aux plus cools, à ceux qui parlaient fort et qui avaient des bulletins pourris. Ils faisaient rêver tout le monde car ils avaient un scooter, connaissaient des tonnes de groupes de musique et avaient déjà eu des tas d'expériences sexuelles. Julia ne faisait partie ni des uns ni des autres et elle s'était donc en toute logique assise vers le milieu du bus. Elle y repense et un frémissement lui parcourt le dos quand elle songe à quel point elle se sentait peu sûre d'elle-même à cette époque. Marc était venu du dernier rang pour la rejoindre et elle se remémore avec un peu de honte qu'elle en avait été flattée et combien cette excursion de classe s'était par ce seul fait transformée en un voyage excitant et merveilleux.

Julia termine son verre en jetant un œil amusé sur le capitaine de police qui sirote le sien. La vie est parfois une gigantesque comédie. Marc vient d'évoquer le bon mot d'un prof qu'elle avait complètement oublié et ça la fait pouffer de rire. Elle s'aperçoit que c'est la première fois qu'elle rit depuis une semaine. Au cours de leur entretien qui durera deux heures, Julia renversera de l'eau sans le faire exprès et Marc posera sa main sur les siennes pour les essuyer. Et cette presque-caresse les bouleversera tous les deux.

22

Dix heures moins cinq. Laure regarde sa montre en pestant. Une demi-heure qu'elle poireaute sur le parking à attendre que ça ouvre. Autour d'elle, les voitures commencent à arriver. Les lève-tôt et les accros du centre commercial. Elle met la radio et tombe sur un rap chaloupé chanté par une voix de robot, ce son préfabriqué que les gamins s'enfilent à haute dose pendant des heures. Elle repense à la tête de Mantoni quand elle lui a tendu la déposition de Melah. « Témoin oculaire de meurtre présumé ». La tuile. Mantoni, qui avait prévu de les mettre sur autre chose est obligé de les laisser sur l'affaire Rivière. L'enquête redémarre. Le dossier est transféré au parquet. Et Barthelot se débrouillera tout seul avec ses dealers du Petit Caporal. Elle songe aussi avec une certaine admiration à la ténacité de Ferré. Le gamin s'était jeté du pont, c'était un suicide, tous en étaient convaincus, il ne fallait pas chercher plus loin et Ferré emmerdait le monde avec son intuition à la noix. Mais il avait vu juste contre tous les autres. Un coup de bol tout de même que Pidoux se soit rappelé son Post-it ce matin-là.

Laure regarde sa montre. Dix heures moins deux. C'est l'heure. Elle bondit hors de la Peugeot bleu-blanc-rouge et fonce vers l'entrée en forme d'ogive du centre commercial.

À la porte ouest, le centre est vide, c'est impressionnant. Elle croise un Antillais en blouse jaune courbé sur sa lustreuse de sol, à laquelle il imprime de grands mouvements d'essuie-glace. Sur les côtés, la moitié des commerces ont déjà ouvert. Des filles maquillées et serrées dans leur tailleur noir s'affairent dans les vitrines, arrangent les portants de leur magasin. Une forte odeur de chocolat et de viennoiserie fait saliver Laure. Les premiers clients sont derrière elle. Elle avance sur le carrelage brillant, cinquante mètres d'une avenue légèrement courbe qui contourne le grand atrium central et débouche sur le magasin Boulanger. Un employé a levé le rideau de fer sur un grand panneau « Bienvenue » et sort les pancartes promotionnelles et les kakémonos. Les portillons en inox et l'immense moquette bleue sont prêts à accueillir le chaland. Laure entre dans le magasin, tente de se repérer aux cartons colorés qui pendent du plafond. Informatique. Image. Électroménager. Photo. Les allées regorgent de machines à café, de robots ménagers, de fers à repasser, de tables de cuisson, de sèche-cheveux… Elle prend à droite, croise les ordinateurs, les tablettes, les accessoires, les écrans, les sacoches, les imprimantes, continue tout droit, arrive au rayon des téléphones, coques et accessoires, ralentit, revient sur ses pas.

Sur une table blanche hérissée de cartons publicitaires en papier glacé se dresse une forêt d'écrans noirs, tous semblables, tous différents. Laure est à la fois fascinée et totalement désorientée. Elle les observe, s'arrête devant un écran fin et brillant comme un miroir sur lequel défile une vidéo saturée de mouvements et de couleurs. Elle n'en revient pas. Elle sort le sien de sa poche. Son écran fissuré affichant une pauvre photo de plage aux couleurs délavées fait figure d'antiquité. Elle est has been, ça ne fait aucun doute et n'importe lequel de ceux-là lui ferait faire un saut technologique majeur. Elle regarde les étiquettes, croit défaillir en regardant les prix. Certains dépassent huit cents euros. Les moins chers sont tout de même à près de trois cents. Elle est dégoûtée. Le sien continuera de faire l'affaire. Elle recule en faisant la moue et s'éloigne de ce rayon des arnaques.

Elle continue son chemin, se repère aux pancartes. Appareils photo, vidéoprojecteurs, télévision. Comment a-t-elle fait pour passer à côté ? C'est le plus grand de tous. Des écrans à perte de vue. Elle cherche un vendeur. Un type en gilet bleu et orange traverse le rayon en regardant le bout de ses chaussures.

– Monsieur ? S'il vous plaît…

Elle lève la main. Le type tourne la tête. Elle sort un petit papier de sa poche, plié et tout froissé.

– Vous avez ce modèle de télévision ? dit-elle en le lui montrant.

Le vendeur réfléchit. C'est une référence à treize chiffres.

– Vous voulez bien me suivre ?

Le vendeur s'appelle Ghislain. Il porte un badge sur son gilet en nylon, avec son prénom écrit dessus au feutre noir. Il s'installe derrière un ordinateur. Il est assez mignon malgré son front dégarni.

– Alors, QE82Q950R, attendez… Vous êtes sûre ?

– Oui. Vous l'avez en exposition ? J'aimerais vérifier.

– On en a un. C'est pour la démo, autant vous dire qu'on n'en vend pas tous les jours.

– Vous pouvez me le montrer, Gisselain ?

– On dit « Guilain », corrige le vendeur.

Il la précède dans le rayon des télévisions et, là aussi, Laure est un peu perdue. Les écrans sont recouverts d'étiquettes qu'elle ne comprend pas. Ghislain se faufile entre les meubles d'exposition jusqu'à un petit salon composé d'un canapé en cuir rouge, d'un sound system avec un ampli sophistiqué, de sept enceintes sur pied et d'un écran gigantesque.

– Le voilà. QLED. 8K. 208 centimètres de diagonale. La Rolls.

Laure s'approche, inspecte la bête. C'est bien le même que celui qu'elle a vu chez Sandra.

– On vous a acheté ce modèle l'année dernière. Vous pourriez en retrouver la facture ?

Ghislain ouvre grand les yeux. Il va lui demander pourquoi, mais Laure ne lui en laisse pas le temps et lui montre sa carte de police. Ghislain bat en retraite en haussant les épaules. Fallait le dire tout de suite. Ils reviennent à l'ordi et le vendeur tape une séquence sur le clavier.

– Voilà. QLED 8K Samsung. Franck Rivière. 19 novembre 2018. Je vous sors la facture ?

– Avec plaisir. Sa fiancée m'a dit qu'il avait pris un crédit, vous pouvez le retrouver ?

Le vendeur hoche la tête. Tandis que l'imprimante laser bourdonne dans son dos, il recherche en quelques clics le dossier de crédit attaché à la facture. Laure le voit parcourir l'écran. De gauche à droite et de haut en bas. Il clique. Tape sur le clavier. Esquisse une moue. Il ne trouve pas. Il faut chercher ailleurs. Peut-être dans un dossier papier ? Merde. Quelle poisse. Alors il revient à la facture, observe la dernière ligne, tout en bas. Un sourire fleurit sur ses lèvres.

– Il n'y a pas de crédit.

Ghislain se retourne vers l'imprimante et tend la facture à Laure.

– Regardez, c'est inscrit tout en bas. Réglé comptant. En espèces.

23

Dès qu'il a reçu le coup de fil de l'infirmière, Marc s'est jeté dans sa voiture, a plaqué le gyrophare sur le toit et a décollé en trombe, direction Pornic. Il a traversé le pont à toute allure et est arrivé un quart d'heure plus tard à l'hôpital intercommunal, service des urgences pédiatriques. Il presse la fille à l'accueil, lui crie presque dessus.

– Arthur Ferré, s'il vous plaît. C'est un enfant de cinq ans et il vient d'être admis pour une commotion cérébrale.

Comme la réceptionniste a le geste lent, Marc lui brandit sa carte de police sous les yeux. Ça n'a absolument aucune valeur dans cette situation, mais ça peut impressionner la fille qui, en effet, se met à accélérer le mouvement. Elle appelle, patiente, relance…

– Salle 126. Rez-de-chaussée.

Marc disparaît aussitôt et retrouve son fils quelques minutes plus tard, un bandeau autour de la tête. Il manque de fondre en larmes en s'agenouillant près de lui.

– Arthur, mon chéri… Papa est là.

Il le prend dans ses bras. Mais Arthur est calme.

– Ça va, papa ?

– Et toi, mon bébé ? Comment tu te sens ?

Au bout d'une demi-heure d'attente, le médecin urgentiste fait un saut éclair pour voir Arthur et rassure Marc comme il peut. Ça s'est passé dans la cour de récréation. Une bousculade. Son fils a vomi, mais ils ont fait des radios et tout a l'air normal. Pas de traumatisme crânien. Ils vont le mettre en observation pendant la journée et il pourra rentrer ce soir. Tandis que son fils joue avec un camion en plastique, indifférent au bandage qui lui enveloppe la tête, Marc repense aux parents de Franck et se sent nul, piteux, misérable. Son téléphone vibre dans sa poche.

– Ferré.

– Marc, c'est Laure. Rivière n'a pas acheté son téléviseur à crédit, mais en espèces.

– En espèces ?

– Sept mille cinq cents euros. Et aucun retrait de cash sur son compte.

– Sept mille cinq cents balles pour une télé…

Marc est soufflé. Ce que les gens font avec leur pognon, ça le rend dingue. Ce qui le tue, c'est que ces objets d'un luxe obscène, ces télés, ces bagnoles, ces fringues, font rêver des gamins qui sont prêts à faire les pires conneries pour se les payer. Cet argent tue aussi proprement et définitivement que les cargaisons de dope.

– Alors, tu en dis quoi ? demande Laure.

Marc prend un instant pour réfléchir et subitement tout devient simple, comme un nœud qu'on cherche à défaire avec application et qui finit par céder. Franck avait une petite vie pépère. Une nana sympa, un petit pavillon dans un lotissement à l'écart de la ville, un job peinard de jardinier. Sauf que l'animal dormait sur un matelas de cash et qu'il n'a pas fait la fête très longtemps, vu que deux de ses bonnes relations l'ont encouragé à faire le saut de l'ange depuis le pylône nord du pont de Saint-Nazaire. Quel est le secret de Franck ? Vous avez quatre heures.

– Marc, tu m'entends ?

– Je t'entends, dit-il d'une voix songeuse. Je pensais à quelque chose. Selon Melah, ils étaient plusieurs sur le pont au moment où Rivière a sauté. Tu te souviens ?

– Bien sûr.

– Comme la voiture de Rivière est restée jusqu'au matin, ça veut dire que ceux qui étaient avec lui sont partis par un autre moyen. Ils n'ont pas pu s'en aller à pied car on les aurait vus sur les caméras. Ils sont donc repartis en voiture. Or, celle de Rivière arrive sur les lieux à 1 h 18, c'est confirmé par les enregistrements caméra. Vers 1 h 20, Melah voit plusieurs hommes jeter la victime au pylône nord du pont. Ça colle avec sa feuille d'émargement et avec le chronométrage de sa tournée que j'ai effectuée sur place avec lui. Donc après 1 h 20, les assassins quittent le pont de Saint-Nazaire en voiture, à bord d'un véhicule venu de Saint-Nazaire ou de Saint-Brévin qui passe pour les récupérer.

– J'ai interrogé tous les automobilistes et ça n'a rien donné, proteste Laure.

– L'un d'eux a menti. L'un d'eux est leur complice. Il faut les interroger à nouveau.

Laure a passé des heures sur ces enregistrements et elle ne sait pas ce qu'elle pourrait en tirer de plus, mais Ferré est déterminé. Elle devra obtempérer.

– J'aurais préféré aller au match de samedi. Le match à la mémoire de Franck.

– Laure, je sais ce que tu penses. Qu'on a déjà fait le tour du sujet, qu'on tourne en rond, mais moi je te dis qu'au contraire, tout devient clair. La nasse est en train de se resserrer. Ton histoire d'écran plat nous fournit une première certitude : Franck Rivière a trempé dans le bizness et y a laissé sa peau.

Mais le bizness, en Loire-Atlantique, c'est beaucoup de monde. Autant retrouver une aiguille dans une botte de foin. Alors Marc précise son idée.

– On va commencer par les *top guns*. Ceux qui cochent toutes les cases. Tu connais les frères Morandeau, de Paimbœuf, les patrons des transports Morandeau ?

– Ça ne me dit rien.

– Ce sont des voyous notoires et ils sont sponsors du club de foot de Saint-Nazaire. Ils cumulent donc deux raisons d'avoir croisé le chemin de Franck, alors mon idée, c'est qu'on va aller leur rendre visite fissa.

Au bout du fil, Laure reste silencieuse.

– … et après, on ira au match.

24

Le bord de Loire aux premières heures du jour est un spectacle unique, quand le soleil arasant effleure la ligne d'horizon et allume comme un tapis de braises le fleuve endormi. Après les embouteillages sur le pont à l'heure de pointe, la petite route qui serpente au bord de l'eau est une libération. Marc a baissé sa vitre pour sentir l'odeur du matin. À ce niveau, la Loire mesure trois kilomètres de large et lorsqu'un nuage obscurcit le ciel et que l'eau vire au gris terreux, on dirait une vaste étendue de bitume comme un gigantesque aéroport désaffecté. La flotte à perte de vue, et au loin, la rive nord, minuscule, les usines, les grues, des points blancs épars. Cinq minutes plus tard, c'est Paimbœuf, une commune déshéritée dont on dirait qu'elle a poussé au mauvais endroit. L'industrie, c'est en face. Le tourisme, c'est dix kilomètres plus loin. Au début du XXe, c'était l'avant-port de Nantes, à présent, c'est une bourgade sans âme, échouée en bord de Loire comme un rocher au détour d'une rivière.

Laure se tourne vers Marc.

– J'ai revisionné les bandes du pont. Quatre véhicules sont passés sous le pylône nord entre 1 h 20 et 1 h 45. Une Clio, une Mégane, une camionnette et une berline sombre non identifiée, sans doute une Peugeot. Elles sont passées à 1 h 30, 1 h 33 et 1 h 44. La berline, c'était plus tôt, à 1 h 21. Deux venaient du nord et deux du sud.

– Et alors ?

– Un jeune couple avec bébé, un garçon de vingt-trois ans qui revenait d'une soirée et un livreur en free-lance. Ils ont tous confirmé avoir ralenti par curiosité. Mais le livreur est le seul à s'être arrêté. Il l'avait caché la première fois par peur d'être soupçonné mais cette fois-ci il a avoué. Il a fait le tour de la voiture, il n'a vu personne et il a continué son chemin.

– À quelle heure est-il passé ?

– 1 h 44.

– Tu le crois ?

– Plutôt. J'ai investigué. Il est totalement clean. Aucun antécédent, aucun casier, aucun dépôt de plainte. Rien.

– S'il dit vrai, ça veut dire que les assassins ont agi entre 1 h 20 et 1 h 44, en déduit Marc. On resserre l'étau. Et la voiture inconnue, elle est passée à quelle heure ?

– 1 h 21.

– Juste après Rivière.

Marc accuse le coup. C'est donc le suspect numéro 1 et sa plaque est illisible, comme par hasard. Il soupire, traverse lentement la ville, suit l'alignement de platanes de la grand-rue, à quelques mètres des eaux vaseuses qui clapotent sur la berge. Peu de temps après, il sort de Paimbœuf et continue jusqu'à un entrepôt en tôle ceinturé d'une clôture grillagée et surmonté d'un panneau noir sur fond jaune portant l'inscription « Transports Morandeau ». Marc tourne à droite, passe le portail et s'arrête au hasard sur le parking du bâtiment. Garés en épi, comme assoupis sur toute la profondeur du terrain, une douzaine de semi-remorques attendent leurs prochaines missions aux quatre coins de l'Europe. Marc ne peut s'empêcher de passer en revue ces monstres aux yeux ouverts et aux mâchoires terrifiantes. On dirait un banc de requins dormant la gueule ouverte, peinturlurés de couleurs criardes, laids et beaux à la fois, exerçant sur lui une fascination irrépressible. Le souvenir de cette réplique au 1/50 d'un semi-remorque Shell rouge et jaune lui revient immédiatement, celui avec une remorque et les portes qui s'ouvrent, avec lequel il a passé tant d'heures à jouer quand il était petit.

Laure, qui n'éprouve aucune passion pour la mécanique, se dirige vers l'entrée du garage dont la porte s'ouvre dans un fracas de tôle froissée. Un type épais et râblé, petit et rond comme une pomme s'avance vers elle, les mains dans les poches. Il semble la prendre de haut. Elle a beau avoir un brassard orange, ça ne l'impressionne pas. Laure le regarde fondre sur elle. Elle a le pressentiment que ça va mal se passer.

– Tu cherch' que'que chose ?

Tout est dans la manière. Il aurait pu prononcer ces mots sur un ton bonhomme, mais non. Il lui a parlé comme à une chienne. Et Laure est *touchy* sur ce genre de détail. Des aïeux importés d'Afrique avec les fers aux pieds, ça vous donne une sorte de sensibilité exacerbée au devoir de politesse du petit Blanc. Laure sent qu'il va falloir rappeler ses fondamentaux au gros con. Alors elle embraye direct.

– On cherche des voyous. On s'est dit qu'on en trouverait peut-être ici…

Instantanément, le gros vire au rouge et se rue sur elle. Il doit faire dans les cent vingt kilos et table sur sa supériorité pondérale. Mais avec une légèreté et une célérité impressionnantes, Laure bondit sur son pied gauche en pivotant sur elle-même, décoche un coup de pied sauté retourné du droit, virevolte une seconde fois, s'appuie sur son droit et retourne son gauche dans la tronche du gros. Paf, paf. Deux savates avant qu'il ait eu le temps de dire ouf. La première le sonne, la seconde lui explose la mâchoire. Il titube, grogne, s'effondre piteusement. Laure retombe sur ses deux pieds comme un chat. Marc n'en croit pas ses yeux. Au même instant, deux types sortent du hangar à toute allure, la main sur le holster, mais Marc les précède et sort son flingue.

– Police ! Personne ne bouge !

Les deux autres se ravisent instantanément. L'un d'eux vient ramasser le gros à la chemise en sang pour le traîner à l'intérieur. Ce sont des hommes de main. À moins que ce soient des chauffeurs. Ou bien les deux. Il n'y a pas de petites économies quand il s'agit de rentabiliser le personnel. Ameuté par le boucan, un homme en blouson de cuir sort à son tour du hangar, puis un second en imper noir. Ils se ressemblent. Ce sont les frangins. Le premier des deux s'avance vers Marc et Laure d'un pas décidé. Le visage anguleux, les cheveux courts et gominés avec une petite houppette sur le front. Il martèle le bitume en fusillant les intrus du regard. C'est Jacky, une vraie boule de nerfs. S'il s'écoutait il alignerait illico les deux pandores, les passerait au mixer et les donnerait à bouffer aux brochets. Il est tendu comme un ressort, le front en avant. Derrière lui, c'est le boss, Bruno son frère aîné. Le même nez aquilin, les mêmes traits taillés à la serpe quoiqu'un peu plus creusés, la peau bronzée comme s'il revenait des îles, le front haut, les cheveux légèrement décoiffés, les traits fermés. Tandis que Jacky et ses sbires sont prêts à bondir, Bruno marche vers les flics d'un pas nonchalant.

– C'est quoi, ce bordel ? dit-il. Vous venez chez nous pour casser la gueule à nos chauffeurs ? Vous avez une bonne raison, j'imagine.

Bruno compose ostensiblement un numéro sur son téléphone tandis que Marc baisse lentement son arme.

– Préparez votre réponse, j'appelle mon avocat.

Morandeau tient son portable à bout de bras comme s'il s'agissait d'une télécommande. Laure ne le quitte pas des yeux, mais lui ne daigne même pas la remarquer.

– Votre gugusse s'est précipité pour attaquer la sergente Desandou, lance Marc. Elle s'est protégée. Légitime défense. Vous voulez porter plainte ? Pas de problème. Je vous accompagne au poste.

Morandeau s'est figé, le bras levé, sa main gauche dans la poche pour faire décontracté, mais il hésite quand même et ça se voit. Alors il range doucement son téléphone, avec ce petit sourire dédaigneux de mâle alpha sûr de sa puissance et de son magnétisme. Laure l'observe.

Elle en a la nausée. Tout ce que ce type représente la dégoûte.

– On va faire un effort et on va se calmer, dit Bruno Morandeau.

Jacky écume de rage. Un geste de son aîné et il se rue sur les deux flics, mais ce geste ne vient pas.

– Dites-moi ce qui vous amène à Paimbœuf comme ça, sans prévenir.

– À votre avis ? répond Marc sans desserrer les dents.

Bruno se redresse et penche la tête sur le côté en dévisageant Laure avec un sourire mauvais.

– Pas la moindre idée. Mais on ne va pas jouer aux devinettes, n'est-ce pas ? J'ai pas que ça à faire.

Marc soupire. Laure est mutique.

– Je viens au sujet de Franck Rivière. Vous êtes au courant ?

– Bien sûr que je suis au courant. C'est le gamin qui s'est jeté du pont il y a dix jours. Je lis le journal comme tout le monde.

– Il ne s'est pas suicidé.

C'est l'instant critique. Marc tente de déceler un signal faible, une microseconde de doute dans l'œil de Bruno. Une poussière qui voudrait dire beaucoup. Mais rien ne se produit. La nouvelle ne leur fait ni chaud ni froid, ni à Bruno ni à son frérot. Marc enfonce le clou.

– Franck Rivière ne s'est pas jeté du pont. Il était accompagné de deux hommes qui l'ont poussé avant de disparaître. Nous avons un témoin qui a vu la scène.

– Très bien. Félicitations pour votre enquête. Maintenant, vous allez me dire en quoi ça me concerne ?

Marc échange un regard avec Laure avant de jeter un œil à Jacky et aux deux bouledogues plantés sur le parking.

– Dites-moi, continue Morandeau, vous n'allez pas prétendre que nous sommes suspects, simplement parce que vous avez vu deux types sur le pont ce soir-là ?

Les hommes ne peuvent retenir un sourire moqueur. Ça, c'est le pompon. Eux, les enfants de chœur du pays de Retz, soupçonnés de jeter un gamin du haut du pont de Saint-Nazaire ? Marc sent la moutarde lui monter au nez. Il les emmènerait volontiers au poste rien que pour leur apprendre les bonnes manières.

– On ne soupçonne personne, dit Marc. Enfin pas pour l'instant. On est simplement venus voir si vous connaissiez Franck.

– On le connaissait. Par le club de foot. Il était doué. Il faisait partie des espoirs du SNAF. Je me souviens d'un match contre Challans où il a marqué trois buts.

– Vous êtes sponsor du club, n'est-ce pas ?

– Depuis cinq ans. J'aime le foot et je pense que le sport est le meilleur moyen pour éviter aux jeunes de faire des conneries. Est-ce que ça vous va comme réponse ?

Marc bat en retraite.

– Absolument. Mais je sais aussi que Franck faisait des petits boulots pour arrondir ses fins de mois. Il n'a jamais travaillé pour vous ?

– Jamais. Vous voulez vérifier ?

– Je sais que vous avez le bras long et que vous connaissez du monde. Savez-vous pour qui Rivière aurait travaillé ?

Les insinuations commencent à être plus explicites mais Bruno Morandeau ne se démonte pas.

– Si vous voulez dire que le gamin était mêlé à des activités illégales, je peux vous dire tout de suite que vous êtes à la mauvaise adresse, capitaine. Je suis le patron d'une petite entreprise de transport. Mon activité est honnête et je n'ai rien à voir avec tous ces voyous que vous croisez tous les jours dans votre boulot. Maintenant si vous n'avez pas d'autre question, je vous propose qu'on mette un terme à cet entretien.

En disant ces mots, Morandeau est calme. Devant sa maîtrise de la situation, Jacky et les autres sont redescendus en température. Marc n'a rien de plus à leur demander pour l'instant et les Morandeau n'ont rien lâché. Il recoupera leurs déclarations, bien sûr. Pour ça, il a quelques idées. Mais pour l'instant, soit ils sont forts, soit – ce n'est pas l'hypothèse que Marc privilégie – ils ne sont nullement impliqués dans la mort de Franck. Et dans les deux cas, il faut temporiser. Marc remercie Morandeau de sa coopération et s'excuse du malentendu avec son chauffeur. Laure, en revanche, ne parvient pas à desserrer les dents. Les deux flics s'en vont, tandis que les deux frères et leurs hommes les regardent s'éloigner, les poings fermés et les yeux pleins de haine.

25

Samedi 26 octobre. Dix heures du matin. Le ciel est lumineux, d'un bleu profond. Depuis deux jours, l'air ambiant s'est subitement réchauffé dans une sorte de sursaut estival avant la plongée dans l'hiver. Sur la pelouse humide, quelques joueurs s'échauffent en s'échangeant des ballons. Ils trottent les uns à côté des autres, puis l'un d'eux accélère, s'échappe devant, le ballon le suit en cloche, les autres détalent à sa poursuite, des cris fusent. Marc les observe depuis la tribune. Il est venu seul. Stéphanie a décliné l'offre. Elle sait très bien à quoi s'en tenir. Marc n'est venu ni pour le foot, ni pour passer une agréable matinée en famille. Elle sait qu'il aura un œil sur le match et l'autre dans les tribunes. Elle voit déjà la mine embarrassée qu'il prendra quand Arthur l'interrogera pour savoir ce qui se passe, qui gagne et pourquoi l'arbitre a sifflé. Elle anticipe ce moment pathétique où Marc, la tête ailleurs, demandera à Arthur de répéter parce qu'il n'aura même pas écouté la question. Ailleurs, c'est-à-dire dans l'enquête. L'enquête passe avant tout. S'il repère quelqu'un qui mérite d'être entendu,

Marc s'excusera auprès de sa femme et de son fils, les assurera qu'il n'en aura que pour une minute et leur faussera compagnie. Il reviendra un quart d'heure ou bien deux heures plus tard, ça dépend. Steph connaît le refrain par cœur, elle a préféré rester à la maison. Elle ira se balader sur la plage avec Arthur.

Marc regarde autour de lui. Le public a sorti les klaxons et les banderoles. C'est un match amical qui ne rapportera aucun point dans le championnat, mais tout le monde est là, supporters, amis, parents, organisateurs et sponsors, sans aucune intention d'en faire un match au rabais. Un bel élan de solidarité auquel personne ne saurait être insensible. Marc tente de repérer des têtes. Sur le banc de touche, il aperçoit le coach, Aymeric Delcros, en train de battre le rappel de ses troupes. Au second rang, recroquevillés contre la rambarde, il reconnaît les parents Rivière. Ils ne sont pas si vieux, pourtant on dirait deux morceaux de bois. Le père a l'air complètement cuit et la mère shootée aux tranquillisants. Ils font vraiment peine à voir. Deux rangs derrière eux, il aperçoit Julia qu'il observe longuement. Elle est de dos. Il attend qu'elle tourne un peu la tête. À dire vrai, il n'a pas arrêté de penser à elle depuis qu'il l'a interrogée à l'R du temps. Soudain, il aperçoit Laure qui remonte par la rampe, un café à la main et un sac en papier sous le bras.

– Croissant ?

Marc plonge la main dans le sac et en retire une viennoiserie molle et tiède. Quelques coups de sifflet retentissent. L'arbitre entre sur le terrain et au même moment, un larsen vrille les oreilles du public. Les têtes se tournent vers un type aux cheveux dégarnis qui a pris le micro dans les tribunes.

– Qui est-ce ? demande Laure.

– Régis Tourneur, l'oncle de Franck et un des dirigeants du club.

Sur le terrain, les deux équipes se sont rassemblées et approchées des gradins. Régis s'éclaircit la voix en tapotant sur la grille du micro.

– Chers amis des clubs de Pornic et de Saint-Nazaire, parents, amis, personnel sportif, soutiens de nos clubs et amoureux de notre sport, nous sommes réunis aujourd'hui pour disputer un match amical en hommage à Franck Rivière, un de nos jeunes tragiquement disparu. Franck jouait au SNAF. Il était notre fierté et s'il n'avait pas rencontré le malheur il y a plus de deux semaines, il devrait être là aujourd'hui, avec nous, sur ce terrain.

L'émotion le prend à la gorge. Le public retient son souffle. Tourneur respire avant de continuer.

– Franck était un garçon volontaire qui jouait un jeu généreux et collectif. Il était apprécié de tous et notre peine est profonde. En mon nom et en celui de Pascal et de Christine, ses parents, et de sa sœur Julia, qui sont ici aujourd'hui, je voudrais tous vous remercier d'être venus et je vous souhaite un bon match. Pour partager un moment de convivialité à la mémoire de Franck, nous vous invitons à rester après le match pour un verre de l'amitié.

Régis termine son discours la voix brisée. Les applaudissements sont nourris et retenus à la fois, puis un coup de sifflet retentit qui sonne le début de la rencontre.

– Il a les larmes aux yeux, fait remarquer Laure.

– Il était très proche de Franck, répond Marc. Il faudra en savoir un peu plus.

Les joueurs se précipitent sur le terrain. Les deux flics reconnaissent tout de suite Moussa. L'arbitre siffle à nouveau. Le match est lancé. Clément, le copain de Franck, est revenu pour l'occasion. Il joue ailier droit et Marc pense l'avoir repéré. Marc continue de balayer les tribunes à la recherche de têtes connues. Il donne un coup de coude à Laure qui allonge le cou et manque de s'étouffer. Au premier rang, les frères Morandeau sont tranquillement assis sur le banc des VIP. À leurs côtés, deux types en tenue de week-end. Marc songe qu'il faudra les interroger, eux aussi. Sur le terrain, les jeunes s'en donnent à cœur joie. Marc continue le panoramique. Au cinquième rang, Pierrick, en pull bleu et casquette, semble absorbé par le jeu. Les trente premières minutes de match sont poussives. Chaque équipe semble s'observer, un peu anesthésiée par le contexte de la rencontre. Le spectacle est décevant mais le public bon enfant encourage chaque passe, chaque échappée, même sur quelques mètres.

Soudain, le portable de Marc vibre dans sa poche. C'est un SMS de Julia : « Je dois te parler. Rejoins-moi sur le parking. » Marc la cherche des yeux. Au quatrième rang, son siège est vide. Il s'excuse auprès de Laure. Il n'en aura que pour quelques minutes. Il remonte les tribunes, redescend par l'escalier latéral qui mène au long couloir qui traverse les vestiaires et débouche sur l'arrière du stade. Il se retrouve dehors, aperçoit la silhouette de Julia, assise sur l'aile de son Audi. Elle ouvre la portière et lui fait signe de la rejoindre sur la banquette arrière.

– Qu'y a-t-il, Julia ?

Dans le silence feutré de l'habitacle, Julia fixe Marc avec intensité. Son cœur bat dans sa poitrine. Elle tente de parler, mais les mots sont lourds, difficiles à dire.

– J'ai été injuste avec Franck, lâche-t-elle, la voix tremblante. Il a essayé de me parler et je n'ai pas répondu. Il avait besoin de moi et je n'ai rien fait.

– Tu dis cela comme si tu étais responsable de sa mort…

– Et pourquoi pas ? Il y a toujours des responsables. C'était mon frère. Quand on était gosses, il m'appelait sa petite maman. Quand je me suis brouillée avec ma famille et que j'ai décidé de partir, j'ai cru que je subissais une injustice alors que c'était une chance. Mais Franck, lui, n'a jamais eu cette chance. Il était adulé par mes parents. Il n'avait aucune raison de s'en aller et du coup il est resté. J'ai toujours cru que c'était moi la victime de cette famille alors que c'était lui. Une victime qui avait besoin d'aide, et il a fallu qu'il meure pour que je m'en rende compte.

Les lèvres de Julia tremblent et ses yeux débordent de larmes. Marc tente de l'apaiser.

– Julia, tu n'es pas responsable de la mort de ton frère. Le responsable, c'est celui qui l'a poussé du haut du pont et tu peux me croire, je vais démasquer ce salaud. Je vais le faire payer. Ce type ne s'en sortira pas comme ça, je te le promets.

Marc voudrait tellement pouvoir la convaincre ! Julia le regarde les yeux mouillés avant de s'effondrer dans ses bras. Marc la retient, sans trop savoir comment réagir. Il sent l'odeur sucrée de sa peau, son souffle, sa poitrine qui palpite. Ils se tiennent tous les deux l'un contre l'autre, immobiles, dans une étreinte insolite autant qu'imprévue. Un trouble s'installe entre eux. Marc sait qu'il devrait immédiatement sortir de cette voiture, rejoindre Laure dans les gradins, mais son corps est lourd. Il est cloué sur son siège et s'enivre du parfum de Julia, qui se love contre lui. Il pose sa main sur ses cheveux et trouve cela tellement bon. Julia ferme les yeux, colle sa tempe contre son cou. Leurs deux respirations se mêlent à présent. Sa bouche est toute proche et subitement, ce ne sont plus les lèvres de l'avocate, mais celles de l'adolescente du lycée Aristide Briand qui se penchent vers lui. Le souvenir de son corps serré contre lui sur une banquette du car scolaire surgit comme un ballon d'oxygène remontant des profondeurs. Un incroyable sentiment de familiarité balaie la sensation d'étrangeté qui s'était d'abord installée entre eux. Julia s'abandonne à Marc qui l'attire vers lui et pose ses lèvres tièdes sur les siennes.

Marc est de retour juste avant la fin du match. Laure est à sa place. Elle n'a pas bougé et semble sévèrement s'ennuyer. Elle ne tourne même pas la tête vers lui quand il s'assied à côté d'elle. Inutile de lui demander ce qu'il a fabriqué pendant tout ce temps. Il s'est tapé l'avocate, le salaud. Avec sa femme qui l'attend sagement à la maison. Putain, les mecs ! Laure se renfrogne. Marc fait comme si de rien n'était. Ils restent ainsi sans rien dire jusqu'au coup de sifflet final. Quand il retentit enfin, les joueurs s'arrêtent dans leur course comme s'ils étaient privés de carburant et rallient les bancs de touche. Le public se lève, applaudit. 2-1. Un score honorable. Le contrat est rempli.

Des types du staff ont bondi sur la pelouse avec des tables à tréteaux, des caisses de bière et de mousseux. Régis a repris le micro et convie tout le monde à le rejoindre pour le verre de l'amitié. Il est midi, le temps est au beau et une bonne partie du public se dirige sur le terrain pour cet apéro champêtre. Marc se fraye un chemin jusqu'aux tables, attrape un verre pour Laure et un pour lui. Il cherche Julia des yeux et ne la trouve pas. Elle a dû partir. Il fait signe de la main à Pierrick et aperçoit Clément, le copain de Franck qu'ils ont repéré sur le terrain. Marc fait ses comptes, les copains de Franck, les familles, les amis, le staff du club, les sponsors et ces salopards de frères Morandeau. Il y a aussi Régis bien sûr, quelques types de la mairie, tout un petit milieu qui gravite autour du SNAF et qui ont certainement été sous une forme ou sous une autre en contact rapproché avec Franck. Plus de têtes inconnues que de connues et même à deux, ils n'arriveront pas à interroger tout le monde. Mais il ne se démonte pas. Ils vont commencer par le début, choisir un angle d'attaque et dérouler la pelote. Laure commencera par Régis et Marc par le jeune Clément. Avant de se lancer dans la foule, Marc et Laure trinquent avec leur verre de mousseux, comme deux marins qui vont prendre la mer. Quelque part sur cette pelouse se trouve l'assassin de Franck, ils en ont l'intime conviction. Est-il taiseux ou volubile ? A-t-il un verre à la main, une plaisanterie à la bouche ou un téléphone à l'oreille ? Est-il sous leurs yeux ou caché dans un coin ? Ils n'en ont aucune idée. Mais ils savent qu'il est là et que l'heure a sonné de le démasquer.

UN AN AUPARAVANT

26

Après vingt minutes de jeu, la fatigue commença à se faire sentir. La sueur perlait sur les fronts et les gestes étaient moins précis. Franck était rouge tomate, ses cuisses chauffaient sous son short en nylon et ses poumons ventilaient à toute allure. Après le cinquième but, les deux équipes profitèrent de la mi-temps pour reprendre un peu leur souffle. Franck posa ses mains sur ses genoux. Le ballon était à ses pieds. C'était à lui d'engager. 3-2. L'équipe adverse avait fait une belle remontée en marquant deux buts d'affilée mais elle avait mangé son pain blanc. Le terrain leur avait donné un avantage qu'ils venaient de perdre avec le changement de côté et l'équipe de Franck, plus rapide, avec un meilleur contrôle de ballon, avait maintenant les cartes en main pour leur mettre une piquette. Franck se ramassa sur lui-même, les jambes fléchies, la main en étoile appuyée sur le sable. Les yeux plissés, il embrassait toute la plage d'un seul coup d'œil. Soudain, il aperçut Alex qui était démarqué. Sans réfléchir, il shoota dans sa direction, fonça vers lui en hurlant à la mort et la partie reprit dans les cris et la lutte d'une douzaine de corps athlétiques et surchauffés.

C'était le premier samedi de septembre et le temps laissait présager une arrière-saison exceptionnelle. Les mois de juillet et d'août avaient été mitigés. Ils avaient subi plusieurs semaines de canicule et des pluies orageuses plus abondantes que d'habitude et s'ils avaient tout de même fini par profiter de l'été, celui-ci n'avait pas été du meilleur cru. Mais septembre serait différent. Les estivants avaient déserté la côte depuis une semaine. La Baule s'était vidée comme une baignoire. Pornichet également. Le Croisic, Saint-Marc, Saint-Brévin, toutes les stations avaient bâché les dériveurs et démonté les clubs de plage. À Saint-Nazaire, en ville comme sur le sable, chacun retrouvait son espace vital. Dans les rues du bord de mer, la plupart des maisons aux volets fermés entamaient l'interminable morte saison qui mènerait jusqu'aux vacances de Pâques suivantes. Sur la plage de Villès-Martin, une dizaine de jeunes garçons, pieds et torses nus, cavalaient après un ballon en essayant de l'envoyer entre des buts de fortune matérialisés par des amas de pulls et des paires de baskets. Courir dans le sable est une torture mais, sous l'œil amusé des promeneurs, les gamins ne ménageaient pas leurs efforts et le ballon volait joyeusement au-dessus des têtes, parmi les clameurs se perdant dans les brises océanes.

Appuyé contre un lampadaire dans la rue qui longeait la plage, vêtu d'un jean démodé et d'un blouson de cuir lui descendant sur les hanches, un homme d'une quarantaine d'années, cheveux courts, teint mat, regardait le match d'un air détaché. La seconde mi-temps avait repris et le score était sans appel. 6-2. Une vraie déculottée. Cinq des huit buts du match avaient été inscrits par un seul joueur, un petit nerveux aux yeux d'ange qui détalait sur le sable comme si c'était de la pelouse. Tandis que les autres s'essoufflaient, il continuait de galoper en réclamant la balle. Un dénommé Kélian sauva l'honneur à la dernière minute et ramena la marque à 6-3 juste avant la fin du match. Puis les garçons ôtèrent leurs bermudas et leurs pantalons de survêtement pour foncer à bride abattue vers l'océan. L'homme au blouson profita de cet instant de confusion pour faire signe au petit nerveux, qu'il héla comme un garçon de café. Il en imposait et le jeune fut intrigué. Il jeta un œil sur ses potes qui avaient déjà de l'eau aux genoux, ajusta son maillot et remonta la plage vers le lampadaire.

– C'est toi, Franck ?

– Ouais.

– J'ai regardé le match. Bravo. Tu cours vite.

– Je joue au SNAF. Je suis attaquant, répliqua Franck avec une certaine morgue.

– Je sais, coupa l'homme. Je suis venu te donner ça.

Il lui tendit une carte de visite en papier glacé de couleur noire. On aurait dit celle d'un restaurant ou d'une boîte de nuit.

– Si tu cherches du boulot, un boulot qui rapporte gros, appelle-moi à ce numéro.

Franck regarda la carte, puis le type, sans savoir quoi dire.

– Garde ça pour toi. Je suis venu te la donner en main propre et c'est pas un plan qui se refile aux copains. Compris ?

Franck hocha la tête.

– Vous êtes qui ? demanda-t-il.

– On en reparlera plus tard.

Le type au blouson jeta un œil sur la plage.

– Ils t'attendent. Allez, file !

Puis il le salua d'un coup de menton et s'en alla comme il était venu. Franck palpa la carte entre ses doigts. Le grain était mat et soyeux comme du velours. Il se retourna vers l'homme qui avait disparu entre les pins parasols bordant le boulevard. Il se souvenait vaguement de cette tête mais il avait beau chercher, il était incapable de dire où ni quand il l'avait vu. Il haussa les épaules. Le soleil était haut dans le ciel et il repartit au trot vers ses fringues roulées en boule sur le sable. Puis il rangea la carte dans une poche de son jean et détala vers la mer en hurlant.

27

Avec ses premiers salaires, Franck s'était acheté une Alfa Romeo Spider rouge de 1986. Une petite merveille dessinée par Pininfarina, tout en pointe avec une capote en vinyle noir, deux phares ronds incrustés dans le capot, des fauteuils en cuir, un volant en bois et un arrière coupé à la serpe qui lui donnait un faux air de Corvette. Avec ses cent mille kilomètres au compteur, il l'avait obtenue pour quatre mille euros auprès d'un vieux garagiste qui ne savait plus où entreposer ses voitures de collection et qui avait même accepté de se faire payer en deux fois. Le jour où il s'était enfin installé à bord de cette décapotable, il était venu chercher Sandra au salon et ils avaient tracé jusqu'à Pornic par la route qui longe la côte. Sa fierté et son bonheur au volant de son bolide étaient indescriptibles. Ils s'étaient arrêtés près de la plage, avaient avalé un sandwich et étaient revenus tranquillement à la maison, où ils avaient fait l'amour comme deux affamés. Les ennuis commencèrent quelques semaines plus tard. Les fuites d'huile, le démarreur qui lâche, les caoutchoucs qui se décollent, et Franck entama une longue série de soirs et de week-ends les mains dans la graisse à tripatouiller le moteur de sa belle italienne. Quant au budget en pièces détachées, il monta vite en flèche pour bientôt rattraper le prix d'achat du véhicule. Sandra, à qui rien de tout cela n'échappait, avait bien une idée pour résoudre définitivement le problème mais elle s'était toujours gardée de l'évoquer et c'était certainement mieux ainsi.

C'était le deuxième week-end de septembre. Sandra avait pris son samedi. Le temps était doux et ils avaient prévu d'aller pique-niquer à Saint-Brévin. Elle prépara un panier avec du pain, du jambon, des chips, des cornichons, des prunes et des oranges, tout ce qui faut, sans oublier des cannettes tout juste sorties du frigo. Vers onze heures, tout était prêt – sauf l'Alfa qui ne démarrait pas. La Golf de Sandra était au garage pour une révision et la décapotable était donc la seule option. Franck avait branché le chargeur rapide, mais une heure plus tard, rien n'y faisait. La batterie était morte. Sandra, qui n'entendait pas renoncer aussi facilement, alla sonner à la porte du pavillon mitoyen et, malgré les protestations de Franck, ils finirent par embarquer les paniers dans la Citroën Visa du voisin. Puis, comme l'heure avait tourné, ils décidèrent de se rendre à la plage de l'Ève, à six kilomètres de là.

Ils laissèrent la voiture sur le côté de la départementale, dans un renfoncement qui permettait à peine d'ouvrir les portières. C'était un coin pour connaisseurs. Derrière un troène, un petit chemin encombré par les herbes hautes menait jusqu'à la plage. Ils prirent leurs paniers à la main et sautèrent par-dessus le fossé. Sandra marchait dans les pas de Franck en lui demandant de ne pas aller trop vite car elle avait la phobie des couleuvres et des musaraignes qu'on ne manquait jamais de croiser sur ces chemins de traverse. Il faisait chaud, le soleil était à son zénith et Franck, qui avait ôté son tee-shirt, avançait d'un pas souple parfaitement en équilibre sur le terrain accidenté. Sandra contemplait sa nuque droite et dégagée, son dos musclé qui ondoyait à chaque enjambée. Son corps était une mécanique parfaite, sans extra, où chaque pièce avait sa fonction propre et effectuait son mouvement en parfaite harmonie avec les autres. On aurait dit une horloge. Franck était beau. Sandra aimait ce corps qui lui procurait des sensations uniques. Son regard glissa vers le bas du dos, au creux des reins. Son jean, légèrement relâché au niveau du bassin, laissait deviner à chaque pas le haut de ses fesses, qui se dilataient et se relâchaient comme si elles respiraient.

Sandra avait rencontré Franck un an auparavant, à la fin de l'été, un 30 août. Une boîte de nuit, une soirée arrosée, une nuit torride. Puis tout était allé très vite. Franck brûlait de se tirer de chez lui et Sandra, qui travaillait au salon depuis un an et qui était indépendante, avait une solution toute trouvée. Trois mois après leur rencontre, en décembre, Franck emménageait chez elle. Il avait dix-neuf ans et elle en avait tout juste vingt. Elle louait un studio dans le centre-ville où ils demeurèrent six mois avant de chercher plus grand. En s'éloignant un peu, ils avaient trouvé une maison pour le même prix. Ils avaient sauté sur l'occasion et ainsi, en moins d'un an, ils étaient passés de la piste de danse au pavillon de banlieue. Cela s'était fait en un claquement de doigts. Sandra portait l'essentiel de la responsabilité de cette précipitation. Elle en était consciente et, parfois, une petite voix lui murmurait à l'oreille qu'elle avait peut-être été imprudente. Mais à présent, alors qu'ils progressaient sur le chemin de l'Ève, elle fut prise d'une angoisse. Tandis que devant elle Franck avançait imperturbablement, les mains de Sandra se crispèrent sur les anses de ses paniers. Tout ceci était-il allé trop vite ? La maison, la voiture, les pique-niques, tout ? Elle était consciente du désir ardent qui l'animait : un grand amour passionné, une vie à deux que rien ni personne ne pourrait briser. Mais ce rêve était-il en train de se réaliser ou lui avait-elle un peu forcé la main ? Elle revoyait Franck sous les sunlights lors de leur première rencontre, son sourire railleur, ses mains audacieuses. Elle était tombée dans ses bras, littéralement. Puis, presque sans aucune transition, ils s'étaient retrouvés propulsés dans une vie de couple où le quotidien avait vite pris le dessus. Et puis il y avait tout le reste, le foot, les potes, l'Alfa. Un an après, elle avait l'impression que la pépite d'or qu'elle avait découverte ce soir d'été avait perdu de son brillant. Franck était toujours gentil avec elle, souvent de bonne humeur, aussi parce qu'elle y mettait beaucoup du sien, mais la plupart du temps, il était en vadrouille, occupé, ailleurs. Ils ne comptaient pourtant qu'un an de vie commune, alors de quoi l'avenir serait-il fait ? Et quand ils auraient des enfants ? Franck prendrait-il conscience qu'un nouvel équilibre devrait s'installer entre eux ou bien se retrouverait-elle à assumer seule les contraintes de leur famille naissante ? Ils arrivèrent bientôt au bout du chemin. Franck escalada une barrière de ganivelles en châtaigner.

– Donne-moi tes sacs, dit-il en lui tendant les mains.

Sandra leva les deux paniers par-dessus la clôture qu'elle enjamba avec précaution. Au-delà des buissons bruissait la mer. La petite crique de l'Ève était difficile d'accès et très peu fréquentée et à cette époque de l'année, ils avaient toutes les chances de se retrouver seuls.

– Tu me suis ? Fais gaffe.

Franck s'engouffra dans le passage étroit à flanc de colline, à travers les buissons de ronces et de fougères. Sandra le suivit en faisant attention de ne pas déraper et quelques minutes plus tard, ils s'asseyaient sur le sable chaud de la crique déserte. Sous le soleil ardent, la mer bleu outremer était une promesse de douceur irrésistible. Franck se retourna vers Sandra, tout sourire.

– Tu viens ?

Il se déshabilla entièrement, jetant ses tongs à trois mètres, s'extirpant de son jean et ôtant son slip d'un doigt. Sandra riait en le regardant. Franck, tel qu'en lui-même. À poil et le sourire malicieux.

– Alors ? Tu fais quoi ?

Sandra jeta un coup d'œil circulaire sur les falaises avant de se dévêtir. Franck l'observa sans discontinuer. Consciente de l'effet qu'elle produisait sur lui, elle lui sourit avant de retirer lentement sa culotte et son soutien-gorge. Alors Franck se retourna et fonça vers la mer, poursuivi par Sandra. Ils nagèrent jusqu'au rocher à l'ouest de la crique, l'escaladèrent, plongèrent, poussèrent des cris de Tarzan, plongèrent de nouveau, revinrent vers le rivage. Franck en profita pour attraper Sandra, l'embrasser, la serrer contre lui. La fraîcheur lui faisait un bien fou tant il était brûlant de soleil et de désir. Quand ils eurent terminé leur bain et remonté la plage à toute allure pour se sécher, Franck prit un air grave en s'essuyant le dos avec sa serviette.

– Je crois que je vais revendre l'Alfa.

Sandra en avait plusieurs fois rêvé mais elle fit un effort louable pour sembler prendre la chose d'une façon très dégagée.

– Ah bon, pourquoi ?

– Trop de boulot. C'est une bagnole pour mécanos.

Sandra approuva doucement. Puis elle s'avança vers lui, la serviette nouée au-dessus des seins. Elle lui passa les bras autour du cou et s'approcha pour l'embrasser. Franck respirait bruyamment. Il enlaça sa taille d'un bras et l'embrassa à pleine bouche. Puis, il roula des hanches et sa serviette tomba à terre. Il tira alors sur le nœud qui retenait celle de Sandra et ils se retrouvèrent tous les deux nus, ventre contre ventre. Alors, sans cesser de l'embrasser, Franck prit la main froide de Sandra, qu'il guida lentement contre ses flancs, ses cuisses, entre leurs deux corps, jusque sur son sexe gonflé. Puis elle le serra entre ses doigts et Franck tressaillit en la soulevant contre lui.

28

Le matin, on embauchait à sept heures trente et Franck arrivait toujours avec dix minutes de retard, ce qui faisait râler Pierrick même si à la longue il avait fini par s'y habituer. À moins vingt, quand il déboulait les cheveux en pétard, Franck trouvait invariablement Pierrick et son apprenti en train de siroter un café dans le réduit qui leur servait de bureau. Son patron l'accueillait par un haussement d'épaules mais lui laissait toujours un fond de tasse tiède que Franck avalait cul sec avant de disparaître dans le vestiaire pour enfiler ses bottes. Et à moins le quart, ils se retrouvaient dans la cour pour charger le matériel dans la benne.

Ce jour-là, ils avaient rendez-vous à Porcé, au sud de la ville. Une propriété avec vue sur la mer dont ils devaient tailler les haies. Ils arrivèrent à huit heures. Pierrick gara le camion sur l'accotement et se présenta à l'interphone du grand portail tandis que Franck et l'apprenti l'attendaient dans la cabine. La bicoque était un camp retranché entouré de murs en moellons de trois mètres de haut. À l'intérieur, on devinait un parc magnifique planté de pins de quinze mètres et de chênes centenaires. Pierrick remonta dans le camion au moment où les deux grandes portes à commande électrique se repliaient vers l'intérieur.

– Tu débarques le matériel, je vais frapper à la porte.

Pierrick engagea le camion sur le chemin gravillonné et s'arrêta au bout de l'allée. Franck n'était jamais venu chez cette cliente et sans mentir, la baraque ressemblait à un château. La pelouse était grasse comme un green de golf, les arbres se balançaient mollement au gré des brises de mer. Le parc côté rue formait un écrin pour la demeure à deux étages en pierre grise et de l'autre côté, une large terrasse surplombait un jardin d'agrément descendant tranquillement vers le rivage. Franck et l'apprenti repérèrent les haies longeant les murs et débarquèrent l'échelle, les outils et le bidon d'essence, tandis que sur le perron, Pierrick faisait la causette avec la propriétaire.

Habituellement, après quelques mots échangés avec son patron, le client rentrait chez lui et les laissait travailler, mais cette fois-ci, pour une raison inconnue, la châtelaine avait eu l'idée de suivre Pierrick jusqu'au camion. Elle portait une écharpe légère et une paire de lunettes en écaille. Ce qui intrigua Franck, c'était sa démarche étrange. Il n'arrivait pas à mettre des mots dessus, mais à chacun de ses pas, les mouvements de son bassin et les remous qu'elle produisait autour d'elle semblaient exprimer quelque chose sur elle-même et sur cette maison. C'était un mélange d'orgueil et de détachement, de vigilance sur les travaux qui seraient effectués et d'indifférence pour ceux qui les accomplissaient. C'était une allure de propriétaire, de ceux qui font corps avec leur bien parce qu'il leur est aussi naturel que l'air qu'ils respirent et qu'ils l'ont habité pendant des années avant de le recevoir en héritage. C'était étonnant comme tout cela transparaissait dans sa façon de mettre un pied devant l'autre.

Quand ils arrivèrent à proximité du camion, la cliente donna ses instructions comme si Pierrick était incapable de le faire lui-même et pendant tout le temps qu'elle leur racontait quoi et comment, Franck fut incapable d'accrocher son regard, comme si ses yeux glissaient sur lui. Il inclina sa tête de côté, se redressa, en vain. C'était pire qu'un savon dans une baignoire : impossible de mettre la main dessus. Il n'insista pas. Parce que si Pierrick, qui était tout de même le patron de La Main verte, n'était aux yeux de la cliente qu'un larbin en bottes en caoutchouc, il fallait bien admettre que Franck et l'apprenti, en tant que larbins du larbin, avec leur échelle et leur combinaison verte, devaient pavoiser en haut de la liste des détails dont la bourgeoise n'avait rien à foutre.

Mais s'il n'avait pas l'image, Franck n'avait pas non plus le son. Car quand elle ouvrit la bouche, il ne comprit rien du tout. C'était comme si elle parlait dans une langue étrangère, l'allemand peut-être. Franck avait toujours glandé en LV2, mais de ce qu'il se souvenait, ça y ressemblait, ou plutôt à du français parlé par une Allemande. On voyait ça dans les films. Ils en avaient discuté avec Pierrick après coup et celui-ci lui avait expliqué que ça avait beau y ressembler, ce n'était pas de l'allemand mais un accent aristo à couper au couteau. Pierrick, qui s'y connaissait un peu vu qu'il avait rencontré le problème plusieurs fois, disait que certains aristos avaient une déformation de la bouche qu'ils traînaient parfois depuis des générations comme un boulet et qui faisait que, quand ils s'exprimaient, ils avalaient la moitié des mots comme s'ils mâchaient un sandwich. C'était génétique et c'était un vrai handicap pour se faire comprendre, sauf bien sûr quand ils parlaient entre eux. Heureusement, avec un peu d'habitude on finissait par s'y faire.

Toujours est-il que la propriétaire leur donna plein d'instructions, de faire attention à ci et à ça, en allemand, enfin en aristo, et comme Pierrick hochait la tête, Franck fit de même sans rien comprendre. Puis elle finit par se lasser et s'en retourna dans sa maison avec sa démarche bizarre. Pierrick haussa les épaules et demanda à Franck et à l'apprenti de se grouiller. Ils taillèrent les haies des deux murs en deux heures. Le jardin était magnifique, aussi beau qu'un jardin public mais pour une seule famille. Surtout, il y avait cette vue sur l'océan. Franck n'en revenait pas. Depuis son échelle, il imaginait les barbecues qu'il aurait faits dans ce jardin. Et puis les matchs de foot sur la pelouse avec Kélian, Alex et les autres. Il imaginait aussi Sandra ici. Il l'aurait traitée en princesse, avec croissants et couverts en argent. Il l'aurait ramenée du resto en Alfa. L'Alfa refaite à neuf, évidemment. À l'étage, ils auraient dormi dans des lits king size avec des draps en soie et puis il aurait installé un jacuzzi, un salon avec des canapés en cuir et un home cinéma gigantesque pour jouer et regarder les matchs avec les copains. Dans un endroit pareil, ils auraient fait des fêtes de dingue tous les week-ends, avec une sono de mille watts et du champagne à gogo. S'il avait possédé cette maison, il en aurait profité au maximum, pas comme cette Allemande coincée qui trottinait comme une girafe et n'avait pas d'autre joie dans la vie que de contempler ses haies taillées au cordeau. Franck cracha dans l'herbe. C'était du gâchis, voilà tout. Un putain de gâchis. Il n'y avait pas d'autre mot.

29

Franck jouait au foot depuis qu'il était tout petit. Avec ses camarades de classe dans la cour d'école, avec ses voisins dans la rue Marcel-Sembat ou tout seul contre le portail du garage, ce qui avait pour effet de faire hurler sa mère. À l'âge de huit ans, son père l'avait inscrit au club de Trignac, là où il avait joué lui-même étant gosse. Équipe des poussins. Une bande de mioches en tee-shirts synthétiques trop grands pour eux qui cavalaient comme des pucerons sur un demi-hectare de pelouse en lâchant des cris de pingouins. Les entraînements avaient lieu le mercredi après-midi et les matchs le dimanche matin. Les parents étaient mis à contribution pour les déplacements et Franck gardait des souvenirs émus de son père au volant de sa R19, conduisant la troupe de gamins remontés à bloc contre ces bolosses de Donges ou de l'AM Saint-Lyphard. Après une demi-heure de route à vociférer comme des oies, ils débarquaient au stade comme à Mordor. Dans les vestiaires aux murs humides et truffés de courants d'air, les gamins se déshabillaient dans un mélange de ferveur et de crainte. Puis, quand ils entraient sur le terrain, ils étaient toujours impressionnés par les gradins même s'ils étaient vides, par la pelouse immense et l'équipe d'en face, qui avait subitement l'air moins dérisoire que pendant le trajet. Pendant la rencontre, il y avait de l'ardeur et des cris, ça sentait la vache et l'herbe coupée et Franck se rappelait la fierté qu'il éprouvait à courir après le ballon sous les yeux de son père qui l'observait depuis le banc de touche. Il avait poursuivi à Trignac en benjamins, en minimes, en cadets et en juniors et il y serait encore si son oncle ne l'avait sorti par la peau du dos pour le faire jouer au SNAF dans l'équipe Élite.

Régis avait toujours été convaincu du talent de Franck pour le ballon rond. Rapide, précis, endurant, il avait toutes les qualités pour faire un joueur de bon niveau et son oncle en avait parlé à ses parents. Ceux-ci n'y avaient cependant jamais prêté attention. Il y avait des raisons à cela. Elles dépassaient largement le champ footballistique et Régis avait remballé ses conseils. Mais comme il n'était pas du genre à abandonner, il était venu en parler à Franck le jour de ses dix-huit ans. Il y avait mis tout son talent de persuasion et n'avait eu aucun mal à convaincre son neveu de quitter Trignac pour Saint-Nazaire. Franck aimait bien son oncle. C'était un fort en gueule avec pas mal de relations. Il roulait en BMW et avait une piscine à débordement dans son jardin, alors forcément, on le respectait et quand il parlait, ça valait toujours le coup de l'écouter. La saison suivante, Franck entrait au SNAF.

Ce jeudi 20 septembre, c'était le quatrième entraînement de la saison et Régis était venu jeter un œil sur son poulain. À la fin du match, il descendit de la tribune pour échanger quelques mots avec le coach pendant que les gamins prenaient leur douche, puis il attendit patiemment son neveu à la sortie du vestiaire. Quand Franck apparut dans l'ouverture de la porte, Régis lui fit signe en agitant ses clés de voiture à hauteur d'yeux.

– Je te ramène ?

– Je veux bien. Mon Alfa est en rade.

Franck s'avança vers Régis pour lui donner l'accolade et ils se dirigèrent vers le coupé blanc.

– Mets ton sac derrière.

Franck jeta son barda dans le coffre et les deux hommes montèrent à bord. Franck caressa les accoudoirs en cuir. Il était exténué et sentait le savon et l'eau de toilette bon marché. Avant de mettre sa clé dans le démarreur, Régis se tourna vers son neveu.

– Qu'est-ce qui se passe, Franck ?

Franck prit un air surpris même s'il savait pertinemment ce dont voulait parler son oncle.

– Tu veux dire par rapport au match ?

– Tu sais très bien ce que je veux dire. Tu ne cours pas, tu attends les ballons. Et quand ils arrivent dans tes pieds, tu fais n'importe quoi.

– Faut pas exagérer, s'offusqua Franck.

– J'exagère pas. En dix minutes, je t'ai vu tirer un ballon en cloche et louper un contrôle facile alors que tu étais entièrement démarqué. Deux occasions en or complètement ratées. Tu joues en touriste. C'est ça que tu es venu faire ici ?

– Pas du tout… Qu'est-ce que tu inventes ?

– Pourtant c'est ce que tu fais. Tu sais pourquoi je t'ai demandé de rejoindre le SNAF ?

– Ben… ouais…

– Je t'ai demandé de venir parce que je pense que tu peux passer pro. Footballeur professionnel. Tu m'entends ? Tu en es capable, tu en as le talent. La N3 n'est qu'une étape. Tu peux aller plus loin. La L1, Nantes, la Beaujoire. C'est ça, ton destin, mais il faut que tu te bouges, Franck. Parce que ça ne va pas te tomber tout cuit dans le bec. Il faut que tu bosses, que tu repousses tes limites. Trignac, c'est fini. T'es en train d'escalader une montagne. Ton village, il est tout petit dans la vallée, quant au sommet, il est encore loin. Tu comprends ce que je te dis ?

Régis avait changé de ton. De l'encouragement, il était passé à l'engueulade.

– Oui, murmura Franck.

– Tu peux y arriver, mais si tu t'imagines que ça va venir en attendant les ballons, tu te goures, mon petit. Personne ne t'attend et ça n'a rien d'une promenade de santé pour touristes. Si tu veux pas redescendre au fond du trou, il faut que tu te sortes les doigts du cul, mon garçon. Sinon le train va te passer devant et tu resteras comme un con à le regarder les deux pieds dans la boue en mâchant ton foin.

Franck fronça les sourcils. Régis enfonça le clou.

– Franck, dans ce monde, la réussite ne se partage pas. Elle se transmet, de génération en génération. Si t'es pas né du bon côté de la barrière, t'es foutu. Et toi, tu es né du mauvais côté.

– Si tu penses que je peux pas y arriver, faut me le dire tout de suite, bougonna Franck.

Régis s'énerva.

– Mais ce que je te dis, pauvre couillon, c'est que moi aussi, je suis né du mauvais côté de la barrière. J'aurais dû finir ouvrier agricole comme mon père, le dos en miettes, bouffé par un cancer de la peau à soixante-cinq ans. Et toi, si tu te bouges pas, t'es programmé pour être chômeur et alcoolo à cinquante piges.

– Je suis pas comme mon père, grimaça Franck.

– C'est ce que tu crois mais t'y peux rien, t'es programmé. Et si tu veux déjouer le programme, il faut que tu y mettes quatre fois plus d'efforts que les autres. C'est possible mais c'est un travail de chien. Par contre, si tu te comportes en dilettante, ton chemin est tout tracé. Tu descendras le toboggan et tu finiras comme ton trou du cul de daron qui a passé sa vie à se gargariser de ses paquebots et de ses Chantiers et qui, aujourd'hui, est obligé de se taper un panneau de pub géant dans son jardin pour payer l'essence de sa bagnole.

– Arrête…, protesta Franck en prenant le bras de son oncle.

Mais Régis ne bougea pas. Il avait le dessus et la petite rebuffade de Franck ne l'impressionnait pas.

– C'est de là que tu viens, Franck. C'est injuste, mais c'est comme ça. Personne n'y peut rien. La révolution, c'est pas pour nous. C'est pour les fils de famille. Nous, faut juste qu'on échappe à la roue de camion qui cherche à nous passer dessus. Tu peux échapper à ton destin, Franck. Je l'ai fait. Tu as le talent et si tu travailles comme un forçat, alors t'as une chance. Et moi, je peux t'aider. Tu comprends ce que je te dis ?

Régis avait plongé ses yeux au fond de ceux de son neveu, qui l'écoutait vissé à son siège, tendu, suffoquant. À n'importe qui d'autre qui l'aurait interpellé de la sorte, Franck aurait mis son poing dans la gueule, mais Régis, c'était différent. Ses paroles cinglaient comme des flèches, elles faisaient mal, mais une intuition lui disait qu'elles étaient tirées dans la bonne direction. Franck était en train de se prendre une dérouillée, mais il buvait chaque mot de son oncle sans en perdre une syllabe. Peut-être était-ce ce qu'on appelle le respect dû aux anciens. Il desserra ses poings et les posa sur ses genoux. Puis il regarda devant lui et respira lentement.

– Je comprends.

Et Régis démarra la voiture.

30

Pendant le week-end, ils étaient allés à l'Aquarium du Croisic. Au départ, Franck n'en avait pas très envie, mais comme Sandra insistait depuis des semaines et que l'Alfa était de bonne humeur, ils avaient fini par prendre des billets. Une demi-heure de route pour une heure de visite. Ce n'était pas l'affaire du siècle mais Franck avait convenu que c'était tout de même pas mal, notamment le tunnel au milieu des requins. Puis, ils avaient pris des calzone à la pizzeria. Sandra s'était commandé un banana split, un petit plaisir qu'elle s'accordait rarement, et Franck une glace au citron et à la vodka. Ensuite, ils avaient fait une petite balade sur la côte. C'était une chouette après-midi et pourtant, pendant tout ce temps, Franck n'avait pas arrêté de penser à la petite carte en velours noir qu'il avait soigneusement rangée dans son portefeuille un mois auparavant. À vrai dire, il n'avait cessé d'y penser depuis que le type au blouson la lui avait donnée. Par curiosité d'abord. Pourquoi lui ? Et pourquoi ne devait-il en parler à personne ? Et puis surtout par fascination pour cette promesse alléchante d'un

« boulot qui rapporte gros ». Au début, il l'avait balayé d'un revers de manche. L'argent facile, c'est bien connu, c'était un attrape-couillon, un leurre, voire un piège. Pourtant, il ne pouvait s'empêcher de décrypter les événements récents de sa vie à travers le prisme de cette nouvelle potentialité. Et si c'était possible ? S'il pouvait s'en mettre un gros paquet dans la poche ? Qu'est-ce que ça changerait réellement ? En se posant plusieurs fois la question, il était parvenu à la conclusion que le changement serait radical, massif et instantané. Trois raisons qui légitimaient son désir d'en savoir plus. Le lundi soir suivant, en revenant du boulot, il avait donc fini par appeler. Le type au bout du fil se rappelait très bien de lui et sans en demander plus, il lui avait donné rendez-vous le lendemain matin à neuf heures sur un parking donnant sur l'estuaire. Franck avait appelé Pierrick à sept heures trente en prétextant une fièvre carabinée qui l'obligeait à garder le lit et il avait filé vers le pont au volant de l'Alfa.

Le parking se trouvait à une vingtaine de kilomètres de chez lui. Il jouxtait un terrain d'hivernage en bordure de fleuve, où quelques bateaux de plaisance montés sur échasses attendaient patiemment le retour du printemps. Sur une aire en bitume grevée de flaques d'eau qui servait plus à la manœuvre qu'au stationnement, à l'abri des regards, garée entre deux immenses cupressus dont les aiguilles avaient brûlé le sol, une 508 noire aux vitres teintées attendait, immobile et silencieuse. Franck avança à faible allure, passa derrière la Peugeot en essayant de deviner ce qui se tramait à l'intérieur. Puis il coupa le moteur et resta assis sur son siège, incapable de se décider à sortir. Ce que ce type qu'il n'avait vu qu'une fois à la plage allait lui proposer, il n'en avait aucune idée. Mais ce dont il était certain, c'est que ça ne serait pas un boulot d'enfant de chœur. Il n'était pas tombé de la dernière pluie : s'il y avait un beau paquet de pognon à la clé, c'est qu'il y avait des contreparties. Le type au blouson n'était pas du genre à jeter son fric par les fenêtres. Il y avait du blé, il allait falloir le gagner. Franck hésita un moment à faire machine arrière. C'était simple après tout. Il suffisait de redémarrer l'Alfa, de faire demi-tour et de partir sans demander son reste. Il y pensa sérieusement, mais le pouvait-il vraiment ? Il réfléchit une dernière fois, seul, crispé sur son volant, raide et bouffi de stress. Puis il ouvrit sa portière. Advienne que pourra.

L'opération ne prit que cinq minutes. Franck sortit de l'Alfa et s'installa au volant de la 508, comme l'homme le lui avait demandé au téléphone, et baissa la vitre. Puis un 4 × 4 noir avec vitres teintées apparut comme par enchantement, frôla la Peugeot à vitesse réduite, fit le tour par le chemin cabossé, roula dans les ornières puis s'en alla tranquillement comme il était venu. Et Franck se retrouva seul, tout tremblant, un bout de papier entre les mains. Il était griffonné au stylo sur une feuille à petits carreaux, semblable à une liste de courses. Dix lignes qui retraçaient les étapes jusqu'au point de destination. Rue Bel-Air à Vaux-sur-Mer, à côté de Royan. Trois heures trente de route en évitant les autoroutes. Pas de GPS. Suivre le trajet indiqué sur la feuille : La Roche-sur-Yon, La Rochelle, Rochefort. Impossible de se tromper. Franck démarra la 508 et prit la D723 en direction de la Vendée.

Les premiers kilomètres, il était un peu raide mais au bout d'une heure de route, il finit par se détendre. Il tapait des doigts sur le volant en reprenant ces airs qu'on entendait tout le temps à la radio. Il avait mis NRJ à volume huit et les beats profonds et cristallins de The Weeknd, Nea et Tones and I lui donnaient une impression de toute-puissance au volant de son bolide. Cette caisse lui plaisait. Le moteur était silencieux et les enceintes vraiment canon. Il avait l'impression d'écouter du rap dans son salon. Il ouvrit la vitre et un courant d'air frais emplit l'habitacle. Franck avait le sourire aux lèvres. Tout se passait comme sur des roulettes. Il dépassa La Roche-sur-Yon, la route était déserte, une vraie promenade. Cet engin était une bombe, tout en cuir avec un petit volant hyper-maniable, un tableau de bord précis comme une allemande, un petit bijou qui répondait au doigt et à l'œil. Son seul regret était la promesse qu'il avait faite de ne pas dépasser la limite de vitesse. Le type au blouson avait été très clair sur ce point. Il devait amener la voiture à bon port, sans aucun excès de vitesse. Il l'avait répété cinq fois et Franck, qui soupçonnait qu'un mouchard avait été placé quelque part, respectait scrupuleusement la consigne.

Au bout de deux heures, quand il atteignit les environs de La Rochelle, Franck ralentit sur le bord de la quatre-voies et obliqua sur une petite communale où il chercha un coin discret pour s'arrêter. Il se précipita jusqu'au bord d'un fossé et au moment où il gratifiait la campagne charentaise d'un jet parabolique salvateur, il s'autorisa à penser qu'il avait vraiment de la chance. C'était un plan de dingue. Deux mille balles pour faire l'aller-retour jusqu'à Royan. Sa mission consistait à conduire une chouette caisse en écoutant la radio. Rien à charger, rien à décharger, personne à rencontrer, pas de main à serrer, même pas un coup de fil une fois arrivé, rien. Les consignes étaient précises. À Royan, il garait la bagnole sur un parking, envoyait un SMS au numéro indiqué. Puis il attendait qu'on vienne lui farfouiller dans le coffre et il repartait en sens inverse. L'aller-retour était bouclé dans la journée. Deux mille balles en cash pour six heures de route. Il s'était imaginé des tas de trucs sur ce boulot mais force était de constater qu'il s'était trompé sur toute la ligne. C'était un job en or. Franck remonta sa braguette et se dirigea vers la Peugeot. Il caressa la carrosserie métallisée entre les deux phares arrière, puis il hésita avant de regarder aux alentours et de tendre la main vers la poignée du coffre, qu'il actionna plusieurs fois de suite. En vain. Le coffre était bien fermé à clé. C'était évident, mais c'était plus fort que lui, il avait besoin de le vérifier par lui-même. Le type au blouson lui avait précisé que le coffre était verrouillé de l'intérieur par un système spécial dont il n'avait pas la clé et que c'était mieux pour tout le monde. Franck n'avait pas osé demander ce qui se trouvait dans ce coffre mais c'était totalement inutile puisque tout le monde pouvait l'imaginer.

Quand il remonta dans la Peugeot, Franck reprit la quatre-voies et roula tranquillement jusqu'aux abords de Royan. Il était midi moins cinq quand il déboucha sur le rond-point qui menait à La Palmyre et à Vaux-sur-Mer. De là, il prit la première sortie et continua sur la D25 derrière une Berlingo blanche qui se traînait comme un escargot. Selon le bout de papier qui lui servait de guide, il n'était plus très loin. Il continua tout droit, pénétra dans une zone artisanale, qu'il contourna par l'arrière, entre une série d'entrepôts, de vignobles et de champs de coquelicots, puis il continua sur la route des Violettes jusqu'à une sorte de parking sauvage saturé d'épaves accidentées. Franck vérifia son papier. Le terrain vague correspondait à la description. Il tourna à droite, fit valser la 508 dans les ornières et s'arrêta enfin à côté d'un camion blanc levé sur quatre parpaings. L'endroit ressemblait à un cimetière. Le soleil était haut dans le ciel. Il saisit son téléphone, envoya le SMS et attendit. Il avait la consigne de garder les fenêtres fermées et de ne pas mettre la radio. Ne pas bouger et patienter. Au bout d'un quart d'heure, un SUV blanc traversa son rétroviseur. Franck se raidit sur son siège et tenta d'observer ce qui se passait. Soudain, il y eut une vibration de l'habitacle et le rétroviseur s'obscurcit. Quelqu'un avait ouvert le hayon. Ça tripatouillait dans le coffre. On chargeait quelque chose, à moins qu'on ne décharge, il ne savait pas. Il tendit l'oreille mais n'entendit rien. Le manège dura dix minutes. Il y eut des pas. Plusieurs hommes. Ils faisaient l'aller-retour entre le 4 × 4 et la 508. Franck avait le cœur qui battait à tout rompre. Mais pendant tout ce cirque, personne ne vint à sa rencontre. Tout se passa comme prévu, sans qu'il ait quoi que ce soit à faire. Le hayon du coffre claqua. Il aperçut une silhouette dans le rétroviseur, impossible à identifier. Puis les pas s'éloignèrent, le SUV démarra et fila en trombe dans un nuage de poussière. Franck regarda par-delà son pare-brise et aperçut la grosse bête blanche qui détalait sur la départementale. Alors, comme cela était précisé sur son papier, il laissa passer cinq minutes et tourna la clé dans le démarreur.

31

Le lendemain, Franck s'était rendu au boulot comme d'habitude. Sa prétendue fièvre s'était miraculeusement résorbée dans la nuit et même si la ficelle était un peu grosse, Pierrick avait eu la gentillesse de mordre à l'hameçon. Le soir, après la débauche, il était rentré chez lui en vitesse pour ressortir aussitôt, direction Le Cheval d'or. Situé sur la place du marché, ce troquet était une institution à Trignac. Il avait été fondé en 1936 par un couple de Cht'i émigrés sur la côte atlantique et, à l'exception de quelques néons orange apparus dans les années quatre-vingt, qui clamaient fièrement « Bar » et « Brasserie » entre les deux fenêtres du premier étage, il avait traversé bravement toutes les modes et toutes les transformations sans changer sa formule d'un iota : un service à la bonne franquette, des jeux pour les gamins et les parieurs, des patrons pas bégueules et des voisins compréhensifs. Franck et tous ses potes avaient passé leur adolescence au Cheval d'or. Ils y étaient presque chez eux et quand ils se donnaient rendez-vous pour boire un coup ou voir un match en bande, ils ne prenaient même pas la peine de se dire où. Le patron avait un abonnement à la Champions League et tout le monde avait prévu de se voir ce soir pour Atlético Madrid-Chelsea.

Depuis la veille, Franck vivait sur son petit nuage. Il s'était empoché deux mille euros de la main à la main pour une seule journée, et il n'en revenait toujours pas. Il avait l'impression d'être un chercheur d'or qui serait tombé sur un filon. Sandra l'avait vu arriver la veille avec un immense sourire. Ils avaient fait l'amour, et pour la première fois, Sandra avait trouvé Franck moins vorace dans ses ébats, plus rapidement rassasié. Il débarqua le mercredi au troquet les poches pleines, avec la ferme intention d'arroser la soirée. Pourtant, le type au blouson l'avait sévèrement mis en garde. Il ne devait éveiller aucun soupçon. Aucune dépense somptuaire, aucune générosité déplacée et bien entendu ne se vanter auprès de personne de la manière dont il l'avait gagné. Il avait été très clair sur les conséquences fâcheuses auxquelles Franck s'exposait s'il ne respectait pas ces recommandations. Alors, avant de partir, Franck avait juste prélevé deux billets de cinquante dans la liasse qu'il avait planquée dans sa penderie. Cent balles, c'était raisonnable. Ça pouvait facilement passer pour un petit coup de folie tout à fait dans ses moyens.

Ce soir-là, personne ne manquait à l'appel. Chelsea-Madrid, les gars ! Kélian, Titus, Boulette, Ahmed, tous les potes étaient là, hystériques, beuglant comme des baudets, les verres de bière dégoulinant sur leurs mains levées. Franck mit de l'ambiance dès le début. Tournée générale ! Acclamations ! Il est des nôtres ! Laurent, le barman, brandit son poing en l'air. C'était bon, ça. Franck s'attabla en charriant Boulette et en s'envoyant des vannes avec Kélian. Titus se marrait de son petit rire d'asthmatique. Quant à Ahmed, il se fendait toujours d'une histoire drôle agrémentée de moult grimaces qui faisaient se bidonner la galerie. Quelle que soit la pièce, les rôles étaient parfaitement distribués, toujours les mêmes. Passer une soirée au Cheval d'or avec les potes, c'était comme mettre ses chaussons et regarder sa série préférée. On savait exactement comment ça se passerait, tout était à portée de main. Franck était en verve ce soir-là et quand il ne parlait pas, il pensait à sa liasse de billets et cette idée lui faisait un bien fou. Il allait le refaire, dix fois si nécessaire. Dix fois, c'était tout de même vingt mille euros. Il pourrait peut-être recommencer la semaine prochaine. Une fois par semaine, ça faisait huit mille par mois. Juste comme chauffeur ! Les chiffres lui donnaient le tournis. Et puis, il y avait le SNAF. Aujourd'hui l'Élite, et demain la L1. C'est ce que Régis avait en tête et Franck avait toutes les raisons de le croire. C'était son oncle, mais c'était avant tout un businessman. S'il était prêt à miser sur Franck, c'est parce qu'il savait que ça finirait par rapporter. Et s'il parlait de la L1, c'était parce que c'était dans ses cordes, un point c'est tout. Tout faisait sens à présent. Tout se cristallisait en une seule substance limpide et compacte : l'argent, la Ligue, le succès. Franck sentait que quelque chose d'important venait de se produire et qu'il était au début d'une nouvelle période de sa vie. Elle avait commencé la veille, ou plutôt non, il venait de décider qu'elle commencerait ce soir au Cheval d'or, devant Chelsea-Atlético.

Le match fut dantesque. 1-0 à la mi-temps pour Madrid. Puis 2-0 en début de seconde mi-temps. Tous les potes étaient hystériques. Tous pour les Espagnols et contre les rosbifs. La liesse. À la soixantième, Chelsea semblait à bout de force, on entendait fuser les « Olé » tandis que la bière coulait comme un torrent. Franck rinçait. Tournée sur tournée. Puis à la soixante-dix-neuvième, une sublime percée de Pimberton depuis le milieu du terrain surprit tout le monde. Chelsea remonta à la marque. Le coup de semonce avait stoppé la corrida, mais pas l'enthousiasme. Mais quand ce salopard de Gettysburg marqua de la tête sur un corner à la quatre-vingt-septième, les cœurs retombèrent comme des soufflés et la liesse changea de camp. 2-2. La victoire assurée des Madrilènes s'était envolée comme un trait de fumée. Tout était à refaire. Les potes étaient dégoûtés. Titus sifflait. Kélian pestait contre l'arbitre. Boulette se tenait la tête entre les mains. Ahmed était pétrifié. Et Franck, il s'en rendait compte d'un coup, s'en foutait complètement. Ce soir, les exploits à la télé ne l'intéressaient plus. Il imaginait déjà la fin de soirée. Il y aurait des prolongations et puis Chelsea l'emporterait à moins que ce ne soit Madrid et les copains crieraient victoire ou bien s'en retourneraient chez eux en maugréant. Au matin, Kélian rejoindrait son service à la brasserie du port, Titus partirait pour ses livraisons, Boulette irait pointer à Pôle emploi et Ahmed embaucherait à huit heures pétantes sur son chantier. Pour eux, tout recommencerait comme d'habitude alors que pour Franck, il le savait dorénavant, rien ne serait jamais comme avant. Demain était une feuille blanche, un champ de neige immaculée. Il éprouvait la sensation délicieuse et même euphorisante que le futur n'était plus écrit à l'avance, qu'il n'existait qu'à l'état d'hypothèse, de potentialité, qu'il avait son mot à dire et que son destin dépendait à présent de lui. Cette intuition d'un avenir plein d'incertitudes et de promesses se diffusait en lui et l'enivrait comme un vent glacé venu de l'intérieur, un immense souffle de liberté. Ceux qui réussissent tout dans leur vie doivent sentir cela tous les jours. Mais pour Franck c'était la première fois.

32

Le hasard fait parfois bien les choses. Pour son premier match de la saison, le SNAF rencontra l'équipe du Croisic. Cette petite équipe faite de bric et de broc qui surnageait habituellement dans la partie inférieure du tableau était une excellente mise en jambes pour l'équipe Élite d'Aymeric Delcros. Il était prévu que Saint-Nazaire n'en fasse qu'une bouchée et le score fut en effet sans appel. 2-0. Franck marqua les deux buts. Le premier à la trentième sur un centre en cloche de Clément, qu'il avait repris du droit. Un tir bien ajusté à la gauche du gardien, qui n'avait rien vu venir. Le second à la soixante-quatrième. Une accélération du milieu de terrain nazairien sur un ballon perdu par ces bras cassés de Croisicais, qui termina sa course dans les pieds de Franck. Il conclut du pied gauche, déjouant le défenseur central. L'affaire avait été rondement menée et l'entraîneur félicita tous les joueurs individuellement avant de les laisser filer aux vestiaires.

Un nuage de vapeur flottait dans les douches. Ça sentait la sueur et le savon vanillé. Les jets chuintaient sur le carrelage de grès et au milieu ce brouhaha de chute d'eau perçaient quelques rires et invectives bonhommes. Le cou relâché, Franck profitait de l'eau brûlante qui lui coulait sur les épaules.

– Hé, Franck ! Super match, vraiment.

Franck releva légèrement la tête. À travers le rideau de pluie, un type aux lèvres charnues et au corps épais et brun se savonnait le ventre et les parties génitales en clignant des yeux. C'était Clément. L'ailier droit qui en première mi-temps avait ajusté un ballon grâce auquel Franck avait pu remonter tout le terrain et ouvrir la marque.

– Super passe. Un vrai travail d'équipe, répliqua Franck.

Clément regarda Franck du coin de l'œil en évitant le shampoing qui lui dégoulinait du front.

– Ouais, je sais ce qu'on dit sur le travail d'équipe, mais une équipe ne va jamais très loin sans un ou deux mecs qui assurent plus que tous les autres. J'en ai vu, des attaquants, et toi, tu es vraiment une fusée. On va faire une bonne saison.

Il s'approcha et donna une tape sur l'épaule de Franck avant de se retourner et de se passer les mains sur le corps pour se rincer. Franck n'avait pas pu s'empêcher de jeter un coup d'œil sur le sexe de Clément qui battait contre ses cuisses pendant qu'il se savonnait le bas-ventre. C'était un réflexe. Dans les douches, il n'y avait que ça des mecs à poil, bien obligé. C'était pas de sa faute, et pourtant, c'est vrai qu'il en éprouvait toujours une certaine gêne. Il ne savait pas pourquoi, la crainte sans doute qu'un des joueurs croise son regard et le prenne pour un pédé.

– Tu jouais où avant ? continua Clément.

Franck se frottait la tête avec une serviette brune à moitié râpée tandis que Clément en avait noué à sa taille une blanche en coton triple fil.

– Trignac.

– Ils ont dû faire la gueule quand tu es parti.

Franck haussa les épaules. Trignac était un trou, un bled sans importance et ils le savaient tous les deux. Quand ils avaient commencé les entraînements un mois plus tôt, Franck s'était assez vite fait une idée de ses partenaires de jeu. Il suffisait souvent de peu de chose, une manière de dire bonjour, de poser une question, de lancer un regard ou même de faire une passe sur le terrain. Parfois, un geste insignifiant permettait de faire le tri. D'un côté, ceux avec qui une camaraderie allait pouvoir s'installer et de l'autre, ceux qui n'en avaient rien à foutre. Et Clément s'était assez naturellement retrouvé dans le second lot. À son arrivée, Delcros avait présenté Franck à l'équipe, un petit mot vite fait, que Clément, penché sur son écran de portable, n'avait même pas pris la peine d'écouter. Par la suite, il n'avait jamais eu le temps de lui dire bonjour. Peut-être que sa tête ne lui revenait pas. Clément Moesson jouait au club depuis six ans et c'était une grande gueule qui ne manquait pas de familiarité avec l'entraîneur, ce qui était assez intimidant. Au SNAF, il était chez lui et Franck, qui débarquait comme un bleu, ne comptait que pour quantité négligeable. Avec les autres non plus, le premier contact n'avait pas été très aisé. Il avait la désagréable impression d'être transparent et de ne croiser que des regards fuyants, probablement du fait qu'il était le neveu de Régis et qu'on pouvait légitimement soupçonner qu'il avait été pistonné. Alors il avait commencé par raser les murs, puis, les réprimandes de Régis aidant, il s'était concentré sur son jeu pour faire ses preuves sur le terrain et le pari s'était révélé payant. Car quand ils l'avaient vu à l'œuvre, les membres de l'équipe n'avaient eu d'autre choix que de réviser leur jugement. Il ne faisait aucun doute que ce mec était un atout pour l'équipe. Contre Le Croisic, il s'était surpassé. Il s'était dépensé sans compter et avait apporté à son équipe la victoire sur un plateau. Ces deux buts avaient tout changé. En un match, Franck était devenu un des leurs. Les éloges de Clément, en aparté sous la douche, en étaient la preuve.

Clément s'aspergea d'eau de toilette et enfila sa chemise.

– Je vais boire un verre avec un pote après le match. Tu veux venir ?

Franck prit le temps d'enfiler son sweat avant de répondre. Clément lui montrait de l'intérêt et pendant un court instant, il hésita. Un réflexe, une réticence sur laquelle il n'aurait su mettre des mots ou un motif logique, tant le jeune Moesson exerçait sur lui une fascination diffuse.

– D'accord, lâcha-t-il du bout des lèvres.

Yann Herruel habitait Pornic, une immense demeure des années vingt construite sur un terrain sablonneux niché dans un bois de pins maritimes. Sa grand-mère maternelle l'avait achetée pour une bouchée de pain juste après la guerre, alors que son mari était encore prisonnier en Allemagne. Elle avait fait office de QG pour les Allemands pendant le mur de l'Atlantique et, alors que la compromission des anciens propriétaires avec l'ennemi l'avait promise à la destruction, les états de service du grand-père à son retour du Stalag avaient réussi à la sauver. Depuis cette époque, elle avait servi de villa de vacances à plusieurs générations de la famille Le Béguec jusqu'à ce que la mère de Yann décide de l'habiter à l'année. Vingt ans auparavant, Francine Le Béguec avait épousé Guillaume Herruel alors qu'il était encore jeune journaliste au *Parisien* et l'avait accompagné tout au long de sa carrière dans un rôle d'épouse mondaine qui ne l'avait jamais vraiment satisfaite. À quarante-cinq ans, elle avait fini par jeter l'éponge, et la vie parisienne avec l'eau du bain. Sa nouvelle existence se passerait au bord de la mer où elle pouvait enfin profiter de sa solitude, qu'elle employait à peindre et à se promener sur les chemins des douaniers. Herruel de son côté y trouvait son compte. Son travail lui commandait bien entendu de rester à Paris, où il gardait l'appartement de la rue Guynemer et les coudées franches pour y recevoir ses maîtresses quand il le désirait. Yann, qui n'était pas en excellents termes avec son père, avait décidé de suivre sa mère, une fantaisie de dandy adolescent à laquelle son père n'avait rien trouvé à redire, convaincu que cet exil lui forgerait le caractère et la conscience politique. Le père de Guillaume Herruel avait été ambassadeur, son oncle député et son frère était maire de Libourne, tous de gauche, bien entendu. La politique était une tradition familiale. Guillaume ne dérogeait pas à la règle même s'il avait choisi la presse plutôt que le mandat électif. Yann quant à lui avait tout juste vingt ans. Il cherchait sa voie et c'était très bien ainsi. Un jour, son père en était convaincu, il trouverait sa manière personnelle de nager dans le banc de poissons. Entre Paris et Pornic, leur nouvel équilibre de vie n'avait pas pour autant incité les Herruel à divorcer. Ils étaient dans la force de l'âge et reprenaient un peu de liberté, il n'y avait aucune raison d'en faire un cataclysme. Guillaume venait un week-end sur deux à Pornic, et à vrai dire Francine et lui appréciaient ce nouveau rythme dans leurs rapports, la plus grande interrogation pour eux était de savoir pourquoi ils avaient attendu tant d'années avant de franchir le pas.

Clément et Franck montèrent les marches du perron. Clément frappa à la porte. Franck était impressionné. La villa lui rappelait celles dont il taillait les haies. La porte s'entrebâilla et un jeune homme apparut. Un beau garçon d'un mètre quatre-vingts, svelte, les cheveux blonds coiffés en arrière, le visage anguleux, les yeux rieurs, le sourire charmeur. Ils se tapèrent les paumes avec Clément, puis Yann tendit une main volontaire à Franck.

– Yann. Bienvenue.

– Bonjour, répondit Franck en lui serrant la main.

– Tu es Franck. Clément m'a parlé de toi. Le cador de l'équipe de Saint-Nazaire ! Vous allez me raconter ça. Venez.

Yann referma la porte sur eux. Les deux garçons entrèrent dans le couloir central, duquel montait vers l'étage un escalier en colimaçon. Il flottait dans la maison une odeur de bois et d'encaustique. Toutes les maisons avaient une odeur. Celle de ses vieux à Trignac empestait le légume bouilli à toute heure de la journée. Rien que d'y penser, ça lui donnait envie de vomir. Alors qu'ici c'était différent, ça sentait le vieux comme dans un château.

– Ma mère est à l'étage. Elle est en train de peindre.

Yann poussa une porte qui s'ouvrit sur un vaste salon lumineux. Clément connaissait la maison et il se précipita sur le grand canapé en velours gris, où il s'affala de tout son long.

– Vous prenez quoi ? Bière ? Alcool ?

– Une bière, demanda Franck.

– Un rhum arrangé pour moi, dit Clément en s'enfonçant dans le coussin en plumes d'un fauteuil crapaud.

Yann s'éclipsa à la cuisine. Franck regardait autour de lui. La pièce était grande et peinte en blanc et comptait pour seul mobilier une armoire normande massive et une impressionnante bibliothèque courant sur deux pans de murs et repartant de l'autre côté de la cheminée, des bouquins sur six rangées – il n'en avait jamais vu autant sauf à la bibliothèque municipale –, des canapés qui invitaient à se prélasser autour d'une table basse débordant de magazines et de journaux, un miroir à moulures dorées et un piano droit calé à côté de la fenêtre. Au fond de la pièce, une vaste baie à petits carreaux donnait sur le jardin de derrière qui plongeait sur un bras de mer reliant le port à l'océan. Réflexion faite, cette maison était encore plus impressionnante que celle de Porcé. Elle devait valoir un million, peut-être deux. Franck n'en avait aucune idée, mais c'était un max de thunes. Yann revint les bras chargés de verres et de bouteilles qu'il déposa sur la table basse.

– Carlsberg, ça ira ?

Franck hocha la tête alors que Clément se ruait sur la bouteille de rhum ambré qu'il déboucha d'un coup de dents.

– Alors, dit Yann en décapsulant les deux bières, il paraît que tu es un attaquant de génie…

Franck haussa les épaules en suçant le goulot de sa bouteille.

– C'est Clément qui me l'a dit et Clément, il s'y connaît.

– Vrai, le coupa Clément. Je lui ai envoyé une passe depuis le milieu de terrain. Elle lui est arrivée dans les pieds et après, c'est comme si le ballon avait disparu. Pffuit… Comme ça…

Franck souriait. Yann exultait tandis que Clément mimait le ballon en train de partir tout seul.

– C'est Franck qui l'a repris. Une fusée. Tu aurais vu les mecs du Croisic ! Ils étaient sur le cul. Leur défense était complètement désorganisée et Franck est arrivé là-dedans et l'a enfoncée.

Il pointa son index dans la paume de sa main.

Yann éclata de rire. L'image était très bonne. Franck reprit une gorgée de bière en souriant. Le rire des autres était communicatif, pourtant, il n'avait pas l'impression d'avoir accompli un exploit. Yann lui demanda des détails, qu'il donna bien volontiers.

– Le gardien est sorti trop tôt. Il a laissé un trou sur sa gauche et j'ai tiré, c'est tout.

Yann et Clément se tapaient sur les genoux. Ça avait l'air si simple quand il en parlait.

– Tu sais, Franck, reprit Yann en s'étalant dans le canapé, tu pourrais devenir un héros moderne.

– Un héros ? grogna Franck.

– Oui, le foot, mon vieux, c'est un des seuls moyens aujourd'hui pour devenir un héros… La politique, le cinéma, la littérature, tout ça, c'est fini. Maintenant, pour atteindre le milliard dans le monde, il n'y a que deux moyens, YouTube ou le foot. Basta. Tu sais combien de gens pratiquent le foot dans le monde ?

Franck fit une moue. Il l'ignorait. Il ne s'était même jamais posé la question.

– Trois cents millions. Tu vois le truc. La population des États-Unis. Et trois milliards de téléspectateurs pour la Coupe du monde. Y a que le foot pour faire ça. Tu marques des buts pour ton pays, tu peux devenir président ! Moi, je te dis, les Américains ont eu un président acteur de cinéma, parce que c'est leur imaginaire. Nous, notre imaginaire, c'est le foot. Et je prédis que notre prochain président sera un joueur de foot.

– Griezmann président, beugla Clément.

– Ou Deschamps !

Franck les regardait s'exciter. Yann était marrant, même si Franck ne savait pas où il voulait en venir.

– Et toi, Franck, tu viens d'où ? demanda Yann.

– Trignac.
– À l'ouest de Saint-Nazaire ?
– Non, à l'est. Au nord-est.

Clément et Yann lui posèrent d'autres questions et, comme ça avait l'air de les intéresser, Franck parla un peu de lui. Ces deux garçons l'intriguaient. Ils étaient tellement différents de ses potes. Kélian, Boulette, Titus, Ahmed, c'était vraiment la planète Mars par rapport à eux. Clément l'impressionnait comme une liasse de billets étalés sur une table en marbre. Il roulait en Mercedes Classe C cabriolet à dix-neuf ans. Une caisse gris argent avec une calandre pulpeuse, des sièges en cuir rouge et des phares en amande. Franck aurait donné n'importe quoi pour posséder une telle merveille. Mais le père de Clément était concessionnaire Mercedes à Pornichet et ça changeait tout. Si Clément naviguait dans des eaux autrement plus poissonneuses que les siennes, Franck avait pourtant l'impression de comprendre ses désirs et ses aspirations car il avait les mêmes. La seule différence, c'est que contrairement à lui, Clément pouvait se les payer. Yann, en revanche, c'était différent. C'était un territoire inconnu, totalement vierge et insondable. Franck avait un mal fou à le cerner. Sa conversation l'intimidait, son maniement du verbe toujours élaboré, ses phrases toujours savantes même quand le sujet était simple et décontracté. Quand il parlait avec Yann, Franck se sentait minuscule, complètement ignare et prêt à tomber au moindre faux pas, comme s'il marchait sur une patinoire. Que ce soit sur le foot, la politique, les voitures ou les filles, Yann avait un avis sur tout et une réponse argumentée sur n'importe quelle question. Il était incroyable, beaucoup plus encore que Clément. Décidément, Régis avait raison. Depuis qu'il était entré au SNAF, tout était allé très vite. C'était grisant comme de se mettre la première fois au volant d'un scooter des mers. Le monde qui gravitait autour de lui était devenu radicalement différent, plus coloré, plus éblouissant, plus fastueux et triomphant… Il en éprouvait une irrépressible et très profonde griserie et en même temps, pourquoi le nier, une indéfinissable crainte.

33

– Putain de merde d'enculés… Salauds… Fascistes…

Toute la matinée depuis huit heures du matin, Christine n'avait cessé de subir les injures et les claquements de porte. Depuis qu'il avait reçu le courrier de la commission des droits, Pascal ne décolérait pas. Trois semaines qu'il l'attendait. Il était arrivé la veille, mais l'enveloppe était restée coincée entre deux prospectus et il ne l'avait ouverte que le dimanche matin. Il avait hurlé tellement fort que sa femme s'était précipitée, persuadée qu'il était tombé de l'escabeau. Elle l'avait trouvé dans la salle à manger, rouge écarlate, éructant contre le monde entier, les patrons, le gouvernement, monsieur le maire et ces incapables de l'administration publique.

– Quarante-cinq pour cent ! Ces enculés m'ont mis quarante-cinq pour cent. Qui a quarante-cinq pour cent ? C'est quoi, ce chiffre à la con ?

Il criait, tapait sur la table, s'en prenait à Christine, les yeux exorbités et les muscles tremblant. À quatre-vingts pour cent de handicap, il pouvait obtenir neuf cents euros de pension. Mais à cinquante pour cent, ça baissait drastiquement, et à quarante-cinq pour cent, c'était carrément zéro.

– J'ai la moitié de la jambe paralysée, je boite, je ne peux pas tenir debout et ils me filent quarante-cinq pour cent d'incapacité. Qu'est-ce qu'ils veulent, que je retourne bosser sur un pied ? Que je grimpe sur des échafaudages avec des béquilles ?

Toute sa vie, Pascal l'avait passée comme ouvrier sur les Chantiers de l'Atlantique. Manœuvre, chaudronnier, charpentier, il avait tâté de tous les métiers et terminé soudeur, un boulot de précision réservé aux plus expérimentés et méticuleux. Cinq ans auparavant, alors qu'il était en train de s'affairer sur la coque de l'*Harmony of the Seas*, une des plus belles réalisations des Chantiers, une plaque de tôle s'était désolidarisée du bordé avant de tomber en flèche sur sa nacelle, qui avait valdingué et fini par chavirer. Huit mètres en piqué et six mois dans le plâtre. Au bout du compte, une patte folle et une perte d'équilibre chronique qui l'avaient empêché de revenir bosser. Il avait eu de la chance de s'en tirer à si bon compte. Le tarif habituel pour ce genre de blague, c'était le cimetière ou la chaise roulante. Pascal écopait du chômage et de la déprime à vie et on peut dire que, de ce côté, Christine partageait la note. Le plus dur, c'était ce sentiment d'inutilité. Voir tous ces paquebots qui sortaient des bassins sans qu'il leur ait même vissé un seul boulon dans les flancs. Quatre fois par an, il retrouvait les copains à la salle polyvalente. Les anciens de Penhoët au chômage ou à la retraite, tous cabossés et tous atteints par le virus de la construction navale. Pendant une après-midi, autour de moules-frites ou de merguez au barbecue, ils revivaient inlassablement la grande époque, l'épopée industrielle, depuis le *France* en 1957 jusqu'aux mastodontes de la Royal Caribbean. Ça leur mettait du baume au cœur et pendant trois jours, Pascal était heureux. Puis le quotidien reprenait le dessus et avec lui, ce goût amer d'insignifiance et de déclassement.

Pour Christine, c'était un chemin de croix. Tout était devenu compliqué. L'argent était une source d'angoisse perpétuelle et elle devait supporter son acariâtre de mari sept jours sur sept, vingt-quatre heures sur vingt-quatre. Pascal, qui avait le poids du monde sur les épaules, passait sa vie à se plaindre et ne faisait strictement rien à la maison. Ni les courses, ni la cuisine, ni le ménage. À peine s'il trouvait la force d'arracher les mauvaises herbes qui proliféraient dans le jardin. Un poids mort, un vieil ours mal léché qui gueulait sur sa femme à la moindre contrariété. Franck, quant à lui, avait quitté la maison à la fin de l'année précédente pour emménager avec sa copine. Une gentille fille selon sa mère, travailleuse et pas bête du tout. Une aubaine pour son fils et à la fois une peine et un soulagement pour elle qui entrevoyait la vie à deux avec son mari dans la maison de Trignac comme un film d'horreur dont elle n'était pas certaine de sortir vivante. Et puis l'habitude avait repris ses droits. Une vie routinière et sans joie à laquelle il avait bien fallu se résigner. Heureusement qu'il y avait quelques éclaircies dans ce ciel sombre. Les balades sur la côte, quelques amies qu'elle allait voir de temps en temps et puis, une fois par mois, un repas familial avec son fils et Sandra. Quand il était parti de la maison, Christine avait fait comprendre à Franck que le déjeuner dominical n'était pas négociable. Mais Franck avait besoin d'air, et puis il y avait la famille de Sandra. Christine avait alors dû accepter un dimanche sur quatre. Et quand c'était son tour, elle se mettait en cuisine la veille et rivalisait d'ingéniosité pour préparer un bon petit repas sans dépenser trop d'argent. Sa seule crainte, c'était l'esclandre. La remarque de travers, le dérapage incontrôlé, la réaction en chaîne. Alors, comme à chaque fois, Christine restait vigilante et surveillait son mari comme le lait sur le feu.

Franck sonna à la porte à midi trente, accompagné de sa fiancée. La jeune femme portait une robe bleu électrique. Elle s'était habillée pour l'occasion et Christine, reconnaissante, la félicita. Ils s'embrassèrent. Franck tendit un bouquet de fleurs à sa mère, une petite attention soufflée par Sandra.

– Entrez… Il fait froid, vous devez être gelés…

Le déjeuner commençait toujours par un apéritif. Pascal se levait, malgré sa patte folle et faisait l'inventaire des bouteilles d'alcool rangées dans le petit placard beige du salon, toujours les mêmes depuis des années. Et tandis qu'il allait chercher les verres la conversation s'engageait sur les dernières nouvelles et comme il y en avait rarement du côté de Trignac, on attaquait le plus souvent par le boulot de Sandra ou de Franck. Sandra était entrée dans la vie de leur fils deux ans plus tôt. Elle avait terminé son CAP d'esthétique, à la suite de quoi elle avait trouvé un emploi dans un salon de beauté de Saint-Nazaire où elle se plaisait beaucoup. Un jour, elle ouvrirait son propre institut. Quand elle en parlait, Christine ouvrait de grands yeux. Elle se faisait une idée un peu fantasmée du métier, alimentée par les détails donnés par Sandra, mais tout de même, avoir une boutique à elle, être indépendante, voir des clientes toute la journée, ça ressemblait un peu à un rêve. Cette fille lui plaisait vraiment beaucoup. Ce dimanche-là, Sandra avait raconté les derniers potins du salon et on était passé à table.

C'est de Franck qu'était venue la tornade. Pascal était d'une humeur de chien à cause de ses quarante-cinq pour cent et quand Christine avait interrogé son fils sur le foot, celui-ci avait raconté les derniers matchs qui comptaient pas mal de victoires. L'équipe du SNAF était solide. Il commençait à s'y faire des copains et il pensait pouvoir y révéler tout son potentiel. Tout cela était très bien et Pascal n'aurait rien trouvé à y redire si son fils jouait encore à l'AS Trignac. En vérité, qu'il soit passé à Saint-Nazaire lui importait peu. On peut même dire qu'il s'en fichait royalement. Ce qui le mettait dans une rogne infinie, c'est que Franck soit parti sur les conseils de Régis. Régis Tourneur, son beau-frère. Le petit boucher magouilleur et prétentieux qui se croyait tout permis avec son fric, qui débarquait aux réunions de famille comme en terrain conquis et que tout le monde admirait, les mamies, les papis, les oncles et les tantes et même sa femme quoi qu'elle en dise, tout ça parce qu'il roulait en BMW. Mais Pascal se souvenait très bien comment Régis avait commencé. Comme un moins-que-rien, un apprenti boucher, une arpète mal dégrossie, et tous ceux qui lui mangeaient dans la main à présent auraient bien fait de se rappeler qu'ils se foutaient bien de sa gueule à l'époque à cause de son accent de paysan à couper au couteau. Maintenant, Tourneur se prenait pour le patriarche. Sauf qu'un patriarche, ça protégeait sa famille. Quelqu'un était dans le besoin ? Ça venait à son aide, ça remuait ciel et terre, ça trouvait des solutions. Régis, c'était tout autre chose. Pour pérorer, faire le malin, gonfler le torse, y avait du monde, mais pour filer un coup de main, plus personne. Pascal ne disait pas ça pour lui. De toute façon, jamais il n'aurait accepté l'aide de son beau-frère. Plutôt crever. Il n'avait jamais pu le blairer et c'est pas aujourd'hui que ça changerait. Mais qu'il soit allé débaucher son fils, et que l'autre merdeux s'en vante en parlant de sa future carrière de footballeur professionnel, en L2 et pourquoi pas en L1 tant qu'il y était, ça le dépassait. Il ne pouvait pas rêver à un vrai métier, cette andouille ? Et la faute à qui ? Qui avait mis cette idée débile dans sa tête de piaf ? Encore Régis. Merde. Pascal bouillait intérieurement tandis que Franck racontait comment il avait marqué le second but contre Pouzauges.

Et puis il avait suffi d'une étincelle. Ils étaient au milieu du repas. L'ambiance était tendue. Pascal se renfrognait et Christine compensait avec des sourires forcés et des paroles convenues. Sa voix était montée dans les aigus, un signe qui ne trompait pas. Sandra aussi se sentait mal à l'aise. L'air était électrique, l'orage approchait. Tout le monde était sur ses gardes, sauf Franck qui continuait à expliquer combien le club de Saint-Nazaire, c'était tout de même un autre calibre que celui de Trignac. Christine était pétrifiée. Et quand Franck se mit à louer l'aide précieuse de son oncle sans qui rien de tout cela ne serait arrivé, elle comprit que son fils le faisait exprès. La foudre allait tomber et il ne restait plus qu'à s'abriter. Pascal fit mine de s'adresser à Sandra pour lui expliquer que Saint-Nazaire était un club de N3, autrement dit une merde par rapport à Nantes. La jeune femme eut à peine le temps de comprendre ce qui se passait. Franck répliqua immédiatement que si Saint-Nazaire était une merde, Trignac était une sous-merde, ce qui n'avait rien d'étonnant étant donné sa réputation dans tout le département. Pascal tira alors à vue. Franck venait de Trignac, il aurait mieux fait de s'en souvenir. Franck répliqua que s'il en venait, il n'avait pas l'intention d'y moisir et d'y crever de maladie. Christine essayait de calmer le jeu de sa voix fluette en faisant des mouvements avec les bras, mais il n'y avait rien à faire, l'incendie était allumé. Sandra était paralysée, stupéfaite par la violence des propos entre les deux hommes. Et Pascal rechargeait ses canons. Franck pouvait rêver de devenir footballeur, il s'y était pris trop tard. La L1, il ne la verrait jamais qu'à la télé. Franck se leva de table et commença à injurier son père. Raté, boiteux, incapable, alcoolo, pervers, envieux, tyran… Et puis des brassées de « connard » et d'« enfoiré », bien entendu. Intérieurement, Pascal jubilait. Ce torrent d'immondices qui se déversait sur lui, c'était sa matière, son dû. Tous ces griefs qu'il se reprochait à lui-même en permanence, un autre les lui balançait à la figure. Il avait l'habitude de se vider des poubelles sur la tête et enfin quelqu'un lui tenait les poignées.

Franck termina sa charge par le coup de grâce, celui qui devait faire chavirer son père, irrémédiablement. Il prit son élan et assena que c'était Julia qui avait eu raison de se tirer d'ici, qu'il aurait dû en faire autant depuis longtemps et que sa mère aussi, pendant qu'on y était. Pascal changea de couleur. Plus aucun souffle d'air n'entrait dans ses poumons. Il se verrouilla entièrement pendant de longues secondes avant d'exploser. Petit merdeux, salopard, honte à lui, à sa propre table, proférer de tels mensonges et puis Julia, cette pute… Christine sursauta. Sandra se rétracta dans sa coquille. Franck surenchérit dans la joute verbale avant de renverser son assiette. Sa mère en pleurs. Sandra la tête baissée, qu'il empoigna par le bras. Puis ils sortirent de la pièce sous un torrent d'insultes, prirent leurs manteaux et claquèrent la porte derrière eux.

34

Ils refermèrent les portières de l'Alfa et Sandra explosa en sanglots. Décontenancé, Franck la prit dans ses bras en lui caressant les cheveux sans comprendre tout à fait pourquoi cette dispute la mettait dans un tel état. Ce n'était pas son histoire et le différend qui l'opposait à son père était une vieille querelle avariée qui ne la concernait en rien. Il tenta de la consoler, le regard dans le vide. Ce que Franck ne voyait pas, c'est que Sandra avait des rêves. Le salon de beauté en était un, le grand amour en était un autre et la belle famille unie qui fait de beaux sourires sur la photo encadrée au-dessus de la cheminée en était un troisième. Elle voulait des enfants qu'elle pourrait confier à des grands-parents gâteaux qui viendraient les chercher à la sortie de l'école. Elle imaginait des dîners de famille pleins de rires et de regards sucrés, et dans le combat sans merci qui avait explosé sous ses yeux, une partie de ce rêve s'était brisé. Franck, quant à lui, en voulait à son père mais aussi à sa mère, qui insistait pour que ces déjeuners à hauts risques se tiennent à tout prix. Il l'avait pourtant mise en garde. Le mieux pour tout le monde était qu'ils se voient aux grandes occasions, Noël, Pâques, les anniversaires… Ce que sa mère refusait obstinément, tant la perspective d'échapper au moins une fois par mois au tête-à-tête avec son mari lui était indispensable. De retour au Bois Joalland, Sandra s'était enfermée dans sa chambre pendant deux heures. La fin du dimanche après-midi s'était passée ainsi, sinistre. Ils avaient dîné tôt et regardé *The Young Pope* sur la petite télé du salon. Sandra s'était blottie contre Franck, qui avait ruminé les détails de l'esclandre toute la journée.

Le lendemain, Franck décida de frapper un grand coup. Pour ménager l'effet de surprise, il ne donna aucun indice à Sandra et le soir, il rentra plus tard que d'habitude, survolté. Il se précipita sur elle, la prit par la taille et l'embrassa goulûment dans le cou. Elle recula, tout en rires, tandis qu'il continuait, excité comme un garnement. C'était jouissif. Il voulait en profiter jusqu'à la dernière seconde quand, soudain, il repoussa Sandra.

– Attends ici. Ferme les yeux ! Tu me promets ?

La jeune femme pouffa de rire et Franck fila à la voiture pour revenir cinq minutes plus tard, titubant sous le poids d'un gigantesque emballage en carton.

– Qu'est-ce que c'est ?

– Tu vas voir…

Franck était heureux comme un gosse de cinq ans un matin de Noël. Il arracha le carton, les films plastiques et les cales en polystyrène. Sandra n'en revenait pas. C'était une télé. Mais pouvait-on encore parler de télé avec un écran si démesuré ? Il dépassait en taille tout ce qu'elle avait vu et Sandra était à la fois impressionnée par ce monstre et vaguement inquiète à l'idée de lui trouver une place. Entièrement occupé à monter les deux pieds d'aluminium en forme de Y, Franck ne percevait rien de son trouble.

– Tu vas voir, c'est le top du top. C'est comme au cinéma.

Quand il eut terminé de déballer la bête, il la brancha, il prit Sandra à côté de lui sur le canapé. Puis il alluma la télécommande et un paysage magnifique vu d'avion envahit le salon.

– Tu imagines, *The Young Pope* là-dessus ? Ce soir, on regarde la suite. Trois épisodes. D'accord ?

Sandra acquiesça. Le bonheur de Franck était communicatif. Il l'attrapa d'une main et la renversa sur le canapé avant de se coucher sur elle et de commencer à l'embrasser. Elle lui caressa les fesses, mais Franck se redressa. Il voulait jouer. Essayer toutes les fonctions. Alors Sandra lui passa les doigts dans les cheveux et l'embrassa sur la joue.

– Combien tu l'as payée ?

La première fois, Franck n'entendit pas la question et la deuxième fois, il fit semblant de ne pas avoir entendu. Mais comme Sandra insistait, il finit par avouer : deux cent cinquante euros par mois.

– Deux cent cinquante ? Et pendant combien de mois ?

Franck faisait des efforts pour être entièrement absorbé dans les menus de son écran plat, mais il savait qu'elle ne le lâcherait pas. Alors il se tourna vers elle.

– Je ne sais plus. Écoute, il a coûté sept mille euros et des brouettes, si tu veux savoir.

Sandra pâlit.

– Mais j'ai pris un paiement étalé sans frais.

Et comme Sandra restait muette, il renchérit.

– C'était pour te faire plaisir. Pour les séries. Et aussi pour les matchs. C'est important de se faire plaisir. On est jeunes. On ne va pas attendre d'être vieux pour profiter. Tu crois pas ? C'est ce que mes parents ont fait. Toute leur vie, ils se sont serré la ceinture et tu vois le résultat. T'as pas envie de ça, hein ?

Sandra hocha la tête. Franck la prit dans ses bras et la serra contre lui. Il lui répéta qu'elle n'avait aucun souci à se faire. Qu'il avait l'argent, que tout irait bien et qu'il savait ce qu'il faisait. Sandra colla sa joue contre son torse et respira profondément. Puis elle attrapa son cou et porta ses lèvres contre les siennes. Franck la souleva contre lui, les jambes accrochées autour de son bassin et sans cesser de l'embrasser, il l'emmena dans la chambre à coucher.

35

Le vendredi, Franck avait l'habitude de passer la soirée au Cheval d'or. Au début, Sandra avait ronchonné, mais Franck avait tenu bon. Il lui avait expliqué qu'elle pouvait en profiter pour faire ce qu'elle voulait, voir des copines, se faire un ciné, aller en boîte si ça lui chantait, mais que pour lui, le vendredi avec les potes, c'était sacré. Il en avait besoin. C'était son équilibre. Elle pouvait comprendre ça. Justement, ce soir, c'était vendredi, alors, après le boulot, il joua un peu à la PlayStation, passa sous la douche où il se parfuma abondamment, enfila une chemise à carreaux et sauta dans l'Alfa en direction du centre-ville. Mais au rond-point, il prit à droite et descendit vers le sud, vers le pont de Saint-Nazaire. Lors de l'entraînement de la veille, Clément l'avait invité à passer au Café Noir, le pub le plus branché de Pornic et sans doute de toute la région. Ils s'y étaient donné rendez-vous avec quelques amis pour un before, après quoi ils fileraient en soirée chez les uns ou les autres. Ça promettait d'être assez délire. Franck avait entendu parler du Café Noir, un troquet de Parisiens où la clientèle ne se mélangeait pas et où on payait la bière deux fois le prix. À ce qu'il paraissait, les meufs étaient canons mais hautaines et la musique carrément naze. Pour toutes ces raisons, il n'y avait jamais mis les pieds et avait en même temps furieusement envie d'y aller.

Il arriva sur le port de Pornic à huit heures et demie. Il faisait noir et les terrasses débordaient de monde. Le halo orange des lampadaires luisait dans la nuit, l'air pétillait de rires, de parfums, de musique et les volutes de fumée surnageaient au-dessus des tables installées à l'extérieur. En se frayant un passage, Franck éprouva un sentiment étrange. Il habitait le coin depuis près de vingt ans et il ne reconnaissait aucun visage. C'étaient des jeunes principalement. Ils parlaient fort et empoignaient leurs verres d'une façon assurée et désinvolte comme s'ils étaient chez eux depuis toujours. Les filles portaient des robes fluides. Elles étaient maquillées et riaient bruyamment. La rumeur disait vrai, elles étaient belles, magnifiques même. Franck n'en croyait pas ses yeux. C'était comme si toutes les bombasses des environs s'étaient donné rendez-vous ici. Franck croisa quelques regards qui le dévisagèrent avant de replonger dans leur discussion. Il continua de chercher ses amis, quand soudain il aperçut Yann en pleine controverse avec un type aux cheveux blonds bouffants comme dans une série américaine. Yann tenait une bouteille de bière et inclinait son visage comme s'il voulait le mordre ou l'embrasser, puis Franck aperçut enfin Clément et lui fit signe de la main. Clément ne réagit pas et c'est une fille à côté de lui qui lui tapa sur l'épaule en lui chuchotant quelque chose à l'oreille. Clément tourna la tête et dit à Franck de venir les rejoindre.

– Je vous présente Franck Rivière, le Mbappé du Saint-Nazaire Atlantique Football Club, dit-il en lui faisant une place à ses côtés.

La fille qui discutait avec lui jeta des yeux ronds sur Franck. Elle le regardait comme s'il venait d'une autre planète. Elle avait un sourire fantastique et des lèvres rouges gonflées comme des fruits mûrs. On lui envoya des « Salut, Franck », des « Champion du monde » et beaucoup de regards intrigués le dévisagèrent. Yann était assis au bout de la table. Il porta un toast à la victoire de Saint-Nazaire dans le championnat de Loire-Atlantique. Clément leva sa bière, hilare, et toute la tablée en fit autant. Franck n'avait pas encore de verre mais il hocha la tête de bonne grâce devant cet accueil chaleureux.

– Tu prends une mousse ?

Clément héla le serveur qui courait entre les tables puis Franck s'assit tandis que les conversations reprenaient.

– Salut. Moi, c'est Maeva.

La fille qui s'adressait à lui était petite et brune, vêtue d'une robe grenat, de la même couleur que son rouge à lèvres. Elle avait de grands cils noirs et un décolleté plongeant que Franck s'efforçait de ne pas lorgner comme un bouffon.

– Tu viens de Saint-Nazaire ?

– Oui. Enfin, de Trignac. Et toi ?

– Meudon.

Franck fit une moue. Il ne connaissait pas.

– T'es en vacances ?

– Ben non, fit Maeva. La Toussaint, c'était fin octobre. Je suis en week-end. Je repars demain soir.

– Tu fais quoi ?

– Là, je bois une bière…

– Je vois bien. C'est pas ça que je voulais dire…

Maeva pouffa de rire.

– Je plaisantais. Je suis en prépa. Première année d'ECE à Janson.

Franck regardait bouger ses lèvres.

– Je sais que ça va être l'horreur pendant deux ans, alors je profite d'un petit week-end à la mer…

– Pourquoi l'horreur ?

– La prépa, c'est deux ans de prison. Tout le monde le sait et pourtant j'ai du mal à me faire à l'idée. Deux ans dans le tunnel, c'est chaud. Et toi, tu fais quoi à Saint-Nazaire ?

– Du foot…, tenta Franck en haussant les épaules.

– Je sais. Et même si je suis une fille, je sais qui est Mbappé. Mais en dehors du foot, tu fais quoi ?

Franck hésita. Il avait beau ne pas tout saisir de ce que Maeva racontait, le CE à Janson, le tunnel, les deux ans de taule et tout, il avait quand même pigé qu'elle ne devait pas compter beaucoup de jardiniers parmi ses fréquentations. Elle portait des bracelets en or très fins à ses poignets. On aurait dit un modèle réduit, sauf pour les seins, mais il ne voulait même pas y penser. Il avait bien mieux à faire, par exemple trouver une réponse à la question de Maeva. Que faisait-il toute la journée en dehors du foot et de tondre la pelouse dans les jardins, car quelque chose lui disait que dire la vérité mettrait un terme brutal et définitif à cette conversation. Il réfléchit à toute vitesse. Maeva l'interrogeait du regard.

– En fait, je suis pro. C'est mon métier.

– Sans blague ?

Le visage de Maeva s'illumina. Des tas de clichés s'invitèrent successivement dans son imaginaire, le corps de rêve, les tatouages, l'intellect pas farouche et l'argent faramineux que ces mecs traînaient dans leur sillage. Elle n'arrivait pas à complètement faire le point entre ces attributs et le personnage qui était attablé en face d'elle, mais peu importe, Franck avait gagné son pari, elle était intéressée.

– T'as joué contre le PSG ?

– Non. Je suis en National. Le PSG, c'est la Ligue. Mais l'année prochaine, j'irai jouer à Cholet ou à Laval. C'est la L2. C'est là que vont les managers des grands clubs. Ils viennent faire leur marché. Si t'es bon, tu peux partir en Ligue 1 ou n'importe où en Europe. Ta carrière peut décoller comme ça.

Franck pointa sa main vers le ciel.

– Ça dépend de toi et aussi d'un coup de bol. Mais si ça marche, tout peut aller très vite. En un an, tu peux monter tout en haut. Mbappé était en équipe de France à mon âge.

Maeva buvait ses paroles. Franck enjolivait la réalité et elle n'y voyait que du feu. Elle lui posa plein de questions. Est-ce que ses parents étaient d'accord ? Il répondit que c'était sa vie et que c'était lui qui décidait. Pensait-il jouer un jour contre le PSG ? Bien sûr. Les Herbiers avaient été en finale de la Coupe contre le PSG. Tout pouvait arriver. Quel serait son club préféré si on lui proposait de partir à l'étranger ? Barcelone, sans hésiter. Pour l'équipe et pour la ville. Combien on gagnait en tant que pro ? Des tonnes. Il préférait ne rien dire. C'était indécent. Maeva était captivée. Franck exultait. Il jouait sur du velours.

36

Un peu avant onze heures, l'alcool avait coulé à flots et déjà largement embrumé les esprits. Yann, qui avait discuté et picolé toute la soirée, se leva de sa chaise d'un coup et proclama que le temps de l'action était venu, l'heure des braves, une annonce fracassante dans ce goût-là. Raide comme un garde suisse, il avala un shot de vodka cul sec avant d'intimer l'ordre à son bataillon de lever le camp. Clément lui emboîta le pas, sans oublier d'inviter une jolie blonde à moitié pompette à prendre la tangente avec eux.

– Franck, tu viens avec nous ? On va faire une virée.

Il lui serra l'épaule comme pour ne pas lui laisser d'autre choix possible que d'accepter. Puis il se pencha vers lui et lui chuchota à l'oreille :

– On va faire une visite à Saint-Brévin. Tu verras, ça vaut le coup.

Franck interrogea Maeva du regard. La jeune femme s'était un peu éteinte. Elle avait sifflé six bières en deux heures. Était-ce la raison de son apparente léthargie ou sa conversation avait-elle fini par l'ennuyer ? Franck l'ignorait. Mais la perspective de partir avec elle était excellente. Il allait le lui proposer quand Clément lui grilla la politesse en se penchant vers la petite brune.

– Tu viens avec nous, Maeva ? On se tire à Saint-Brévin.

– Quoi faire ?

– Une visite. Viens. Ça va être cool.

Maeva n'avait plus la force de s'opposer à quoi que ce soit et ils se retrouvèrent à cinq dans la Mercedes de Clément. Franck monta à l'avant, Yann à l'arrière avec les deux filles. Clément mit la musique à fond. *Love the Way You Lie* d'Eminem. Les filles gloussèrent de bonheur avant de reprendre le refrain à l'unisson avec Rihanna. La banquette se mit à vibrer. Yann mimait le rappeur avec ses poings levés. Clément fit une marche arrière, hilare. L'habitacle était illuminé comme les Champs-Élysées un soir de victoire. Franck sentait l'adrénaline inonder ses veines. Ils remontèrent sur Saint-Brévin par la quatre-voies. Clément avait le pied au plancher. Il maîtrisait son bolide comme un pilote de course et les cent soixante au compteur ne se ressentaient même pas à l'intérieur. Booba fracassait les haut-parleurs mais la banquette arrière en revanche s'était calmée. Franck y jeta un coup d'œil et aperçut Yann qui s'était couché sur la fille blonde, une certaine Clarysse. Clément prit la sortie pour Saint-Brévin et fit crisser les pneus au rond-point.

– On va où ?

– Rue des Lilas, ou des Camélias, ou une autre. On verra.

Devant la moue dubitative de Franck, Clément dit en souriant :

– Une visite, c'est toujours au feeling.

Franck renonça à demander plus de détails mais Yann s'invita dans la conversation.

– On va squatter une villa. On va se trouver une belle baraque de bourges et on va l'occuper pour la nuit.

– Une maison fermée ?

– Ben oui, ducon. On va pas choisir une maison habitée, avec des petites lumières dedans…

Clément hocha la tête en donnant un coup de volant.

– Le premier truc à faire, reprit-il, c'est de trouver la bicoque. On se balade un peu et on fait notre choix. En général, on prend la plus grande, la plus tarabiscotée… Mais c'est open. On improvise. Pas vrai, Yann ?

– Ouais. Là je suis chaud pour une grosse bien cossue avec des canapés bien moelleux et un bar à alcools bien fourni.

– Et on entre comment ? questionna Franck.

– Ah, ah ! triompha Yann en serrant l'épaule de Franck. Tu vas voir, mon pote, tu vas voir…

La Mercedes filait dans les petites rues bordées de pins parasols et de clôtures de brande et de châtaigner. À cette époque de l'année, la station était déserte et les villas roupillaient derrière leurs volets fermés. Nichée dans un bois de pins, Saint-Brévin avait été construite de toutes pièces au milieu du XIXe siècle et était devenue au tournant des années 1900 un lieu de villégiature très prisé de la bourgeoisie nantaise qui aimait venir y goûter le plaisir des dunes, des bains de mer et du soleil couchant à une heure seulement de la place Graslin. Supplantée par La Baule après la guerre, la petite station balnéaire n'avait cessé dès lors de décliner. Un siècle plus tard, elle avait perdu de son lustre mais le bois de pins piqué de villas d'époque et quadrillé de petites avenues rectilignes, dédale aussi vaste que paisible, demeurait un lieu idéal pour les escapades nocturnes des garçons. Ils avançaient à vitesse réduite, le nez collé à la vitre, quand Yann s'exclama :

– Ici ! Celle-là.

Clément se gara avenue d'Alsace. La propriété était typique. Un portail en fer forgé, un petit muret en moellons surmonté d'une haie de fusains derrière lequel s'alanguissait un énorme cupressus de vingt mètres de haut. Au milieu d'une pelouse bien grasse, la villa en forme de L s'élevait sur un étage. Les fenêtres étaient serties de briques, le toit de tuiles surmonté d'une flèche en terre cuite. Sur le perron, une marquise coiffait l'escalier de l'entrée tandis que sur le pignon, un macaron arborait fièrement le patronyme de la villa : « Rose des sables ». Les cinq gamins sortirent de la Mercedes. Clément ouvrit le coffre et en sortit un pied-de-biche puis ils se massèrent autour du portail, qui céda sans résistance. Ils foulèrent enfin la pelouse. Maeva et Clarysse traînaient un peu les pieds. C'était con, ce jeu. Qu'est-ce qu'ils allaient trouver là-dedans ? Mais Yann les prit chacune par un bras.

– On joue à la roulette, les filles ! On ne sait pas ce qu'on va trouver, mais quelque chose me dit qu'on ne va pas être déçus.

Clément et Franck s'affairaient sur la porte d'entrée. Mais elle était en chêne. Trois gonds. Pas facile à fracasser. Alors ils s'y mirent à deux. Clément introduisit la barre de fer dans la porte aussi profond qu'il put et la tira vers lui pour faire levier, aidé par Franck qui poussait comme un diable. La porte se gondola et finit par céder dans un grand craquement. Un morceau entier du chambranle se fractura sous la pression.

– Putain…, dit Clarysse. Vous êtes cons.

– Oh, les filles… On ne fait pas d'omelette sans casser d'œufs. Venez…

Ils entrèrent à pas feutrés dans la villa qui sentait l'humidité. Elle devait être fermée depuis l'été. Le hall carrelé avec des motifs floraux donnait sur une salle à manger que Yann éclaira à l'aide de la lampe torche de son téléphone. Il y avait un canapé et il proposa immédiatement à Clarysse de s'asseoir. Elle titubait. Franck suivit Maeva à la trace et se colla à elle. Yann continua son exploration, ouvrant les placards, les portes, les armoires… Puis un cri retentit.

– Victoire !

Yann se retourna, deux bouteilles à la main et remplit deux verres d'alcool blanc qu'il tendit à Maeva et à Clarysse. Tandis que Clément était parti à l'étage visiter le reste de la maison, Yann et Franck se lovèrent sur le canapé entre les deux filles. Ils avalèrent chacun un verre et, les lèvres brûlantes, Yann s'enroula autour de Clarysse avant de fondre sur elle et de l'embrasser à pleine bouche. Elle gémit en se renversant en arrière. Yann l'enveloppa entre ses jambes. L'ambiance était de plus en plus torride. Maeva aussi était toute chose et Franck avait la queue qui lui faisait mal. Ça faisait une heure qu'il bandait comme un prépubère en pensant à ce qu'il ferait du corps dénudé de Maeva quand il l'aurait déshabillée. Certes, elle était moins excitée que sa copine, mais Franck avait envie pour deux. Il s'approcha d'elle, lui mit doucement la main sur la poitrine, ce sein tiède qu'il avait regardé pendant toute la soirée et dont il rêvait de sentir le galbe et la mollesse entre ses doigts. Elle se laissa faire, se détendit même, alors Franck approcha ses lèvres de son cou et l'embrassa. C'était comme un dessert aux fruits. Ceux qu'il préférait. Une charlotte aux fraises, un truc avec de la crème, doux et sucré. Il lui roula une pelle très profonde, avec beaucoup d'application, tout en lui caressant les seins. Maeva s'abandonna. Elle était cuite. Franck en profita. C'était trop bon. Ils s'embrassèrent ainsi pendant de longues minutes. De l'autre côté, Yann était passé à la vitesse supérieure. D'une main, il avait enlevé la culotte de Clarysse et défait son futale. Ça commençait à devenir chaud bouillant et Franck réalisa que, si ça continuait, ces deux-là allaient baiser juste à côté d'eux. Mais Clarysse protesta.

– Attends. Il doit bien y avoir une chambre ici.

– Y en a même plusieurs, répliqua Yann. Viens, je t'emmène faire le tour du propriétaire.

Ils se levèrent. Yann tapa sur l'épaule de Franck et attrapa la bouteille par le goulot avant de monter à l'étage avec sa conquête. Puis Maeva murmura :

– Je me sens pas bien. J'ai envie de dormir un peu.

Elle était pâle. Franck l'observa avec attention. Elle accusait le coup entre la bière, la vodka et la conduite sportive de Clément. Elle se dégagea de son emprise et se recroquevilla dans le canapé. Franck la regarda. Elle ressemblait à un coquillage. Tellement belle et si sexy. Il se leva, fit le tour de la pièce, sortit sur le perron, prit une cigarette. Un beau clair de lune se dessinait à travers les branches noires des cupressus et des sapins. On était à cent mètres de la plage et Franck décida d'aller voir la mer. Il était minuit, on était en novembre et le quartier était mort. Un vent léger caressait la cime des arbres. Franck avança sur l'avenue qui filait tout droit vers un rond-point qu'il fallait contourner. Au-delà, le bitume était recouvert de sable. Il le sentit sous ses chaussures. La route était de plus en plus souple, puis elle se transforma en un chemin bordé par une barrière défoncée et un grillage distendu. Au bout, une petite rampe en béton descendait vers la plage. Franck ôta ses chaussures. Le sable était froid. Il noua ses lacets et jeta ses baskets sur son épaule. La marée était basse et la vue magnifique. La mer s'était retirée au loin et on la devinait, souple, miroitante. De l'autre côté de l'estuaire, c'était Saint-Nazaire, un cordon de lumières posées sur l'eau, puis les grues des chantiers qu'on devinait dans la nuit et sur l'extrême droite, si l'on s'avançait plus loin, on apercevait les lampadaires du pont qui formaient un arc de cercle parfait, une guirlande de fête posée entre les deux rives de la Loire. Comme beaucoup de gamins, Franck avait passé des heures le soir à contempler le pont, à s'imaginer prendre le large, voler au-dessus de l'eau, partir pour ne jamais plus revenir. Le seul relief, le seul ouvrage d'art de la région portait avec les chantiers toute la charge de l'invitation au voyage. Il s'assit et resta ainsi de longues minutes à contempler le pont en fumant sa cigarette. Puis il sentit l'humidité lui remonter le long des cuisses, se leva, ôta le sable qui s'était collé à son pantalon et revint sur ses pas.

De retour à la villa, il se rendit dans le salon. Maeva n'était plus là. Il l'avait laissée dans un tel état qu'il était persuadé de la retrouver affalée en train de ronfler, ou agenouillée sur la cuvette des chiottes. Il la chercha à pas feutrés dans la cuisine, la salle à manger et tout le rez-de-chaussée. Puis, comme il ne la trouvait pas, il monta à l'étage, où des gémissements ressemblant à ceux de Clarysse s'échappaient de la première chambre. Il s'approcha sans faire de bruit, avança dans le couloir. D'autres couinements se rapprochaient et un mauvais pressentiment le gagna, qui se confirma quand il poussa la porte. Dans la lumière blafarde du clair de lune qui filtrait à travers les persiennes, il aperçut Maeva sur le lit, les jambes complètement nues, enroulée comme un petit animal, couverte par Clément, le pantalon baissé et le sexe dressé comme un obélisque, qui la pénétrait de côté comme un fauve dévore sa proie. Franck resta pétrifié quelques instants, puis tourna les talons et redescendit l'escalier. Arrivé en bas, gagné par la honte et la colère, il ne sut quoi faire. Quel con, quelle salope, quel enculé. S'il avait pu, il aurait pris sa caisse et se serait tiré, mais comme un imbécile, il avait laissé l'Alfa à

Pornic. Alors il sortit dans le jardin, réfléchit un instant au scénario le plus machiavélique qu'il pouvait imaginer avant de rentrer à l'intérieur tellement le froid devenait mordant. Il tenta de trouver la clé de la Mercos en vain. Clément avait dû la garder sur lui. Alors il s'allongea dans le canapé, siffla le reste de la bouteille de rhum et s'endormit.

Le lendemain matin vers sept heures, Yann, Clément et les deux filles descendirent sur la pointe des pieds. Yann vint taper sur l'épaule de Franck.

– Hé, Franckie. T'es prêt ? On se tire.

Franck était sonné. Sa bouteille avait roulé sur le tapis. Sa tête avait doublé de volume et pendant quelques instants, il n'arriva pas à se souvenir de l'endroit où il se trouvait. Puis il revit Maeva, sa bouche pulpeuse, chercha en vain les sourires de la veille mais elle le regarda à peine. Il se prit la tête entre deux mains, tandis que Clément et les deux filles sortaient dehors.

– Ça va ? dit Yann. Tu veux un verre d'eau ?

– Je veux bien, répondit Franck.

Yann partit à la cuisine. L'eau gronda dans les tuyaux. En lui tendant le verre, Yann lui dit :

– Tu sais, Maeva, elle…

– Je m'en fous de Maeva, coupa Franck avant d'avaler son verre cul sec. Des meufs comme ça, j'peux m'en faire autant que je veux. J'en ai rien à foutre.

Yann l'observa, dubitatif. Franck posa le verre et continua.

– Des petites bourges comme elle, avec moi, elles tombent comme des mouches.

– Sans blague ? reprit Yann, mi-sarcastique, mi-intrigué.

Même s'il ne l'avait pas fait explicitement, ce petit intello de Yann Herruel, qui passait son temps à étaler sa science, demandait à Franck un conseil pour faire tomber les filles comme des fruits mûrs. Franck savoura l'instant.

– Tu veux vraiment savoir ?

– S'il y a quelque chose à savoir…, répliqua Yann.

Alors Franck se leva du canapé et mit sa main sur l'épaule du garçon.

– Je vais te le dire, si tu me promets de le garder pour toi…

Yann hocha la tête.

– Eh bien, je leur explique que je ne suis pas un petit bourge comme tous leurs potes. Que je vis dans un monde parallèle, un monde qu'elles ne peuvent même pas soupçonner et qui est là tout près, à côté d'elles. Un monde caché, avec ses propres lois. Un monde où on peut se faire plus de pognon à vingt-cinq ans que leur père durant toute sa vie.

– Tu leur dis ça ? s'étonna Yann.

– Je leur dis ça.

– Et tu inventes, n'est-ce pas ? Tu déconnes ?

– Regarde-moi, répliqua Franck en prenant les joues de Yann entre ses doigts.

Il n'aurait su dire pourquoi, mais il était incroyablement sûr de lui et il avait subitement acquis un fantastique ascendant sur Yann, qui l'écoutait sans rien dire. Les rôles venaient de s'inverser.

– Regarde-moi bien et dis-moi si tu crois que j'invente.

37

Depuis une semaine, Pascal ne parlait que de ça. Deux fois par an, les anciens ouvriers des Chantiers se retrouvaient pour un gueuleton à la maison des associations de Penhoët ou à la salle des fêtes de Trignac, un moment que tous les gars attendaient avec impatience et qui cette année tombait le samedi 8 décembre. Le matin du jour J, Pascal l'avait passé au bar-tabac-PMU Le Rallye à Trignac. Il était parti avec cinquante euros en poche et la ferme intention de se remettre les niveaux au pastis et de gagner au moins dix euros aux courses. Malheureusement, les cinquante balles avaient fondu comme neige au soleil et à midi, il en était réduit à taxer les copains qui se laissaient volontiers faire en ce jour de fête.

– Merlot, toi qui sais pas jouer, file-moi deux balles !

Merlot fila sa pièce à Pascal qui les misa illico sur Hello Dolly, numéro 4 au Prix de Pomarez d'Enghien. La borne automatique du PMU recracha le petit ticket imprimé.

– Si le 4 arrive dans les trois premiers, tu gagnes douze balles.

Au top départ, Pascal, Merlot et trois autres joueurs s'agitèrent frénétiquement, les yeux rivés sur la télévision qui retransmettait la course. Mais, sur un coup de malchance, cent mètres après le départ, Hello Dolly mordit la ligne blanche : disqualifié. Pascal jura contre le jockey en levant les bras au ciel. Merlot haussa les épaules.

– Putain, Rémi, pourquoi je perds tout le temps sur ta machine ?

Le barman lui resservit un pastis, le sixième de la matinée. Pascal sortit à treize heures, passablement cuit, accompagné par les copains. Il faisait un froid de canard. Heureusement, la salle des fêtes se trouvait juste en face. Un cube en béton où on se les gelait en toute saison. Pour réchauffer l'atmosphère, les femmes des camarades avaient déployé d'immenses guirlandes en papier crépon de toutes les couleurs qu'elles avaient fabriquées à la main et qui pendouillaient comme à une kermesse d'école. En franchissant le pas de la porte, Pascal tomba dans les bras d'André, un collègue peintre qui avait fait le *Symphony* avec lui. C'était un grand type d'un mètre quatre-vingt-dix, antillais, avec des paluches de grizzli. Il avait trimé dix ans aux Chantiers en intérim avant de raccrocher définitivement. Comme il disait souvent : « C'est le bordel, ce boulot. Ça paie pas les factures. Un jour, on t'appelle. Faut que tu rappliques vite fait. Tu travailles deux semaines, et stop. On te renvoie chez toi jusqu'à ce qu'on te rappelle à nouveau. C'est un travail d'esclaves. Y a plus que les Polonais et les Roumains pour accepter ça. » André avait viré sa cuti. Il bossait dans le bâtiment. À la journée. À Niort, à Cholet, à La Roche. Là où on avait besoin de lui. Il serra Pascal dans ses gros bras de colosse et Pascal se sentit tellement bien, les os broyés par son poteau.

– Alors, mon Dédé, il paraît que t'as préparé une surprise ?

– Tu chialeras comme une pisseuse quand tu le verras…, répondit André en prenant les tempes de Pascal entre ses mains.

Pascal entra dans la grande salle. Beaucoup de copains étaient déjà là et comme à chaque fois, ça faisait chaud au cœur, toutes ces têtes familières, tous ces collègues qui avaient vécu l'aventure comme lui. Tous ces prolos qui pendant des années avaient foulé le terre-plein poussiéreux qui menait à l'entrée des chantiers de Penhoët, tous ceux qui avaient connu Saint-Nazaire à la grande époque, quand elle était ce « haut lieu du syndicalisme français », redouté par les patrons et le gouvernement pour sa combativité. Cette cité industrieuse où, depuis la fin du XIXe siècle, des générations d'ouvriers avaient afflué pour découper, souder, plier, former des plaques de métal. Cette ruche aux rues sombres battues par les vents, où déferlait en bus, à vélo ou à pied, des faubourgs de la ville ou des marais de Brière, un peuple besogneux et magnifique, qui allait fabriquer de ses mains près de cent cinquante navires gigantesques, paquebots, méthaniers, frégates, ferries et pétroliers, des monstres marins lancés sur toutes les mers du globe. Michel, qui était entraîneur au club de gym de Donges, avait ramené une sono qui crachouillait des tubes de Daniel Balavoine réduits en bouillie. C'était à vous déchirer les tympans et en même temps ça faisait un bien fou. Pascal passait de bras en bras, embrassant les gaillards, leur balançant des vannes, rigolant à pleines dents dans sa barbe hirsute d'alcoolique impénitent. Tout le monde en était au même point. Heureux, soulagé, ému aux larmes, avide d'avoir des nouvelles depuis la dernière fois.

Les tables recouvertes de nappes blanches en papier avaient été dressées en U comme pour un banquet. Il fallait que tout le monde puisse se voir et surtout, il y avait le clou du spectacle qui se déroulerait au milieu de tous. Sur les côtés, deux grandes marmites mijotaient à feu doux. Les femmes avaient cuisiné un rougail saucisses qui embaumait la salle d'un bouquet capiteux de tomate à l'ail, de thym, de laurier et de piment doux. Pascal salivait comme un veau. Les convives se pressèrent à l'intérieur, on ouvrit les hostilités par un apéro obligatoire, et Pascal, comme les autres, attaqua au planteur maison, traître en diable derrière son goût suave de goyave et de fruit de la passion. Ils passèrent à table à quatorze heures, déjà fin soûls, et Pascal prit place à côté d'un des jeunes de l'assemblée, quarante-cinq ans, deux gamins, un certain Thierry, qui n'avait connu la grande époque qu'en coup de vent. L'essentiel de sa carrière, Thierry l'avait fait sur des paquebots de luxe et en intérim, parce que ça paie mieux qu'un CDI. Start People, « Révélez votre talent » ; Manpower, « Créateur de solutions pour l'emploi » ; Gémo Intérim, « Votre métier est notre préoccupation »… Il les avait tous faits et plusieurs fois de suite. Les entretiens au lance-pierre – « Ne soyez ni agressif ni indécis. Montrez-vous intéressé, enthousiaste » –, il connaissait par cœur. Il avait fait tous les métiers : échafaudeur, électricien, calorifugeur, soudeur, plombier, peintre à pistolet… Mais tout ça, c'était de la bidouille. L'intérim, c'est toujours de la bidouille. Pour le conserver en emploi précaire, son employeur trafiquait son contrat. Cette année, il était passé de mécano à serrurier, pour faire finalement exactement le même boulot.

Avec Pascal, ils avaient ripaillé comme deux larrons. Le rougail était une merveille. La sauce pimentée à la tomate qui imbibait le riz coulait dans la gorge comme du miel de Provence. Ils avaient trinqué aux jours heureux et bavé sur les salopards qui ne pensaient qu'à tirer profit de tout. Alstom, ces enculés avaient fait fondre leurs effectifs pour refiler un max de contrats à leurs sous-traitants et aux sous-traitants de leurs sous-traitants, ainsi de suite en cascade, parfois jusqu'à six fois. À chaque étage, un coup de rabot sur les coûts. Pour les ouvriers, plus tu es en bas dans la cascade, plus ton salaire et tes droits sont revus à la baisse. Avec, en prime, la destruction du collectif. Tout le monde à la tâche, à la journée, à la pièce. Le monde ouvrier pulvérisé. Le rêve du patron. Saint-Nazaire la Rouge avait bien changé.

Et puis on avait devisé sur les gamins. Thierry en avait deux, un garçon, une fille, un apprenti maçon et une secrétaire administrative. Il en était content. Eux, au moins, ils avaient pigé la façon dont le monde tournait. Il fallait se la jouer perso, faire son trou, pas bouger, s'en mettre un peu de côté. Son garçon était courageux, il savait qu'il y aurait toujours du boulot dans le bâtiment pour les bosseurs. Et sa fille visait le fonctionnariat. Se mettre à l'ombre. En sécurité. Pas fous, les jeunes. Pas comme nous, pas vrai ? Pascal en revanche devenait grognon quand il parlait de ses gamins et si Thierry ne lui avait pas tiré les vers du nez, il n'en aurait pas parlé du tout. Mais il ne pouvait pas se défausser, car tout le monde parlait de ses gosses et tout le monde ici connaissait Franck et Julia, qu'ils avaient vus tout petits gambader sur la place du marché, jouer à cache-cache avec les autres gamins, se pendre au cou de leur père et demander après leur mère. Et s'il avait dû parler d'eux en toute franchise, ce qu'il n'aurait jamais fait en leur présence, Pascal aurait concédé qu'il s'y était pris comme un manche. Tout ce qu'il leur avait donné comme exemple – il n'aurait osé dire le mot « valeur » –, ils l'avaient foulé aux pieds. C'est du moins ainsi qu'il voyait les choses. Ce qu'il avait tenté de leur transmettre ? Le sens de l'effort, le goût du travail bien fait, la fierté de faire un métier qui ait du sens pour soi-même, pour sa communauté, pour la nation tout entière. L'importance qu'il y a de pouvoir, au bout d'une vie de travail, montrer une réalisation magnifique et se dire qu'on y a participé, qu'on a mis un peu de soi dedans. Quoi qu'il en soit, malgré toute leur aigreur et leur ressentiment, quand ils voyaient le *Coral Princess*, le *Queen Mary II*, le *Mistral* ou le *Symphony* croiser sur les mers du globe, tous ressentaient la même chose : un pincement au cœur et une émotion difficile à contenir tant ils étaient fiers d'avoir participé à leur construction. L'importance du collectif, des copains, des collègues avec qui on travaille et on lutte. La satisfaction d'un salaire bien mérité, d'un argent honnêtement gagné, à la sueur de son front. Toute sa vie, Pascal n'avait eu aucune dette, contracté aucun emprunt sauf pour la maison, qu'il avait fini de payer il y avait dix ans de cela, Dieu merci. L'argent, c'était simple : on le gagnait avant de le dépenser. Et quand on n'avait pas les moyens, on s'abstenait, un point c'est tout. Ces principes, il s'y était tenu sans faiblir et si sa carrière avait été un fiasco, ils n'en étaient nullement responsables. Au contraire, pensait-il, ils lui avaient certainement évité le pire. Toujours est-il que sur le plan de la transmission intergénérationnelle, c'était le zéro pointé. Sa fille s'était tirée de chez elle à dix-sept ans avec un gigolo, et son fils, en qui il plaçait le plus d'espoirs, s'était mis jardinier sans aucune autre ambition que de claquer son salaire dans ses jeux vidéo. Et puis, dernière nouveauté, il aurait peut-être pu parler de ça à Thierry, Franck s'était mis en tête de devenir joueur de foot professionnel, lui qui jouait en amateur à Trignac un an auparavant. Il faillit lui en parler et puis il renonça. Non, rien de neuf du côté des enfants. La vie suivait son cours. Fermez le ban.

À la fin du déjeuner interminable, alors qu'on avait servi les plateaux de fromages et les tartes à la rhubarbe, les crèmes caramel et quatre-quarts maison, Jean-Luc, le président de l'association, demanda l'attention de tous. Il était seize heures trente et les convives étaient confits comme des pruneaux à l'eau-de-vie. On trouva néanmoins quelques forces pour se tenir droit et écouter le discours présidentiel. Il fut bref, semblable à tous les autres, à la gloire de l'amitié, de la construction navale, de l'excellente cuisine des bénévoles et tout entier orienté vers son point culminant, la présentation en avant-première mondiale du chef-d'œuvre d'André. Applaudissements fournis. André se leva dans un bruissement de murmures et s'éclipsa pour revenir trois minutes plus tard. Dans l'intervalle, Jean-Luc et deux autres gars avaient installé une table à tréteaux au centre du U. André revint, portant dans ses bras un colis recouvert d'un drap blanc, on aurait dit le corps d'un enfant. L'Antillais, fier comme Artaban, déposa l'objet sur la table. Chacun s'était dressé sur sa chaise. La rumeur frémissait sur les bancs. Les sourires fleurissaient sur les visages avinés. Pascal, comme bien d'autres, avait deviné la surprise d'André, mais lequel avait-il choisi ? Là, il n'en avait aucune idée. À la forme du drap, il aurait parié pour le *Fantasia* ou le *Norwegian Epic*. À moins que ce soit l'*Harmony*, mais le défi lui semblait démesuré. André retira le drap d'un coup sec et déclama : « L'*Harmony of the Seas* au 1/250. » La salle vrombit en une salve nourrie d'applaudissements frénétiques et de hourras. André était ému aux larmes. Sa maquette était le fruit d'une année de travail. Mille heures, se plut-il à répéter. Entièrement fonctionnelle. Il tenait une télécommande entre ses doigts et actionna les lumières, les moteurs, les gouvernails. Une merveille. On se leva, on s'approcha, on s'extasia, on le félicita. Cette minutie, ces détails ! Tous ou presque dans la salle avaient travaillé sur ce bateau et chacun reconnaissait les fragments sur lesquels il avait œuvré, les bordés, les rampes, les portiques, les ponts… On s'émerveillait du soin qu'André avait apporté à reproduire fidèlement les hublots et les drapeaux, les escaliers et les poignées de porte. On était médusé, étourdi. On partageait ses larmes, on étreignait ses souvenirs, car ce qui était exposé devant eux, magnifique et dérisoire, n'était pas seulement une maquette parfaitement réussie du fabuleux paquebot de la Royal Caribbean, mais une portion de leur vie, la plus belle sans doute, en modèle réduit.

38

Franck serra fermement son volant de sport et appuya comme un malade sur le champignon. Le moteur de la Peugeot monta dans les aigus, l'habitacle se mit à vrombir et l'accélération le colla à son siège. Il était à cent dix en troisième et avait l'impression de piloter un jet. Il jubilait. Ces accélérations ultrarapides étaient la seule petite fantaisie qu'il s'autorisait pendant ses périples jusqu'à Royan. Depuis le mois d'octobre, Franck avait effectué une douzaine de voyages pour l'homme au blouson, qui se faisait appeler Riton, ce qui faisait une moyenne d'un voyage tous les quinze jours. Une petite routine bien rodée qui lui rapportait quatre mille par mois en plus de son salaire.

On était le 4 mars. Il était 19 h 52. Franck revenait de Royan par la nationale en faisant ses petites pointes, toujours sous la limite. Il avait mis Niska à fond et tapotait des doigts sur son volant. Soucieux, préoccupé. Il avait élaboré un plan et il était prêt à l'appliquer, mais au moment de passer à l'action, il hésita. Il l'avait pourtant retourné maintes fois dans sa tête pendant ses trajets sur l'autoroute. Son plan était simple et c'était sa vertu essentielle. Par ailleurs, il était plausible, d'autant que Riton l'avait à la bonne à présent. Douze trajets sans un accroc, ça l'avait mis en confiance. Leur routine était toujours la même. Il se garait le matin sur le parking, prenait les clés de la Peugeot en présence de Riton. Le réservoir lui permettait de faire l'aller-retour sans passer à la pompe, alors il traçait jusqu'à Royan d'une traite, attendait un quart d'heure sur le terrain vague et repartait dans l'autre sens sans s'arrêter. À l'arrivée, il demeurait dans l'habitacle tandis que Riton venait farfouiller dans son coffre et quand celui-ci avait refermé les portes de sa Range Rover, Franck remontait dans l'Alfa, où il trouvait une enveloppe en kraft dans la boîte à gants. Le scénario était invariablement le même, parfaitement huilé, tout à fait prévisible et, sans mentir, il aurait pu l'exécuter les yeux fermés.

Ce qui le tracassait et le faisait gamberger jusqu'à l'obsession, c'était la cargaison qu'il transportait dans son coffre. Évidemment, même s'il n'en avait jamais été question avec Riton, Franck avait sa petite idée. C'était soit de la dope, soit des armes, soit les deux à la fois. Mais quelle dope ? Quelles armes ? Il aurait donné cher pour le savoir, car s'il savait exactement combien de fric il se ramassait après chaque trajet, il ignorait tout du risque qu'il prenait s'il se faisait choper par les flics. Il y avait réfléchi et avait décidé qu'il devait en avoir le cœur net. C'était une question de sécurité et c'était essentiel, s'il voulait continuer à faire ce job en toute sérénité. Son plan, d'une certaine sophistication, consistait à ouvrir ce coffre dont il n'avait pas la clé, sans se faire accuser par Riton de l'avoir forcé. Car, dans cette hypothèse, il y avait fort à parier qu'il pouvait dire adieu à ses escapades à deux mille balles la journée et rien ne garantissait d'ailleurs que, pour prix de sa trahison, il ne finisse pas dans un fossé avec un petit trou entre les deux yeux. Le problème lui était longtemps apparu comme insoluble et il avait failli renoncer jusqu'à ce qu'une idée lumineuse surgisse, simple, limpide et modérément risquée.

Il était 20 h 03 et Franck remontait la départementale vers Rochefort. Il mit son clignotant et obliqua vers une zone déserte qu'il avait repérée dans ses trajets précédents. C'était un ancien centre commercial qui avait déménagé à deux kilomètres de là, dans un complexe deux fois plus grand, et dont il ne restait plus qu'un parking abandonné, une station essence déboulonnée et les murs extérieurs d'un hypermarché désaffecté. Franck emprunta la bretelle jusqu'aux bornes en béton qui barraient l'entrée du no man's land. Il était déjà venu pour repérer les lieux et avait constaté qu'il passait tout juste entre les plots. Il avança à vitesse réduite et mit la voiture au point mort, sans couper le moteur. Toujours sur ses gardes, il ouvrit la portière arrière, attrapa la couverture qu'il avait achetée une demi-heure auparavant dans un magasin de literie à la sortie de Royan, la déplia et la jeta sur le coffre pour le recouvrir entièrement. Puis il la coinça dans le hayon et revint à l'avant du véhicule. Calé sur le marchepied, il jeta un dernier coup d'œil autour de lui pour anticiper la trajectoire. Puis il prit place au volant, boucla sa ceinture et enclencha la marche arrière.

Le moteur monta dans les tours, Franck pilotait à vue dans le rétro. Il fit trente mètres à vive allure, monta à 50, c'était à peu près la vitesse qu'il voulait atteindre et percuta le mur. La 508 se fracassa contre les parpaings. Le hayon se plia. Franck absorba le choc violent. L'airbag passager se déclencha, ce qui n'était pas dans son plan, mais excellent tout compte fait. Le moteur cala mais il parvint immédiatement à le redémarrer et avança en marche avant pour se dégager. Au milieu du parking, Franck coupa le contact, sortit de la Peugeot, ôta la couverture qu'il roula en boule avant d'aller la jeter dans un coin. Suite à quoi, il revint à la voiture. Sa petite bombe avait une sale tête. Le coffre était complètement faussé. D'une main, il souleva le hayon, qui s'entrouvrit dans un grincement de tôle. À l'intérieur, quatre sacs de sport noirs format XL étaient rangés dans le sens de la longueur. Franck brûlait d'impatience. Quelque chose lui disait qu'il ne serait pas déçu. Il jeta un coup d'œil autour de lui. Quelques voitures passaient à vive allure sur la voie rapide dont il était protégé par une haie d'acacias. Il fourra sa main dans le coffre, dézippa le premier sac et resta frappé de stupeur. La fermeture Éclair venait de dévoiler une cargaison compacte et parfaitement rangée de liasses de billets. Des cinquante euros usagés. Par milliers. Franck n'en revenait pas. Il attrapa une liasse. Elle était épaisse et lourde. Il passa son pouce sur le bord, la renifla. C'était une duperie totale de prétendre que l'argent n'avait pas d'odeur. Il exhalait au contraire un délicieux parfum de carton et de beurre. Et le son qu'il faisait… On aurait dit le froissement léger d'un vol d'oiseau. Putain de Dieu, il y en avait pour des millions. Chaque liasse devait peut-être faire, il imaginait, dix mille euros. Il soupesa le paquet de billets, l'observa sous toutes les coutures. Il tenait là plus de six mois de salaire. Qu'est-ce qui l'en empêchait ? Une petite liasse sur la masse… Il lui suffirait de réorganiser le sac et ils n'y verraient rien. Dix mille sur dix millions ? Pour eux, ce n'était rien, mais pour lui, c'était énorme. Il leva les billets à la hauteur de ses yeux, tout près de lui, comme s'il allait les dévorer. Puis il soupira et replaça la liasse à sa place, retapa les billets pour leur donner leur aspect d'origine, rezippa le sac et ferma le hayon.

– Allô ! Riton ?

– Pourquoi tu m'appelles ?

À l'autre bout du fil, Riton était nerveux. Il était entendu que Franck ne devait lui téléphoner sous aucun prétexte, sauf en cas de force majeure, et Franck prit un air complètement paniqué.

– C'est ce type. Putain ! Un connard, un enculé, je te dis !

– Qu'est-ce qui se passe ? Calme-toi.

– J'étais à un rond-point, à l'arrêt, dit Franck hors d'haleine. Et ce type me fonce dedans. Il avait un gros Land Cruiser. Il faut croire qu'il ne m'a pas vu, je sais pas. Il m'a tapé à l'arrière. J'ai failli avoir le coup du lapin.

– Et la bagnole ? Elle a rien ?

– Nan… Enfin, si. Le coffre est plié.

– Quoi ? hurla Riton.

Subitement, son niveau de panique était monté dans le rouge. Il s'étranglait.

– Je l'ai refermé, tempéra Franck. Les sacs sont toujours là.

– Les sacs ? Les sacs…

Riton semblait assommé. Il n'avait jamais évoqué la nature de la cargaison avec Franck et il se trouvait précipité dans cette situation nouvelle sans aucune préparation. Et en même temps, il avait un besoin vital d'être rassuré.

– Tu n'ouvres pas les sacs, lui aboya-t-il dessus. Tu m'entends ?

– Je ne les ai pas ouverts.

C'était absurde et Riton s'en rendit compte. Il était à la merci de Franck et il changea vite de ton. L'essentiel était que cette tire rentre au bercail le plus vite possible. Riton ordonna à Franck de sécuriser le coffre et de se remettre en route le plus vite possible. Trois heures plus tard, Franck débarquait sur le parking de Paimbœuf. À peine avait-il entrouvert sa portière que trois malabars lui sautèrent dessus. L'un d'eux plaqua Franck contre le capot tandis que l'autre lui pointait un flingue sous le menton. Le troisième ouvrit le coffre pour en examiner le contenu. La scène dura trois minutes pleines, ce qui est particulièrement long avec un canon de Glock enfoncé sous la mâchoire. Enfin, le poids du colosse se relâcha et Franck put de nouveau respirer. Quand il recouvra ses esprits, Riton se trouvait derrière lui et le toisait en silence. Franck se massa le cou. Le mastard au pistolet le tenait toujours en joue.

– Qu'est-ce qui me prouve que tu dis la vérité ? demanda Riton sur un ton monocorde.

– Je dis la vérité, c'est tout, répliqua Franck en prenant un air piteux et un ton faussement naïf. Le type m'a percuté par l'arrière et il s'est barré. Je n'ai pas eu le temps de noter sa plaque. C'était une Toyota. Un Land Cruiser gris. C'est tout ce que je sais.

Riton le considéra. Il savait à présent qu'aucun billet n'avait disparu du coffre. Alors à quoi bon lui demander s'il avait piqué quoi que ce soit. Ou s'il avait ouvert les sacs. Il répondrait bien ce qu'il voudrait et Riton n'aurait aucun moyen de vérifier. Le malfrat s'était un peu détendu. Son pognon était là et c'était l'essentiel. Il avait passé deux heures à gamberger et à se demander ce qu'il ferait si Franck disparaissait dans la nature ou s'il s'avisait d'en piquer ne serait-ce qu'une liasse. Le stress lui avait fait se ronger tous les ongles. Il s'occupait du transport et si un incident se produisait, il savait qu'il en serait tenu pour responsable. Il observa Franck qui baissait les yeux. Avec son crâne rasé, son corps d'adolescent grandi trop rapidement, son blouson, ses baskets blanches qu'il s'était payées avec son argent de poche, il avait vraiment la tête de l'emploi. Il était conforme au plan, à l'idée qu'il s'en était fait lorsqu'il était venu le recruter sur la plage de Villès-Martin. Un corps d'athlète avec un petit pois dans la tête. Franck était là pour gagner ses deux mille par voyage. C'était là son horizon, sa seule ambition. C'était un commis voyageur, un larbin qui travaillait pour son cacheton. Il avait eu tort de se faire du mauvais sang. Franck était un troufion et Riton avait besoin de types comme lui. Il fit signe à son molosse de baisser son arme. Puis il s'approcha et posa sa main sur son épaule.

– Excuse-moi, petit. Mais je dois prendre mes précautions. J'espère que tu le comprends.

– Je comprends, répliqua Franck, le regard toujours baissé. Désolé. J'ai pas vu venir la bagnole.

– Ça peut arriver. Et tu as agi avec sang-froid. C'est bien. Attends.

Riton tourna les talons, repartit vers sa Range Rover et revint vers Franck.

– Tiens.

Franck tendit la main et Riton y déposa un paquet de billets pliés en deux.

– Rentre chez toi. Je t'appelle la semaine prochaine.

39

En poussant la double porte vitrée qui donnait sur le parking, Franck mesura l'étendue du chemin parcouru. Comme un reptile fait sa mue, il avait laissé derrière lui l'enveloppe squameuse de son ancienne vie pour se fondre dans les oripeaux d'une nouvelle existence bien plus engageante et prometteuse. Un an et demi auparavant, il habitait encore chez ses parents, roulait en scooter, passait ses vendredis soir au Cheval d'or avec Kélian et ses copains, commençait à La Main verte, rencontrait tout juste Sandra et jouait avant à l'AS Trignac. Sur toute la ligne, il était pour ainsi dire un bleu, un moins-que-rien. Quand il y pensait, il était pris d'un vertige, d'un malaise presque physique qui se métamorphosait en excitation nerveuse à l'idée de ce qu'il était devenu à présent. Car en moins de dix-huit mois, il s'était installé avec Sandra, avait été recruté au SNAF, se mettait sept mille balles dans la poche chaque mois, s'était fait de nouveaux potes du haut du pavé, quant à son scooter avec son bruit de pot nasillard, il ne l'avait plus touché depuis une éternité. En serrant les clés de son nouveau véhicule, il songea avec nostalgie à sa vieille Alfa Spider rouge, celle dont il avait rêvé à peine sorti du lycée et qu'il s'était payée de sa poche au prix de multiples renoncements. Avec elle, ç'avait été une vraie histoire d'amour : des soirs et des week-ends entiers à ses petits soins, suivis d'une irrésistible envie d'aller voir ailleurs. La Spider était une chouette bagnole de collection, mais c'était aussi la vieille guimbarde d'un mec qui n'avait pas les moyens. Tout le monde le voyait et Franck le savait mieux que personne. Il devait passer à autre chose.

Ce soir-là, il avait rendez-vous avec Yann et Clément au serpent de Saint-Brévin, une sculpture en acier représentant un gigantesque squelette de reptile échoué sur la plage, qui donnait au port de Saint-Nazaire, qu'on apercevait à travers ses entrailles découvertes, un air de fin du monde. C'était un endroit cool pour fumer quelques pétards dans le soleil couchant, prendre des selfies allongé sur les vertèbres du monstre, écouter de la musique, se marrer un peu avec les potes. Au fil des mois, les trois garçons avaient appris à se connaître. Clément, en dépit de son abord un peu bourru, était un garçon facile. Franck et lui avaient plusieurs terrains d'entente. Le premier, bien entendu, c'était le foot. Les entraînements, les matchs, les pronostics de la Ligue 1, les discussions sans fin sur les états d'âme de Neymar, sur le joueur qui méritait le Ballon d'or, sur le prix astronomique des transferts de Mbappé et de Paredes… Et puis il y avait la bagnole. Sur ce plan, Clément avait l'avantage. Avec son père concessionnaire Mercedes, il pouvait mettre la main sur des petits bijoux auxquels Franck ne pourrait jamais prétendre, même en rêve, du moins pas pour l'instant. Franck avait la Spider, mais Clément roulait en Classe C cabriolet et il n'y avait pas photo. Question nanas, Clément n'en avait pas d'attitrée. Il butinait. Son aventure avec Maeva n'avait duré qu'un soir et Franck n'en avait pas pris ombrage, tout compte fait, car trois jours après, c'était déjà de l'histoire ancienne. Franck en revanche avait Sandra. Clément était intrigué par cette situation. Se mettre en couple à vingt ans… C'était trop compliqué pour lui.

Avec Yann, c'était différent. Les débuts avaient été chaotiques, surtout pour Franck qui n'avait aucune honte à avouer que Yann l'impressionnait. Il était sous son emprise. Sa maîtrise de la langue, des idées, des choses qu'il fallait savoir et des gens qu'il fallait connaître était stupéfiante. Sans prévenir, il pouvait partir au quart de tour et on ne savait jamais dans quelle direction. Il était imprévisible, insaisissable, et Franck ne s'était jamais vraiment senti à l'aise avec lui. Quel que soit le sujet, c'était lui qui menait la barque. Un jour, ils avaient parlé de cette série tirée d'un livre de Stephen King, *Under the Dome*, que Franck avait adorée, surtout la scène de la vache coupée en deux et celle de l'avion qui explosait en l'air comme une mouette contre un pare-brise invisible. Clément aussi avait aimé, mais Yann était parti en sucette, dénonçant un scénario de facho qui n'avait comme but que de démontrer la soumission de l'individu à la structure étatique. Et il s'était mis à citer des écrivains que Franck n'avait jamais lus et à voir de la politique et de la philosophie partout, alors qu'on parlait juste d'une série. Le truc sur lequel il ne fallait jamais le lancer, c'était la politique. Surtout Macron. Le président des riches, la société libérale à la solde de la finance, le complot de l'élite contre le peuple… Il pouvait tenir des heures à s'énerver tout seul contre les politicards corrompus, les labos pharmaceutiques, les paradis fiscaux, l'Europe, les Chinois, les Américains, le CAC 40, l'ISF, etc. Si on voulait avoir la paix, il suffisait de le faire démarrer sur Notre-Dame-des-Landes ou Fukushima. Yann était un révolutionnaire. Un révolutionnaire bourgeois. Un pedigree bizarre qu'il assumait complètement. Il disait que les plus grands révolutionnaires venaient des rangs de la bourgeoisie car elle leur avait donné l'éducation dont ils s'étaient emparés pour ouvrir les yeux et finalement se retourner contre elle. Son dada, c'était l'avènement d'un nouveau marxisme au XXIe siècle. Il l'avait répété cent fois mais Franck n'avait pas tout compris. Selon Yann, c'était inévitable, une question d'années, de mois peut-être. Il suffirait d'une étincelle, d'une agression, d'un virus. Et quand ce serait là, la machine infernale se déclencherait et nul ne serait en mesure de l'arrêter.

Ce que Franck avait en revanche mis du temps à comprendre, c'est que dans le système de pensée de Yann, c'était lui, Franck, qui était en haut de l'échelle. Il était le prolo de la bande. Fils de prolo, look de prolo, goûts et existence de prolo. Tout cela forçait l'admiration de Yann, qui passait des heures à parler du peuple, celui qu'il avait croisé dans la rue ou dans les colonnes de *Libération*, mais avec lequel jusque-là il n'avait jamais commercé de façon intime et personnelle. Et c'était le point aveugle, le péché originel sur son CV. Franck offrait à Yann la possibilité de combler ce manque, de toucher du doigt un échantillon représentatif de cette condition populaire qui était la pierre angulaire de sa conscience politique. Grâce à Franck, le peuple n'était plus seulement un concept. Il avait un visage, une voix, des préférences et des désirs. Avec Franck, Yann avait l'impression de vivre dans le monde réel, celui des masses laborieuses qui verraient bientôt venir le temps de leur revanche. Au fil des mois, cette amitié de circonstance s'était muée en une solide fraternité. Ils passaient la plupart de leur temps ensemble. Franck s'enivrait de l'esprit de Yann comme d'un alcool raffiné dont il savait ne pas percevoir toutes les subtilités et Yann goûtait la présence de Franck comme une source à laquelle il venait sans cesse se désaltérer. L'alchimie avait fini par opérer et les trois garçons étaient devenus inséparables.

Franck quitta le parking au volant de son Nissan X-Trail flambant neuf. La sensation était exceptionnelle. Il était tellement haut perché qu'il avait l'impression de dominer la route. Toutes les commandes tombaient parfaitement sous les doigts et l'engin ronronnait comme un petit chat. Il n'avait rien dit à Sandra et il était sûr qu'elle serait très impressionnée – même si un doute s'immisçait en lui. Mais chaque chose en son temps. Il devait d'abord la faire voir aux copains. Il se gara un quart d'heure plus tard en bordure de l'avenue du Bois sous une rangée de pins parasols et dévala le chemin de sable descendant vers la plage. Yann et Clément étaient là, avachis sur le sable à regarder le soleil miroiter dans l'océan.

– Salut.

– Salut, mec, tu fais bien d'arriver. On se tâtait pour aller se baigner, dit Yann.

– Vous déconnez, elle doit être à quinze.

– En effet, on déconnait, répondit Yann sans tourner la tête.

– N'empêche, ça donne envie, ajouta Clément.

Il tendit un stick à Franck, qui s'assit en tailleur sur le sable avec eux. Clément avait amené des bières et il en décapsula une, qu'il lui proposa. Le soleil commençait à rougeoyer dans le ciel. On était le 26 mars. C'était le début du printemps, la saison de toutes les promesses. Ils passèrent un moment à rêvasser sur la plage. Franck brûlait de leur parler de son nouveau X-Trail, mais il sentait que ce n'était pas le moment. Clément se prit à délirer sur le nombre de grains de sable qu'il y avait sur la plage. Il avait lu que ça tournait autour de mille milliards mais Yann était convaincu que c'était beaucoup moins. Franck n'avait aucune idée sur la question et les deux autres partirent dans un calcul interminable du nombre de grains dans un dé à coudre et du nombre de dés dans un mètre cube de sable. C'était à n'y rien comprendre et ils ne parvinrent d'ailleurs jamais à s'entendre. Pour se marrer, Franck demanda combien de baignoires d'eau passaient sous le pont de Saint-Nazaire en une journée et ils repartirent dans leurs calculs ennuyeux et stupides en tirant sur des sticks et en rigolant comme des baleines. Au bout de la troisième bière et du quatrième pétard, Clément demanda à Yann si Franck pouvait venir à la fête d'Anaïs Chollet le 13 avril suivant. Yann bondit sur ses pieds et vociféra à qui voulait l'entendre que c'était la meilleure idée de la journée. La fête des Chollet était une soirée privée avec carton d'invitation et tout le tralala, et c'était une raison de plus pour y incruster leur pote, nom de Dieu. Richard Chollet, le père d'Anaïs, était un cardiologue réputé. Il jouait au golf avec Guillaume Herruel, le père de Yann, et était par ailleurs membre du Lions Club de Pornichet, comme le père de Clément. C'est ainsi que les deux garçons s'étaient retrouvés sur la liste très select des invités. Yann jubilait. Ils viendraient à cette soirée dorée sur tranche avec leur pote de Trignac et personne ne les en empêcherait. Franck avait protesté. Une soirée de plus, une de moins, il s'en foutait, à vrai dire. Il n'était même pas sûr d'en avoir envie. Mais Yann l'avait arrêté. La soirée des Chollet n'était pas une soirée comme les autres. Le padre mettait la main au portefeuille. C'était le 14 Juillet et le 15 août réunis. Complètement ouf. La musique, la bouffe, la baraque, une villa comme dans les films avec piscine chauffée, parc éclairé, accès privé à la plage. On allait s'éclater. Il en faisait une question de principe. Il n'y avait aucune raison que Franck ne soit pas avec eux, juste parce qu'il n'avait pas de carton. Il s'y rendrait avec eux. Et eux n'entreraient pas sans lui. Un pour tous, tous pour un. Ils s'étaient tapé dans la main. Franck s'y voyait déjà.

– Au fait, ça y est, je l'ai.

Il agita ses clés sous son nez et Clément se tourna vers lui.

– Sans blague ? Le X-Trail ?

Franck sourit.

– Tu fais voir ? On va faire un tour ?

Clément se releva, épousseta son pull plein de sable. Son enthousiasme excita Franck de plus belle. Yann, quant à lui, était retombé sur le sable, à moitié soûl.

– Yann, tu viens ? On va essayer la nouvelle caisse de Franckie.

– Faites chier, marmonna-t-il.

Et alors qu'ils le tannaient pour qu'il les suive et comme il savait qu'il aurait l'air bête tout seul sur le sable quand les autres seraient partis, il se leva et remonta la plage en traînant les pieds.

40

Cette journée du 13 avril avait été exceptionnelle. Le ciel avait retrouvé son ton d'azur, l'atmosphère était débarrassée de l'humidité poisseuse qui collait au corps depuis le mois d'octobre. Ça sentait le miel et l'herbe coupée. On avait sorti les tee-shirts et les jupes courtes. Le match contre Guérande avait été remporté haut la main par une équipe en pleine forme, inspirée, adroite, légère, heureuse de jouer au ballon. Delcros avait félicité ses gars en débouchant une bouteille. L'air était cristallin, sensible à la moindre vibration. Il y flottait un parfum de victoire. Après le match, Franck était rentré chez lui. Il avait attrapé une bière dans le frigo, ouvert les fenêtres en grand et s'était affalé dans le canapé, les jambes écartées chauffées par les rayons du soleil à travers la baie vitrée. Sandra travaillait tout l'après-midi. Le samedi était sa plus grosse journée de la semaine et elle ne rentrait jamais avant dix-neuf heures trente, en général, complètement vannée. Elle prenait alors une douche, ne rechignait pas aux sollicitations de Franck pour un petit câlin, suite à quoi ils se préparaient pour sortir. Le samedi, c'était pour eux. Vers vingt et une heures, ils échouaient au hasard dans une pizzeria ou une crêperie du front de mer, à Saint-Brévin ou à La Baule. Il y avait sur la côte pléthore de petits restos sympa où se poser tranquille, en salle ou en terrasse, sur les tables en plastique blanc que la serveuse nettoyait d'un coup d'éponge avant qu'on s'y installe. Depuis six mois, Franck avait changé. Il était plus attentionné, moins pingre qu'auparavant. Il invitait toujours Sandra, ce qu'il mettait sur le compte des primes que lui payait Pierrick tellement il bossait bien. Sandra n'avait pas cherché à creuser. Le vent était favorable et il fallait savoir en profiter. Leur histoire, fragile mais pleine de promesses, était en train de prendre forme.

Franck ne lui avait rien dit pour ce soir. Un mélange d'oubli et d'appréhension. La perspective de se rendre à la soirée d'Anaïs Chollet avec Sandra l'avait effleuré, mais bien vite, il l'avait écartée. C'était un plan entre potes et il n'avait pas l'habitude de mélanger les genres. Il connaissait Yann et Clément depuis six mois et il ne leur avait jamais présenté Sandra. L'idée d'ailleurs ne lui avait jamais vraiment traversé l'esprit. Les meufs, c'était une chose et les copains une autre. Tous ceux qui avaient amené leur copine au milieu de leur bande l'avaient payé au prix fort. Soit en se la faisant piquer, soit en perdant leur bande, qui finissait par les éviter, estimant qu'on ne pouvait plus déconner pareil quand la copine était là. À chaque fois, ça se terminait mal et Franck savait qu'il avait tout intérêt à bien compartimenter sa vie. Et puis, on ne savait jamais ce qui pouvait se passer ni qui on pouvait rencontrer à ce genre de soirée où paraît-il, les minettes étaient canons et sacrément émancipées. Toutes ces raisons avaient incité Franck à ne pas parler de la soirée qui avait lieu ce samedi et à laquelle il était attendu, seul, vers vingt et une heures. Il avait procrastiné comme un minable, mais quand Sandra était rentrée à dix-neuf heures quarante-cinq et qu'elle lui avait demandé de lui servir une Carlsberg pendant qu'elle prenait sa douche, il avait été obligé de sortir du bois.

Leur explication avait été sanglante. Au début, Sandra avait eu un moment de stupéfaction, comme si elle n'avait pas compris ce que Franck était en train de lui dire. On était samedi, elle était crevée. Elle rêvait d'aller se mettre les pieds sous la table à la crêperie La Marine ou à la pizzeria Donatello et Franck était en train de s'emmêler les pinceaux dans des explications tarabiscotées : une soirée dont il avait oublié de lui parler parce qu'il croyait que c'était vendredi et à laquelle elle ne pouvait pas venir parce que c'était sur invitation. Une invitation ? Depuis quand Franck recevait-il des cartons d'invitation ? Elle lui avait demandé de le lui montrer, ce satané carton, et Franck avait sombré dans une justification pitoyable : il ne l'avait pas, car c'était son pote Clément qui l'avait gardé. Sandra était abasourdie. Franck avait eu beau se préparer, rien ne tenait debout. Son histoire faisait pitié et il le savait. Sandra était subitement devenue très calme. C'était effrayant. Il aurait largement préféré qu'elle explose de rage, mais elle était immobile et muette comme l'œil d'un cyclone. Elle lui avait enjoint d'y aller avec ses copains si c'était ce qu'il voulait, mais qu'il ne compte pas sur elle pour passer l'éponge aussi facilement. Qu'il se tire. Ils en reparleraient plus tard. Franck en avait sué dans le dos, puis il était parti tout penaud. Jusqu'au pont, il s'était senti nul, honteux, mécontent contre lui-même et contre Sandra et sa colère n'avait commencé à se dissiper qu'à partir de Saint-Michel.

Avec Yann et Clément, ils se retrouvèrent à La Bernerie vers vingt-deux heures. C'était le début des vacances de Pâques et les rues de la petite station balnéaire étaient encombrées de 44, de 75 et de 92, dans des proportions qu'on ne voyait habituellement qu'en haute saison. Le temps n'y était pas pour rien. Depuis une semaine, les flashs météo promettaient un mois de mai magnifique, estival et même caniculaire si bien que les Parisiens et les Nantais avaient rappliqué comme des mouches. Quelques grappes d'invités en tenue légère et déjà passablement éméchés déambulaient dans la rue en gloussant et en se serrant par la taille. Franck s'était un peu sapé pour l'occasion. Un pantalon clair, une chemisette. Des fringues passe-partout, histoire de se fondre dans la masse. Ils se pressèrent à l'entrée. La propriété était ceinturée d'un mur de pierre de plus de deux mètres par-delà lequel on entendait résonner les basses entêtantes d'une musique de boîte de nuit. Il y avait un service d'ordre. Franck n'en revenait pas. C'étaient deux malabars avec des tatouages dans le cou et sur les avant-bras qu'il avait vus faire de la muscu sur les plages de Saint-Brévin. Yann et Clément avaient apporté leur carton d'invitation et prévu un petit argumentaire pour Franck, mais cela ne servit à rien.

– On est tous les trois, avait dit Yann sur un ton parfaitement blasé qui ne laissait aucune place au doute.

Le videur les avait examinés une seconde avant de les laisser entrer. Ils avaient une bonne gueule et ça lui suffisait amplement. Tout ça pour ça.

De l'autre côté du mur, c'était un parc magnifique. La pelouse était immense et fraîchement tondue. Ça sentait le gazon coupé, l'aiguille de pin et ce délicat mélange de sel, de vase et de soleil que la baie de Bourgneuf libère à marée basse, les jours de beau temps. La maison était constituée d'un ensemble de cubes blancs enchevêtrés, percés de baies vitrées d'où l'on apercevait de vastes intérieurs aux lumières tamisées. Ils empruntèrent une allée de gravillons pavée d'ardoises noires qui serpentait entre les buissons taillés en formes géométriques. Franck avait fait des tailles similaires chez ses clients et il savait que c'étaient des heures de travail pour obtenir la forme parfaite. Le jardin était illuminé. La fête semblait avoir à peine commencé mais il y avait déjà plein d'invités occupés à grignoter et à siroter des verres sur les pelouses. Les mecs étaient en jeans, chemises blanches et mocassins en cuir. Ils avaient des cheveux longs, des lunettes, des vestes sombres, des crânes rasés, toutes sortes de looks qu'ils portaient avec une aisance déconcertante. Franck les observait. Ils riaient et parlaient fort comme s'ils habitaient ici, comme si tout ce luxe leur était parfaitement naturel. La rumeur disait vrai. Les filles, habillées comme des bonbons, étaient magnifiques. Elles étaient toutes importées : Franck ne reconnaissait aucun visage. Il remarqua une brunette au nez fin et à la peau de pêche dont il aurait pu tomber amoureux sur-le-champ tellement elle était belle. Elle portait une robe bustier rouge qui lui moulait le corps jusqu'à mi-cuisse. Avec sa chevelure épaisse qui cascadait dans son dos, on aurait dit une sirène. La baraque était interminable. À gauche derrière le troisième cube, une terrasse grande comme un terrain de tennis servait d'écrin à une piscine rectangulaire et illuminée où miroitait une eau turquoise. Les invités tournaient autour comme des moustiques. À un moment ou à un autre, l'un d'entre eux allait tomber dedans, ça ne faisait aucun doute. Franck avançait, attentif et silencieux au milieu des rires appuyés. À cet endroit, la maison faisait un U gigantesque. Des patios, des balcons, des baies vitrées, des fleurs en pots et des lumières partout. Un DJ était perché sur une petite estrade. La piste de danse se trouvait à l'extérieur, comme dans un film, et sur le côté, il y avait un bar avec des serveurs en nœud pap'. Franck n'avait jamais mis les pieds dans une soirée pareille. Yann et Clément quant à eux avaient commencé à claquer des bises à plusieurs invités. Ils avançaient mollement vers le bar quand un grand type blond, chemise ouverte, le teint bronzé, se planta devant eux.

– Yann ! fit-il en écartant les bras.

– Thibaut !

Thibaut Chollet était le frère cadet d'Anaïs. Yann et lui se connaissaient bien. Ils avaient fait pas mal la bringue ensemble. Le père Chollet était propriétaire d'un douze mètres qu'il mouillait au port de Pornic et dont son fils avait les clés. Thibaut était un voileux. Leur plan de rêve, quand la marée le permettait, c'était de filer à Noirmoutier, de passer la fin d'après-midi à la plage des Dames et la nuit à la Boîte à sel pour draguer des filles qu'ils ramenaient au bateau et qu'ils baisaient sur les couchettes jusqu'à ce que leurs forces les abandonnent. Ils appelaient ça : Corto Maltese, une sorte de nom de code. L'été précédent, ils s'étaient fait plusieurs Corto Maltese mémorables.

– Tu te souviens de Clément, mon pote de Pornichet ?

Thibaut découvrit ses dents blanches. Clément lui tendit la main.

– Clément Moesson.

– Oui, bien sûr ! s'étrangla Thibaut. Nos pères se connaissent, non ?

– Le Lions Club.

– C'est ça. Bienvenue.

– Super soirée, rétorqua Clément.

Thibaut allait faire un commentaire, mais Yann l'interrompit en le prenant par le bras.

– Et je te présente Franck, mon pote de Saint-Nazaire, futur joueur de foot professionnel.

Franck tendit la main à Thibaut, qui la lui serra chaleureusement.

– Joueur professionnel ? Waouh. Tu me files un autographe ? fit-il en riant.

– Je ne signe pas encore d'autographes, mais ça pourrait venir, répliqua Franck.

Thibaut le serra à l'épaule.

– Ça viendra. Je suis sûr que ça viendra. En tout cas, pour l'instant, amusez-vous. Y a de quoi, vous pouvez me croire.

Un type qui avait entendu cet échange alpagua Franck.

– Tu joues où ? Moi, je suis avant-centre à La Roche-sur-Yon.

Il s'appelait Anthony, il était de Machecoul. Il était allé au lycée Saint-Joseph et s'était usé les crampons sur le terrain municipal jouxtant la départementale. Ils venaient du même moule et ça faisait du bien à Franck de retrouver un peu ses repères. Il travaillait comme commercial chez Bénéteau et c'est comme ça qu'il avait connu Thibaut. Anthony enchaîna sur le foot et en moins de deux, Franck se retrouva avec une coupe de champagne rosé au bec, à dévorer des brochettes et des canapés comme s'il n'avait pas mangé depuis trois jours.

Yann était parti de son côté. Il connaissait du monde et n'avait aucun mal à rebondir de groupe en groupe. Clément avait disparu. La dernière fois que Franck l'avait vu, il discutait avec une blonde qui avait l'air fascinée par ce qu'il lui racontait. Anthony de Machecoul avait beaucoup parlé puis il avait fini par aller faire un tour. La musique était montée d'un cran. Deux rampes d'enceintes vibraient sur la terrasse et le DJ avec le casque sur une seule oreille faisait se déhancher le dancefloor. Le son devait porter jusqu'à Saint-Nazaire ! Si quelqu'un avait fait un tel raffut dans un jardin à Trignac, les flics auraient rappliqué dans le quart d'heure, mais ici, rien, comme par hasard. Le pognon permettait tout. Le DJ envoya Daft Punk et tout le monde se leva. Les lumières s'étaient mises à tourner comme des girouettes. La piste se balançait en cadence, formant une sorte de corps unique, homogène, hérissé d'une multitude de visages, de bras, de chemises et de dos nus, de chapeaux et de verres d'alcool multicolores, une foule ondulante à l'unisson, ivre de musique et de chaleur, dans laquelle Franck s'abandonna en fermant les yeux. Il adorait cette musique aux basses bourdonnantes et à la rythmique crépitante. Il sentait son corps se relâcher. Bientôt, il se retrouva nez à nez avec la sirène à la robe rouge. Elle dansait juste à côté de lui, mollement, le regard baissé comme si elle faisait attention à ses mouvements. De près, elle était encore plus belle. Elle levait ses deux bras lisses et fins, les faisait tournoyer doucement au-dessus de sa tête avant de les redescendre le long de son corps et ainsi de suite au gré du rythme de la musique. Une cigarette fine était coincée entre ses lèvres rouges. Les joues légèrement déprimées, la bouche en cœur, elle semblait tirer dessus comme sur une paille à cocktail. Franck ne pouvait décoller ses yeux de ces deux lèvres suçant ce filtre blanc et de cette bouche qui s'emplissait de fumée. Il dansa devant elle, bombant légèrement le torse, mais elle ne le remarqua pas, entièrement occupée par les mouvements de son propre corps. Il se rapprocha tant qu'il la frôla. Sa peau était douce comme le velours, il en eut la chair de poule. Elle leva les yeux vers lui. Ils étaient finement soulignés de noir, ce qui lui donnait un regard profond et mystérieux. Elle prit sa clope entre ses deux doigts et lui sourit vaguement. Franck se contorsionna sur la musique, ferma un instant les yeux pour se donner plus d'allant. Quand il les rouvrit, elle lui avait tourné le dos et dansait collée contre le grand blond, Thibaut, le fils de la famille. Thibaut la tenait par la taille et elle par les épaules. Franck sortit de la piste de danse.

41

Au bar, il retrouva Anthony, qui était passé à la bière et qui tendit une bouteille à Franck.

– Alors, tu as rencontré des potes ?

– Nan. Je connais personne.

– Ça m'étonne pas. Ils se connaissent tous entre eux. Si t'en connais un, tu les connais tous, et si tu les connais pas tous, tu connais personne…

Franck fronça les sourcils.

– Tu as vu la baraque ? Elle donne sur la plage.

– Ah bon ?

– Si tu veux, je te montre.

Anthony prit une autre bouteille dans sa poche et tandis que le DJ lançait *Thriller* sur sa platine, il fit signe à Franck de le suivre. Ils contournèrent la piste de danse qui s'était remplie d'un coup, passèrent à côté de la piscine, continuèrent sur l'allée gravillonnée qui serpentait dans la nuit. Un peu partout, sur l'herbe, contre les murs et les troncs d'arbres, des couples étaient enlacés. Anthony et Franck avancèrent sur la pelouse entre les pins de douze mètres tordus par les vents. Le jardin était interminable et toujours impeccablement entretenu. Au bout du chemin, un portail ouvert donnait sur la plage déserte illuminée par le disque parfaitement rond de la pleine lune. La baie était là. Ni route ni chemin à traverser. On poussait le portail et c'était la plage. Franck ôta ses chaussures et marcha en direction de la mer tandis qu'Anthony s'allongea sur le sable pour fumer une cigarette.

Quand il revint sur ses pas, Anthony avait disparu. Franck traversa le jardin en sens inverse jusqu'à la terrasse où la piste de danse s'était un peu clairsemée. Il croisa une nana assise pieds nus sur la pelouse, lui demanda l'heure mais elle n'avait pas de montre. Il contourna le bar, mit la main sur une bouteille de bière et fila jusqu'à la maison. L'intérieur était comme un grand loft. Dans un coin, il y avait des sofas et à l'autre bout de la pièce, une immense table en bois clair avec des chaises en plastique moulé surmontées d'un lustre ressemblant à une chevelure en métal. Partout ailleurs, c'était le vide. Quelques silhouettes dormaient dans des fauteuils. D'autres déambulaient au hasard dans cet espace informe et démesuré. Franck se dirigea vers le halo de lumière s'échappant de la cuisine. Il y avait pas mal de monde et on s'y entendait parler. Il aperçut Clément de dos, qui discutait avec un mec au menton fuyant. Puis il alla s'asseoir un peu à l'écart. Il sirota lentement sa bière tandis que son adrénaline était en train de monter comme le mercure dans le thermomètre. À présent qu'il avait parfaitement repéré les lieux, il était prêt pour passer à l'action. Il attendit d'avoir la voie libre, se leva et fonça vers l'escalier qui menait à l'étage.

Il monta les marches quatre à quatre en se tenant aux garde-corps en verre et déboucha sur un couloir qui desservait une enfilade de pièces. Il prit à droite au hasard, marcha jusqu'au premier virage, vérifia qu'il n'y avait personne, ouvrit la première porte. La pièce était sombre. Le sol était dur comme du carrelage : une salle de bains. Il referma la porte et se précipita vers la suivante. Il tâtonna sur le mur, trouva l'interrupteur. Plusieurs lampes s'allumèrent en même temps. Une chambre. Bingo ! Il repéra vite fait les quelques meubles intéressants. Sur une petite console se trouvait une boîte dont il souleva le couvercle. Des papiers, des peignes. Il tenta la commode, les tables de nuit, jeta un coup d'œil circulaire. Il n'y avait rien d'autre et il ressortit sans bruit. Son cœur battait à cent trente. Il y avait sûrement du pognon planqué quelque part. Des gens comme ça laissaient certainement traîner cinq cents euros dans leurs vide-poches comme on laisse cinq balles. Il suffisait de trouver. Soudain, il entendit un bruit et se cala contre le mur. Ça venait du fond. C'était un cri diffus, étouffé. On aurait dit un râle de plaisir. Cela recommença et cette fois Franck en était sûr : un couple était en train de faire l'amour dans une de ces chambres. Il redoubla d'attention en abaissant la poignée de la porte suivante. Cette pièce était plus petite. Le sol craqua : c'était du parquet. Il y régnait une forte odeur de lessive, d'étoffe et de cire. Bonne pioche. Un dressing. Des tas de tiroirs, une immense penderie, des vêtements, des bols de porcelaine, des boîtes en bois laqué. Il fouilla en commençant par les tiroirs. Chaussures, linge de nuit, lingerie, chaussettes, culottes en dentelle. Franck ouvrait les tiroirs à toute allure en prenant soin de ne pas faire de bruit. Tee-shirts, pyjamas. Puis sa main buta sur une boîte en carton. Quand il en retira le couvercle, ses yeux s'écarquillèrent. Il y avait là quelques colliers, bagues et boucles d'oreilles et, bien qu'il n'y connaisse rien, il était sûr qu'il s'agissait de vraies perles, d'or massif et de diamants véritables. Il ramassa le contenu et le fourra dans sa poche.

Le couloir était toujours désert. Franck avait veillé à tout remettre en ordre avant de quitter les lieux. Il savait déjà à qui il s'adresserait pour revendre les bijoux : Riton. S'il en tirait la moitié ou même le quart du prix, il pouvait compter sur vingt mille euros. La soirée à deux plaques, sans risque. Il se frotta les mains. En plus, il les piquait à des ultra-blindés qui ne sentiraient même pas le trou au fond de leur poche. Il avança à pas feutrés, longea le couloir, tourna vers l'escalier quand il entendit une nouvelle fois le bruit qu'il avait remarqué en montant. Un cri de femme, c'était très clair. Si tout à l'heure elle était en train de s'envoyer en l'air, à présent elle était carrément en train de jouir. Et bruyamment en plus. Il continua son chemin le plus discrètement possible quand un hurlement filtra à travers la cloison. La voie était dégagée et il avait toute latitude pour décamper sans demander son reste, les poches pleines de bijoux. C'était possible. L'escalier se trouvait à sa portée. Ce qui lui était impossible en revanche, c'était de prétendre une seule seconde que ce cri-là était un cri de plaisir.

42

Dehors, la sono martelait la basse lancinante d'un rap californien. Il devait être cinq heures du matin. Les invités étaient tous plus ou moins asphyxiés ou au bord de la somnolence tandis que Franck était tétanisé. Il aurait donné cher pour se tirer immédiatement, mais c'était impossible. Ses jambes refusaient d'avancer. La fille cria de nouveau. Ou plutôt non. Cette fois-ci, elle hurla derrière la lourde porte devant laquelle il se trouvait. Dès le début, il avait eu l'intuition que quelque chose ne tournait pas rond, mais à présent il en avait la certitude. Il faillit faire demi-tour. Puis il saisit la poignée en porcelaine, l'ouvrit d'un coup sec et la première pensée qui l'assaillit fut qu'il venait de mettre les pieds dans une galère pas possible. Sur le lit complètement défait, la sirène à la robe rouge, celle qu'il avait frôlée sur la piste de danse, se tenait ramassée contre le mur, entièrement nue, les mains croisées sur ses seins. Elle avait des marques sur le corps et le visage défiguré par la peur. Pas de sang, juste des éraflures. Elle suppliait, se rebellait, croisait ses jambes pour se protéger. Son assaillant, lui, était à genoux sur le lit, à poil, avec ses chaussettes aux talons et sa chemise ouverte. Il se retourna vers Franck et aboya :

– Qu'est-ce que tu veux, toi ?

Franck était sidéré. Ce visage saturé de haine, c'était celui de Thibaut Chollet. Thibaut et la sirène. Bien sûr. Ça tombait sous le sens. En même temps, c'était la merde. La merde noire.

– Lâche-la, dit Franck. Casse-toi.

Thibaut plissa les yeux pour faire le point sur l'intrus qui venait de surgir à l'improviste dans sa chambre.

– Mais t'es le joueur de foot de Yann, le mec qui est venu sans invitation, c'est ça, hein ?

Franck fut pris de court. Il ne savait quoi répondre à cela.

– Et c'est toi qui me dis de me casser de chez moi ? Hein ? Connard.

Il s'était levé et se dirigeait vers Franck. Il était grand et athlétique. Il avait beau avoir l'air con avec ses couilles à l'air, il avait quand même un physique impressionnant et mesurait bien deux têtes de plus que lui. La fille gémissait. Elle s'était recroquevillée comme une chenille. Elle semblait traumatisée.

– Laisse-la, putain, cria Franck. Tu vois pas qu'elle veut pas de toi ?

Thibaut s'approcha et allongea la main pour prendre Franck par le cou. Vu son gabarit, il aurait largement pu avoir le dessus. Mais il était complètement soûl. Ses yeux étaient rouges, son élocution approximative, sa stabilité incertaine. Et son point de vulnérabilité maximale pendait lamentablement entre ses deux jambes. Franck l'attrapa par les testicules qu'il serra d'un coup sec. L'autre, surpris, trébucha contre le lit. Il était complètement bourré. Franck fit signe à la fille.

– Viens. Dépêche-toi.

Elle descendit du lit du côté opposé et commença à ramasser ses affaires. Mais Thibaut se releva. Ivre de rage, il fonça sur Franck de toutes ses forces et lui décocha un coup dans les côtes. Franck en eut le souffle coupé. Même dans cet état, il avait une poigne d'enfer. Le deuxième coup lui percuta la mâchoire. Franck sentit la douleur rebondir jusque derrière son crâne. Son poing était aussi lourd que de la fonte. Franck se baissa, fit un pas en arrière. Il avait l'avantage d'avoir l'esprit clair. Il prit son élan, avança son pied gauche à un mètre de Thibaut et lui décocha une prune du droit dans l'entrejambe. Un tir des vingt-deux mètres. Suffoquant, les jambes coupées, Thibaut beugla comme un bœuf à l'abattoir et recula instinctivement jusqu'à perdre l'équilibre. Son pied ripa sur le tapis et il tomba à la renverse, de tout son poids sur le sol.

Le destin bascule souvent à cause d'un élément imprévisible. Ce jour-là, l'imprévu avait un prénom : Arco, luminaire italien haut de gamme, composé d'un diffuseur en acier inoxydable et d'un bras circulaire lesté par un bloc de marbre de forme parallélépipédique. L'arête d'Arco rencontra inexorablement la trajectoire du crâne de Thibaut. Cela fit un gros bruit sourd, à la fois ridicule et terrifiant. Une sorte de point final assené précipitamment. Franck et la sirène reprirent aussitôt leurs esprits.

Thibaut gisait sur le sol, le crâne fracassé dans une mare de sang tandis que dehors, la musique ne faiblissait pas.

– Putain, dit la fille qui se précipita sur le corps inerte. Qu'est-ce que t'as fait ?

Encore une fois, Franck ne sut quoi répondre. Il s'approcha du corps lourd et musclé. Il n'arrivait pas à y croire. Ce type était une force de la nature. Crever aussi bêtement, ça ne collait pas avec le personnage. Il se pencha sur lui, lui secoua les bras et la tête.

– Allez, putain, réveille-toi. Fais pas chier…

Il le prit par les épaules, lui donna des tapes sur les joues, mais ce con ne bougeait pas. Franck sentit un immense frisson lui parcourir le corps quand il réalisa que le mec était mort. Le fils de la famille. Le type qui avait invité tout le monde chez lui venait de mourir sous ses yeux. La fille avait les yeux révulsés de panique.

– Tu l'as tué… Tu l'as tué, espèce de…

– Ta gueule !

Franck s'était retourné contre la fille et la pointait du doigt comme pour l'immobiliser. L'instinct lui dicta de mettre un terme immédiat à son délire.

– Il est tombé tout seul.

– Non, vous vous êtes battus.

– Ferme-la, tu m'entends !

Il leva sa main au-dessus de lui et se figea. Tout devenait confus. Il était venu la protéger et maintenant il était sur le point de la frapper. Ça n'avait aucun sens. Il devait se calmer. Il baissa le bras et se rua sur la fille, qu'il prit par les poignets.

– Comment tu t'appelles ?

– Chloé.

– OK, Chloé. Écoute-moi.

Franck la tenait entre ses mains. Quelques heures plus tôt, il aurait redoublé d'efforts pour tenter d'attirer son attention. À présent, il voulait juste qu'elle se taise et qu'elle l'écoute.

– Voici ce qui s'est passé. Il était bourré, il t'a frappée, tu t'es débattue, il a glissé et il est tombé la tête la première sur le lampadaire. C'est un accident, tu m'entends ?

– Un accident ?

– Oui. Un accident.

– Et toi, tu as fait quoi, alors ?

– Moi ? J'ai rien fait.

Franck se rapprocha du visage de madone de Chloé. Même inondé de larmes, il était d'une splendeur incroyable. Si proche du sien à présent. Et la certitude qu'il n'y goûterait jamais.

– J'ai rien fait parce que je n'étais pas là. Tu m'as compris ?

Chloé écarquilla les yeux. Franck vissa son regard dans le sien et lui serra les poignets encore plus fort. Il lui faisait mal.

– Je n'étais pas là. Dis-moi que tu as compris.

Chloé hocha la tête en silence.

– Tu n'as rien à craindre. Il a essayé de te violer. Il était deux fois plus fort que toi. Tu ne risques rien. Mais si mon nom est mêlé à sa mort, je saurai que c'est toi. Et ça ira mal pour toi. Tu entends ce que je te dis ?

Chloé confirma. Elle avait compris. Le plan était que Franck sorte et qu'elle compte jusqu'à cent avant de donner l'alerte. Elle répéta. Deux fois pour être sûre. Franck tenta de la rassurer. Un accident. Rien à craindre si elle faisait ce qui était prévu. Puis il la fit asseoir sur le lit et s'éclipsa. Une fois dans le couloir, il se força à respirer lentement avant de repartir vers l'escalier. Il fit quelques mètres puis s'arrêta net.

– Merde ! Merde ! Et merde !

Franck hésita un instant. Il fallait prendre cette décision et elle était insupportable, rageante, injuste, mais il fallait le faire. C'était beaucoup trop dangereux. Il y avait un cadavre à présent et c'était une tout autre affaire. Alors il rebroussa chemin, ouvrit la porte du dressing, trouva le tiroir et déposa les bijoux dans leur boîte. Puis, la mort dans l'âme, il s'éclipsa par l'escalier avant que l'alerte soit donnée.

43

Franck changea de position. Ses mains étaient bleues et boursouflées par l'humidité. La paroi sombre et glacée contre laquelle il était plaqué n'offrait aucune prise et il était épuisé. Il respirait difficilement. Il était déjà tombé dans ce trou et il savait que s'il y tombait de nouveau, il n'aurait jamais la force de remonter à la surface. Il tendit le bras vers une pierre recouverte de mousse sur laquelle il se hissa en grimaçant. Son pied malhabile se logea dans un trou. Ses muscles se tétanisèrent. Le souffle des profondeurs lui caressa les chevilles. Il hurla et l'écho de son cri lui vrilla les tympans. Il devait sortir de ce trou à tout prix, et vite. Dans un ultime effort, il se lança contre le flanc opposé, rencontra une pierre plate providentielle, puis une autre, puis tout un escalier qu'il monta quatre à quatre quand soudain une lumière intense l'aveugla. Quand il leva ses paupières, Sandra se tenait au bout du lit, fumasse, prête à mordre. Les volets de la chambre étaient grands ouverts et le soleil avait blanchi les murs. Franck se retourna dans ses draps.

– Il est onze heures ! dit-elle comme si ça se passait de commentaire.

– Et alors ? J'ai pas le droit de dormir ?

– On a rendez-vous chez mes parents à midi. C'est le dimanche de Pâques, je te rappelle. Ma mère nous en parle depuis un mois.

Franck n'entendait qu'un mot sur deux. Il lui semblait que sa tête allait exploser. Il allongea le bras sur le matelas, aussi gracieux qu'un phoque sur sa banquise.

– Je ne sais pas ce que tu as fabriqué hier, continua Sandra, mais maintenant tu te lèves.

Puis elle claqua la porte, abandonnant Franck à sa torpeur. Une force démentielle avait beau le clouer au lit et lui commander de s'enfoncer dans son matelas, il savait qu'il devait lui résister. La scène de drame de la veille lui revenait par bribes et il devait faire face. Sa première priorité était de reprendre le cours de sa vie comme si de rien n'était. Faire de ce dimanche une journée normale. S'excuser auprès de Sandra. Faire le toutou chez les beaux-parents. Rentrer dans le rang. Il s'assit sur le bord du lit, posa ses mains sur ses cuisses. Tout lui revenait à présent. L'escalier courbe qui menait au rez-de-chaussée, Clément à la cuisine en conversation avec un type qui avait une tête de poisson. Puis l'alerte. La musique qui s'était arrêtée. La maison qui avait été prise d'une agitation soudaine. Les cris, le tumulte. Le fils Chollet, putain. La panique. Les sirènes des flics. Le service d'ordre qui évacuait les invités. Franck profitant de la confusion pour se faufiler dehors avec Clément et Yann jusqu'à la voiture.

Il se traîna jusqu'à la cuisine, avala une tasse de café froid dégueulasse. Sandra n'était pas là. Ni dans la salle de bains, ni sur la terrasse. Soudain, un bruit de moteur. Ça venait de la rue. Une marche arrière. Franck se précipita dehors.

– Sandra, putain ! Arrête…

Au volant de sa Golf, Sandra était rouge de colère. Le moteur ronflait. Franck contourna la voiture, en caleçon, pieds nus sur les graviers et agrippa le capot.

– Sandra, baisse la vitre… Je suis désolé.

La jeune femme était pétrifiée, incapable de dire un mot.

– S'il te plaît… J'ai merdé. Ça peut arriver à tout le monde. Ne pars pas. Attends-moi.

Sandra ne répondit pas. Elle avait laissé le moteur au point mort et c'était le maximum qu'elle pouvait lui accorder. Franck s'habilla en quatrième vitesse, et la rejoignit cinq minutes plus tard.

Le déjeuner fut morose. Les parents de Sandra, qui étaient adorables et qui avaient de l'affection pour Franck, parvinrent tout juste à arracher quelques demi-sourires à leur fille. Sur la route du retour, Sandra vida son sac. Elle était certaine que Franck avait couché avec une fille. Elle l'avait tout de suite compris. Elle avait l'instinct pour ces choses-là. Franck s'était étranglé. Archi-faux. Il avait bu, dansé. Il avait marché sur la plage et discuté avec des filles, rien d'autre. Il avait passé la soirée avec ses potes, un point c'est tout, promis, juré sur l'honneur. Elle avait fini par baisser la garde. Plus l'énergie de se battre. Il l'avait eue à l'usure. Quand elle avait commencé à fléchir, il l'avait prise dans ses bras. Elle s'était raidie avant de se laisser faire. On en était venus aux confidences. Depuis des mois, elle avait des soupçons. Derrière ses copains du foot, il y avait forcément des filles. Elle en était persuadée. Il tenta de la rassurer. Elle n'insista pas. Elle était soulagée de le lui avoir dit. Ils passèrent une soirée tranquille et firent l'amour sans envie. Franck était prêt à tout pour mettre le passé sous le tapis. Ils se couchèrent à vingt-deux heures, regardèrent une série. Un truc en costume, assez dépaysant. À vingt-trois heures, alors que Sandra dormait déjà, Franck, qui n'avait rien avalé depuis le déjeuner, se leva pour aller fouiller dans le frigo. Il regarda machinalement son téléphone, qui indiquait trois nouveaux messages. Il les consulta et sentit toutes ses forces l'abandonner d'un coup. L'un d'entre eux disait simplement : « Je ne sais pas mentir, désolée. Et tu ferais bien de faire pareil. Ça vaudra mieux pour tout le monde. » C'était Chloé. Elle ne signait pas mais Franck savait que c'était elle. Comment avait-elle eu son numéro ? Il relut six fois le message avant de s'accrocher au frigo pour ne pas tomber. L'air n'entrait plus dans ses poumons, son pouls battait à toute allure. C'était impossible. Cette conne n'avait rien compris, ou bien elle avait paniqué. Elle allait tout raconter aux flics. Sa mise en garde n'avait eu aucun effet. Il cogna la porte du plat de la main, pas trop fort, pour ne pas réveiller Sandra. Il se sentait comme un animal pris au piège. Il devait réfléchir, et vite, mais il n'avait aucune idée de ce qu'il devait faire, ou bien plutôt si. Il en avait une. Une seule, qui s'imposait comme l'unique choix possible en cette circonstance.

44

Franck sonna à l'interphone le lendemain à huit heures. Il n'avait pas fermé l'œil de la nuit et n'avait cessé de retourner le problème dans tous les sens. Et quel que soit le bout par lequel il le prenait, il en arrivait toujours à la même conclusion : trop risqué de le résoudre seul. Il devait demander de l'aide et pour cela, il n'y avait qu'une adresse possible. L'interphone crachota, Franck déclina son identité et le portillon électrique émit un crépitement sourd. À cette heure, le parking était déjà plein. L'immense hangar en tôle trônait comme une église au milieu d'un champ de foire. Sur le pignon, le logo « Viandes Tourneur » s'étalait sur dix mètres de large. Au milieu, une porte monumentale ouvrait une brèche dans les entrailles du bâtiment où deux Fenwick faisaient des entrechats dans la pénombre en portant des palettes à bout de bras.

Franck suivit le chemin fléché jusqu'au bureau de Régis situé au fond d'une aile du bâtiment, où il s'installa et attendit que son oncle le rejoigne. Quelques minutes plus tard, Régis débarqua sans crier gare, entièrement recouvert d'une combinaison blanche, de bottes, de gants et d'un casque de protection dont dépassait une charlotte blanche. Il gueulait dans son téléphone mobile. On aurait dit un clown blanc acariâtre. Franck le regarda en silence se débarrasser de son accoutrement d'une main tandis qu'il continuait sa conversation de l'autre. Quand il eut terminé, il se tourna vers sa machine à expressos.

– Les enfoirés. Ils rêvent de me mettre à genoux. Que je les supplie de me filer l'aumône. C'est ça qui les fait jouir. C'est à ça qu'ils pensent quand ils baisent mémère le samedi soir dans leur pavillon de merde. Eh bien, ils peuvent se brosser, tu peux me croire…

Franck hocha la tête et Régis releva le levier de la machine et inséra une capsule.

– Café ?

– Je veux bien. Noir avec du sucre.

– Qu'est-ce qui t'amène, gamin ?

Régis ne l'avait même pas regardé en lui posant cette question, comme s'il savait déjà que son neveu s'était forcément jeté dans un sac de nœuds. Franck prit sa respiration et lui expliqua toute l'histoire, depuis le début jusqu'à la fin de la soirée. Il avait pris le parti de dire toute la vérité sans rien omettre, y compris le vol des bijoux. Si quelqu'un pouvait l'aider, c'était Régis et pour cela, il devait tout savoir. Il avait vu ça dans des séries policières. L'accusé rencontrait son avocat commis d'office pour la première fois et ça débutait comme un dialogue de sourds. Mais l'avocat exigeait de son client qu'il lui dise toute la vérité : avait-il étranglée la fillette, oui ou non ? L'autre bafouillait mais l'avocat n'en démordait pas parce que, pour faire son boulot, il devait savoir la vérité. Franck fit de même avec son oncle. Une fois son histoire terminée, il avala son café. Il était froid. Régis le dévisageait. Son téléphone sonna. Il prit l'appel, puis se leva, empoigna un casque et une charlotte et en tendit une paire à Franck.

– Mets ça et suis-moi, dit-il en sortant du bureau. Tu te rends compte de la situation, Franck ? Tu as tué un homme.

– Il est tombé. J'ai pas fait exprès.

– Vous vous êtes battus. Il est mort. Et au milieu, il y a une fille. Qui pourra te croire ? En plus c'est le fils Chollet, une des plus grosses fortunes du coin. Ce mec peut mettre les meilleurs avocats sur l'affaire et obtenir ce qu'il veut au tribunal. S'il veut ta peau, il l'aura. Tu comprends la situation ?

Franck marchait à côté de son oncle, la gorge nouée.

– Qu'est-ce que tu pèses en face de lui ? Peau d'zob. Que dalle. Tu t'es mis dans une merde noire, mon garçon.

Régis leva un doigt menaçant. Ils passèrent devant la salle de découpe. Sur plusieurs tables en inox, armés de longs couteaux très fins, une douzaine de bouchers en tablier bleu désossaient des carcasses avec une habileté impressionnante.

– J'aurais dû te laisser à Trignac. Avec les ploucs de ton espèce. T'aurais continué de jouer à la baballe. Tu serais resté ouvrier. T'aurais gagné ton smic et t'aurais fini au chômedu, comme ton père. J'ai cru que tu pouvais échapper à ton destin. Je me suis trompé, voilà tout.

Régis s'arrêta et saisit Franck par le bras.

– Je t'ai donné une chance. J'ai voulu faire de toi un homme et voilà le résultat. Tu flingues un mec et tu viens pleurnicher pour de l'aide. Tu me prends pour qui, Franck ?

– C'est bon, j'ai compris.

Franck se dégagea de l'emprise de son oncle et se retourna pour rebrousser chemin, mais Régis l'arrêta.

– Dis-moi une chose : comment tu te l'es payée, ta Nissan ?

Franck ne s'attendait pas à la question et ne sut comment improviser une réponse satisfaisante. La soupe qu'il servait à Sandra sur le sujet, les primes de La Main verte, la confiance de Pierrick, ces conneries ne passeraient jamais avec son oncle. Il hésita un instant et finit par tout avouer. La mule pour Riton. Les sacs remplis de billets. Les deux mille par voyage. Régis semblait ne pas en revenir, mais la vérité, c'est que pour le coup, il s'en doutait. Une bagnole comme ça à vingt ans, c'était louche. Franck avait de gros besoins et s'y prenait comme un manche pour les satisfaire. Régis reprit sa route le long du marquage au sol et ils atteignirent bientôt la chaîne de fabrication des steaks hachés, qui débitait des dizaines de pièces à la seconde sur un tapis roulant flambant neuf. Pendant qu'il discutait avec le chef d'atelier, Franck regardait la bidoche défiler et songeait avec un haut-le-cœur au nombre de hamburgers-frites qu'il faudrait s'enfiler pour écluser tout ça.

– Viens. On rentre.

Régis se tut pendant tout le chemin du retour vers le bureau de Régis. Il réfléchissait, ce qui était une bonne nouvelle, et Franck ne devait pas l'interrompre.

– Assieds-toi, dit Régis. Et écoute-moi.

Tourneur s'alluma une clope en se versant un second café. Mais cette fois-ci, il n'en proposa pas à Franck.

– Je vais t'aider. Parce que j'ai de l'affection pour ta mère et que j'en ai pour toi aussi. Mais dis-toi bien une chose, Franck. C'est la dernière fois. Après ça, finito. Même pas de sucre pour ton yaourt. Rien. Prochaine sortie de route, tu te démerdes tout seul. Compris ?

– Compris.

Régis avala le contenu de son gobelet de café d'un coup. Il avait un plan. Ça se voyait dans ses yeux. Ce vieux renard avait une idée et s'il avait proposé à Franck de l'aider, c'est que cette idée tenait la route.

– Si tu es impliqué dans l'affaire, c'est mort. Je ne pourrai rien faire contre Chollet et ses avocats. Le seul moyen, c'est d'empêcher la fille de parler. Une fois pour toute.

– Qu'est-ce que tu veux dire ? demanda Franck, effrayé.

– On ne va pas la buter, si c'est ce que tu crois. On va simplement lui foutre la trouille. Tu as son numéro ?

– Oui. Elle m'a envoyé un message.

– Appelle-la.

– Quand ?

– Maintenant. Tu lui dis que tu dois la rencontrer au plus vite. Tu lui dis qu'elle a raison sur toute la ligne. Que tu vas faire comme elle dit. Que c'est mieux, etc.

Mais que tu dois la voir, pour accorder vos violons. Tu piges ?

– OK.

– Vas-y. Je t'écoute.

Franck composa le numéro de Chloé. Une fois, deux fois. Régis lui interdit de laisser un message. Il devait la contacter directement et lui donner rendez-vous. N'importe où, du moment que c'était dans un coin tranquille. Il n'aurait aucun mal à trouver les arguments. Franck essaya encore mais il tomba de nouveau sur le message d'accueil.

– Laisse tomber, ordonna Régis. Appelle-la plus tard. Dès que tu as fixé un rendez-vous tu me préviens.

Franck hocha la tête et se leva sans dire un mot.

– Encore un truc, continua Régis. Une fois que tout ceci sera rentré dans l'ordre, tu me promets d'arrêter les conneries. Et en particulier tes petits voyages à Royan.

Franck baissa la tête. La note commençait à devenir salée. Ça faisait longtemps que les transports de dope ne lui servaient plus seulement à arrondir ses fins de mois. À présent, c'était devenu son salaire. Depuis plusieurs mois, Franck avait pris des goûts de luxe. Sa bagnole, les tournées générales, les restos sans compter, sa vie avait changé et il ne savait pas comment il ferait pour revenir à son train de vie d'avant. Il ne disait rien mais Régis comprenait parfaitement. Il le décryptait comme un livre ouvert.

– Ce que je veux dire, Franck, c'est que tu vas arrêter les conneries et que tu vas revenir à ton petit train-train. Tu reviens jouer avec tes potes du SNAF, tu fais le jardinier modèle, tu bichonnes Sandra, tu passes voir tes vieux de temps en temps, bref, tu deviens irréprochable.

Franck jeta sur son oncle un regard désespéré, mais celui-ci ne se laissa pas adoucir.

– Jure-le.

Franck ouvrit la bouche mais aucun son ne réussit à en sortir.

– Tu jures ou je te laisse tomber, menaça Régis.

– Je le jure.

45

Le coupé blanc de Régis filait le long de la départementale en direction de Saint-Michel-Chef-Chef, une petite station balnéaire d'entrée de gamme située entre Saint-Brévin et Pornic. C'est un des hommes de Régis qui conduisait. Franck avait pris place à l'arrière à côté de son oncle et regardait défiler le paysage. Les bois de pins, les petites maisons de plain-pied, avec leurs murs blancs et leurs toits saumon, alignées bien sagement le long de la route, les poteaux électriques envahis par la végétation. Franck se laissait bercer par la familiarité de ce paysage ordinaire, l'herbe couchée sur le bord de la route, un lieu-dit sur un panneau bleu, une plantation sous une bâche noire, la forme d'une haie sauvage au coin d'un chemin, chaque détail lui suggérait qu'il était ici chez lui et qu'il en serait toujours ainsi, quoi qu'il arrive.

Chloé avait fini par répondre au téléphone en fin de matinée. Franck avait suivi les instructions de Régis à la lettre et la sirène avait accepté le rendez-vous. Comme il l'avait pressenti, elle avait été interrogée par les flics.

Elle avait d'abord défendu la thèse de l'accident, mais une réticence chez l'enquêteur lui avait fait perdre ses moyens. Elle était sortie de l'interrogatoire avec le pouls à cent cinquante, parfaitement consciente que s'ils la travaillaient un peu au corps, elle ne tarderait pas à leur cracher le morceau. Au téléphone, Franck l'avait mise en confiance en lui assurant qu'il ne pouvait être question de cacher la vérité à la police. Puis il lui avait donné rendez-vous sur la plage de Saint-Michel, au bout du boulevard de l'Océan, car elle habitait à côté et venait souvent y promener son chien. Ils s'y rencontreraient dès le lendemain soir. La suite, c'était l'affaire de Régis. Le coupé tourna sur la droite et prit la direction de la plage.

Franck s'était souvent interrogé sur la nature de sa relation avec son oncle. Même s'ils n'en avaient jamais parlé ensemble, il était clair qu'ils y trouvaient l'un et l'autre leur compte. Mais Franck éprouvait-il pour Régis quelque chose comme du sentiment, de l'estime ou une profonde affection ? Il l'ignorait. Pascal, son père, n'avait jamais été très disponible pour ses enfants. Franck avait un souvenir prégnant des matchs de foot du dimanche, mais en dehors de ça, c'était plutôt le calme plat. Du temps où Pascal bossait encore, les Chantiers occupaient toute sa vie. La semaine, il rentrait à la maison complètement crevé et le week-end, il le passait à végéter devant la F1 à la télé ou au bistrot avec ses collègues. Les mômes en revanche n'avaient jamais été son rayon. L'école, les activités, le quotidien, il avait tout délégué à Christine. Avec Julia, les relations avaient été très orageuses et Franck, qui était tout minot à l'époque, n'en avait qu'un vague souvenir. Les rares moments de complicité dont il se souvenait étaient semblables à de vieux Polaroid figés et muets. Car quand Pascal avait perdu son boulot, tout était allé de mal en pis. À cause de sa jambe, il s'était renfrogné, coupé du monde. Et puis l'argent était devenu un problème, insoluble et permanent. Incapable de payer les traites à son banquier et le coiffeur à sa femme, il s'était effondré sur lui-même et réfugié dans l'alcool. Il était devenu aussi fragile qu'un oiseau de verre et Franck, à son adolescence, au moment où un garçon a besoin d'un modèle auquel se confronter, n'avait eu d'autre choix que de se tourner vers son oncle.

L'armoire à glace qui conduisait donna un coup de volant à droite. Un rayon de soleil pâle caressa le visage de Régis à travers les vitres teintées. Régis. L'homme fort de la famille, l'apprenti boucher devenu patron, la grande gueule qui s'était fait tout seul. Régis qui n'avait jamais eu de môme parce que – Franck avait surpris une saillie de son père à ce sujet – il n'avait rien dans le pantalon. C'était assez expéditif, mais ça résumait bien la situation. Ces choses ne se disent qu'à voix basse dans les familles, mais pendant des années, Régis et Mélanie avaient essayé d'avoir un enfant sans succès. Ils avaient consulté des spécialistes, tenté des méthodes et des traitements, mais rien n'y avait fait. Leurs examens étaient catégoriques. Leur infertilité n'était pas due à Mélanie, mais bien à Régis dont le sperme était clair comme de l'eau du robinet. Les poches pleines et les bourses vides, résumait férocement Pascal. Au fil des années, Régis et Mélanie avaient fini par renoncer, si bien qu'il ne fallait pas être fin psychologue pour comprendre que Franck et son oncle occupaient l'un pour l'autre une place laissée désespérément vide dans leurs vies respectives. Ils ne se l'étaient bien entendu jamais dit, mais c'était un pacte entre eux. Et alors que le coupé remontait le boulevard de l'Océan, Franck fut traversé par cette idée fugace et déroutante que ce pacte secret vivait peut-être ses dernières heures.

Le malabar se gara en épi sur un parking face à la mer. Franck avait choisi l'endroit car il n'y avait pas d'immeubles alentour. La dune, la route, l'océan. Dans le virage, on pouvait descendre à flanc de rocher vers la plage. C'est là que se trouverait Chloé. Franck sauta de la voiture, traversa la rue, s'avança vers le rocher, jeta un coup d'œil sur la plage. Chloé était là. Elle tenait son chien en laisse. Franck lui fit signe de le rejoindre. Il avait le cœur serré. Il revoyait la sirène lors de la soirée d'Anaïs Chollet. Il s'en voulait tellement de ne pas l'avoir abordée. Peut-être aurait-elle dansé avec lui, peut-être seraient-ils allés marcher sur la plage tous les deux ? Et peut-être que tout aurait été différent. Chloé remonta la plage et quand elle arriva au pied des rochers, Franck lui fit de nouveau un signe de la main. Instantanément, Régis sortit de la voiture, accompagné de ses deux bouchers qui traversèrent la rue au pas de course. En un instant les deux hommes de main avaient fondu sur elle. Sans aucune sommation, le premier lui assena une gigantesque gifle. La fille fut sonnée et Franck désemparé. Il aurait voulu s'interposer, mais Régis lui posa une main sur l'épaule qui ne laissait de place à aucune ambiguïté. Le boucher ceintura Chloé par-derrière et sortit un couteau de sa poche qu'il pointa sous son cou. La jeune femme était terrorisée, incapable de crier. Son chien tournoyait sur lui-même en jappant comme un roquet. C'était un épagneul. Une brave petite bête au pelage blanc et brun. Le second boucher lui bondit dessus, l'immobilisa en l'attrapant par le collier. Le cabot couina comme une souris. Régis s'engagea sur le chemin de terre vers Chloé. Elle ne paniquait pas. C'était un joli brin de fille. Une petite brunette courageuse. Régis la considéra. S'il avait eu une fille, sans doute aurait-il voulu qu'elle lui ressemble. Il chassa cette idée inopportune et se contenta de lui transmettre la consigne qui justifiaient son déplacement. Franck n'était pas dans la chambre ce soir-là. C'était simple et sans équivoque. Il annonça clairement la couleur au cas où Chloé aurait l'idée de dire autre chose à la police ou qui que ce soit. Elle cria en signe de protestation. Le gros lui fila une calotte et elle ravala son audace. Régis lui décocha un regard de glace. Elle avait compris le message, restait maintenant à le lui imprimer au fer rouge. Régis hocha la tête et le gros qui tenait Chloé posa son énorme patte calleuse sur sa bouche. Elle tenta de se débattre mais l'autre la serrait comme un étau. Il lui orienta sa tête vers l'autre boucher, celui qui tenait son épagneul. Quand ce dernier eut bien accroché son regard, il sortit son couteau à désosser, un Victorinox de treize centimètres qu'il planta dans la carotide du cabot avec un geste d'une précision extrême. Puis il tira dessus d'un coup sec jusqu'à l'aine, comme une fermeture Éclair. Le chien n'eut même pas le temps de japper. Il gesticula et la seconde d'après il n'était plus qu'une enveloppe sans vie se vidant de ses intestins sur le sable.

46

Le TGV 8745 en provenance du Croisic entra en gare de Paris-Montparnasse à 10 h 37 avec une minute de retard sur l'horaire. À peine avait-il poussé la porte qu'il fut repoussé par la foule et cerné par l'odeur de la ville, un mélange d'effluves corporels, de caoutchouc et de plastique brûlé. Sur le quai, la rumeur lancinante des claquements de talons et du chuintement des roulettes de valises sur le tapis de bitume se mêlait à l'écho lointain et caverneux des annonces de la SNCF. Franck descendit prudemment du train pour se faufiler au milieu de la population surabondante et pressée. Il avait deux heures et demie à tuer et aucune idée de ce qu'il allait en faire. Il avait longuement hésité avant de donner rendez-vous à Julia. La séance d'intimidation de Chloé sur la plage de Saint-Michel l'avait perturbé. Le clebs qui s'était vidé sous ses yeux et la fille à genoux en larmes dans les viscères de son petit animal lui avaient mis le moral à zéro. Quand il était revenu chez lui, il avait décidé de se tirer. N'importe où, loin d'ici, pour mettre cette catastrophe derrière lui. Mais il avait eu beau retourner le problème, il n'avait nulle part où aller, aucun cousin éloigné, ni havre reculé, aucune échappatoire. Bien sûr, il aurait pu débarquer à l'improviste chez Kélian, Boulette ou Ahmed avec son sac de couchage et sa brosse à dents, mais ils habitaient tous dans un rayon de cinq kilomètres et Franck voulait partir loin, sortir de l'estuaire, arrêter de tourner comme un poisson dans son bocal. Il y avait pensé et avait fini par renoncer, sans cesser toutefois de gamberger.

Très vite, il avait compris que le plan de Régis était une foirade complète. L'épisode du cabot qui devait clouer le bec à Chloé pour de bon avait toutes les chances de produire l'effet inverse. La fille avait été traumatisée. Les deux bouchers avec leur couteau à désosser devaient hanter ses nuits et il y avait fort à parier qu'à la suite de cette scène d'horreur, elle ait éprouvé un besoin irrépressible de chercher protection. Et qui mieux que la police pour la lui apporter ? Franck en était sûr. L'éviscération du chienchien avait toutes les chances de précipiter Chloé chez les flics où, de fil en aiguille, elle finirait par raconter toute l'histoire. Sans aucun doute, son témoignage ferait l'effet d'une bombe. Qui pouvait agir aussi cruellement envers un animal ? N'était-ce pas la marque d'un personnage monstrueux et dénué de scrupules, d'un criminel en puissance ? Aurait-il agi de la sorte sans une solide volonté de faire taire un témoin gênant ? Tout s'imbriquait. Franck signait pour ainsi dire son crime. Vraiment, Régis avait merdé et c'est Franck qui allait payer les pots cassés. Plus il y réfléchissait, plus il était convaincu que son oncle lui avait passé un nœud autour du cou. Et plus il se démenait, plus le nœud se resserrait sur sa gorge. Un après-midi, alors qu'il ruminait ses idées noires dont l'enchaînement implacable l'emmenait inéluctablement en prison, il décida d'appeler Julia. Cinq ans qu'ils ne n'étaient pas vus, pas un appel, pas un signe de vie. C'était vraiment un acte désespéré. Il lui avait écrit une lettre, qu'il avait mise sous enveloppe, timbrée et portée à la poste. Mais au dernier moment, il avait reculé. Il lui fallait autre chose, une réponse immédiate pour en avoir le cœur net. Alors il lui avait envoyé un message qui disait qu'il avait besoin de la voir, que c'était urgent. Julia lui avait répondu dans la journée. Elle avait demandé à en savoir plus, mais Franck était resté évasif et elle avait fini par accepter un rendez-vous au café de l'Atlantique, gare Montparnasse, le dernier vendredi de mai à midi trente.

Le matin, il avait pris le TGV à Saint-Nazaire et s'était installé dans un carré famille qu'ils occupaient à trois. Deux Parisiennes qui revenaient de La Baule et se plaignaient de n'avoir pas trouvé de place en première. Elles avaient une quarantaine d'années, l'une avec des cheveux raides, l'autre des mèches ondulées, bien faites et le teint parfaitement hâlé. Elles faisaient de grands gestes et parlaient fort comme s'il n'y avait personne dans le wagon. Franck s'était tourné vers la fenêtre. Il aurait aimé s'assoupir contre la vitre mais les deux copines jacassaient sans discontinuer avec des voix si aiguës qu'il lui était impossible d'échapper au détail de leur conversation. Elles avaient donc passé l'Ascension dans leurs propriétés du bord de mer, leurs maris étaient passés en coup de vent et les avaient laissées seules avec leurs ados qui mettaient le souk avec leurs fêtes carabinées arrosées à la vodka et là, pour couronner le tout, leurs femmes de ménage refusaient de faire des heures sup'. Quand ils arrivèrent à Montparnasse, Franck avait la tête farcie. Les deux pies se séparèrent dans une effusion d'embrassades, excitées à l'idée de se mêler à la foule et de respirer enfin l'air confiné de la capitale. Franck traça son chemin en silence. Paris puait dans tous les sens du terme et moins il s'éterniserait ici, mieux il se porterait.

Franck erra dans le hall de la gare. Il avait pensé aux premiers mots qu'il dirait à Julia. Il les avait même répétés des dizaines de fois sans être sûr d'avoir trouvé la bonne formule. Le premier regard, la manière de s'approcher, la façon de tendre la main. Lui ferait-il la bise ? La dernière fois qu'il l'avait vue, c'était en coup de vent. Il était passé à Paris pour un job saisonnier, un emploi de manut' dans un atelier de pâtisserie. Un mois de boulot de chien pour deux mille balles. Un bon plan dont l'inconvénient essentiel était qu'il fallait claquer la moitié du salaire pour survivre à la capitale. Alors, il avait appelé Julia. Il n'avait nulle part où dormir, c'était sa sœur, elle pouvait bien faire ça. Elle n'avait pas osé dire non. Il avait débarqué chez elle un dimanche, les mains dans les poches, pas une bouteille, pas un bouquet, et Julia l'avait fraîchement accueilli. Franck s'était installé chez elle et avait bien vite constaté qu'elle vivait dans un autre monde. L'affaire avait tourné court. Le lendemain, sans rien demander, il s'était servi dans le frigo, histoire d'économiser sur le prix du repas de midi. Elle l'avait surpris et lui avait fait une remarque. Piqué dans sa fierté, il avait haussé les épaules et l'avait traitée de bourge. Julia avait vu rouge et l'avait viré sur-le-champ. Les retrouvailles avaient duré quarante-huit heures.

Franck jeta un œil à travers la grande muraille de verre qui donnait sur la tour Montparnasse. Le hall résonnait comme une église. De part et d'autre de la plateforme, des escalators régurgitaient un flot ininterrompu et désordonné d'individus de tous âges et de tous styles, flegmatiques ou pressés, voyageant léger ou lestés de valises grosses comme des buffets. Ça lui donna le tournis. Il sortit de la gare et leva les yeux au ciel. Il se demanda ce que ça ferait d'être un oiseau, de se jeter du haut de cette tour immense, de planer au gré du vent et de voir la ville comme si elle était minuscule. Il tourna un instant sur la place, s'attarda devant les vitrines du centre commercial, s'installa sur une marche d'escalier, un peu à l'abri du passage. À onze heures et demie, un clodo s'approcha, titubant et traînant autour de lui une odeur pestilentielle de pisse et de vinasse. Le pauvre type invectiva Franck, les yeux mi-clos, sans attendre de réponse, avant de passer son chemin en grognant. Franck regarda l'homme s'éloigner et ça le déprima.

À midi trente, il se leva et marcha vers le feu rouge. Il sentait une grosse pression sur ses poumons. Le café de l'Atlantique se trouvait à quelques pas, de l'autre côté du boulevard. À travers la foule des passants pressés, il avait du mal à avancer. Il s'appuya au garde-corps avant de pousser la porte du café. C'était le coup de feu. Un serveur le bouscula. Franck se rangea sur le côté, jeta un coup d'œil dans la salle. Elle n'était pas là. Il se rapprocha du comptoir, où un type avalait un sandwich en silence. Deux verres à pied entre les doigts et un torchon sur le bras, le patron de bar embrassait sa clientèle et son personnel du regard. Franck regarda la carte des boissons et balaya de nouveau les tables du regard quand il l'aperçut enfin. Julia. Elle était contre une fenêtre. Il ne l'avait pas reconnue. Elle portait une robe grise et une veste pastel. Elle avait les cheveux épais et soyeux, coupés mi-long, un peu maquillée, juste ce qu'il faut, très élégante. Elle lui sembla, d'un coup, formidablement étrangère, totalement hors de sa portée. Que cette femme soit sa sœur lui sembla soudain inconcevable. Elle regardait l'écran de son portable, le faisait défiler d'un doigt. Ainsi donc elle était venue, alors qu'il était évident que plus rien ne les liait. Il se demanda s'il aurait quelque chose d'intéressant à lui raconter, en dehors de ses problèmes de crime accidentel. Il réalisa combien ce rapport de frère et sœur était ancien et périmé, car plus il l'observait, plus il se rendait compte que la Julia dont il se souvenait, la fille timide et réservée qui jouait avec lui comme à la poupée, cette Julia-là avait disparu corps et biens. La femme qui attendait en regardant son téléphone était une inconnue. Elle lui ressemblait et portait le même nom mais c'était quelqu'un d'autre. Que devait-il à faire à présent ? Venir à sa table, bredouiller qu'il était content de la revoir, s'asseoir comme un imbécile et commencer à lui raconter qu'il volait des bijoux chez les gens, qu'il éventrait des chiens sur les plages, qu'il lui arrivait sans le faire exprès de tuer des mecs ivres morts au premier étage de leur maison et que sur le plan professionnel, il arrondissait ses fins de mois en faisant la mule pour des mafieux de seconde zone ? Le programme lui sembla soudain absurde, inavouable. Car une fois qu'il aurait déversé toute son abjection sur la table et qu'il aurait éclaboussé cette femme qui ne lui avait rien demandé, que pouvait-il espérer ? Que son sentiment fraternel se réveille comme par miracle après un coma de cinq ans ? Qu'elle le prenne dans ses bras et passe des coups de fil, se mobilise avec empressement pour le sortir de là ? Qu'est-ce qu'il croyait ? En contemplant la silhouette élégante de Julia, l'énormité de l'humiliation à laquelle il était en train de se préparer lui apparut, aussi nette qu'une mouche noyée dans un bol de lait. Julia leva la tête et pendant une seconde, Franck crut qu'elle l'avait aperçu. Son cœur battit dans sa poitrine. Mais le regard de Julia glissa ailleurs dans la salle, puis à l'extérieur dans la rue, avant de se reposer doucement sur l'écran de son portable. Franck poussa un gros soupir et alors que le patron derrière le bar se penchait enfin vers lui pour lui demander ce qu'il voulait boire, il secoua la tête et sortit du café sans se retourner.

47

Le regard perdu au milieu du feuillage dense d'un bosquet de pittosporums, Franck se laissait bercer par le crépitement des gouttes d'eau sur le tapis d'écorces de pin déposé au pied des plantations. Un brouillard humide lui caressait les chevilles, il ne pensait à rien. Le début du mois de juin avait été magnifique. Le vent était tombé avec les petites marées. Depuis la grève, la mer d'huile miroitait jusqu'à l'horizon où elle se perdait dans un flou brumeux. Le ciel d'azur n'offrait aucune entrave au rayonnement d'un soleil brûlant comme au plus clair de l'été. Dans les propriétés côtières, les gazons commençaient à souffrir et La Main verte était à pied d'œuvre pour empêcher les végétaux fragiles de crever. Certains prédisaient une canicule pour les mois à venir et tous les jardiniers s'activaient pour maintenir les jardins en pleine santé pour l'arrivée des propriétaires. Franck se déplaça sur un autre massif, le tuyau d'arrosage à la main tandis que derrière lui, Pierrick décrivait des cercles concentriques parfaitement calibrés. Le ronronnement de la tondeuse à gazon plongeait Franck dans un état de molle absence assez voluptueuse. Il était huit heures trente et la fraîcheur du matin avait déjà commencé à se dissiper.

On était le 13 et il s'était passé exactement deux mois depuis le drame de La Bernerie. Jusque-là – Franck croisait les doigts –, il n'avait toujours pas été convoqué par la police et cette perspective s'amenuisait un peu plus chaque jour. À l'évidence, Chloé n'avait pas parlé. L'enquête avait fait un barouf du diable, avec le père et tous ses avocats puis elle était retombée comme un soufflé pour conclure à l'accident. Ce soir-là, Thibaut était complètement soûl, tout le monde l'avait vu. Chloé ne pouvait le nier et les prélèvements sanguins l'avaient certainement confirmé. Le fils Chollet avait voulu sauter la plus belle fille de la soirée, il l'avait emmenée dans sa chambre, avait commencé à faire le mariole et l'alcool aidant, il avait perdu l'équilibre pour s'étaler de tout son long. Une chute mortelle, le truc idiot, la faute à pas de chance mais le scénario tenait la route. Bien entendu, Franck n'avait pas l'intention de vendre la peau de l'ours prématurément, cependant sa conviction profonde lui disait qu'il était sorti d'affaire. Et pour cela, force était de reconnaître qu'il devait une fière chandelle à Régis. Il en avait douté, mais cela s'imposait maintenant comme une évidence : son oncle avait vu juste. L'épisode du chien lui avait retourné l'estomac mais il devait bien admettre qu'il avait produit l'effet escompté. Franck n'avait pas appelé Régis depuis ce jour-là mais il s'était souvent remémoré les termes de leur conversation et en particulier ce que Régis lui avait fait jurer. À court d'arguments, Franck avait obtempéré. Mais il n'avait eu de cesse, depuis, d'y repenser pour mesurer tous les sacrifices que ce renoncement impliquait. Il s'était habitué à tripler son salaire. C'était le plan du siècle et il produisait tous les jours une multitude de petits effets positifs dans sa vie. Se priver de cela ? Il ne l'avait envisagé qu'avec une extrême réticence.

Le vrombissement du moteur Briggs et Stratton repassa dans son dos. Pour l'instant, Franck avait assuré. Il avait tenu parole. Il était revenu à sa vie d'avant, sans sortie de route et sans excès. Il s'était abstenu comme on fait un régime. Au début, ç'avait été dur et puis il avait pris le pli. Il allait moins au resto et se limitait aux pizzerias. Il avait arrêté de s'acheter des gadgets électroniques, des jeux pour la Play, des accessoires de fitness. Il faisait moins le malin avec les copains, avait mis le holà sur les tournées au champagne. Chacun payait sa bière, c'était la nouvelle règle. Il n'avait pas encore revendu la Nissan, mais il ne faisait aucun doute qu'elle serait la prochaine sur la liste. Sa vie se rétrécissait. C'était comme s'il avait vécu une période d'euphorie passagère, débridée, une sorte de long week-end de fête, et qu'il fallait revenir à la maison, reprendre le boulot, les habitudes. Sa vie à présent ressemblait à un perpétuel lundi.

– Bouge de là, tu vas mettre cent litres sur ce laurier.

Pierrick avait crié pour couvrir le bruit de la tondeuse. Franck sursauta. L'eau ruisselait à ses pieds. Il fit un signe de la tête et se déplaça de trois mètres pour arroser le massif de gauras. Ce soir, il y avait un entraînement et c'était tout ce qui comptait. Depuis quelques semaines, il s'y était remis à fond, même si c'était la fin de la saison. Il courait dix kilomètres par jour. Ça lui occupait l'esprit et c'était bien. Par deux fois, il avait refusé d'aller faire la bringue avec Yann et Clément. Ça lui avait coûté ; ses potes lui manquaient. Il aimait se placer dans leur sillage. Leur vivacité, leur esprit, leur aisance avec les gens, tout cela le grisait même si cette ambiance le mettait parfois mal à l'aise. Les moments passés avec eux étaient chargés d'une énergie intense à la fois intimidante et étourdissante. Avec eux, il savait qu'il ne jouait pas sur son terrain mais que tout était possible et il avait l'impression de vivre une vie augmentée. Ce n'était pas de gaieté de cœur qu'il avait refusé de les voir, mais il devait se faire une raison : l'amitié avec Yann et Clément n'était plus vraiment dans ses moyens.

Le soir, après le travail, il était rentré vanné. Sandra et lui avaient avalé une pizza en regardant *Top chef* en replay. Sandra adorait cette émission, elle trépignait pendant les épreuves. Pour Franck, c'était un peu toujours la même chose. Leurs histoires de sauces, de flambées et de décoration d'assiette l'ennuyaient un peu à la longue, mais bon, ça se laissait regarder. Il était onze heures passées quand il se leva du canapé pour prendre une bière dans le frigo. En passant par la cuisine, il vérifia son smartphone. Il avait reçu un appel. Il décapsula sa Heineken et consulta le numéro, un 07 inconnu dans son répertoire, sans doute une erreur. Il appela par curiosité. La tonalité sonna deux fois avant que ça décroche.

– Tiens, te voilà, toi.

Franck remit immédiatement son interlocuteur.

– Alors, c'est fini, ce bobo ? J'ai du boulot pour toi. La semaine prochaine.

C'était Riton. Il l'avait appelé deux fois depuis le drame de La Bernerie et à chaque fois, Franck avait trouvé une excuse pour se défausser. Riton employait d'autres mules et il avait de quoi se retourner, mais Franck savait que ses refus le contrariaient. La première fois, pris de court, il avait prétexté une gastro. C'était gros, mais il n'avait pas eu le temps de réfléchir. La seconde fois, il avait trouvé l'excuse en béton : une entorse au foot, une jambe toute raide, impossible de conduire. Riton avait maugréé, sans insister pour autant. Franck n'était pas certain qu'il ait gobé le bobard, mais cette fois-ci en revanche, il en était certain, une nouvelle dérobade signerait son exclusion définitive du carnet d'adresses du mafieux. Ça tombait bien, c'était exactement ce qu'il voulait. C'est ce qu'il avait promis à Régis. Il avait pris sa décision. Se mettre au vert et arrêter de faire la mule, c'était pas compliqué. Alors il décida que le plus simple était de le dire. Ce n'était plus le moment de tourner autour du pot. Dès que Riton l'appellerait, il lui expliquerait que c'était fini pour lui, qu'il était passé à autre chose et qu'ils devaient se quitter bons amis. Il avait répété son laïus et il était prêt. À présent qu'il avait Riton au téléphone, il n'y avait plus qu'à dérouler.

– Dis donc, je te parle. T'es devenu muet ou quoi ?

– Pardon…

– Écoute, reprit Riton, j'ai compris ton petit jeu. Tes excuses à la con, tes trucs bidons. J'ai pigé. Tu veux négocier ? J'ai rien contre. Tu bosses bien. Pas de souci, je te propose trois mille par voyage. Ça fait cinquante pour cent d'augmentation. C'est pas mal. Je me fous pas de ta gueule. C'est pas à la jardinerie qu'on te proposera ça.

D'un coup, les jambes de Franck flanchèrent. Il n'arrivait plus à articuler. Il refaisait ses calculs de tête. Deux trajets par mois, ça faisait six mille balles, putain. Six mille balles. Régis lui avait fait promettre, il le savait très bien, mais c'était six mille balles, quatre fois plus que ce qu'il gagnait chez Pierrick. Il ne pouvait pas dire non à ça. Dans sa situation, c'était carrément une hérésie.

– C'est pour quand ?

– Mardi prochain. Neuf heures. Parking de Paimbœuf. Sois à l'heure.

Riton raccrocha. Franck se retrouva hébété avec son téléphone dans la main. Une semaine qu'il ressassait les phrases qu'il allait dire à Riton, et tout avait été anéanti en cinq secondes. Il reposa son portable sur la table de la cuisine. Il décida qu'il irait mardi. Il empocherait les trois mille et puis il en ferait un autre pour faire un compte rond et après basta, finito. Il raccrocherait définitivement.

48

Les deux mois d'été se consumèrent comme un feu de paille. Franck quitta La Main verte au début du mois de juillet. Cette démission soudaine sonna comme une libération. Il n'avait jamais vraiment eu la vocation et l'arrivée des vacanciers, leur morgue, leurs pelouses impeccables, leurs massifs au cordeau et leur façon de parler au petit personnel eurent raison de son CDI. Et puis, il y avait des tas de gamins sur les rangs pour faire la saison et Pierrick n'aurait aucun mal à le remplacer. Sandra, en revanche, le prit mal. L'engueulade fut cinglante ; une de plus. La jeune femme, qui s'échinait toute la journée dans sa pièce aveugle à arracher les poils de ses clientes, à pétrir leur graisse et à récurer leurs peaux sèches, ne nourrissait aucune espèce d'empathie pour la démission en rase campagne de son compagnon. Qu'avait-il prévu de faire ? Quels étaient ses plans ? À ces questions, bien entendu, Franck n'apportait aucune réponse satisfaisante. Après la tempête, il se tira avec ses copains pour ne revenir que deux jours plus tard. Sandra ne laissa rien transparaître, mais quelque chose s'était brisé. À vrai dire, ça faisait plusieurs mois que leur relation battait de l'aile. Même en couple, Franck n'avait cessé de vivre en célibataire. Son foot et ses potes l'accaparaient en permanence. Sandra avait le sentiment de remporter de haute lutte les quelques moments qu'il lui consacrait. Au début, elle s'était dit que c'était une phase, que Franck avait besoin de temps, qu'il était encore un gamin dans sa tête, puis elle s'était lassée.

Débarrassé de La Main verte, Franck s'était retourné vers Riton dont les affaires tournaient à plein régime. Avec tous les Parisiens qui débarquaient sur la côte pendant les mois d'été, la demande était soutenue et Franck avait enchaîné les courses jusqu'à Royan. Six en juillet. Huit en août. Il s'était fait une montagne de fric à ne plus savoir qu'en faire. Bien sûr, Régis en avait eu vent. Ils s'étaient croisés quelques fois au SNAF et le regard de glace de son oncle avait été éloquent. Franck l'avait traité par le mépris. Il tâtait vingt mille balles par mois, alors les gros yeux de Régis ne l'impressionnaient plus. Plein aux as, délivré des contraintes du boulot, Franck avait décidé de passer un été débridé. Avec Yann et Clément, ils avaient fait la fête non-stop. Une myriade de copains avaient débarqué de la capitale. D'une dizaine, la bande avait enflé jusqu'à vingt, trente et même cinquante entre le 1er et le 15 août. Certains d'entre eux avaient des bateaux au port. Franck avait participé à plusieurs sorties sur le Flyer 8 d'un ami du père de Yann. Ils avaient fait toute la côte, de Piriac jusqu'à Noirmoutier. Des journées entières sous le soleil avec trois cents litres de carburant, du shit à foison et une cargaison de bière et de vodka glacée. En pleine mer, ils se foutaient à poil et sautaient par-dessus bord en poussant des cris d'animaux. La moitié des virées étaient mixtes et finissaient en parties de baise sur les couchettes et le sundeck du pont extérieur. Le soir, c'étaient les boîtes jusqu'au bout de la nuit. Saint-Nazaire, Pornic, La Baule, Noirmoutier. La journée, quand il ne livrait pas, c'était la plage et la muscu pour aguicher les filles et ainsi tous les jours du début juillet jusqu'à la fin du mois d'août.

Mais quand le mois de septembre arriva, les questions remises au lendemain resurgirent comme de vieux cadavres remontant du fond d'un étang. Le 29 août, après le premier entraînement, Clément et Franck passèrent chercher Yann dans sa villa et mirent le cap vers les salines des Moutiers-en-Retz. Clément poussa sa Mercedes à cent vingt sur les petites routes des marais et se fit une frayeur avec une camionnette roulant en sens inverse. Puis ils s'arrêtèrent en plein champ, au bord d'un étier, sortirent avec un sac rempli de bières, sautèrent par-dessus une barrière et se vautrèrent dans l'herbe tendre, le nez au vent, perdus dans cette immensité que même l'horizon semblait ne pas pouvoir interrompre. Clément décapsula les bouteilles et les distribua aux deux autres. Ils restèrent ainsi de longues minutes le regard dans le vide et à s'enivrer du silence et de l'onde du vent. Franck n'avait jamais rien dit à ses potes au sujet de ses transports de dope entre Saint-Nazaire et Royan. Ses deux amis n'étaient pas stupides et devaient bien se douter qu'il ne trouvait pas son pognon sous le sabot d'un cheval, mais ils ne lui avaient jamais rien demandé.

Si l'idée pourtant lui avait souvent traversé l'esprit, il n'avait trouvé ni le temps ni l'occasion. Cet après-midi-là, Franck se dit que le moment était venu. Il prit une grande inspiration et leur raconta toute l'histoire. Yann et Clément l'écoutèrent religieusement. Clément était stupéfait. Il posa des questions, comment, pourquoi, avec qui… Il n'en revenait pas. Yann quant à lui demeura muet. Une page était en train de se tourner. Il le savait et ça lui donnait des frissons dans le dos. Car lui aussi avait quelque chose à dire.

– Mon daron veut m'envoyer à Birmingham, en Angleterre. Il connaît le doyen de l'université. En relations internationales, il n'a rien trouvé de mieux. Qu'est-ce que j'en ai à foutre, des relations internationales ?

Franck siffla une lampée de bière en regardant un héron prendre son envol.

– Il a piqué sa crise le week-end dernier. Paraît que ça fait deux ans que je glandouille. Du coup, c'est l'Angleterre ou il me coupe les vivres. Il se fait du souci pour mon avenir, c'est ce qu'il dit. Ce qui est sûr, c'est qu'il ne me foutra pas la paix avant que j'aie décroché un diplôme. Lui qui se prétend intellectuel de gauche, ex-trotskiste, libre, émancipé, il tremble comme une feuille à l'idée que je ne rentre pas dans le moule. Quelle pitié…

– C'est quoi, cette université ? demanda Clément.

– Je me souviens plus.

– Tu n'iras pas ?

– Bien sûr que non. Il peut rêver. C'est lui qui flippe, pas moi. Tu me vois, en relations internationales ? Autant crever. Dynamiter les relations internationales, oui ! L'OMC, le FMI, Davos, tous autant qu'ils sont. Foutre le bordel, faire la révolution, d'accord, mais je ne suis pas sûr que ce soit au programme de Birmingham.

– C'est pas toi qui disais qu'il faut changer le système de l'intérieur ? objecta Franck.

– Il a raison, c'est ce que tu dis souvent, renchérit Clément.

– Je suis pas son jouet, tempêta Yann.

– Tu vas faire quoi ?

– Me tirer, loin.

– Je viens avec toi ! coupa Franck.

– Moi aussi, s'exclama Clément en riant. Vous n'allez pas me laisser tout seul !

Yann se leva pour reprendre trois bières fraîches.

– Moi, je déconne pas, dit Franck. Il faut que je parte.

– Où ça ? interrogea Clément.

– Je sais pas. J'ai plus rien à faire ici.

– Et le foot ? La carrière pro ?

– C'est fini… Au fond, je pense que j'y ai jamais cru. Je suis entré au SNAF parce que mon oncle y croyait, mais le SNAF ne mène nulle part. Et puis j'aurai vingt et un ans en octobre…

– Et ton boulot, ta meuf ? répliqua Clément.

– J'ai pas envie de reprendre mon boulot, et puis Sandra et moi… c'est du passé.

– C'est quoi, ton plan ? demanda Yann.

– Mon plan ? C'est d'arrêter les conneries avant qu'il ne soit trop tard. J'ai pas envie de finir en taule. Il faut que je reparte de zéro. Peut-être à l'étranger. En Thaïlande ou au Vietnam, il paraît que tu peux y vivre comme un prince avec pas grand-chose.

– Bonne idée, fit Yann. Moi, ça sera l'Asie ou le Costa Rica. Je pourrais faire skipper pour touristes. Sans déconner, on peut en vivre très bien.

– Ça me chauffe. Clément, tu viens avec nous ?

Clément avala une gorgée de bière.

– Je sais pas. Vous déconnez, là.

– On ne déconne pas, répliqua Yann d'un air sévère. Il y a des moments dans la vie où il faut faire des choix. T'y peux rien, c'est comme ça. Si tu choisis pas, tu fais quand même un choix. C'est mathématique. Tu piges ?

Clément haussa les épaules en sirotant sa bouteille.

– Toi, Clément, reprit Yann, ton père veut que tu reprennes sa concession. Ça fait des années qu'il te casse les couilles avec ça. Qu'il te fait travailler dans le magasin, dans l'atelier, qu'il t'amène sur des salons automobiles. Si tu roules en coupé Mercedes, c'est parce que papa Moesson a décidé de te biberonner à la bagnole depuis que t'es tout petit. J'ai pas raison ?

Clément approuva en silence.

– Tu ne t'es jamais demandé pourquoi ? Il te conditionne patiemment pour qu'un jour tu reprennes la boutique. Sa boutique, son œuvre. Ça donne du sens à sa vie et il est persuadé de le faire pour ton bien. Il ne fait pas ça contre toi, mais c'est son projet, pas le tien. Pas vrai ? Regarde-moi dans les yeux et dis-moi que je me trompe.

Clément se sentait mal. Il avait envie que Yann se taise. C'étaient des conneries, tout ça. Ils étaient à moitié soûls et en train de se monter la tête.

– Me regarde pas avec ces yeux de carpe. Il ne t'a jamais demandé ce que tu voulais faire vraiment. Et toi, tu ne t'es jamais autorisé à te poser la question. Vous avez passé un deal. Tu marches dans la combine et il allonge la thune. Mais si tu lui dis stop, il te coupera les vivres. Ils ont ça en commun, nos darons. Ils décident de notre destin parce qu'ils pensent qu'on n'est pas aptes à le faire nous-mêmes.

Clément se tourna vers Franck.

– Et toi, ton père ?

– Mon père, il s'en fout.

– Tant mieux pour toi, s'exclama Yann en se levant.

Il se dressa face aux marais et respira profondément. Quelques nuages gris et filandreux surplombaient l'horizon. La brise de mer soufflait sur les ajoncs, chaude et régulière.

– C'est décidé. Je me tire à l'étranger. Tu viens, Franck ?

– J't'ai dit que oui, répondit Franck sans sourciller.

– Arrêtez vos conneries, dit Clément.

– T'es pas obligé de venir, mais nous, on se casse.

– Vous bluffez. Vous partirez nulle part. Comment vous feriez ? Vous avez pas la thune.

– La thune ? dit Yann. C'est pas compliqué, on va la trouver. J'ai déjà ma petite idée.

Il lança sa bouteille vide de toutes ses forces. Elle décrivit une parabole haut dans le ciel avant de se ficher dans la vase, cinquante mètres plus loin. Puis il se tourna vers Clément.

– Le plus dur, c'est pas la thune. C'est de regarder la vérité en face.

Ils remontèrent tous les trois dans la voiture et pendant tout le trajet du retour, Yann resta silencieux, imaginant déjà les détails de son plan.

49

L'été avait été morose au Bois Joalland. Sandra avait travaillé d'arrache-pied pendant toute la saison. L'institut débordait de clientes et son carnet de rendez-vous à domicile était plein à craquer. Elle bossait même le dimanche et se couchait à neuf heures tous les soirs tellement elle était fatiguée. Avec Franck, ils se croisaient parfois dans la salle de bains ou la cuisine, sans s'adresser la parole. Trop occupés chacun de son côté, ils n'avaient eu ni le temps ni l'envie de mettre les choses sur la table mais avec septembre venait le temps de la mise au point. Christine, la mère de Franck, qui ne les avait pas reçus depuis deux mois, les prit de court en les invitant à déjeuner le premier dimanche de septembre. Ça faisait longtemps ; elle en serait tellement heureuse et, cerise sur le gâteau, Pascal l'avait lui-même réclamé. Que le père de Franck se manifeste autrement qu'en suivant le mouvement et en maugréant, c'était inédit.

Le dimanche matin, pendant leur trajet en voiture pour Trignac, Franck et Sandra demeurèrent muets, tous deux baignés du même sentiment. Ceci était leur dernière chance, peut-être même leur dernier week-end. L'instant était grave, et même sinistre, pourtant ils avaient l'un et l'autre l'intention de jouer cette carte jusqu'au bout. Aucun ne renoncerait sans un dernier combat.

La mère de Franck avait pris des couleurs. Comme chaque année depuis trois ans, elle avait fait la saison comme vendeuse au Comptoir moderne, un magasin de jouets et d'articles de plage. Ça lui permettait de voir du monde et de mettre un peu de sous de côté. En prime, elle échappait pendant des journées entières à l'emprise de son homme. Ainsi, à chaque fin d'été, elle était pimpante, toute regonflée, prête pour la lente décrue qui se prolongerait jusqu'au mois de juin suivant. Pascal aussi était de bonne humeur. Un été à glandouiller autour d'une enfilade de petits jaunes au Rallye de Trignac avec ses potes retraités des Chantiers, à refaire l'histoire et à donner des leçons sur la façon dont il fallait conduire les affaires du monde. À lui aussi, l'été avait fait du bien. Il fut guilleret pendant tout le repas et comme l'ambiance à table dépendait de lui, le déjeuner fut agréable. Dans ses gestes et ses mots cependant se lisaient pour qui le connaissait bien une légère anxiété, des évitements de regards, quelque chose de sourd qui n'osait remonter à la surface. Au moment du café, il sortit enfin du bois, se leva de table, prit Franck par le bras et l'emmena dans le jardin de derrière.

Pascal descendit les trois marches en béton avec précaution à cause de sa patte folle. Il était mal à l'aise et ça se voyait même dans sa façon de marcher. Franck recolla les morceaux. Ce petit entretien en aparté demandait un effort surhumain à son père et l'initiative ne lui en revenait certainement pas. C'était Christine qui était à la manœuvre. C'était elle qui avait convaincu son père de lui parler. Le déjeuner, les fruits de mer, tout était destiné à préparer le terrain pour cet entretien père-fils, un moment toujours risqué où tout pouvait s'enflammer en un claquement de doigts. Car Pascal et Franck étaient aussi maladroits l'un que l'autre et un mot de travers était si vite arrivé. Pascal s'assit sur une chaise de jardin en plastique et invita son fils à faire de même. Avant qu'il ouvre la bouche, Franck avait remonté le fil. Si sa mère avait provoqué l'entretien, c'est qu'elle savait quelque chose. Elle l'avait forcément appris de Mélanie, la femme de Régis, qui le tenait elle-même de son mari. Et voilà Régis qui s'invitait à la table entre Pascal et Franck. Ainsi donc, il n'avait plus aucun doute sur les intentions du paternel. Dans une certaine mesure, cette prévisibilité l'apaisa. Elle atténuait l'agacement qui allait forcément s'emparer de lui dès les premiers mots du père.

– Comment ça s'est passé, cet été, Franck ? demanda Pascal.

– Bien. Et toi ?

– Oh, moi… Je sombre lentement. Je fais passer le temps.

Il porta sa tasse de café à ses lèvres.

– Mon temps est derrière moi. Toi, il est devant…

Franck hocha la tête.

– J'ai appris que tu avais quitté ton boulot. Tu en as repris un autre ?

– Pas encore. Je vais voir.

– Et tu roules en 4 × 4. J'ai jamais pu me payer une bagnole comme ça, même quand je travaillais aux Chantiers.

– C'est un leasing.

Pascal soupira et laissa passer un moment avant de répondre. Franck se tut également. La discussion en tête à tête avec son père était plus compliquée qu'il ne le pensait. Sa façon de bouger, de poser les questions, de donner la parole ou de la reprendre, tout le replongeait dans ce rôle écrit pour lui depuis sa petite enfance, dans lequel il avait la position subalterne et son père, celle de supérieur.

– Tu étais payé au smic à La Main verte, et c'est pas une bagnole de smicard. Je sais pas où tu as trouvé cet argent et je veux pas le savoir. Mais tu vas avoir vingt et un ans, tu es un homme, tu t'apprêtes à fonder une famille, à avoir des enfants, et tout ce rêve te glissera des mains si tu n'as pas un travail honnête qui te rapporte ton chèque à la fin du mois.

Franck sentit un frisson lui remonter le dos. Le discours de son vieux lui donnait envie de vomir. Fonder une famille ? Il en était à des années-lumière. Un rêve ? Plutôt un cauchemar. Un travail honnête de smicard pour toucher ses mille cinq cents balles et tout engloutir dans les traites de la maison et de la Clio d'occasion ? Jamais de la vie. Que son père, qui avait à peu près tout raté dans sa vie : son métier, son mariage, ses enfants, se mette à lui dessiner des perspectives, ça lui donnait envie de se jeter par la fenêtre. Heureusement, ils étaient au rez-de-chaussée.

– Qu'est-ce que tu vas faire maintenant ? reprit Pascal. Tu vas refaire fleuriste ?

– Pas fleuriste, papa, paysagiste.

– Oui, bon… C'est quand même des petites fleurs… Pourquoi tu ne rentres pas en apprentissage ? Il y a plein d'artisans qui cherchent des jeunes. Suffit d'avoir envie de bosser. Mets-toi dans le bâtiment. Le fils d'un collègue a fait ça ; il n'arrête pas. Y a toujours du boulot dans le bâtiment. Peintre ou plâtrier, c'est bien. Tu travailles à l'intérieur toute l'année.

– Une vie à se casser le dos sur des chantiers et tu finis le corps brisé à cinquante ans, répondit Franck.

– Mais si tu bosses bien, tu peux devenir ton propre patron.

Franck avala d'un coup le reste de son mazagran.

– Merci pour tes conseils, papa. Je vais y réfléchir.

Pascal fut décontenancé par la réponse de son fils. Il s'attendait à une engueulade ou bien au minimum à une prise de bec mais il n'en fut rien. Franck se leva et retourna à l'intérieur. Cette conversation était terminée et il avait besoin d'air. Il embrassa sa mère, la remercia pour le déjeuner, fit signe à Sandra que c'était l'heure de partir. Puis il croisa une dernière fois le regard vide et perdu de Pascal. Qu'est-ce qu'il avait encore dit ? Quelle mouche avait piqué son fils ? Ils ne s'étaient pourtant pas disputés. Il n'y comprenait rien. Au moins, il pouvait s'enorgueillir d'avoir essayé de faire son devoir de père ou ce qu'il imaginait l'être. Il n'avait certainement rien à se reprocher. Ce garçon était insaisissable, trop compliqué pour lui. Franck de son côté hésitait entre nuages noirs et ciel dégagé. Ce que son père lui avait donné à voir était à la fois abject et salutaire. Dans ce visage hagard, cet esprit ralenti, ce corps boursouflé, il s'était vu lui-même trente ans plus tard s'il ne prenait pas son destin en main. Les conseils de Pascal, c'était le mode d'emploi pour lui ressembler un jour. Et ça, plutôt crever. Il devait se tirer d'ici. Vite et loin. Il en avait à présent la conviction.

50

Yann avait donné rendez-vous à Franck chez lui le jeudi soir suivant. Sa mère avait prévu de sortir pour la soirée et ils seraient tranquilles. Il lui avait demandé d'être à l'heure car ils avaient beaucoup de choses à mettre au point et Franck foula le gravier de la villa des Herruel à huit heures précises. Le soleil était bas dans le ciel et les pins qui s'élevaient magistralement dans les airs plongeaient la propriété dans une demi-obscurité, à l'exception d'un pan de toit en ardoise léché par les rayons rouges du couchant. Franck sonna, Yann vint lui ouvrir puis ils s'installèrent dans le salon où Yann avait sorti un pack de bières fraîches et des quartiers de citron vert. Franck se laissa tomber dans le canapé moelleux. Yann s'absenta à la cuisine, revint avec une saucisse sèche découpée en rondelles et posa un vinyle sur la platine. *Diary* de Ralph Towner, un vieux disque à la pochette écornée, complètement planant, qu'il adorait parce qu'il permettait à l'esprit de digresser sans entrave. Pour exécuter son plan, ils seraient donc deux. Yann avait tenté de convaincre Clément de participer, mais celui-ci avait refusé. Un braquage, c'était la ligne rouge. Yann n'avait pas insisté, même s'il avait avoué qu'il le regrettait et que Clément aussi le regretterait amèrement une fois qu'ils auraient réussi leur coup. Autant que Franck pouvait s'en souvenir et si surprenant que cela puisse paraître, c'était la première fois qu'ils passaient un moment en tête à tête, Yann et lui. Quand ils n'étaient pas en bande et qu'ils se retrouvaient en petit comité, ils étaient au minimum trois. C'était leur atome de base et de se retrouver à deux lui sembla à la fois étrange et incongru.

– Alors, dit Yann en souriant, Vietnam ou Thaïlande ?

– Ch'ais pas.

– Tu hésites à partir ?

– Non. Je veux partir, mais je sais pas encore où. Un endroit où il fait beau. Dans les îles, j'aimerais bien. L'autre jour, j'ai vu un documentaire sur les îles Samoa. Des Bordelais qui ont tout plaqué pour vivre là-bas. Ils tiennent un petit hôtel, vivent de pas grand-chose. Tous les jours, la mer, le sable blanc, la plongée dans des eaux pleines de poissons incroyables.

Yann approuva de la tête en se levant sa bouteille de bière.

– Pourquoi on se fait chier en Loire-Atlantique, se lamenta Franck, alors qu'il y a des paradis sur terre qui n'attendent que nous ? Indonésie, Polynésie, Caraïbes… Il y a que l'embarras du choix…

– Je suis cent pour cent d'accord.

– Et toi, tu veux partir où ?

– Je ne sais pas. Amérique centrale, Costa Rica, Mexique, Colombie. Je parle espagnol, ça peut aider. Mais avant ça, dit-il en levant son verre, il faut qu'on se fasse un matelas.

Yann exposa son plan à Franck. Le principe était simple : piquer un gros paquet de fric au type qui employait Franck pour ses transports de dope. Ce qui était compliqué et qui demandait une bonne dose de réflexion et de calcul, c'était la stratégie pour que jamais ils ne puissent être soupçonnés d'avoir commis le vol. Sur ce point, Yann était catégorique. Ni lui ni Franck n'étaient des braqueurs de banques. Ils n'avaient aucune expérience de criminels ou de gangsters. Ils devaient donc compenser cette inexpérience par un plan d'une précision infaillible. Il avait tout élaboré, tout retourné dans sa tête dans les moindres détails mais avant de l'exposer à Franck, il avait besoin de le réentendre raconter une ultime fois le déroulement de ses trajets en voiture entre Saint-Nazaire et Royan. Alors Franck lui réexpliqua comment ça se passait.

Il partait le matin de Paimbœuf. C'est Riton qui donnait les rendez-vous. Il conduisait une 508 berline grise ou noire. Pas toujours la même. Il y en avait plusieurs qui tournaient. Immatriculées dans différents départements. Il prenait la route pour Royan, empruntait les départementales, respectait toujours les limites de vitesse, se garait sur un terrain vague, attendait un quart d'heure que des types farfouillent dans son coffre et repartait en sens inverse. Bien qu'il ait souvent essayé, il n'avait jamais vu leurs visages. Les mecs étaient masqués. Ce qu'il savait, c'est que sur le trajet du retour, il avait le coffre rempli de billets. Il y en avait au bas mot pour deux ou trois millions d'euros. Rien ne permettait de dire que c'était toujours le cas mais on pouvait le supposer. Qu'y avait-il dans son coffre à l'aller ? De la dope, sans aucun doute, mais laquelle ? Franck n'en savait rien. Quelle quantité ? Tout ce dont il était certain, c'est que ça tenait dans le coffre de la Peugeot. 487 décimètres cubes, Yann avait vérifié. Techniquement, ça voulait dire qu'il pouvait transporter jusqu'à quinze millions d'euros de cocaïne à chaque voyage. Sur le retour, Franck garait la voiture sur le parking et reprenait la sienne. Une enveloppe l'attendait dans la boîte à gants et c'était tout.

– Vous êtes combien de mules à faire le trajet ? demanda Yann.

– Aucune idée. Tout ce que je sais, c'est qu'il y en a d'autres, Riton me l'a dit.

– Ils conduisent les mêmes voitures que toi ?

– Oui. Un jour, en janvier dernier, j'ai vu que le compteur de ma caisse indiquait 9 998 kilomètres. Ça m'a fait marrer. Je m'en suis souvenu. La fois suivante, j'ai repris la même et elle affichait plus de 11 000. Donc on l'avait utilisée.

– Mais tu ne connais pas les trajets des autres conducteurs.

Franck fit signe que non. Yann remplit leurs deux verres et porta le sien à ses lèvres. Ses yeux pétillaient. Il était impatient.

– Le plan, c'est que tu prennes un dernier voyage et que tu l'annonces clairement à Riton. Tu lui expliques que ta meuf t'a posé un ultimatum, que tu vas déménager. Un truc qui le persuade que tu ne sonneras plus jamais à sa porte.

– Il a déjà failli me rayer de la liste, répondit Franck.

– Eh bien, là, il doit te rayer pour de bon.

Franck réfléchit et hocha la tête. Ça lui semblait simple. Yann posa alors sur la table basse un emballage en carton qu'il ouvrit pour en sortir un objet noir de la taille d'une boîte d'allumettes.

– C'est quoi ?

– Un traceur.

Franck ouvrit de grands yeux ronds et Yann lui expliqua son plan. Il avait pensé à tout, dans les moindres détails. Il sortit son téléphone, lui fit la démonstration. Franck était bluffé. Il n'avait plus qu'à appeler Riton dès le lendemain et le compte à rebours serait enclenché. Un seul problème demeurait cependant : celui de la bagnole. Il leur fallait une voiture rapide mais vierge. Ni celle de Franck ni celle de Clément. Une caisse inconnue au bataillon à partir de laquelle il serait impossible de remonter jusqu'à eux. La solution était d'en tirer une sur un parking. Il avait envisagé la chose, mais n'était pas convaincu du résultat. On ne démarrait plus les voitures en touchant deux fils comme dans les films. Il fallait trouver mieux.

– Tu crois que c'est sans risques ? s'inquiéta Franck.

– Aucun. Si un truc ne se passe pas comme prévu, on annule tout. On ne prendra aucun risque. C'est le contrat.

Franck se leva du canapé et vida son verre cul sec. Au même instant, Yann lui appuya sur l'épaule.

– Merde.

Des phares venaient d'illuminer l'intérieur de la propriété.

– C'est ma mère. Elle rentre plus tôt que prévu.

– Pas grave, dit Franck.

– Je n'aime pas ça, souffla Yann. Rassieds-toi. On va faire comme si on ne l'avait pas vue.

Yann alla à la platine changer de disque. Il mit un album des Rolling Stones, ça ferait moins conspiration. On frappa à la porte d'entrée. Yann sursauta. Sa mère avait les clés. Il se leva et tandis qu'on frappait pour la deuxième fois, il comprit que ce n'était pas elle. Il ouvrit précautionneusement et dans l'embrasure reconnut le visage de Clément.

– Alors ? Vous avez peur des rôdeurs ?

– Qu'est-ce que tu fous là ? C'est Clément, hurla-t-il à l'adresse de Franck.

Le fils Moesson avait réfléchi. Il avait ses raisons, et pas forcément envie de les expliquer. Il était partant, s'ils l'acceptaient encore. Yann le prit dans ses bras. Bien sûr qu'ils l'acceptaient. Pour une telle opération, mieux valait être trois. Et puis Clément venait peut-être avec la solution au problème que Yann n'avait pas encore résolu.

51

Ce matin-là, Franck ouvrit les yeux en sursaut et en nage à six heures, une heure avant que son réveil ne sonne. Il se traîna à la salle de bains, s'examina dans la glace. Ce n'était pas brillant. Il avait des cernes et le teint pâle comme s'il n'avait pas dormi depuis trois jours. En se lavant les dents dans la lumière blafarde de l'ampoule halogène, il se demanda si son petit cinéma marcherait auprès de Riton. Il n'était pas très doué pour les discours et encore moins pour les mensonges et si le truand l'avait à la bonne, il se tenait néanmoins toujours sur ses gardes. Or de la méfiance à la peur, il n'y avait qu'un pas. Que se passerait-il si Riton reniflait l'odeur du mensonge ? Prendrait-il cette dissimulation pour une menace ?

Il déboula sur le parking de Paimbœuf à 8 h 55, se gara au ralenti, à la même place que d'habitude, sous le grand pin tordu par le vent. Il serra fort le volant pour faire cesser le tremblement de ses mains, tendit les bras devant lui, respira fort par la bouche comme chez le toubib et sortit de la voiture. La 508 était là, ouverte, clé sur le contact. À cinquante mètres, embusqué entre les arbustes, la Range Rover de Riton attendait, silencieuse et inquiétante. Dès que le moteur de la Peugeot tournerait, le SUV de Riton démarrerait et partirait en premier. C'était un scénario millimétré. Mais cette fois-ci, Franck allait briser la routine. Il sortit de sa voiture et se dirigea vers le gros cube luisant et opaque. Quelques secondes se passèrent, qui lui semblèrent des heures, avant que la vitre arrière ne se baisse.

– Un problème ?

Riton dardait sur lui un regard mi-dédaigneux, mi-inquiet.

– Aucun problème. Je voulais simplement te dire que c'était fini pour moi. Je vais quitter Saint-Nazaire et c'est mon dernier voyage.

C'était l'explication la plus simple qu'il avait trouvée. Il ne voulait pas se lancer dans une excuse alambiquée, argumenter, se justifier, alors il avait fait au plus court. Riton le considéra longuement sans rien dire puis l'inquiétude disparut de son regard et il ne subsista bientôt plus que du mépris.

– Après le trajet, l'enveloppe sera dans ta boîte à gants.

C'était leur mot d'adieu. La vitre noire remonta dans la portière. Riton avait mordu à l'hameçon.

Franck avait mis la radio à fond. Il chantait à tue-tête dans la bagnole. Un rap de Niska, chaloupé en diable et écrasé à l'Autotune. Il pensait aux trois mille balles qu'il allait se mettre une dernière fois dans la poche avant d'en finir avec ce job de mule. Une belle révérence. La vérité, c'est qu'il en avait bien profité et qu'il savait depuis le début que ça ne pouvait pas durer. Il n'avait eu aucune emmerde, mis à part une frayeur une fois cet été sur la quatre-voies juste avant Rochefort quand il s'était retrouvé nez à nez avec un barrage de flics. Il s'en souviendrait toute sa vie. Cinq ou six bagnoles, une vingtaine de gendarmes, des gyrophares partout, les voitures au ralenti. Ils en chopaient une sur trois. Il avait perdu deux litres d'eau en un quart d'heure. Il avait eu de la chance mais sa chance tournerait. Même si ce boulot lui mettait une rivière de cash dans les poches, il savait qu'il était temps de raccrocher. Avec Yann, ils allaient tourner la page et voir grand. Le plan était imparable. Ils n'avaient rien laissé au hasard, un travail d'artiste. Au lieu de prendre des risques à la petite semaine, ils allaient plonger les deux mains dans le coffre une bonne fois pour toutes et se mettre au vert pour longtemps. Une fois et basta. C'était le plan et Franck en était super excité. Au bout de deux heures de route, il se retrouva en plein marais poitevin. Les fossés gorgés d'eau de mer, les étendues d'herbe à perte de vue, la route bordée de tamaris aux formes bizarres. Il attendit d'être seul pour bifurquer sur un petit chemin et se planquer derrière une haie. Il dézippa le sac de toile qu'il avait amené avec lui, enfila les gants en latex, déballa le traceur que Yann lui avait donné, empocha deux tubes de glue et sortit de la voiture. Puis il s'allongea sur le dos, se glissa sous le châssis de la 508, tâta la tôle avec prudence en évitant les tubes brûlants du pot d'échappement. Il faisait une chaleur de dingue là-dessous. Derrière l'essieu, il y avait un axe transversal qui cachait un petit renfoncement totalement invisible et indétectable. Il tendit le bras, chercha du bout des doigts. C'était plus loin qu'il le pensait et il dut se contorsionner pour l'atteindre. Quand il le trouva, il le nettoya au chiffon, vida les deux tubes de colle sur le boîtier, qu'il déposa à l'endroit prévu, resta soixante secondes, tassé sous la bagnole sans bouger, à faire pression sur l'appareil, avant de s'extraire, de se relever et de souffler, les deux mains sur le capot.

Puis il reprit sa route. L'opération avait duré dix minutes en tout et pour tout. Indétectable. Il s'arrêta à la première station-service, jeta son sac, les tubes, les emballages dans la poubelle, mit un coup de brosse sur les pneus maculés de boue et repartit pour Royan. Le trajet se passa sans encombre. Les types cagoulés ouvrirent et fermèrent le coffre, puis il ramena la précieuse cargaison à bon port, sur le parking de Paimbœuf où le SUV de Riton l'attendait, comme d'habitude. Au moment de sortir de la voiture, il eut une montée d'adrénaline. Qui savait ce que ces salauds connaissaient de son trajet ? Il y avait fort à parier que la Peugeot était déjà équipée d'un autre traceur GPS leur permettant de la suivre au mètre près. Peut-être avaient-ils eu connaissance de l'arrêt dans le marais et à la station-service près de Rochefort. Le deal était que le trajet se déroule d'une traite sans arrêt et ces deux arrêts successifs étaient des entorses au règlement. Si c'était le cas, il avait une excuse toute trouvée. Il s'était arrêté en pleine campagne pour pisser et de nouveau cinq minutes plus tard pour prendre un café. Il pouvait se faire réprimander, mais l'alibi tenait. Franck poussa la portière de la 508, qu'il referma derrière lui. Puis il avança lentement vers sa voiture. La Range ne broncha pas. Franck marcha calmement. Soudain, il eut une frayeur. L'enveloppe. Que se passerait-il si elle n'était pas à sa place ? Aurait-il le cran de ressortir pour réclamer son fric à Riton ? Mais s'il ne le faisait pas, cela apparaîtrait forcément suspect. Il ouvrit la portière de la Nissan, s'installa à bord, claqua la portière et regarda dans la boîte à gants. L'enveloppe était là. Il la saisit, jeta un œil dedans. La liasse de billets était à sa place. Au jugé, elle avait l'air aussi épaisse que d'habitude. Franck souffla sur ses mains moites et posa l'enveloppe sur le siège passager. Tout se passait comme prévu. Il devait se ressaisir et arrêter de s'inquiéter. Pour le plan qu'ils avaient préparé, il avait besoin de tout son sang-froid. Il devait rester calme, c'était indispensable. Alors, il expulsa tout l'air contenu dans ses poumons, inspira fort et démarra.

52

La colline était couverte d'herbes brunes qui ondulaient dans le vent. Au sommet, à travers un voile brumeux embrasé par les flammes d'un combat meurtrier, un régiment de samouraïs avait paru, les armes à la main, dans une forêt de drapeaux nobori. Khotun Khan et ses hordes de soldats sanguinaires vivaient leurs dernières heures de domination. Jin Sakai avait enfin levé son armée, les meilleurs parmi les meilleurs, et ils étaient prêts à tout pour préserver l'île du Levant de la gangrène mongole. Dans un ronflement de cor, Jin s'élança au triple galop, accroché au cou de son cheval. Raide sur son canapé, Franck était agrippé aux manettes de sa PS4, quand son téléphone sonna. C'était Yann.

– Elle est partie !

Franck sentit une bouffée d'adrénaline monter en lui.

– Elle est où ?

– À Chauve. Elle devrait être de retour dans cinq heures.

Il était treize heures trente. La mule serait de retour à dix-huit heures trente. C'était une livraison d'après-midi.

– Tu la suis ? demanda Franck.

– Bien sûr que je la suis, répondit Yann. Elle est sur la D6 et elle va prendre la D5 dans environ deux minutes. On va appliquer le plan comme prévu. Tu te prépares et tu me rejoins à l'étang du Val-Saint-Martin.

Tandis que Yann et Franck avaient répété cent fois le déroulement de l'opération, Clément avait procrastiné. Cette histoire de vol de bagnole lui semblait complètement foireuse. Quand il avait débarqué chez Yann à Pornic, il était arrivé comme le sauveur. Le plan de Yann, qui était conçu pour être exécuté à trois, avait pris un sérieux coup avec la défection de Clément et inversement, son retour avait été une bénédiction. Yann, qui avait un rôle tout prêt pour lui, lui avait expliqué le programme et le moins qu'on puisse dire, c'est que Clément n'avait pas été convaincu. Cette idée de piquer une bagnole sur un parking pour ne pas se faire repérer était beaucoup trop risqué. Le propriétaire pouvait débarquer à l'improviste, donner le signalement au 17 et leur coller les flics aux fesses une heure seulement après le vol. C'était beaucoup trop risqué. Pour contourner ce problème, il aurait fallu qu'il trouve une voiture dépourvue de propriétaire, mais en dehors des véhicules de démonstration du showroom de son père, il n'avait pas d'idée. En se creusant les méninges, cependant, il trouva celle qui lui fallait, deux jours seulement avant l'opération.

Quand il arriva au port de Pornichet le 28 septembre vers quatorze heures, des nuages gris se coursaient dans un ciel voilé. Au large, des voiles blanches gonflées par une jolie brise de douze nœuds tiraient des bords sans discontinuer. Clément stationna sur une zone hachurée, appela un numéro et se rendit à la place 27 au fond du parking. Trois minutes plus tard, un type en tongs et dreadlocks toquait à sa portière.

– Salut, dit Clément en baissant sa vitre.

– Salut, man, dit l'autre en lui tendant un trousseau de clés.

– Le proprio est où ? demanda Clément.

– Parti en croisière pour une semaine. Golfe de Gascogne par Saint-Sébastien jusqu'à La Corogne. Tu me laisses tes clés et tu prends sa place.

Clément fouilla dans sa boîte à gants, s'empara d'un petit sachet en plastique qu'il tendit au rasta.

– Tiens, des herbes pour ta tisane.

Le sachet disparut instantanément dans la poche ventrale du rasta. Clément et lui s'étaient rencontrés au port la saison précédente lors d'un stage saisonnier qu'il avait effectué à la capitainerie. De son stage, Clément n'avait pas retenu grand-chose sur le plan nautique mais il avait reçu une solide formation en weed, agrémentée de nombreux cas pratiques.

– Tu me la ramènes nickel, déconne pas.

– T'inquiète, répondit Clément.

La caisse était plutôt pas mal. Une Mercedes CLA 250, une belle bête, un peu vintage, couleur argent, passe-partout. Cerise sur le gâteau, elle avait les vitres teintées. Cinq kilomètres plus loin, il se rangea sur une aire de repos, sauta hors du véhicule, saisit le sac qu'il avait apporté avec lui et s'accroupit devant la calandre. Il ouvrit la fermeture Éclair, ôta la protection de l'adhésif double face et apposa une deuxième plaque minéralogique sur la plaque d'origine. Puis il renouvela l'opération à l'arrière, en vérifiant qu'aucun véhicule n'était en vue. Puis il remonta dans la voiture. Quinze heures. Il était parfaitement dans les temps et reprit sa route, en direction de Val-Saint-Martin.

Franck, Yann et Clément se retrouvèrent à l'étang à quinze heures trente. Franck inspecta la bagnole, tandis que Yann avait les yeux rivés sur son smartphone, où le petit point rouge filait toujours en direction du sud. Ils avaient amené des sandwichs et de l'eau, histoire d'être bien calés avant l'intervention. Assis sur l'aile droite, Franck regardait dans le vide tandis que Clément mordait dans son pain.

– Au fait, pourquoi t'as changé d'avis ?

Clément prit le temps d'avaler sa bouchée de son jambon-beurre avant de répondre.

– C'est Yann qui a raison. C'est le rêve de mon père, que je reprenne la concession, pas le mien. Et si je lui parle de mon projet, il me coupera les vivres.

– C'est quoi, ton projet ?

– L'Australie, répondit Clément en mâchant son sandwich.

– L'Australie ? C'est nouveau, ça. Pourquoi l'Australie ?

– Un pays neuf avec de l'espace à gogo. La ville, la montagne, la plage, le désert, un climat de dingue. Qu'est-ce qu'on fout ici à se faire chier, tu peux me dire ? Je me verrais bien faire ma vie là-bas. Monter une boîte, un resto…

– Une concession Mercedes ?

– Pourquoi pas ? C'est une idée…, ricana Clément.

– Tu veux surtout sortir avec une Australienne, pouffa Franck.

Clément sourit.

– Tu vois le truc ? Faire des petits Australiens. Des blondinets en tatanes qui feront du surf toute l'année. Ça semble impossible et pourtant c'est à portée de main. Il suffit de se bouger et de prévoir un petit peu d'argent pour démarrer. Mais mon père ne me paiera même pas le billet d'avion…

Franck sourit et tapa sur l'épaule de son pote. Il restait une dernière étape avant de ramasser la monnaie et de larguer les amarres et en y repensant, Franck ressentit un léger frisson dans le haut de son cou. Quoi qu'ils en disent, Yann et Clément n'avaient jamais eu affaire à des truands et ils s'en faisaient une idée approximative. Lui, en revanche, les avaient approchés de près. Il avait observé leurs manières de parler, de réagir. Il connaissait leur paranoïa et leur trouille viscérale de se faire prendre. Il savait que ces types, s'ils se sentaient menacés ou trahis, ne reculeraient devant aucune extrémité pour se protéger ou punir ceux qui les avaient floués. Franck savait qu'ils n'avaient aucun droit à l'erreur. Il soupira avant d'avaler une grande gorgée d'eau fraîche.

– Elle remonte !

Yann avait balbutié cela avec un serrement dans la voix. Les trois garçons se regardèrent avec stupéfaction.

C'était l'heure. La proie avait fait demi-tour et à présent, elle fonçait sur eux. Le plan consistait à se positionner au bon endroit et à l'intercepter en douceur. C'était malin sur le papier, mais à présent, on allait vérifier sur pièces. Ils montèrent dans la Mercedes, chacun à sa place. Clément et Franck devant, Yann à l'arrière et ils démarrèrent en trombe, cap sur la Vendée.

53

Ils filèrent vers le sud, Arthon-en-Retz, Sainte-Pazanne, Machecoul, Saint-Étienne-de-Mer-Morte. Yann en copilote, le nez sur son écran, ajustait en permanence son itinéraire pour aller à la rencontre de la Peugeot. L'idée était de la prendre à revers, de foncer vers elle et au moment opportun de faire demi-tour pour lui tomber dessus. La difficulté de l'opération était double. Premièrement, ils n'avaient qu'une idée approximative du chemin qu'emprunterait la mule car elles passaient à chaque fois par des routes différentes, question de sécurité. La seconde était qu'il fallait intercepter la voiture dans un endroit calme et peu fréquenté. Ce point était crucial, non négociable. Yann l'avait élevé au rang de principe inaliénable et si toutes les conditions n'étaient pas réunies, il était convenu qu'ils abandonneraient l'opération.

– Elle arrive aux Lucs, marmonna Yann.

Sur l'écran de son smartphone, le petit clignotement rouge remontait tranquillement vers le nord. Quatre-vingts kilomètres-heure. Pas d'excès. Une gentille mule facile à pister. Ils entrèrent dans le petit village de Touvois, un alignement de maisons basses massées au bord d'une route principale. Ils atteignirent bientôt un embranchement où les deux départementales se séparaient au niveau d'une maison de ville élevée en coin de rue.

– Yann ? Legé ou Rocheservière ?

Sur son écran, leur cible avait bien atteint Les Lucs-sur-Boulogne, mais pas encore pris de direction.

– Attends.

Clément ralentit : cinquante, quarante, trente kilomètres-heure. Une voiture arriva derrière lui et il commença une manœuvre pour se ranger de côté.

– Rocheservière, hurla Yann.

Clément donna un coup de volant à gauche et mit son clignotant une seconde trop tard. Le véhicule qui avait fait un écart pour le dépasser pila dans un crissement de pneus.

– Putain, Clém' ! Fais gaffe !

Yann avait décollé le nez de son portable pour morigéner son pote avant de se reprendre. Ils devaient rester concentrés. La Mercedes prit la route de Rocheservière tandis que la Peugeot continuait son chemin sur la D937, un axe plutôt passant qui filait droit sur Nantes. Il était convenu d'intercepter la mule sur une route de campagne. Pour revenir à Paimbœuf, elle allait forcément bifurquer, mais quand ? À ce moment, le plan avait déjà changé de géométrie. La Peugeot et la Mercedes fonçaient toutes les deux vers Rocheservière par des routes différentes et il s'agissait dorénavant pour les trois garçons de rattraper leur cible en faisant une boucle qui les ramènerait du sud vers le nord. Quand la Peugeot atteignit Rocheservière,

Clément était déjà engagé sur la D54. Yann recalculait son itinéraire en temps réel. La Peugeot devait quitter cette satanée D937, sinon, c'était le grand tour et il faudrait la suivre pendant des kilomètres.

– D61 ! s'exclama Yann. Elle prend la D61 vers Corcoué. Tu continues sur un kilomètre et tu bifurques à gauche. Pas trop vite. Il ne faut pas la dépasser.

Clément enregistra l'information et tourna deux minutes plus tard sur un chemin communal qui ondulait à travers champs. Yann était rassuré. La situation était désormais sous contrôle. La mule remontait la D61 et ils allaient la cueillir par-derrière. C'était une petite route secondaire, idéale pour l'interception. Yann vérifia que Franck était prêt. C'était lui qui tiendrait le premier rôle. Il avait une tenue bleu marine, un postiche, un flingue non chargé (on ne prenait aucun risque), un sac et des serre-câbles en nylon.

– Prêt, confirma-t-il.

Quand ils arrivèrent au niveau de la D61, le point rouge sur l'écran les avait dépassés. Ils étaient deux kilomètres derrière. Yann donna l'ordre à Clément de se rapprocher. On resterait à distance et on l'intercepterait entre Corcoué et Saint-Philbert-de-Grand-Lieu. Au niveau de La Limouzinière, la Peugeot quitta la D61 pour la D87 en direction de Machecoul. Clément la suivait toujours, à distance respectueuse. Yann était confiant. Les conditions venaient subitement de s'améliorer. La D87 était une petite route sans marquage au sol qui serpentait entre les vignes. Quand la proie fut engagée dans la nasse et qu'elle n'avait plus le moyen de bifurquer, Yann commanda à Clément d'accélérer. Alors, en moins de temps qu'il n'en faut pour le dire, la Mercedes fondit sur elle. Quand la Peugeot fut en vue, Franck baissa la vitre et sortit le gyrophare qu'il colla sur le toit. La Mercos fila le train de la 508 jusqu'à lui talonner le pare-chocs. Un temps, la mule sembla hésiter. Franck imaginait parfaitement ce qui devait se passer dans la tête du conducteur. Tous ses voyants devaient clignoter en même temps. Il devait être en panique totale à l'idée d'être pris en chasse par la douane volante ou les flics, ce qui représentait à peu près le pire cauchemar d'une mule. Un moment, la 508 accéléra, mais Clément lui collait aux basques de façon si agressive que la Peugeot renonça et commença à décélérer. Le poisson était au bout de la ligne. La Mercedes ralentit également, laissant une vingtaine de mètres entre les deux voitures. Quand ils furent à l'arrêt, Franck sortit, une main sur le flingue et se dirigea d'un pas décidé vers leur proie rangée sur l'accotement. Le soleil blanchissait les champs. Le rugissement des moteurs avait laissé place au silence complet. À partir de ce moment, tout devait aller très vite.

Franck frappa à la vitre.

– Service des douanes. Veuillez ouvrir votre coffre.

Le conducteur bredouilla qu'il ne comprenait pas et qu'il n'avait pas les clés. Franck fouilla dans ses poches et attrapa un serre-câble en nylon. Pendant toute l'opération, Clément devait rester au volant, prêt à démarrer. C'est donc Yann qui déboula sur l'arrière pour ouvrir le coffre au pied-de-biche. Franck tendit au conducteur le serre-câble en lui demandant de passer ses mains dedans. Puis il tira dessus.

– Vous êtes pas des douanes. C'est des conneries, protesta l'autre.

– Simple mesure de sécurité.

À l'arrière, Yann s'acharnait sur le coffre, qui aurait dû sauter d'un seul coup et qui lui résistait. Il s'y prenait comme un manche et Franck comprit qu'il allait devoir s'en mêler. Il recula de deux mètres, lui confia son flingue et saisit le pied-de-biche. Il fallait l'insérer sèchement au niveau de la serrure, donner un coup pour bien le caler et, ensuite seulement, faire levier. Franck l'introduisit à deux mains et appuya de tout son poids. Le coffre se gondola et puis céda. Ils découvrirent à l'intérieur trois sacs de sport noirs. Sans réfléchir, Yann et Franck empoignèrent les sacs.

– Putain, la mule !

Franck se retourna. La portière était ouverte et le conducteur s'était enfui à travers champs. Il avait sauté par-dessus le fossé et courait droit devant lui sur un chemin de terre entre deux rangs de vigne. Tandis que Yann traînait ses deux sacs vers la Mercedes, Franck mit en joue le gars avec son pistolet non chargé. La situation leur échappait. Alors il lâcha son sac et hurla à Yann de s'en occuper pour lui, avant de bondir à son tour par-dessus le fossé. Le salopard cavalait, mais Franck courait plus vite encore et il n'eut aucun mal à le rattraper. Au milieu du champ, alors qu'il était pratiquement sur lui, Franck s'élança avec une puissante détente, ceintura l'homme à la taille et l'autre s'écroula à terre. Il hurla dans sa chute, il avait dû mal tomber, son nez était couvert de sang. Franck lui flanqua une paire de claques pour se défouler. Puis il sortit un autre serre-câble, le lui passa autour des chevilles et serra de toutes ses forces. Quand le type fut complètement immobilisé, Franck revint sur ses pas. Malgré l'adrénaline, il n'oublia pas d'accomplir la dernière tâche qui lui revenait. Il s'allongea sous le châssis de la Peugeot et retira le boîtier qu'il avait posé trois semaines auparavant.

Cinq minutes plus tard, les trois complices filaient à toute allure en direction de Machecoul. Jusqu'au hameau de La Marne, ils demeurèrent en silence, tendus, le pouls à cent quarante, puis Franck cria le premier. Ils avaient réussi. Putain. Ils avaient un paquet de pognon dans le coffre. Yann cependant avait du mal à redescendre. L'opération avait sérieusement tangué. Ils avaient eu beau répéter l'enchaînement des opérations des dizaines de fois et envisagé toutes les difficultés, le passage à l'acte s'était révélé passablement mouvementé. Le coffre qui résiste, le type qui se tire à travers champs. Franck avait réussi à le récupérer mais il avait oublié de lui passer le sac de toile sur la tête. Bref, ils s'en étaient tirés à l'arrache et Franck était dans un sale état de stress. Alors il se cala dans son siège et ferma les yeux. Plus ils avalaient les kilomètres, plus son trouble s'évanouissait. Il ne leur restait qu'une petite vérification à effectuer. Quand ils furent suffisamment loin, Clément bifurqua sur un chemin de traverse. Il coupa le moteur. Ils descendirent de voiture et se précipitèrent sur le coffre de la Mercedes. Clément ouvrit les trois sacs de sport en toile noire, découvrit dans chacun d'entre eux une dizaine de briques jaunes enveloppées dans un film plastique et ils comprirent que le plus dur était encore devant eux.

54

Riton apprit la nouvelle dans l'heure. Il avait un traceur GPS planqué dans chaque véhicule qu'il lâchait dans la nature avec ses précieuses cargaisons et pendant les courses, un de ses hommes suivait chaque bagnole sur sa tablette, lui faisant signe à chaque mouvement suspect. Ce samedi-là, à 16 h 43, il avait vu le véhicule s'arrêter au bord de la D61. L'hypothèse de base était la pause pipi. Riton leur demandait de prendre leurs précautions pour ne pas s'arrêter en route, mais il n'était pas dupe. Tous les conducteurs s'arrêtaient au moins une fois par voyage pour pisser. Riton le savait et laissait faire. Ça durait deux minutes, parfois cinq mais cette fois-ci, le compteur avait dépassé les dix minutes. Quand sa vigie lui avait passé la tablette, Riton avait tenté de rester calme. Peut-être que le type était en train de fumer un joint ou de se branler dans un fourré. Il lui foutrait une trempe le moment voulu, mais pour l'instant, il fallait garder son sang-froid, avait ordonné Riton en trépignant sur la banquette arrière de son SUV. Mais cinq minutes plus tard, alors que la Peugeot était toujours immobilisée sur le bord de la route, il faisait décoller ses deux tanks armés jusqu'aux dents en direction de Rocheservière. Une demi-heure plus tard, il retrouva la Peugeot le coffre vide et récupéra son conducteur pieds et mains liés au milieu des vignes. On était le 28 septembre. Ç'aurait pu être une belle fin d'été et ce jeune con avait tout gâché. Debout sur le chemin de terre, ses chaussures flambant neuves maculées de poussière brune, Riton réfléchissait à la façon dont il allait expliquer cette foirade à son boss. Une chose était sûre, il allait se faire défriser la mise en plis et intérieurement, il se jura de faire payer le prix fort aux salopards qui avaient fait le coup. Il ramena le conducteur à Paimbœuf et le mit à faisander dans un entrepôt sans boire ni manger pendant toute la journée du dimanche.

Le lendemain, lorsque le boss en personne se pointa pour l'interroger, la mule de Riton était à point, fiévreuse, bavante et gémissante. Un interrogatoire un peu musclé aurait pu tirer à peu près n'importe quoi de cette fiotte. Une vraie motte de beurre. S'il voulait du solide, il fallait le prendre mollo, à la cuillère et pas au couteau. Bruno Morandeau jaugea la situation immédiatement et s'interposa quand son frère Jacky voulut fondre sur le gamin pour lui filer une rouste. Le frangin céda, et Morandeau s'approcha du petit conducteur assis les bras attachés dans le dos. Il prit une chaise qu'il déplia pour se positionner bien en face et s'adressa à lui d'une voix douce.

– Comment tu t'appelles ?

– Mickael, monsieur.

– Mickael ? Et moi, c'est monsieur Morandeau. Tu peux m'appeler monsieur, tout simplement.

– Oui, monsieur.

– Alors, Mickael, tu as eu un petit problème sur la route avec ta voiture, c'est ça ?

– Oui, monsieur.

– Je t'écoute.

– Une voiture m'a pris en chasse. Une Mercedes. Ils avaient un gyrophare. Ils m'ont dit qu'ils étaient des douanes, mais j'ai compris que c'était faux. Un gars a pointé une arme sur moi et il m'a attaché les mains. Ils ont ouvert le coffre et je me suis enfui. Ils m'ont rattrapé et attaché les pieds dans le champ.

– Je vois. Et comment se fait-il qu'ils t'aient retrouvé à cet endroit précis ?

– Je sais pas, monsieur.

– Qu'est-ce qui me fait croire que ce ne sont pas tes complices ?

À ces mots, le conducteur hoqueta. Bien sûr qu'ils allaient le soupçonner. Il s'y attendait depuis le début, depuis qu'il s'était fait attacher les mains et les pieds par ce salaud. Il avait eu le temps de gamberger, mais c'était totalement faux. Faux, archifaux. Il devait les convaincre. Il disait la vérité. Il avait toujours fait le job avec régularité, sans prendre de risques et l'énormité de cette hypothèse le laissait sans voix.

– Je vous jure, monsieur. Je vous jure…

Morandeau souriait intérieurement. Le garçon était aussi pitoyable qu'un insecte dans un verre de whisky.

– Tu jures… et moi j'ai perdu ma cargaison. Tu sais combien il y avait là-dedans ?

– Non, monsieur…, gémit-il en perdant totalement ses moyens.

Morandeau laissa au garçon le temps de se reprendre. Il avait encore besoin de lui et le gamin était en train de fondre comme neige au soleil.

– Tu n'as aucune preuve de ce que tu avances et donc c'est à moi de décider si tu dis la vérité ou non. Si tu mens, je laisserai mon frère Jacky s'occuper de toi. Tu connais Jacky Morandeau ?

Le gamin fut pris de convulsions. Jacky avait une réputation qui se passait de commentaires et il aurait fait n'importe quoi pour ne pas finir entre les doigts de ce psychopathe. Bruno continua.

– Si tu dis la vérité, il faut que tu me donnes des détails qui m'aident à te croire. Tu comprends ?

Le gamin hocha la tête. Un filet de larmes et de bave lui tomba des lèvres.

– Je n'ai pas vu leurs visages. Celui qui a tapé à la vitre avait des lunettes noires, une casquette et une barbe. Les autres, je les ai pas vus.

– Alors qu'est-ce que tu as vu ?

– La voiture, c'était une Mercedes. Je l'ai vue partir. Elle avait des phares en amande.

– Quelle couleur ?

– Grise, je crois.

– Quoi d'autre ?

Le gamin se creusa la tête. Dans le hangar, plusieurs paires d'yeux l'observaient. Il y avait Riton, qui ne la ramenait pas et qui était le seul qu'il connaissait de vue. Les autres, il n'en avait jamais croisé aucun et il se serait bien passé de le faire. Ils le regardaient comme s'il était un goujon au milieu d'un banc de brochets affamés. Il devait faire un effort.

– Je me souviens. C'est peut-être pas important, mais je me souviens d'un truc.

– Je t'écoute, dit calmement Morandeau.

– À un moment, je me suis enfui, j'ai sauté par-dessus le fossé et j'ai couru sur le chemin de terre. Le type m'a crié de revenir. J'ai regardé derrière moi et je l'ai vu brandir son arme. Alors j'ai couru à toute vitesse et cinq secondes plus tard, il était sur moi. Cinq secondes, peut-être dix, mais pas plus.

– Tu veux dire qu'il courait vite ?

– Jamais vu ça. Une fusée, un sportif de haut niveau.

– Quel sport ?

– Je sais pas. Un sport avec beaucoup d'accélération. De l'athlétisme, par exemple.

– De l'athlétisme ?

Le gamin continua de réfléchir, encouragé par le ton caressant de Morandeau.

– Ou bien du foot. Un attaquant de foot.

55

Les entraînements avaient repris en septembre et malgré leur projet de mettre un terme définitif à leur carrière footballistique, Franck et Clément avaient convenu que le mieux pour l'instant était de poursuivre leur engagement dans l'équipe et de faire comme si de rien n'était. L'opération était toute fraîche de cinq jours. Franck les comptait chaque matin. Sans se mentir, il n'en revenait toujours pas. Mis à part les quelques surprises de dernière minute, le scénario de Yann s'était parfaitement déroulé. Le repérage de la mule, la route déserte, l'absence de violence, l'élimination de toute trace. Personne depuis lors ne les avait inquiétés et même si Franck sursautait avec angoisse quand son téléphone sonnait, chaque jour qui passait voyait l'étau dans lequel ils étaient pris se desserrer d'un cran. Le seul hic – et il était de taille –, c'était l'erreur sur la cargaison. C'était l'aléa du plan, l'inconnue dont ils avaient eu conscience depuis le début et qu'ils avaient cherché par tous les moyens à minimiser, sans y parvenir complètement. Le contenu de ce satané coffre était la part de risque incompressible de leur entreprise. Leur seule certitude, c'était que Riton n'envoyait pas des bagnoles faire la navette entre Royan et Saint-Nazaire pour le plaisir de cramer de l'essence. Elles embarquaient forcément des cargaisons de valeur, mais ceci étant établi, rien ne leur garantissait qu'ils tomberaient sur une valise de billets ni même que le coffre contienne quoi que ce soit, le transport pouvant très bien se faire à plein vers Royan et à vide dans l'autre sens. Ils l'avaient admis et avaient accepté de prendre ce pari. Finalement, ils avaient joué et à moitié gagné. À moitié seulement, mais à moitié tout de même, car ils avaient mis la main sur quarante-cinq kilos de cocaïne pure, représentant au détail l'équivalent de trois millions d'euros. Au prix de gros, ils pouvaient en tirer la moitié, mais comme ils étaient pressés, ils devraient diviser les prix par deux, ce qui leur laisserait environ sept cent cinquante mille euros, soit deux cent cinquante chacun. C'était un beau pactole, largement suffisant pour combler leurs rêves, mais comment trouver un acheteur ? Pour l'instant, les trois garçons avaient décidé de temporiser. Ne pas céder à la précipitation. Réfléchir et élaborer un nouveau plan pour refourguer la came et empocher la monnaie.

Ce jeudi-là, la température avait subitement chuté de dix degrés par rapport au début de la semaine. C'était le début du mois d'octobre et l'automne commençait à montrer timidement le bout de son nez. Sur le banc de touche, Delcros frappait dans ses mains en gueulant sur ses gars.

– Le milieu, la défense, les jaunes ! On contrôle ! Y a un trou sur la droite.

Les joueurs s'activaient, en avant, à reculons, les yeux rivés sur le ballon qui partait en parabole depuis le fond du terrain. Le navire des jaunes était en pleine tourmente. Les verts, qui s'étaient remis d'une attaque dangereuse jusque dans la zone de réparation, remontaient à toute vitesse par la gauche, vidant la droite du terrain. Delcros trépignait.

– Y a un trou à droite, les jaunes ! Qu'est-ce que vous branlez ?

Franck s'était engouffré dans la brèche, démarqué, solitaire. Une frappe sèche à ras de terre lui arriva dans les pieds. Il n'y avait rien qu'il aimait autant que de foncer au-delà des lignes adverses en ligne droite, la balle collée aux pieds. La défense jaune frémit, mais trop tard. Franck la transperça d'un dribble suivi d'une accélération fulgurante et d'une frappe en pleine lucarne. Le goal des jaunes se détendit de toutes ses forces et parvint à détourner le ballon *in extremis*. Sur son banc, Delcros s'égosillait pour remobiliser ses troupes tandis que dans les gradins vides, un homme ne quittait pas le match des yeux. Une silhouette longue et mince au teint hâlé et aux cheveux coiffés en arrière. Une tête connue de l'entraîneur, qui passa discrètement un appel sur son téléphone.

– Allô, Régis ? C'est Aymeric. Faudrait que vous veniez voir. Je suis à l'entraînement et il y a un Morandeau dans les tribunes.

– Un Morandeau ? Lequel ?

– Jacky.

– Qu'est-ce qu'il fout là, celui-là ?

– Je ne sais pas, il regarde le match. Il est tout seul. Je n'aime pas ça.

Régis demanda à Aymeric de faire comme si de rien n'était et déboula dans les gradins un quart d'heure plus tard. Jacky Morandeau était toujours assis à mâcher son chewing-gum dans le soleil déclinant. Pantalon de toile, veste en cuir et cheveux gominés, le petit malfrat de Paimbœuf se la jouait acteur américain. Régis traversa les tribunes d'un pas décidé. Quand il arriva sur lui, Jacky ne tourna même pas la tête, faussement captivé par l'activité débordante des joueurs sur le terrain.

– Salut, Jacky.

– Salut.

– Tu te passionnes pour le foot maintenant ?

– Comme tu peux voir.

Régis était à deux doigts de lui filer une calotte pour lui apprendre les bonnes manières.

– Dis-moi plutôt ce que tu veux.

Jacky regarda enfin Tourneur, avec son air de fouine mal lunée.

– On a un petit problème avec un chargement. Trois types ont eu l'idée de mettre la main dessus et on aimerait bien les retrouver, histoire de s'expliquer.

– Et tu les cherches ici ?

– Il paraît que l'un d'entre eux court comme un lapin. Alors on s'est dit qu'il devait certainement s'entraîner sur un stade ou sur une pelouse.

– Je connais tous ces gamins. Tu fais fausse route. Ton voleur n'est pas ici.

Pour toute réponse, Jacky Morandeau esquissa une vilaine moue avec sa grande bouche aux lèvres absentes. Régis fulmina et s'éloigna. Puis il attrapa son téléphone et composa un numéro en descendant les escaliers des tribunes.

– Allô, Bruno ? C'est Régis.

– Régis. Quel bon vent t'amène ?

– Qu'est-ce que c'est que ces conneries ? Ton frangin est en train de tourner autour de mon club comme un vautour. Il n'a rien à foutre ici.

– Calme-toi. Jacky mène son enquête. Il se trouve que nous nous sommes fait piquer de la marchandise la semaine dernière et qu'un des salopards qui a fait ça a le diable au cul. On pense que ça pourrait être un sportif de haut niveau. Alors Jacky fait la tournée des clubs de foot et d'athlétisme de la région, rien de plus. Mais si personne n'a rien fait chez toi, il n'y aura pas de suite.

– Écoute-moi bien, reprit Régis, excédé par le ton persifleur de Morandeau, je réponds personnellement de tous les gamins qui jouent au SNAF. Alors si ton frère ne dégage pas d'ici dans la minute, je prendrai cela pour une agression personnelle.

– Oh là ! Tout de suite les grands mots !

– Bruno, rappelle Jacky !

Bruno marqua une pause avant de répondre :

– Régis, tu réponds personnellement de ces gamins ?

– Oui.

– Je te rappelle qu'un petit trio d'enculés m'a chouravé quelque chose auquel je tiens et qu'au moment où je te parle, je suis extrêmement contrarié. Alors je veux bien rappeler Jacky, mais je te prends au mot. Si les salopards sont parmi tes gars, c'est toi le responsable.

– Fais pas chier, Bruno. Et ne t'avise pas de me menacer.

Bruno laissa passer l'orage. Puis il opta pour ce qui lui semblait le plus approprié pour le moment : la désescalade d'une tension montée inutilement trop haut.

– Je rappelle Jacky. Inutile de nous emporter.

– Ça sera mieux en effet, répondit Régis.

– J'espère qu'on aura l'occasion de prendre un verre ensemble.

La conversation se termina en amabilités aigres-douces et quand il eut raccroché, Régis Tourneur jeta un œil sur le terrain où les joueurs de Delcros s'échinaient pour faire entrer le ballon dans les buts adverses. Et plus il les voyait dribbler, se démarquer, se faire des passes, accélérer du fond du terrain, plus Régis était convaincu qu'il n'allait pas échapper à un petit tête-à-tête avec son neveu.

56

Il cueillit Franck à la porte des vestiaires. Les garçons s'étaient défoulés sur le terrain et après les douches, ils étaient rincés et ramollis. Clément avait fait quelques passes décisives et Franck avait marqué deux buts. Un premier à ras de terre alors qu'il était totalement démarqué et un autre de la tête, une très belle détente qui lui avait valu les applaudissements du banc de touche. En sortant du terrain, il s'était rappelé à quel point il aimait son sport et combien abandonner la perspective d'en faire son métier était, quoi qu'il en dise, une décision douloureuse. Franck quitta les entrailles du stade les cheveux humides et le sac de sport sur l'épaule. Quand il croisa le regard d'acier de son oncle, il frémit. Régis voulait lui parler, seul à seul et immédiatement. Clément comprit tout de suite et donna une tape sur l'épaule de son pote avant de s'éclipser sur le parking. Régis fit alors signe à son neveu de le suivre jusqu'au petit bureau de l'administration situé à l'étage. Il le précéda dans l'escalier. Son pas était lourd et son silence épais comme un mur d'église. Puis il fit entrer Franck dans la pièce et referma la porte sur eux.

Franck ne mit pas longtemps à comprendre. Régis avait des antennes partout. Il savait tout ce qui se tramait à Saint-Nazaire et dans la zone de l'estuaire, de Pornic jusqu'à Guérande. S'il le prenait entre quatre yeux d'une façon aussi solennelle, c'était parce qu'il avait eu vent de quelque chose. Franck ne l'avait pas anticipé et pourtant il n'en était pas surpris. Il savait à quel point Régis était un homme complexe, à la fois extraverti et extrêmement secret. Ils n'en avaient jamais parlé ensemble mais Franck était persuadé que le décor que présentait Régis, ce self-made-man à qui tout réussissait, avait un envers plus sombre et moins reluisant. Il y avait dans cette ville portuaire ouverte à tous les vents quantité de zones d'ombre où florissaient toutes sortes de combines, d'arrangements, de trafics et de passe-droits au profit d'une petite société qui se connaissait bien et préférait agir en toute discrétion. Et il y avait fort à parier qu'un homme comme Régis Tourneur, entrepreneur de poids, dont la voix comptait, fournisseur de bidoche pour la moitié des cantines et des restaurants de la région, créateur d'emplois, nanti d'un solide réseau de relations, d'amis et de débiteurs prêts à renvoyer l'ascenseur quand nécessaire, fasse partie du cercle des initiés. Franck avait toujours soupçonné son oncle de tremper dans ce marigot. Aucune certitude, bien entendu, mais alors qu'il prenait place sur la chaise pliante que lui présentait Régis, il comprit qu'enfin, les preuves allaient pleuvoir.

L'entretien commença par un long silence, comme si Régis ne savait pas par quel bout le prendre. Il tourna autour de Franck, peaufinant son approche, tel un busard au-dessus de sa proie. Et puis il fonça.

– Franck, cette discussion peut durer trente secondes, ça ne dépend que de toi.

Franck serra les dents. Les bombes allaient tomber.

– Tu connais les frères Morandeau ?

– Non, dit Franck.

– Ils dirigent une entreprise de transport. Ils sont basés sur l'autre rive, à Paimbœuf. Mais ils exercent aussi une autre activité, beaucoup plus lucrative que le transport routier. Tu me suis ?

Franck opina de la tête et Régis continua.

– Je connais les frères Morandeau comme tout le monde ici, et ils sont venus me voir car ils se sont fait voler une cargaison de marchandise dans une attaque à main armée. Ils sont convaincus qu'un des malfaiteurs est un athlète de haut niveau.

À ces mots, Franck sentit sa gorge s'assécher et il mit une énergie considérable pour que rien ne transparaisse ni sur son visage ni dans son comportement.

– Rassure-moi, c'est pas toi ?

– Bien sûr que non, lâcha Franck.

En disant ces mots, il se raidit sur sa chaise en prenant un air offusqué qui ne laissait aucune part au doute. Régis se détendit.

– C'est important, reprit-il. Je sais ce que tu as fait pour arrondir tes fins de mois. C'est un petit milieu. Tout finit par se savoir. Alors est-ce que tu as entendu quelque chose dans les vestiaires ou ailleurs à ce sujet ? Si oui, tu dois me le dire. Il est préférable que je sois au courant avant les Morandeau.

Franck resta impassible. Au fond de lui, il réfléchissait intensément, mais en surface, il ne montra rien.

– Franck, tu m'entends ? C'est grave. Tu dois me dire si tu sais quelque chose. On ne plaisante pas avec les Morandeau. Si tu ne les connais pas, tu n'as pas envie de les connaître, et surtout pas dans ces circonstances. Les types qui ont fait ça vont le payer au prix fort, et si c'est quelqu'un du club, je peux peut-être – j'ai bien dit peut-être – l'aider.

Franck était tétanisé mais son visage n'exprimait aucune émotion. Régis ne savait comment interpréter ce mutisme. Il aurait bien secoué les puces du gamin un bon coup, mais il n'était pas certain que ce soit la meilleure façon d'aborder les choses avec lui.

– Franck, pour la dernière fois. Sais-tu si un joueur du SNAF a trempé dans l'affaire ?

Franck termina l'impressionnante opération de calcul mental qu'il avait commencée quand son oncle avait pris la parole. Il additionna toute la colonne des plus, appliqua la retenue et retrancha la colonne des moins pour obtenir le résultat final, le compte juste qui lui permettrait de répondre à Régis avec une fière assurance dans la voix.

– Franck, tu réponds, oui ou merde ?

Franck sortit de sa torpeur et leva des yeux las vers son oncle.

– Je t'ai entendu, Régis. Et je peux t'assurer que je n'ai eu vent de rien en ce qui concerne les joueurs du club, ni personne d'autre d'ailleurs. Tu as ma parole.

57

En s’asseyant dans son fauteuil en cuir grainé, Bruno Morandeau soupira. Par la fenêtre, il aperçut l’enseigne des transports Morandeau qui ne tenait plus que par un coin et qui pendouillait misérablement sur le pignon central de l’entrepôt. Il y avait eu un coup de frais la nuit précédente et le panneau de contreplaqué n’avait pas résisté. Bruno appela un de ses employés pour qu’il vienne réparer séance tenante. Une pancarte qui se débine, c’est toute la boîte qui fout le camp, avait-il coutume de dire. Le sens du détail était le seul legs que lui avait laissé son père avant de mourir et Bruno ne transigeait jamais là-dessus. C’était la raison pour laquelle il exigeait que les camions garés sur le parking brillent comme des sous neufs. Jacky n’y comprenait rien, mais Jacky était le portrait craché de sa mère. Il n’avait pas reçu le sens du détail en héritage. À cause de cette pancarte de guingois, Bruno songea à son paternel et son cœur se serra. Il le revoyait assis au volant de son Talbot Express, la moustache fournie et la clope au bec, sillonnant les routes pour livrer les boulangeries et tous les commerces de bouche du pays de Retz. Une vie de labeur pour finir dans une quasi-misère. Quand il lui avait remis les clés de l'entreprise familiale, Bruno avait accepté pour faire plaisir au vieux. S'il avait pu choisir, il serait devenu commerçant. Un bar-tabac ou une quincaillerie, un boulot sédentaire où on ne passe pas sa vie sur la route. Mais son père était fatigué et refuser son offre pour laisser l'affaire péricliter l'aurait expédié droit au cimetière. Alors Bruno avait dit oui. Profitant de sa faiblesse, sa mère s'était engouffrée dans la brèche et lui avait confié son petit Jacky. Jacky la teigne, mi-hyène, mi-moineau, le cadeau empoisonné. Usés jusqu'à la corde, les deux vieux avaient passé l'arme à gauche peu de temps après. La mort n'arrive jamais au bon moment. Bruno aurait tellement aimé montrer à son père ce qu'il avait fait des transports Morandeau, la flotte de semis, les contrats partout en Europe. Évidemment, il y avait le côté sombre de l'histoire et même si son père n'avait pas beaucoup d'éducation, il aurait vite flairé les odeurs incommodantes du business parallèle de la PME familiale. Pour cette raison, il était aussi bien au fond de son trou. Bruno et Jacky étaient les seuls enfants du couple. Leurs parents étant tous deux enfants uniques, ils n'avaient jamais eu de cousins. La vie de famille s'était réduite à un ménage à quatre, et tout ce qu'il en restait à présent, c'était son frère et lui. Bruno ne s'était jamais marié. Jacky non plus, quoi qu'il soit un chaud lapin, toujours en train de baisouiller à droite à gauche, mais les filles n'étant pas sa tasse de thé, la dynastie Morandeau était promise à une extinction inéluctable. Parfois, Bruno le regrettait. Il se demandait ce qu'aurait été sa vie sans cette famille encombrante, ces camions à faire rouler, ce destin à réparer, ce frangin à protéger. Que serait-il devenu s'il n'avait pas hérité du rôle envahissant de fils aîné ?

Bruno coupa son moteur sur le parking client de la concession Moesson de Pornichet, un espace gigantesque aux pelouses impeccablement vertes et tondues de près, magnifié d'un monumental logo Mercedes en acier chromé mesurant deux mètres de diamètre et tournant sur lui-même à vitesse lente. Il descendit de son véhicule et se rendit au guichet d'accueil situé derrière l'immense baie vitrée.

– M. Moesson, s'il vous plaît. De la part de Bruno Morandeau.

La jeune femme composa un numéro de téléphone tout en souriant à son interlocuteur. Bruno prit le temps de déambuler dans le showroom. Ça sentait bon, là-dedans. Un amalgame de gomme, de lessive, de silence ouaté. Il caressa le capot luisant d'un véhicule d'exception quand Lionel Moesson vint à sa rencontre, tout sourire.

– Monsieur Morandeau, comment allez-vous ?

– Très bien.

– Tout va bien avec le GLS ?

– Tout à fait. C'est une belle bête, un plaisir à conduire.

– Je vous l'avais dit, c'est notre très haut de gamme. Que puis-je pour vous ?

Morandeau sortit un papier de sa poche.

– J'ai une question. On peut s'asseoir ?

Moesson emmena Morandeau dans un coin tranquille du showroom, un petit salon en cuir derrière une série de coupés et de cabriolets, où les deux hommes s'installèrent pour discuter.

– Voilà. J'ai un petit problème qui me tracasse. Un vol de marchandise sur un de mes convois. Trois hommes, une Mercedes. Je me pose quelques questions.

– Je vous écoute.

– Dans la région, vous êtes la plus grande concession Mercedes, n'est-ce pas ?

Lionel Moesson ne put réprimer un sourire de satisfaction sous un vernis de bienséante modestie.

– Vous vendez aux particuliers comme aux entreprises ?

– Nous vendons à tous types de clients, en effet.

– Vous arrive-t-il de vendre des véhicules aux administrations ?

Lionel réfléchit. Morandeau précisa :

– Des véhicules banalisés pour les forces de police ou pour les douanes ?

Moesson sentit la conversation déraper. Il n'ignorait rien de la personnalité sulfureuse de Morandeau. C'était un de ses meilleurs clients et pour tout dire, pas le plus douteux parmi ceux de la concession. Il arrivait à Moesson de vendre des décapotables à cent mille euros à des gamins de vingt ans avec des bagues aux doigts. Il avait toujours un petit pincement au moment de remettre les clés, mais quoi qu'il en dise, il n'avait jamais refusé une vente. Sa ligne de conduite était simple : il vendait des automobiles à des automobilistes et tout ce qui n'entrait pas dans le champ strict de cette relation ne le concernait pas.

– Je n'ai pas le souvenir d'avoir vendu des Mercedes à l'administration, si c'est le sens de votre question.

– Vous n'en avez pas non plus en entretien ?

– On a deux coupés AMG. Ce sont des saisies effectuées par la police.

Bruno montra une feuille de papier au concessionnaire. Un dessin au crayon représentait une sorte d'amande, de boomerang étiré sur les extrémités.

– Ça pourrait être la forme des phares de ces coupés ?

– Pas du tout, souffla Lionel. On dirait plutôt ceux d'une CLA. Un modèle de père de famille. Rien à voir avec les coupés.

Bruno esquissa une moue en rangeant le dessin dans sa poche.

– Vous êtes sûr de vous ?

– Absolument. Ces phares sont très reconnaissables. Vous êtes sûr qu'il s'agissait d'un véhicule de police ?

Morandeau soupira.

– Elle avait un gyrophare magnétique sur le toit. Mais je crois que c'était un faux. Des voyous déguisés en policiers.

Moesson hocha la tête. Un frisson lui parcourut le dos. Il brûlait d'envie de demander des détails mais il n'osa pas. Morandeau lui dit qu'il n'en savait guère plus mais que si une Mercedes CLA faisait une escale technique dans sa concession, il serait ravi d'en être informé. C'était certainement une méprise. Ils régleraient cela à l'amiable bien gentiment. Moesson était tétanisé tandis que Morandeau réfléchissait à l'étape suivante de son investigation. Visiter les autres concessions de la région ? Abandonner définitivement la piste des flics et des douaniers pour se concentrer sur celle, plus crédible, de l'attaque d'une bande rivale ? Moesson attendit que son client sorte de sa rêverie pour essayer de changer de conversation.

– Est-ce que je peux vous proposer un petit lavage de votre véhicule ? Offert par la maison, bien sûr.

– Merci, non. J'ai à faire. À bientôt.

Lionel Moesson raccompagna Morandeau jusqu'au seuil du showroom, un sourire impeccable figé sur les lèvres, puis il le congratula et lui souhaita bonne route. Ce n'est que lorsque le malfrat eut quitté l'enceinte de la concession que le sourire de Moesson dégoulina sur son visage comme une couche de peinture trop fraîche, dévoilant derrière le masque un rictus pétri d'effroi.

58

Le samedi 5 octobre, Yann, Clément et Franck se retrouvèrent à Saint-Brévin, assis sur le sable, une bière à la main. La mer était basse et au loin, quelques kitesurfs faisaient des ronds dans l'eau. Il n'y avait que peu de monde sur la plage et les trois garçons célébraient en silence un drôle d'anniversaire. L'ambiance était étrange. Une semaine jour pour jour qu'ils avaient tenté et réussi leur braquage. Une opération culottée, exécutée avec beaucoup de sang-froid et de précision dont ils avaient toutes les raisons d'être fiers. C'était du boulot de pros. Depuis une semaine, aucun des trois n'avait été inquiété, à l'exception de Franck qui avait été un peu secoué par son oncle, mais qui n'avait pas craqué. Il en avait parlé aux autres car on avait prévu de tout se dire. Au début, ça l'avait remué, mais à la réflexion, c'était plutôt une bonne nouvelle. Régis avait fait rempart contre les Morandeau. Il avait le bras long. C'était un homme à poigne qui ne se laissait pas marcher sur les pieds et l'avoir de leur côté était le meilleur des contrats d'assurance. Franck avala une gorgée de bière. Il était confiant. Clément et Yann firent de même.

Cependant, le problème de la came n'était toujours pas résolu. Les sacs étaient en lieu sûr. C'est Franck qui les avait enterrés sur le bas-côté d'un chemin broussailleux menant à la plage de l'Ève, un passage très peu fréquenté qu'il avait emprunté plusieurs fois avec Sandra pour aller se baigner. Les trois sacs étaient dissimulés sous trente centimètres de terre sèche et bien drainée. Ils pouvaient rester là des mois sans subir aucune détérioration. De ce point de vue, ils étaient tranquilles. Mais pour l'écoulement de la came, c'était une autre paire de manches. Il fallait des acheteurs et l'équation était délicate. Des revendeurs de bas niveau étaient assez faciles à trouver. Clément avait son pote au port de Pornichet et Yann en connaissait trois ou quatre. Mais, comme ils n'auraient jamais la possibilité d'acheter une grande quantité, il fallait taper plus haut. Alors ils étaient passés par ces petits dealers qu'ils connaissaient et leur avaient acheté le nom de leur grossiste contre quelques sachets de poudre gratuite. Ils avaient ainsi récupéré quelques contacts qu'ils avaient appelé discrètement en se présentant sous le nom d'Alouette. Ils avaient eu quelques rendez-vous. Les types étaient intéressés et même sacrément alléchés par le prix défiant toute concurrence, mais aucun d'entre eux n'avait encore mis le fric sur la table.

Quand il revint chez lui en fin d'après-midi, Clément avait l'esprit occupé par cette foutue came. Il avait beau essayer de rester zen, il n'arrivait pas à s'ôter de l'idée que les propriétaires du butin étaient certainement à leurs trousses avec une envie irrépressible de les trucider. Ce qu'il lui fallait dans l'immédiat, c'était deux bonnes heures de footing, pour se défouler. Il monta les escaliers du perron de la maison, poussa la lourde porte en chêne qui libéra un courant d'air frais. Il referma la porte sur lui, suspendit son sac à une patère quand soudain il sursauta.

– Putain ! Tu m'as fait peur. Qu'est-ce que tu fais là ?

Dans l'embrasure de la porte du salon avait paru Lionel, l'air grave, la main tremblante. Sa présence un samedi à dix-sept heures, juste avant la fermeture du plus gros jour de la semaine, était inattendue. C'était le moment où les affaires se concluaient. Les clients hésitaient longtemps et finissaient par prendre rendez-vous le week-end avec leur femme. Ils essayaient la bagnole, elle était magnifique mais trop chère. Ils n'en pouvaient plus de leur désir et de leur hésitation et bon nombre d'entre eux signaient dans la toute dernière demi-heure. C'était l'instant stratégique et Moesson était toujours parmi ses équipes les samedis après-midi, comme un capitaine de bateau de pêche sur un banc de poissons. Qu'il soit à la maison un jour pareil était en soi un signe inquiétant.

– Y a un problème ? s'enquit Clément.

– C'est à toi de me le dire, coupa son père.

Clément ne comprenait pas. Lionel semblait manquer d'air. Il s'était passé un truc.

– Qu'est-ce que tu veux que je te dise ?

– La vérité.

À ces mots, Clément trembla intérieurement. Le pressentiment d'un truc qui cloche avait subitement augmenté de trois degrés sur son échelle de Richter mentale. Son père le regardait avec une sévérité et une autorité qu'il n'avait plus vues dans ses yeux depuis des années, depuis le temps où, quand il était un enfant, son daron se dressait devant lui de tout son long en lui lançant un « Clément, viens ici ! » définitif et terrorisant. Ce souvenir enfoui dans sa mémoire resurgit en un instant et avec lui le rapport de force démesurément déséquilibré qui les opposait. La vérité ? Que voulait-il dire ? Il ne voulait tout de même pas… Clément n'osait dérouler le fil de la pensée qui l'avait assailli.

– Puisque tu n'as pas l'air de me comprendre, je vais te mettre sur la voie, continua Lionel sans desserrer les dents. Un de mes clients, Bruno Morandeau, est venu à la concession me poser des questions au sujet d'une cargaison qu'il se serait fait voler. Il cherche une Mercedes CLA qui appartiendrait à la police. La marchandise, je ne te fais pas de dessin, c'est pas des couches-culottes.

Lionel avait dit cela d'une voie aiguë, saturée d'une colère entravée par la réticence qu'il avait à avouer à son fils quel type de margoulins grenouillaient dans son fichier clients. Clément restait muet, stupide. Lionel enrageait. Il devait continuer à lui tirer les vers du nez.

– Trois types en Mercedes, ça te dit quelque chose ?

Clément entrevit la faille. Quel lien son père faisait-il entre lui et ces trois types en Mercos ? Il bluffait. Il tapait dans le mille, mais il bluffait.

– Non, ça ne me dit rien. Pourquoi ça me dirait quelque chose ?

– Ce type, Morandeau… C'est un gangster, Clément. Un tueur. S'il s'est fait voler une cargaison…

Il hésita.

– Une cargaison de drogue, on va se dire les choses, n'est-ce pas ? S'il se l'est fait voler, il la retrouvera, et les trois types qui ont fait le coup avec, tu peux me croire. Il les retrouvera avant la police, et il se fera justice lui-même.

Lionel était figé dans sa colère. Les mots avaient du mal à franchir le bord de ses lèvres. Clément était interdit.

– Alors, je te le redemande, est-ce que tu connais ces trois types ? demanda Lionel.

– Mais non, putain ! Je te l'ai dit, hurla Clément. Pourquoi je les connaîtrais ? Ça n'a aucun sens…

Lionel respira profondément. Il dardait sur son fils un regard de braise. Puis il plongea la main dans sa poche et Clément eut un mouvement de recul instinctif. Lionel en sortit une page A4 imprimée et pliée en quatre. Il la déplia et la tendit à son fils.

– Et ça, c'est quoi ?

Clément regarda la feuille et blêmit. Était-il possible qu'il ait commis une erreur si grossière ? Comment son père était-il tombé là-dessus ? Pour passer inaperçu, il avait utilisé l'adresse mail de la concession. Il s'y commandait des centaines de pièces par jour. Sur le papier, ça sonnait comme une bonne idée, et il était certain d'avoir effacé tous les e-mails. Il avait collecté le produit lui-même à la réception des marchandises. Il faisait ça de temps en temps. C'était plus pratique que la poste et surtout plus discret. Mais cette fois-ci, ça avait foiré. À cause d'un malheureux questionnaire de satisfaction ! Qu'est-ce qu'ils emmerdaient le monde, ces abrutis, à demander des avis sur tout en permanence ? Devant les yeux de Clément consterné, Lionel brandit l'e-mail imprimé d'un sondage envoyé par le site autoparts.com à la suite de la commande effectuée le 6 septembre, et livrée à la concession Moesson de Pornichet. Un gyrophare magnétique.

– Je ne sais pas ce que c'est, tempêta Clément. Jamais vu ça ! Maintenant tu me laisses ! J'en ai assez d'être accusé à tort. Si tu vends des bagnoles à des criminels, c'est ton problème, pas le mien. Commence par donner un coup de Karcher dans ton fichier clients. Moi, j'ai rien à voir là-dedans.

Clément tourna les talons, tremblant de colère, et emprunta l'escalier qui montait à l'étage. En bas dans l'entrée, Lionel était sonné comme un boxeur à la fin d'un round éprouvant. Sa feuille à la main, suant à grosses gouttes, le cœur battant à tout rompre, il ne savait plus ni quoi faire ni quoi penser.

AUJOURD'HUI

59

Lundi 28 octobre, huit heures du matin. Julia sirote son bol de thé Earl Grey dans la cuisine de sa maison de location. Tout le dimanche, elle a travaillé sur le dossier Rolltech car elle a un rendez-vous téléphonique ce matin à neuf heures pour lequel elle doit être parfaitement prête. Elle est épuisée mais ça devrait marcher. Elle le doit pour beaucoup à Camille, qui a suivi ses clients en plus des siens, répondu aux questions urgentes, mené plusieurs conférences. Sa collègue a été impeccable, mais à présent, Julia doit reprendre ses affaires en main. Elle est partie de Paris il y a plus de quinze jours, ce qui lui semble une éternité. Hier, elle a eu sa tante Mélanie au téléphone. Sa mère récupère lentement. Christine est revenue chez elle vendredi matin et sa sœur y passe tous les jours. Mais c'est du provisoire et il va falloir trouver une solution. La situation étant encore incertaine, Julia a promis de rester une semaine supplémentaire, le temps de voir venir. Elle songe à Marc, à ce baiser volé dans sa voiture. Un truc d'adolescents, comme si, dix ans plus tard, ils avaient repris leur histoire au point où ils l'avaient laissée. Elle porte son bol à ses lèvres, hume le parfum de bergamote, pense aux mains de Marc sur son corps, une sensation qu'elle croyait oubliée et qui a subitement ressurgi sous une nouvelle forme troublante et inattendue, ni complètement identique, ni complètement différente. Elle contemple son reflet à la surface du thé dans le bol. Un arpège de xylophone vient interrompre sa rêverie.

– Julia ? C'est Élyette.

Élyette, sa copine de lycée devenue libraire à Pornic.

– Julia, donne-moi ton adresse, il faut que je te parle, c'est urgent.

Élyette parle vite. Julia est déconcertée. Qu'elle passe vers onze heures, après son rendez-vous. Elle raccroche, intriguée. Il est neuf heures et elle doit se métamorphoser en brillante avocate d'affaires au service de Rolltech SA.

Deux heures plus tard, quand Élyette franchit le pas de la porte, elle ne tient pas en place. Julia lui propose de s'asseoir, de boire un thé. Élyette semble effrayée. Elle regarde autour d'elle comme une bête traquée.

– Que se passe-t-il ? demande Julia en lui apportant une tasse fumante.

– J'ai quelque chose à te dire mais je ne sais pas si je devrais.

Les mots se bousculent. Élyette est sous le choc. Quelque chose de grave est arrivé. Julia l'écoute, calmement.

– J'ai tout mon temps. Tu peux parler sans crainte, nous sommes seules.

– C'est Béatrice, ma meilleure amie. Béatrice Délineau. Elle a une fille, Chloé, une jolie fille de vingt ans, intelligente, vive, tout pour elle. Mais en dépression depuis six mois. Tentative de viol. Une soirée qui a mal tourné. Le garçon a fait une mauvaise chute et s'est tué sur le coup. Double traumatisme. Enfin, c'est ce qu'on pensait jusqu'à la semaine dernière…

Élyette raconte l'histoire de Chloé à la soirée d'Anaïs Chollet. Ainsi, pendant tout ce temps Chloé s'en est tenue à la version officielle : le flirt avec Thibaut, les caresses qui dégénèrent, les coups, les cris, l'accident. Début et fin de la pièce. Le reste, claquemuré au fond de son cœur, a fini par remonter à la surface sous la forme d'une dépression carabinée. La manœuvre d'intimidation de Régis a parfaitement fonctionné jusqu'à ce coup de théâtre inattendu : Franck sautant dans le fleuve depuis le pont de Saint-Nazaire. Une troisième victime à ce drame. Une mort terrible qui sonne aussi le moment de la libération pour Chloé. Les deux protagonistes de cette soirée maudite étant tous les deux décédés, Chloé peut parler sans crainte de représailles.

– Ce soir-là, Thibaut avait dragué Chloé pendant la soirée avant de l'emmener dans sa chambre. Il avait beaucoup bu. Tu sais combien boivent les jeunes de nos jours… Une fois dans la chambre, il a commencé à être agressif. Il y a eu des cris et Franck, qui était dans le couloir, a poussé la porte et les a découverts à moitié nus en train de se crier dessus.

– Tu es sûre de toi ? demande Julia, incrédule.

– Chloé l'a juré à sa mère et elle a prévu de faire une déposition à la police. Mais ce n'est pas tout.

Élyette raconte la scène telle qu'elle s'est passée, avec tous les détails que lui a livrés la mère de Chloé. L'arrivée de Franck. Le coup de sang de Thibaut, Franck qui lui résiste, la lutte entre les deux garçons, puis l'accident. Mais peut-on parler d'accident ? Julia l'écoute, atterrée.

– Trois jours après le drame, continue Élyette, ton frère a donné rendez-vous à Chloé sur la plage de Saint-Michel.

Élyette continue avec l'intimidation de Chloé, le chien éventré et Franck qui assiste à la scène. Ces types ne plaisantent pas, alors elle décide de garder la vérité pour elle. Jusqu'à ce que Franck disparaisse. En moins de six mois, Thibaut et Franck sont morts et Chloé n'a pas pu s'empêcher d'en porter une part de responsabilité. Pourquoi raconter tout cela à Julia ? Franck ne pourra plus être traduit en justice. Julia finit par comprendre. Son amie n'est pas là pour accuser Franck, elle est venue la prévenir.

– Je me suis dit que la mort de Thibaut et celle de Franck étaient peut-être liées et qu'il fallait t'en parler.

Julia est abasourdie. Elle s'affale dans le fauteuil du salon et se demande comment elle doit réagir. Elle doit en parler à Marc. Mais qui sont les types qui ont menacé Chloé ? Élyette n'en sait rien. Ils étaient imposants et faisaient peur. Ils connaissaient Franck et ont éventré le chien comme un vulgaire poulet. Julia voit soudain une silhouette émerger du brouillard. Un front dégarni et volontaire, deux fentes étroites se terminant en patte d'oie, un nez aquilin, une bouche lippue. Un teigneux, un dur à cuire, prêt à tout pour se défendre. Julia prend Élyette dans ses bras.

– Merci beaucoup de m'avoir mise au courant.

– Je ne sais pas si c'est utile, mais je me suis dit que peut être…

Julia rassure son amie. Elle a très bien fait de venir. Et Chloé a mille fois raison de déposer plainte. Cette affaire doit être instruite pour qu'elle puisse tourner la page. Élyette remercie Julia, et Julia fait de même car Élyette vient de lui apprendre une information importante dont elle pourrait sans doute tirer parti.

60

Sandra Bouvet a été convoquée au commissariat à quinze heures. Elle tend ses papiers au jeune flic en uniforme posté à l'accueil, qui lui demande de patienter dans la salle d'attente. À l'étage, dans le petit bureau sous les combles, le capitaine Marc Ferré et la sergente Laure Desandou refont leurs calculs. Le coup de théâtre de ce matin les a sonnés. Le scénario qu'ils ont élaboré depuis deux semaines serait-il en train de se lézarder, ou au contraire, l'issue se dessinerait-elle, plus vite que prévu ? Un brouillard s'est abattu sur leur enquête. Ils doivent remettre sur la table tous les faits et indices collectés depuis quinze jours.

– On récapitule, fait Marc en se versant un troisième café. Tu en veux ?

– Une goutte, fait Laure en rapprochant son pouce et son index.

Franck Rivière, né le 19 septembre 1998 et mort noyé le 9 octobre 2019, à la suite d'une chute du pont de Saint-Nazaire. Il avait tout juste vingt et un ans. Ce 9 octobre, un peu après 1 h 15, la Golf grise de Sandra Bouvet s'engage sur le pont depuis la rive nord. Elle roule à vitesse réduite, trente kilomètres-heure environ et passe sous la caméra C7n située sur le pylône nord à 1 h 18. Les enregistrements vidéo permettent d'établir avec certitude que le conducteur se trouve seul à l'avant du véhicule. La voiture se gare dans un angle mort sous le pylône. À ce moment, Idriss Melah, agent de sécurité aux Chantiers de Saint-Nazaire, fait sa ronde de nuit. Entre 1 h 20 et 1 h 30, il observe une scène à la jumelle infrarouge. Deux hommes en jettent un autre par-dessus la rambarde. Tout concorde pour affirmer que la victime est bien Franck Rivière. La Golf est signalée par un automobiliste le matin suivant à 5 h 58. En apparence, tout est en place pour conclure à un suicide et comme Laure et Marc savent qu'il n'en est rien, il y a tout lieu de penser que le meurtre a été maquillé. Une fois leur crime commis, les meurtriers quittent les lieux dans une seconde voiture. L'hypothèse privilégiée à ce stade est celle d'une berline Peugeot de couleur sombre s'engageant sur le pont trois minutes après la Golf.

La victime, Franck Rivière, employé d'un paysagiste jusqu'au 30 juin 2019, avait un niveau de vie sans rapport avec son salaire. Voiture neuve, écran plat haut de gamme, sorties fréquentes au restaurant, etc. La piste privilégiée est qu'il ait été mêlé à un trafic de drogue. Trois mois avant sa mort, Franck a écrit une lettre énigmatique à sa sœur dans laquelle il avoue avoir fait une « connerie ». Parmi les gros trafiquants officiant dans la région, les frères Morandeau sont des suspects privilégiés, mais pas les seuls. Ils ont pour eux d'être sponsors du SNAF, où jouait Rivière. Un recrutement via le club n'est pas à écarter. Le rôle d'un des directeurs du club, Régis Tourneur, l'oncle de Franck, n'est pas encore établi. Par ailleurs, l'entourage de Franck, sa famille, sa petite amie, ses amis du foot ne sont pas au courant de sa double vie. Disent-ils la vérité ? Impossible de le savoir avec certitude.

Enfin, dernier coup de théâtre. Ce matin, à neuf heures vingt-cinq, Chloé Délineau, témoin de l'accident survenu à Thibaut Chollet le samedi 13 avril lors d'une soirée privée beaucoup trop arrosée, s'est rétractée et est venue déposer au commissariat une nouvelle version : Franck Rivière aurait tué Thibaut Chollet. Homicide sans intention de donner la mort. Chloé a évoqué des pressions exercées sur elle par des hommes de main. Qui sont ces hommes ? Les deux affaires, la mort de Thibaut et celle de Franck, sont-elles liées ? Richard Chollet, le père de Thibaut, a le bras long. A-t-il eu connaissance de la responsabilité de Franck ? C'est une nouvelle piste à explorer.

Laure gobe un carré de sucre et avale son café noir par-dessus.

– Pas mal en quinze jours…

Marc n'aurait jamais pensé cela spontanément. Il reste encore tant de zones d'ombre, ils n'ont rien de sérieux à quoi se raccrocher, aucun suspect privilégié, l'affaire est loin d'être élucidée, alors s'il n'écoutait que lui, il serrerait les dents, ne s'accorderait aucun répit et repartirait à l'assaut. Mais la jeune femme aux yeux noisette pose sur lui un sourire désarmant de satisfaction. Et au plus profond de lui, Marc sait qu'elle a raison. Qu'ils doivent marquer une pause, prendre le temps de ramasser la monnaie et de contempler le chemin parcouru. Laure en a besoin, et lui aussi sans doute, quoi qu'il en pense. Ils faut recharger leurs batteries, reprendre de l'énergie pour la dernière ligne droite.

– Tu as raison, dit Marc. On a bien bossé.

– Capitaine, Sandra Bouvet est arrivée, crachouille l'interphone du rez-de-chaussée.

Quand Sandra débarque dans le bureau, elle semble étonnamment fraîche et reposée. Vêtue d'une robe bleu ciel cintrée à la taille qui lui va à merveille, elle a changé de coupe de cheveux. Ils sont plus courts et lui donnent un air plus assuré. Marc la fait asseoir et engrange immédiatement un indice supplémentaire : Sandra a tourné la page.

– Bonjour, madame, je suis le capitaine Ferré. Vous avez déjà rencontré la sergente Desandou. Nous avons avancé dans notre enquête sur la mort de Franck, mais nous avons encore quelques questions sans réponse et vous pouvez peut-être nous aider.

Sandra regarde fixement Ferré. Elle est prête à jouer le jeu, une dernière fois. Marc valide son intuition. Sandra s'est remise sur ses deux jambes et a décidé d'avancer. Laure dévisage Sandra comme si c'était un morceau de guimauve sucrée.

– Franck était très probablement mêlé à un trafic de drogue. Cela vous évoque-t-il quelque chose ?

– Ça ne m'étonne pas, répond Sandra sans desserrer les dents. Il avait beaucoup d'argent et je lui ai souvent demandé d'où il le tenait. Il me disait qu'il avait eu des primes à son travail et qu'il achetait à crédit, mais je n'y ai jamais cru.

– Pourquoi ? Beaucoup de monde achète à crédit.

– Je sais. Mais des primes en tant que jardinier… Faut pas me prendre pour ce que je ne suis pas. Il me cachait des choses et j'ai tout de suite pensé à des trucs pas clairs.

Marc regarde Sandra. Il songe au destin qu'elle aurait eu si Franck avait survécu et que leur couple avait perduré. Il ne peut s'empêcher de voir en elle un joli oiseau au plumage bleu venant d'échapper à une décharge de chevrotine.

– Mis à part l'argent, y avait-il d'autres indices ou comportements qui vous ont semblé bizarres chez Franck ? Quelque chose, n'importe quoi qui changeait de l'ordinaire ?

Sandra baisse le regard sur ses genoux. Elle réfléchit, se creuse la tête. Elle veut aider ces flics à découvrir la vérité. Elle pense à un détail qui n'a peut-être pas d'importance.

– En mai dernier, Pierrick, le patron de Franck, a appelé à la maison car Franck était en retard à l'embauche. C'est moi qui ai décroché et je lui ai répondu que c'était étrange car Franck était parti de bonne heure, comme chaque matin. J'ai tout de suite pensé qu'il avait eu un accident et son patron s'est excusé. Il m'a dit qu'il avait oublié mais qu'en effet, Franck avait posé une journée de congé. Du coup, c'est moi qui étais surprise. Je lui ai demandé si c'était la première fois et il m'a répondu que non, qu'il prenait une journée de temps en temps, deux à trois fois par mois depuis six mois. Quand j'en ai parlé à Franck le soir, il a fait semblant de ne pas comprendre. Finalement, il m'a avoué avoir un copain qui avait des problèmes et qu'il allait régulièrement visiter à Lorient, une histoire à dormir debout. Je lui ai demandé s'il avait une liaison avec une femme. Il m'a juré que non et j'ai fait semblant de le croire, mais au fond de moi j'étais certaine qu'il me trompait.

Les deux flics échangent un regard. L'entretien dure ainsi vingt minutes puis Marc raccompagne Sandra à l'accueil en la remerciant pour sa coopération. De retour dans son bureau, il retrouve Laure affalée dans son fauteuil, en train de fixer le plafond.

– Mule, dit-elle sans même le regarder.

– Comment ?

– Il s'absentait deux à trois jours par mois, pendant des journées entières. Il a spontanément trouvé l'alibi d'un ami qu'il allait voir loin de chez lui. C'est une variation déguisée de la vérité. Et la vérité, c'est qu'il faisait des trajets en voiture. Des trajets qui s'étalaient sur une journée et qu'il effectuait régulièrement depuis six mois. Si on rapproche ça du trafic de drogue, ça donne : mule. Franck faisait du transport de dope. Quelques milliers d'euros dans la poche tous les mois. Un rôle de gagne-petit dans la chaîne alimentaire du trafic de stupéfiants. Ça colle parfaitement.

Marc sourit à Laure. Il admire l'agilité de son raisonnement. Il est exactement du même avis. Franck transportait de la drogue et il a eu un problème avec une de ses cargaisons. L'a-t-il perdue ? Ou bien volée ? Ils l'ignorent, mais un grain de sable s'est introduit dans la mécanique et la machine lui a explosé à la figure. Dans le ciel tissé de nuages gris, une petite trouée bleue vient de faire son apparition. Marc résume et distribue les rôles. Laure cherchera du côté des Chollet et de Chloé. Marc ira taper à la porte de quelques indics. Si la petite machine s'est grippée et qu'une cargaison de drogue s'est perdue dans la nature, ça l'étonnerait que le milieu ne soit pas au courant.

61

Bien sûr, Julia en a entendu des vertes et des pas mûres au sujet du petit boucher de Savenay : enrichi par la providence, les dents plantées dans tous les râteliers, son bagou pour tout bagage, trop chanceux pour être honnête… Régis Tourneur, son oncle, mi-patriarche mi-paria. Des ragots par pelletées mais des preuves : jamais. Sur le parking des Viandes Tourneur, à l'entrée de l'entrepôt où sont entassées des dizaines de palettes que les Fenwick manipulent à toute vitesse pour les enfourner dans les panses grandes ouvertes de deux camions réfrigérés, Julia peut se l'avouer, elle est impressionnée. Le petit boucher a fait un sacré bout de chemin depuis la rue Mermoz. Elle se souvient de son échoppe : son exiguïté, son odeur de sueur et de sang. Elle le revoit plaisanter avec les clientes, recadrer sèchement son apprenti, toujours badin, volontiers charmeur et déjà terriblement à l'étroit derrière son comptoir de marbre. Vingt ans après, son oncle a repoussé les murs. L'entrepôt est grand comme un hall de gare.

– Julia Rivière. Je viens voir M. Tourneur.

Le vieux type dans sa guérite lui montre le chemin tracé sur le sol. Julia le suit jusqu'au bureau de Régis. Elle frappe.

– Entre !

Son oncle se lève pour venir à sa rencontre.

– Julia. Je suis content de te voir. Toujours pas rentrée à Paris ? dit-il d'un ton affable.

– Non. Je travaille à distance.

– Ah… Tu peux faire ça, toi ? Moi, impossible ! Si je ne suis pas là pour les fouetter, rien n'avance. Si je me casse une jambe et que je reste trois mois dans le plâtre, la boîte coule. C'est pour ça que je ne suis jamais allé au ski.

Régis s'interrompt, regarde en l'air, songeur. Toujours espiègle.

– Assieds-toi, je t'en prie. Qu'est-ce qui t'amène chez tonton Régis ?

Julia observe son oncle. Sa familiarité, sa manière de lui proposer un fauteuil en occupant tout l'espace autour, tout est calculé. Il se méfie. Il ne le laisse pas voir, mais il est sur ses gardes.

– Tu sais que le capitaine de police qui enquête sur le meurtre de Franck est un ex-camarade de lycée ?

– Je ne savais pas.

– Et il m'a demandé de l'appeler si j'apprenais des choses qui pourraient intéresser l'enquête.

– Tiens donc, fait Régis. Pourquoi toi ?

– C'est ce que je me suis dit. Il y a d'autres membres de la famille qui pourraient lui être plus utiles que moi.

Petit coup de frais. Régis se raidit un peu.

– Que puis-je faire pour toi ?

– Peut-être me dire ce que tu sais sur Franck. Je sais qu'il a tué un homme. Une bataille d'ivrognes qui finit mal. Sauf qu'une fille était au milieu et qu'elle a tout vu.

– Un meurtre ? Franck ?

Régis fait toujours mine de tomber des nues, mais son jeu est plus poussif que d'habitude.

– Un meurtre qui accuse un mort, continue Julia. L'affaire n'ira pas très loin, mais ce n'est pas tout. Cette fille, Chloé, a été intimidée et empêchée de parler par plusieurs hommes qui l'ont menacée et ont éventré son chien.

Le ton de Julia est caustique et le sourire a déserté le visage de Régis. Il a senti le souffle du projectile et il va devoir renvoyer la balle.

– Tu penses que j'ai des informations sur cette fille ? Tu penses peut-être que c'est moi qui ai zigouillé son chien ?

Julia l'observe. Le stress de Régis augmente tandis qu'elle reste calme.

– Qu'est-ce que tu insinues, Julia ? Tu m'accuses, c'est ça ? Tu es venue ici pour m'accuser ?

Le ton a changé. Un orage vient de s'abattre sur eux. Le ciel est devenu noir en quelques instants seulement. Régis peut monter dans les tours, c'est son caractère. Julia laisse venir, prend la mesure de l'instant.

– Franck a été assassiné et j'essaie d'aider ceux qui travaillent à découvrir la vérité. Je crois que nous lui devons bien ça, tu ne penses pas ?

– Julia, tu n'as pas de leçon à me donner en ce qui concerne ton frère, rétorque Régis. Je me suis occupé de lui depuis plusieurs années, à la place de ton père et pendant que tu étais partie à Paris sans donner de nouvelles.

– Je ne suis pas ici pour ça. Franck a été jeté du haut du pont. Par qui ? Pourquoi ? Sais-tu quelque chose ? Je viens d'apprendre qu'il avait tué un homme. A-t-il été victime d'une vengeance ?

– Non. Ça n'a rien à voir.

Régis détourne le regard. Les masques viennent de tomber.

– Comment le sais-tu ? Qu'est-ce qui lui est arrivé ? Régis !

Julia a crié son nom et son oncle a sursauté. Il la regarde, du noir au fond des yeux. Il aurait bien envie de la mettre à la porte sur-le-champ. C'est sans doute ce qu'il va faire, d'ailleurs. Qu'est-ce qu'elle croit, cette petite pimbêche parisienne ? Qu'elle va se racheter pour si peu ? Deux semaines à la maison et on efface l'ardoise ? Une famille qu'on a jetée par-dessus bord et qui bringuebale tant qu'elle peut. Qui était là pour s'occuper de Franck quand il en avait besoin ? Qui était là pour offrir un avenir à son neveu, un carré de ciel bleu auquel il puisse de raccrocher ? Où était-elle quand Franck avait besoin d'elle ? Régis fixe Julia. Elle est assurée, bien calée sur sa chaise. Elle le regarde droit dans les yeux, pas du tout impressionnée.

– Julia, tout ce que je peux te dire, c'est que la mort de Thibaut Chollet n'a rien à voir avec celle de ton frère.

Tu as ma parole. En dehors de cela, je n'ai rien à dire, ni à toi ni à la police. J'aimais ton frère et je l'ai aidé tant que j'ai pu. Il s'est mis dans un merdier incroyable et je le regrette profondément. Mais je n'en sais pas plus, tu dois me croire.

Julia ne bronche pas. Elle ne tirera rien de Régis. Dit-il la vérité ? C'est une question de point de vue. Elle est bien placée pour savoir que la vérité n'est pas un objet que l'on peut saisir entre ses mains et mesurer avec précision. C'est un concept mou, malléable, protéiforme. Le discours de Régis est tissé de fils de vérité. Est-ce une trame solide ou un entrelacs fragile ? Difficile de l'établir. Tout ce qu'elle sait, c'est qu'elle en a fini avec lui. Elle s'apprête à se lever quand son téléphone vibre dans sa poche. C'est Marc. Il tombe à point nommé pour lui fournir une excuse pour s'éclipser. Il lui donne rendez-vous au commissariat à dix-sept heures. Ce n'est pas une suggestion, mais bien un ordre. Elle regarde sa montre. Elle doit se dépêcher.

62

S'il fallait couronner un fleuve, Marc n'hésiterait pas. Cette étendue large comme un bras de mer, jaunie par la vase, bouillonnante dans sa lutte inégale contre l'océan, a toujours eu sa faveur. La Loire est la reine des rivières de France. Elle parcourt son territoire comme elle a traversé son histoire, avec une exquise nonchalance. Ce pays qu'elle a vu naître à Gergovie, briller à Chambord et besogner à Saint-Nazaire. Pourtant, en longeant les bords du fleuve près de son estuaire, entre les alignements de méga-citernes, de docks industriels et de fils barbelés à perte de vue, Marc doit admettre qu'elle a perdu au change au fil des siècles et des kilomètres. Au cœur du no man's land de Donges, Marc Ferré remonte une voie goudronnée tracée à la règle entre deux terrains inondables. Un virage et il se range sur l'accotement, coupe le moteur au milieu de rien, et parcourt à pied un chemin grossièrement empierré jusqu'à une barrière rouillée, à moitié défoncée. Derrière, c'est un terrain vague où stationnent plusieurs caravanes, des breaks des années quatre-vingt, quelques scooters avachis dans l'herbe, des entassements de cartons et de matelas, des fils à linge garnis de chemises et de culottes secouées par le vent. Marc s'arrête à l'entrée. Il n'entrera que lorsqu'on l'y aura invité. Il ne voit pas âme qui vive, mais il n'a aucun doute, il a été repéré et le comité d'accueil est en train de se préparer. Il suffit d'attendre. Le camp est retranché des zones urbaines. On entendrait une mouche voler. Soudain, un gamin hirsute sort de derrière une plaque de BA13 à demi rongée par la pluie. Un autre le suit, aussi morveux que le premier. Ils regardent le flic de leurs grands yeux sombres et sauvages, pas impressionnés du tout, et disparaissent en coup de vent comme ils sont apparus. C'était le comité d'accueil.

Une minute plus tard, les deux morveux réapparaissent, tournant comme des mouches autour d'un jeune garçon d'environ quinze ans aux cheveux noirs qui s'avance vers Marc sans rien dire et lui fait un signe de la tête. Marc entre dans le camp. Ils serpentent entre les caravanes. Des paires d'yeux les observent derrière des rideaux entrouverts. Il y a des feux, des draps qui sèchent. Marc croise quelques regards. Des femmes, affairées sur une bassine d'eau savonneuse, assises sur une banquette arrière de voiture, fumant la pipe. De petites têtes surgissent parfois avant de disparaître. Le garçon continue d'avancer sans se retourner. Les deux moucherons sautillent autour du capitaine, ivres de curiosité. Ils lorgnent son blouson, le mouvement de ses bras, brûlent de savoir s'il porte une arme. Puis le cortège s'arrête devant une caravane. Une porte, une fenêtre, un marchepied, un modèle rustique. Marc frappe. Tout le monde disparaît. On lui commande d'entrer. L'intérieur est sombre et exigu mais décoré avec soin.

– Asseyez-vous, capitaine. Je vous sers quelque chose.

La dernière fois qu'il est venu voir Nanou, Marc a accepté une tasse de café qui lui a retourné l'estomac. On aurait dit du jus d'endive macéré à la bière. Son seul souvenir suffit à mettre en panique ses glandes salivaires. Mais, il le sait, refuser serait un outrage et couperait court à la conversation.

– Il me reste un peu de café.

– Volontiers, fait Marc. Juste une petite tasse. Il est déjà onze heures.

Le gitan se lève nonchalamment de son canapé et sert deux cafés dans des verres à moutarde. Un pour lui, un pour le capitaine.

– Je vous écoute, capitaine.

Nanou n'est pas à proprement parler un indic. Le terme serait offensant et impropre. Disons plutôt qu'il lui arrive de partager librement et à titre totalement gracieux quelques renseignements avec le capitaine, en contrepartie de quoi celui-ci se désintéresse de certaines de ses activités. Une sorte de *gentlemen's agreement*.

– Je suis sur une affaire de dope, dit Marc. Un truc pas habituel. Un deal qui merdouille, une cargaison qui disparaît. Je voudrais savoir si quelques kilos ne se sont pas retrouvés sur le marché dans des conditions anormales ces dernières semaines.

– Vous voulez dire…

– Un changement d'interlocuteur, des prix sacrifiés, peut-être les deux.

Nanou porte la tasse à ses lèvres sans cesser de fixer Marc de ses grands yeux noirs et las. Marc l'imite en faisant attention à ne rien laisser transparaître de son dégoût pour le breuvage.

– Je connais quelqu'un qui a entendu quelque chose…

Les infos de Nanou commencent toujours comme ça. Ce n'est jamais lui. Il n'a jamais rien vu ni entendu. Mais il connaît toujours quelqu'un qui en connaît un autre, etc. Bien entendu, ce n'est que pure coquetterie, car si les infos de Nanou sont fiables à cent pour cent – c'est pour cette raison que Marc se tape le café à l'endive –, c'est parce qu'elles sont de première main, entrées dans son œil ou son oreille sans intermédiaire – de l'authentique, du bio sans transformation. Mais on est entre gentlemen et on se pique de faire semblant.

– Plusieurs kilos de poudre, reprend Nanou. De la très pure. Le bruit a couru pendant quelques jours. Dix mille le kilo.

– Dix mille ? s'exclame Marc. Mais c'est le quart du prix.

– C'est la raison pour laquelle le bruit a couru. Beaucoup se sont montrés intéressés. Et puis le bruit s'est éteint.

– Combien de kilos ?

– Plusieurs dizaines. Je n'ai pas le nombre précis.

– Qui vendait ?

– Un certain Alouette.

– Alouette ?

– C'est comme ça qu'il se faisait appeler.

– Tu l'as vu ?… Je veux dire, la personne que tu connais l'a vu ?

– Non. Elle a eu vent de l'histoire, mais a préféré ne pas y toucher.

– Pourquoi ?

– Parce que si cette marchandise a été volée, le propriétaire ne va certainement pas rester les bras croisés.

– Question d'honneur.

– D'honneur et d'argent, corrige Nanou, le cocktail explosif. Et mieux vaut se trouver loin quand ça éclatera.

Marc se contente de hocher la tête. Il regarde son verre qui est toujours plein. Plus le temps passe, plus le jus devient tiède et dégueulasse, alors il se jette à l'eau et avale cul sec. Nanou l'observe, le regard éteint. Marc est persuadé que le gitan lui sert ce marc de café immonde à dessein, pour le faire payer. Un petit supplément. Le capitaine prend sur lui. Pas une ride de dégoût sur son visage. Il paie le supplément, mais rien de plus.

– Personne ici n'a rencontré cet Alouette, tu me le jures ?

– Je vous l'ai dit, capitaine. Pas besoin de jurer.

Alors Marc se lève, salue le gitan et sort de la caravane. En refermant la porte, il ne peut refréner une terrible grimace. Putain de café. Pour le retour, personne ne l'accompagne, mis à part les deux morveux, de moins en moins sauvages, qui bourdonnent autour de lui. Ils se tiennent à distance respectueuse mais Marc sent qu'ils aimeraient bien le toucher et lui mettre la main dans le blouson. Soudain, on entend un bruit de moteur. Les deux enfants disparaissent comme des souris à travers une cloison vermoulue. C'est une voiture. Marc se range pour la laisser passer. Une Peugeot 405 de couleur sombre. Le véhicule pénètre dans le terrain vague à vitesse lente. Les deux gitans à son bord ne daignent même pas rendre son regard au gadjo. Et la berline oblique légèrement pour se ranger à sa place, parmi les autres voitures du camp.

63

Julia patiente dans la salle d'attente déserte et silencieuse. Le planton de l'accueil est plongé dans sa paperasse. Tout à coup, dans un fracas, le capitaine Ferré surgit de la porte blindée en aluminium.

– Tu es garée où ? demande-t-il à Julia.

– En face. On va où ?

– Tu verras.

Julia s'installe au volant. Marc fait le copilote. Tout droit jusqu'au feu. À droite et encore à droite jusqu'à la quatre-voies.

– C'est quoi, ces mystères ? insiste Julia.

Marc se tourne vers elle, l'observe. Le front haut, le nez droit, la bouche pulpeuse, le menton volontaire. La physionomie est une science étrange. Ces traits sont ceux de l'austérité, voire d'une certaine intransigeance. Pourtant, Julia est espiègle. Elle a le sourire à fleur de lèvres. Ses yeux sont toujours enclins à s'animer et à s'illuminer. Marc continue de l'observer sans rien dire. Julia sent son regard courir sur elle et elle lui sourit.

– Tu prends le pont, dit le capitaine.

Julia s'exécute. C'est un jeu, elle le sait. Il a prévu quelque chose. Mais tandis qu'ils s'engagent sur le grand ouvrage d'art, son visage s'assombrit. Au premier pylône, son cœur se serre. Elle jette un coup d'œil par-dessus les rambardes. Le bocage d'un côté, l'océan de l'autre, la Loire partout. La perspective est étourdissante. C'est terrible ce qu'on est haut.

– Tu penses qu'on les arrêtera ?

– J'en suis sûr. On mettra le temps qu'il faudra, mais on les aura. Les truands et les flics ne jouent pas à armes égales. Eux, ils flinguent un type et passent à autre chose car il faut bien continuer de vivre. Nous, on n'abandonne jamais. On se passe le relais trois fois, dix fois s'il le faut, mais on n'arrête jamais de les traquer. Et à la fin, on les coince.

Julia acquiesce. Elle sait tout cela, mais ça fait du bien de l'entendre. Elle hésite un instant avant d'avouer :

– J'ai appris quelque chose de terrible. Franck a tué un homme. Un accident lors d'une soirée à La Bernerie.

– Je sais, dit Marc. La fille qui a assisté à la scène est passée au commissariat hier. Chloé Délineau.

– Tu sais pourquoi elle n'avait pas parlé jusqu'à aujourd'hui ?

– Elle a été intimidée par des inconnus. Elle l'a mentionné dans sa déposition.

– Franck n'était que spectateur. C'est Régis Tourneur qui était derrière, j'en suis sûre, continue Julia.

– Ton oncle ?

– Lui-même. Je pense qu'il a voulu protéger Franck d'une accusation de meurtre. Je suis allée le voir mais il ne m'a rien dit.

– Il faisait partie de la liste des suspects. Mais il a un alibi. Le soir de la mort de Franck, il était au bar des Rochelles, qu'il a quitté à deux heures du matin environ.

– Ce qui ne veut pas dire qu'il ne soit pas impliqué.

– Je sais. Il peut avoir tiré des ficelles. C'est ton impression ?

– Je n'en sais rien, avoue Julia. J'ai du mal à l'imaginer, mais il faut se méfier de ses intuitions, n'est-ce pas ?

– Elles nous mettent sur les bonnes pistes autant qu'elles nous en éloignent. Première à droite.

Julia contourne le rond-point et prend la première sortie, direction Noirmoutier. Son large sourire découvre ses dents blanches tandis qu'elle tire sur son volant. La berline allemande file en silence sur les voies étroites du marais de Bouin. Un panneau routier souhaite la bienvenue en Vendée. On vient de sortir du terrain géographique dans lequel est circonscrit l'enquête. Marc a un plan en tête. Julia est curieuse et flattée par l'attention. Sur la route déserte, la lumière resplendit sans partage, le vent couche les herbes sauvages et le ciel immense est à peine ridé par quelques nuages hauts. À droite, à gauche, Marc se borne à diriger Julia. À chaque changement de direction, ils sourient tous les deux sans se regarder. Ce jeu de cache-cache les excite. Bouin. Beauvoir. La Barre-de-Monts. Marc emmène Julia vers le pont. Ils vont sur Noirmoutier. Ce pont qui enjambe un simple bras de mer est bien modeste à côté de celui de Saint-Nazaire. Construit à la même époque, doté à l'origine d'un péage et inauguré en grande pompe par un ministre, il a défrayé la chronique. C'étaient ses heures de gloire. Puis le temps a passé, les guérites et les barrières ont été déboulonnées, il est devenu gratuit et est entré dans le paysage. Il n'est plus à présent qu'un morceau de route au-dessus des dunes. Entre ses piles ne passent ni pétroliers ni porte-conteneurs mais un simple ferry à destination de l'île d'Yeu. C'est un pont pour rire, un pont pour les vacances.

Dès qu'ils l'ont enjambé, Marc fait immédiatement sortir Julia de la route principale. L'Audi se faufile à travers un alignement désordonné de maisons basses flanquées de haies de fusains. Au bout de cent mètres Julia se gare.

– On est arrivés.

Marc empoigne le sac de Julia. La pancarte de l'hôtel-restaurant est du genre bucolique. « La Maison sur l'eau ». C'est inscrit en lettres peintes, façon hôtel de la Plage des *Vacances de Monsieur Hulot*. Ils entrent tous deux et, à l'expression sur le visage de Julia, Marc sait qu'il vient de remporter son pari. L'endroit est merveilleux et totalement insoupçonnable depuis la rue. Il s'agit d'une grande maison élevée sur un étage, recouverte de bardage en bois blanc. Les pièces de réception et le restaurant sont desservis sur le côté par un long porche soutenu par des arcades en bois sculpté comme de la dentelle. On dirait une maison coloniale de Charleston ou de La Nouvelle-Orléans. Au bout du porche, une terrasse en bois, quelques fauteuils et tables basses protégés par la cime légère des tamaris plantés en contrebas. Au centre, un petit escalier descend vers la plage donnant sur les eaux de la baie, immenses et calmes, offertes à cent quatre-vingts degrés. C'est marée haute et la terrasse de l'hôtel semble posée sur l'eau. À trois kilomètres, dans la lumière déclinante, semblable à un trait de plume entre une mer d'acier et un ciel de rose, le marais court de Fromentine jusqu'au passage du Gois. La vue est à couper le souffle. Julia se retourne vers Marc. L'endroit et l'attention sont exquis. Elle a envie de l'embrasser. Elle lui prend le bras et son cœur bat soudain très vite. Pourquoi cet hôtel ? Est-ce pour une simple nuit ? Est-ce plus que ça ? Quelle idée Marc a-t-il en tête ? Elle le sonde. Il a les yeux rieurs. Julia semble déboussolée et Marc en trépigne de joie. Elle est conquise. Il est heureux. Peut-être qu'à ce moment, c'est tout ce qui compte, que toute question, toute spéculation est nulle et non avenue. La seule option vraiment raisonnable n'est-elle pas de profiter sans retenue de cet instant magique et voluptueux ? C'est le choix que fait Julia. Marc lui prend le bras et la serre doucement contre lui.

Il a réservé une table pour deux face à la mer dans la grande salle de restaurant. La lumière est douce, le filet de bar à l'orange sanguine est sublime et le chablis le sert admirablement. Dans cet écrin tamisé, ils passent une soirée merveilleuse et complice à évoquer leurs années lycée. Les visages de leurs camarades, les souvenirs de cours. Mistral, le directeur de l'école, raide comme un cierge. Dufour, la prof d'histoire de seconde en permanence dépassée par les événements. Sainval, le prof de sport qui empestait l'alcool à huit heures du matin. Et ce prof de physique dont ils ont oublié le nom, celui qui rougissait si facilement. Les copains de lycée. Les amoureuses de Marc. Julia les imite. Ils éclatent de rire. Ils se parlent et se regardent parler, rient et se regardent rire. Les tranches d'ananas rôti à la vanille donnent l'ultime note sucrée à ce repas que l'un et l'autre adorent autant qu'ils brûlent d'y mettre un point final. Marc a réservé la suite royale, celle avec la terrasse et la vue sur la baie. Quand le moment est venu d'y monter, la nuit est noire et la rive d'en face mouchetée de petites lumières jaunes. Julia sort sur la terrasse, respire l'air de l'océan. Il fait frais. Marc s'approche d'elle, la prend dans ses bras. Elle ferme les yeux, se laisse envelopper par la chaleur du corps de Marc. Un moment, elle pense au lendemain puis immédiatement, écarte cette pensée. Elle veut profiter de cet instant, savourer chaque minute. Les mains de Marc se posent sur ses hanches, remontent sur ses bras. Julia a l'impression de fondre. Marc l'embrasse dans le creux du cou, soulève ses cheveux, pose ses lèvres sur sa nuque, l'endroit le plus chaud et le plus doux.

Elle murmure son nom. Le rythme de sa respiration est plus rapide. Marc a pris ses seins entre ses mains. Elle frissonne, se retourne, se colle à lui. Marc l'embrasse à pleine bouche. Julia se laisse envahir, l'embrasse à son tour, l'agrippe et l'emmène dans la chambre. Au pied du lit, Marc caresse ses hanches, sa tête, ses joues, ses bras, ses fesses, comme s'il voulait tout emporter, ne rien laisser. Julia trouve qu'il est beau, il lui plaît, elle le veut. Elle déboutonne son pantalon, le pousse en arrière. Déséquilibré, Marc tombe à la renverse sur le lit sans la quitter des yeux. Elle enlève sa robe, dégrafe son soutien-gorge, se retrouve nue sur lui. Marc abandonne toute initiative. Elle est belle, il n'en revient pas. Ses doigts parcourent sa peau douce comme de la soie. Et puis leur appétit s'enflamme et ils se dévorent mutuellement.

Il est sept heures. Julia dort encore. Marc lui passe la main dans les cheveux. Le soleil s'est levé sur la baie. Il la contemple, souffle délicatement sur ses tempes. C'est déjà demain et Marc ne veut pas y penser. Il aimerait que cet instant dure toujours, mais il lui murmure qu'ils doivent se lever, s'ils veulent prendre le temps de déjeuner face à la mer. Car dans deux heures, Marc doit être au commissariat.

64

La serveuse dépose les deux plats fumants sur la table en bois. Laure salive en découvrant une pyramide de spaghettis à la carbonara. Elle a une faim de loup.

– Dis donc, Chollet, c'est un autre monde. T'aurais vu la baraque ! C'est Beverly Hills à La Bernerie.

Marc hausse les sourcils. On parle ici d'un très gros poisson. Richard Chollet est un cardiologue réputé. Il paraît qu'il a des types du showbiz parmi ses clients et même des membres de la famille royale de Belgique.

– Le type m'a reçue en peignoir de soie. On voyait son torse velu entre les pans de sa robe. Je me suis demandé s'il était à poil en dessous. Bref, tu vois le genre. Et puis je me suis dit, une fliquette black dans son salon, plutôt bien roulée… Il s'imagine peut-être des trucs…

Marc approuve de la tête. Il voit tout à fait. Laure reprend, la bouche à moitié pleine :

– Du coup, j'ai mis les choses au clair tout de suite.

– Tu lui as dit quoi ?

– Qu'il avait une très belle maison et qu'elle me rappelait celle qu'on avait louée pour notre mariage… avec ma femme.

Marc pouffe de rire.

– Il a dit quoi ?

– Rien. Il a buggé. Il est resté la bouche ouverte. Il a resserré les pans de son peignoir. Je savais qu'il manigançait quelque chose. Enfin bon, je l'ai interrogé et je pense qu'on peut le rayer de la liste des suspects.

– Pourquoi ?

– Parce que à la façon dont il a parlé de son fils, j'ai compris qu'il n'avait jamais eu l'intention de lever le petit doigt pour lui. Je vais te dire, je crois que ce type n'est pas loin de penser que son fils a eu ce qu'il méritait.

Marc soupire. Un autre monde, le mot est juste.

– Selon Chollet, le gamin était incontrôlable. Blindé de fric, arrogant, flambeur, dilettante. Son père l'a plusieurs fois mis en garde, sans succès. Il a tenté de violer une jeune femme dans sa propre maison et il est arrivé ce qui devait arriver. Il le déplore, mais c'était ainsi. Qu'il ait une responsabilité dans le fait que son fils soit devenu un connard fini ne lui traverse même pas l'esprit.

– Et ce type sans empathie pour sa propre progéniture répare le cœur des gens toute la journée. C'est le comble, fait remarquer Marc.

– Toujours est-il que je ne lui vois aucun motif pour jouer les redresseurs de torts face à un accident qu'il estime presque légitime.

Marc finit ses lasagnes et s'essuie les lèvres. Leur filet commence à se resserrer, mais pour l'instant, il ne voit rien qui frétille au fond de la nasse. Ce n'est pas le moment de tergiverser. Il faut tirer sur le bout. Ils terminent leur repas et mettent le cap sur Paimbœuf.

Pour leur deuxième entretien avec les frères Morandeau, Marc et Laure sont en terrain connu. Laure entre dans la fosse aux lions en toute connaissance de cause. Elle est armée jusqu'aux dents et Marc a ôté le cran de sûreté de son flingue. Cette fois-ci, les deux flics ont l'honneur d'être reçus dans les bureaux et non uniquement sur le parking. Le comité d'accueil est au complet. Bruno, Jacky et une demi-douzaine de routiers en rang serré, des types auxquels on n'a pas envie de chercher des poux dans la tête. Bruno, le boss, est assis à sa table. Laure a repéré son pote, celui à qui elle a défoncé la tête la semaine précédente. Manifestement, celui-ci a reçu des instructions car il fait des efforts appuyés pour regarder dans une autre direction.

– Je veux vous parler seul à seul, dit Marc.

Bruno fait un signe de la main à ses gorilles, qui s'ébrouent et sortent du bureau en file indienne. Jacky, qui n'a pas compris que la remarque le concernait également, reste debout derrière le fauteuil de son frère. Marc laisse faire.

– Monsieur Morandeau, commence-t-il sur un ton apaisé, l'affaire du meurtre de Franck Rivière progresse. Je dirais même qu'elle avance bien.

– J'en suis ravi, répond Morandeau sans sourciller.

La stratégie de Marc consiste à décrypter les expressions sur le visage de Morandeau, un mouvement de ses mains, une perle de sueur sur son front tandis qu'il lui décochera à la figure des morceaux de vérité.

– Nous savons que Franck trempait dans un trafic de drogue. Sans doute en tant que convoyeur. Quelque chose a fini par mal tourner lors d'un de ses transports. Nous pensons qu'il a volé une cargaison avec l'objectif de la revendre à prix cassé : dix mille euros le kilo.

Marc prend le temps de délier chaque syllabe. À l'énoncé de ce chiffre, le front de Morandeau se ride. Le parfait état de self-control dans lequel il était parvenu à se maintenir se lézarde. Il n'a rien pu faire contre ce nerf facial qui exprime sa répulsion crasse à l'idée qu'une marchandise si exceptionnelle soit bradée à vingt pour cent de son prix. Marc jubile. L'enfoiré a mis un genou à terre. Il n'y a plus qu'à tirer sur l'ambulance.

– Tout le milieu est au courant. Comme vous pouvez l'imaginer, nous avons de nombreux informateurs un peu partout. Tout le monde sait. Et notre meilleure hypothèse est que Franck a payé de sa vie pour ce vol.

Morandeau fixe le capitaine, impassible. Jacky a accentué son rictus de hyène comme si ça le faisait marrer.

– Alors je ne vais pas y aller par quatre chemins, monsieur Morandeau, que faisiez-vous le soir du meurtre de Franck Rivière ? À savoir le 8 octobre dernier.

Morandeau ne bronche pas, puis il ouvre le tiroir de

son bureau. Instantanément, Marc et Laure dégainent leur Sig Sauer et le pointent vers le boss qui sourit.

– Calmez-vous, les poulets…

Il sort un agenda. Jacky arbore son rire débile de Joker de série B, tandis que Bruno consulte les pages de son carnet.

– Le 8 octobre au soir – je voulais juste vérifier la date précise –, nous avons donné une petite fête au bar des Rochelles avec tous les employés de l'entreprise. Nous avons célébré notre millième client. Ça a commencé à vingt heures trente et on a terminé à deux heures du matin. Non seulement mon frère et moi, mais tous ceux qui travaillent ici étaient invités. Jacky est même monté sur scène pour nous faire son imitation de Patrick Juvet. Tout le monde s'en souvient. Vous pourrez vérifier.

C'est au tour des Morandeau de se marrer. Marc garde son calme. Le mafieux peut parfaitement inventer. Mais s'ils partent vérifier sur place, Morandeau aura largement le temps d'appeler le patron des Rochelles et de lui faire sa commande. L'autre pourra briefer son staff et ils seront de la baise. Il n'y a plus qu'une seule solution.

– On va vérifier ça tout de suite. Vous restez dans le bureau avec moi. La sergente Desandou va aller faire un tour aux Rochelles sur-le-champ.

Pour toute réponse, Bruno Morandeau se contente de s'affaler contre le dossier de son fauteuil en cuir. Il attrape un paquet de cigarettes, en fait tomber une avant d'en proposer à Marc. Laure sort de la pièce. Tandis que Bruno Morandeau allume sa cigarette, son détraqué de frangin fixe Marc avec cette entaille entre les deux oreilles qui lui donne le sourire figé d'un poisson sans vie.

65

Sur l'écran vidéo, Arthur vient de prendre la troisième place avec 65 points, juste derrière son père, à 70, et Laure, à 79. Le garçon regarde ses parents avec des yeux humides de fierté et de bonheur.

– Maman, c'est à toi.

– Bravo, mon chéri. Un *spare*, c'est super fort.

Stéphanie se lève de son siège thermoformé coquille d'œuf pour se rendre sur le parquet, une boule verte à la main. Tandis qu'elle s'applique à la lancer dans le couloir numéro cinq, Arthur vient se lover contre son père.

– Je peux avoir un autre Coca ?

Arthur veut aller au bar commander tout seul et demande un billet à Marc. Sur la platine, ils ont mis *Standin' On the Rock*, un vieux morceau country, pour donner une touche cent pour cent USA à la soirée. Avec les néons et les cocktails aux couleurs acidulées, ce n'est pas loin de faire illusion. Marc sirote sa bière. Laure s'est mise à leur table pour faire la quatrième. Ils ne sont pas seuls, tout le commissariat est là. Soirée bowling entre collègues. Les femmes et les enfants sont les bienvenus. Ambiance bon enfant. Stéphanie, qui est toujours un peu difficile, apprécie ces soirées entre flics. Elle s'est fait quelques copines avec les années. Cette fois-ci, c'est avec Laure qu'elle discute. Elle aime entendre un peu la face B du quotidien de son mari. Laure joue le jeu. C'est au tour de Marc. Il s'avance vers le distributeur de boules. Il joue avec les bleues. Arthur regarde son père s'élancer en sirotant son Coca glacé.

– Alors, Saint-Nazaire, vous vous y faites ? demande Stéphanie.

– Ça va. C'est pas Saint-Tropez… Mais c'est pas Saint-Denis non plus…

On en vient rapidement à l'affaire du suicidé. Stéphanie est inquiète. Marc a un coup de mou. Il est submergé par cette enquête. L'autre jour, il a passé une nuit entière à visionner des bandes-vidéo. Laure explique qu'ils ont fait le tour des suspects et que tous ou presque ont un alibi. La perspective d'une résolution rapide s'éloigne de jour en jour. L'enquête entre dans une phase plus longue et plus fastidieuse. C'est ce qu'ils redoutaient. C'est le genre d'affaire qui se résout en deux semaines ou en deux ans, mais il n'y a pas tellement d'intermédiaire. Stéphanie est pensive. Elle soupçonnait autre chose, une histoire de femme. Laure la rassure de ce côté-là : elle n'est pas du genre à lui faire du gringue. Steph creuse un peu mais Laure ne lâche rien. Pourtant, elle a, elle aussi, de sérieux soupçons concernant la sœur de la victime, cette avocate parisienne que Marc a connue par le passé. Mais cette fois-ci, la solidarité policière passe avant la solidarité féminine.

– 78 points. Je te talonne, dit Marc à Laure en revenant à la table tandis qu'Arthur a bondi sur le parquet, accompagné de sa mère.

Laure lève son verre à sa victoire prochaine.

– De quoi vous parliez ? demande Marc.

– De trucs de filles, dit Laure en gloussant.

Marc fait un signe de la main à plusieurs de ses collègues attablés à côté d'eux.

– J'étais sûr que Morandeau nous menait en bateau, lâche-t-il d'un air grave.

Mais le patron des Rochelles a tout confirmé : le jour, les heures, les invités, le sketch du frangin sur scène, tout. Régis Tourneur était même de la partie.

– Les automobilistes n'ont rien donné, continue Marc. Tourneur a un alibi, les parents sont dans les choux, ses copains n'ont rien vu venir. Ah, je ne t'ai pas dit… J'ai vu une Peugeot sombre chez les manouches de Donges.

– Ah bon ? s'exclame Laure.

– Ne t'excite pas. Je ne crois pas une seconde qu'ils soient mêlés à l'affaire. S'ils ont besoin de régler son compte à un type, ils lui mettent un coup de surin et balancent le corps dans le fossé. Pousser le gamin du haut du pont, ça ne leur ressemble pas.

Laure tire bruyamment sur la paille de son mojito. Elle se demande à qui ça ressemble de tuer quelqu'un en le jetant d'un pont. C'est absurde. Qui ferait ça ? C'est vraiment se compliquer la vie pour rien.

– Même s'ils ont un alibi, les frères Morandeau peuvent avoir tiré les ficelles, dit-elle.

– Je sais, admet Marc en avalant une gorgée de bière. Ça veut dire qu'on reprend tout à zéro.

– Mais pas avant lundi, fait Laure en souriant.

Marc fait signe qu'il est d'accord. Arthur fonce vers eux, ivre de joie.

– Papa ! Je suis deuxième.

C'est à Marc de jouer. Il finit sa bière et dépose un baiser dans les cheveux de son fils, doux comme du poil de chat. Ce qu'il aime ce gamin ! Il se met debout et lève le poing pour relever le défi. Arthur exulte. Il est passé devant son père et cette position l'emplit de fierté et d'un soupçon d'appréhension. Marc s'avance vers le rail en se dandinant sur *Don't Answer Me* d'Alan Parsons Project. Les dix couloirs rectilignes, nimbés de lumières colorées, se déroulent devant lui comme une piste d'envol psychédélique. Il est un peu éméché, à dire vrai. « *If you believe in the power of magic* »… Il va se défouler sur les quilles. Couloir numéro 5. Son score est affiché sur l'écran vidéo. Troisième place. Marc attend sa boule bleue. Sur le rail en forme d'épingle à cheveux, trois boules sont coincées dans le virage, deux vertes et une orange. Le début d'un collier de perles. Soudain, la bouche sombre crache enfin la boule bleue. Marc la regarde glisser comme sur un coussin d'air, suivre docilement le guide jusqu'à venir heurter la boule orange devant elle. Au moment de l'impact, elle s'arrête net et sous l'effet de la force, c'est la première boule du collier, la verte située à l'autre bout qui se décoince et roule jusqu'au bout du rail. Est-ce l'ivresse qui produit en Marc cette fascination étrange pour ce mouvement des boules de bowling sur les rails en métal ? Il tend la main vers sa boule bleue et la retire au dernier moment. Car quelque chose l'intrigue soudain. Dans l'épingle à cheveux du rail, il y a de nouveau trois boules. Une verte, une orange et une bleue. Elles ont pris la place des trois précédentes et, bien sûr, quand une nouvelle boule arrive sur le rail et cogne la boule bleue, le même phénomène se produit. La seconde boule verte se décoince à son tour et vient se coller à la première pour en laisser toujours trois dans le virage. Marc sent un frisson lui remonter le visage jusque dans ses yeux. Un roulement d'horlogerie vient de s'activer en lui. Quelque chose qui était bloqué s'est décoincé.

– Alors, papa ! Tu joues ?

Marc prend la boule bleue à trois doigts, se dirige vers le couloir numéro 5 et la lance droit devant lui, au hasard, sans rien viser, tellement son esprit est envahi par sa découverte. En se retournant vers sa table, il voit Arthur qui lève les bras comme s'il venait de gagner un cent mètres, Stéphanie qui applaudit et Laure qui le félicite d'un pouce levé.

– Bravo ! Papa ! Un *strike* !

Marc est passé à la première place, mais il n'a plus l'esprit au jeu. Il se penche à l'oreille de Laure et parle entre ses dents.

– Je veux revoir les bandes-vidéo du pont. On n'a pas regardé les bonnes.

Laure ne comprend pas. Marc pue la bière, il est à moitié soûl.

– Comment ça, pas les bonnes ? On a regardé tout ce qui s'est passé entre la C7 et la C8. Il n'y a pas d'autre…

– Je sais, fait Marc en hochant la tête. On a regardé les bonnes caméras mais on n'a pas regardé au bon moment.

66

S'il ne s'était agi que de Stéphanie, Marc aurait trouvé les mots. Il l'aurait suppliée, il aurait joué de son charme, prétexté l'urgence de l'enquête. Il aurait trouvé des excuses dont elle n'aurait pas été dupe et contre lesquelles elle aurait protesté avant d'accepter, de guerre lasse, qu'il retourne au commissariat. Mais il y a Arthur, et Marc lui a fait miroiter cette soirée bowling avec ses collègues policiers, des vrais comme dans les films, avec des pistolets. Arthur ne parle que de cela depuis deux semaines. Avec son fils, Marc n'aurait jamais su trouver les arguments. Alors il a pris son mal en patience. Ils ont fini la partie. Ils en ont même refait une. Arthur était heureux. Et quand ils ont eu terminé, ils ont dit au revoir aux collègues et sont rentrés à la maison. C'était une chouette soirée et Marc sait très bien qu'il a eu raison de rester avec eux au lieu de tout foutre en l'air pour céder à la tentation de repasser au bureau pour en avoir le cœur net. Le soir, il s'est enroulé contre Stéphanie et s'est endormi comme une souche jusqu'au lendemain matin. Après son café, il a simplement dit à Steph qu'il avait un doute important à dissiper et qu'il avait besoin de deux heures au commissariat. Sa femme l'a simplement remercié de ne pas avoir quitté la soirée prématurément.

Vendredi 1er novembre. 9 h 15. Marc débarque au commissariat. Laure est arrivée un quart d'heure avant lui. Elle est déjà sur l'ordinateur. Marc jette son blouson sur le siège et la rejoint devant l'écran.

– Tu as les caméras de sortie côté sud ?

– Oui. La C9 et la C10, pourquoi ?

– Il faut regarder avant 1 h 18, à partir de 1 h 10. Commence par la C7, puis la C9.

Laure s'exécute, sans tout à fait comprendre. Marc met la main sur un bloc de papier et dessine une colonne sur une page blanche. L'enregistrement vidéo en noir et blanc défile dans une fenêtre au milieu de l'écran. Sur l'image, on voit le pont, immobile, illuminé par la rampe de lampadaires. En haut à droite, le chrono indique 1:10:05.

– Comment on n'y a pas pensé plus tôt ? murmure Marc.

– Qu'est-ce que tu as en tête ? Tu peux me dire ?

– Pourquoi est-ce qu'on a uniquement regardé les enregistrements après 1 h 18 ?

– Parce que tu l'as demandé, fait Laure, agacée.

– Attends !

Marc s'interrompt. Un véhicule apparaît. C'est un camion blanc. Il note l'heure, 1:10:55, sur son cahier et à côté : « camion blanc ».

Laure reprend :

– On a regardé les enregistrements après 1 h 18 parce qu'on sait que la voiture de Franck arrive à cette heure précise et qu'on cherchait des témoins de la scène, voilà tout. À quoi ça sert de visionner les bandes avant que Franck soit monté sur le pont ?

Marc ne répond pas. Une autre voiture emprunte le pont, une petite voiture grise, genre Clio ou 206. Il note : « 1:12:15 Clio grise ».

– Parce que la scène se passe en deux temps, dit Marc. D'abord il y a le crime ; Franck est poussé par-dessus bord ; et ensuite, le départ des meurtriers.

– C'est ce que je dis, s'énerve Laure. Ils partent après.

– Logiquement, oui. Mais chronologiquement, non. Nous avons regardé les deux étapes dans l'ordre logique. Mais en réalité, ça s'est passé à l'envers.

Laure secoue la tête. Marc débloque, mais il a l'air tellement sûr de lui que le mieux est de le laisser dérouler son raisonnement. Il note une autre voiture à 1:14:25, « break sombre », puis il pose son crayon et sans détacher son œil de la vidéo, il explique comment tout s'est éclairci la veille, lors de leur soirée au bowling. C'est comme un mécanisme auquel il manque une pièce et qui se refuse à fonctionner. Soudain, on trouve la pièce. On la positionne au bon endroit et subitement, la machine qui était coincée se débloque et se met à fonctionner parfaitement. Un miracle. Voilà ce qui s'est passé au bowling hier soir. Laure lui demande de s'expliquer et Marc reprend à partir du moment où Arthur était remonté au score. Il était tout fier d'être passé devant son père. Marc s'est levé et s'est approché du rail pour prendre sa boule bleue car ce sont les plus grandes et que ses doigts ne rentrent pas dans les autres boules. Il était un peu gris mais il se souvient de tous les détails avec précision. Sa boule bleue n'était pas encore sortie de la machine, alors il l'a attendue et quand elle est apparue, elle est venue se loger à la suite des trois boules déjà présentes sur le rail, une orange et deux vertes. Elle a percuté la boule orange et sous l'effet de l'impact, c'est la première boule, une verte, qui se trouvait en première position, qui a repris sa course.

– Incroyable, n'est-ce pas ?

Laure, qui a décidé de ne pas intervenir, commence à s'impatienter.

– C'est exactement ce qui s'est passé sur le pont.

Marc s'interrompt, note : « 1:15:22, coupé clair » et reprend le fil de son explication.

– La voiture de Franck est arrivée à 1 h 18. Franck a été jeté par-dessus bord entre 1 h 20 et 1 h 30 suite à quoi les deux meurtriers sont repartis dans une voiture qui se trouvait *déjà* sur place, devant la voiture de Franck.

Laure s'est redressée sur son siège. Le déclic vient de se faire.

– Tu veux dire qu'ils repartent *après* le meurtre dans une voiture arrivée *avant* le meurtre ?

– Absolument.

– Ils repartent dans la boule verte…, murmure Laure.

– Et ils laissent la boule bleue derrière eux, pour maquiller le meurtre en suicide, conclut le capitaine.

« 1:17:03, petit monospace gris ». Laure se penche sur l'écran vidéo. Les minutes s'égrènent. Silence total. La tension est palpable. Enfin. « 1:18:15, Golf grise », la voiture de Sandra. Marc brandit son calepin.

– Maintenant, dit Laure, on regarde la même séquence sur la caméra C9.

Laure est excitée. Elle arrache des mains de Marc la liste des véhicules notés sur le carnet.

– Si l'une de ces voitures ressort dans le désordre par rapport aux autres, ça veut dire qu'elle s'est arrêtée. Et du coup…

Marc s'étire dans son fauteuil.

– C'est la voiture des meurtriers.

67

Samedi 2 novembre. Le capitaine Marc Ferré accompagné de deux flics en tenue file vers Pornichet. Au même moment, Laure Desandou et deux gardiens de la paix tracent la route en direction de Pornic. Pas de gyrophare. On intervient en mode mineur, du moins pour l'instant. La recherche sur les bandes n'a pas pris beaucoup de temps. Sur les cinq voitures passées sous la C7 entre 1 h 10 et 1 h 18, seules quatre sont repassées sous la C9, environ une minute plus tard. La cinquième est ressortie à 1:31:23, soit plus de quinze minutes après. Marc avait noté : « coupé clair » sur son carnet mais l'identification de la plaque minéralogique a permis d'affiner le diagnostic. Il s'agit d'une Mercedes décapotable de couleur gris argent immatriculée au nom de Clément Moesson. Immédiatement, le scénario de la nuit du 8 au 9 octobre se met en place. Franck avait probablement des complices. Clément avait parlé à Laure du trio qu'ils formaient avec Yann Herruel, un étudiant résidant à Pornic. Si Clément était complice, Yann l'était peut-être également. Étaient-ils plus de trois ? Les interrogatoires le diraient, mais la bonne stratégie était à l'évidence de frapper d'abord et de comprendre ensuite.

Ce matin, les deux véhicules de police foncent à vive allure vers les domiciles de Yann Herruel et de Clément Moesson, tous deux domiciliés chez leurs parents à Pornic et à Pornichet. Laure arrive la première et se gare en face de la grande demeure familiale des Herruel. C'est le père qui répond à l'interphone. Il a l'air surpris, ouvre le portail. Laure entre dans le jardin, insoupçonnable depuis l'extérieur. Devant la maison, elle remarque une Clio grise ancien modèle et gravit l'escalier accompagnée des deux gardiens de la paix. Le maître de maison est sorti sur le perron. Il leur tend la main.

– Guillaume Herruel. Que puis-je faire pour vous ?

– Nous voudrions parler à votre fils, Yann.

– Il n'est pas ici. C'est à quel sujet ?

– Quand sera-t-il de retour ?

– Pas avant décembre. Il étudie en Angleterre et ne revient qu'aux vacances de Noël.

Laure marque une pause.

– Depuis quand est-il parti ?

Herruel s'apprête à répondre, mais il tombe quelques gouttes et il propose aux policiers d'entrer. La conversation se poursuit dans le salon. Il est immense, aux dimensions de la maison. Des tonnes de bouquins sur les étagères, quelques tableaux au mur, un éclairage tamisé. Laure se souvient d'un intérieur similaire. C'était un grand appartement près du Panthéon. Un prof d'histoire à la fac accusé d'avoir harcelé plusieurs de ses élèves et qui la prenait de haut, incapable d'imaginer que les lois édictées pour le commun des mortels s'appliquent aussi à lui.

– La rentrée a eu lieu le 15 octobre, se souvient Herruel.

Sa femme est descendue. Elle salue les policiers et demande ce qui se passe.

– Chérie, madame et ces messieurs me demandent quand Yann est parti pour Birmingham.

– Il y a un mois environ. C'était…

Elle cherche.

– Un samedi. Le 5 octobre, je crois.

Guillaume acquiesce. Le 5 octobre, en effet. Ils l'ont accompagné à l'aéroport. Il s'est envolé une semaine avant le début des cours, le temps de s'installer. Laure accuse le coup. Yann n'était pas en France au moment du meurtre. Il y a des billets d'avion, l'information est vérifiable. La probabilité pour que ce soit faux est infime. Laure parle de Franck. Les parents ont appris le suicide par le journal. Un drame terrible. En effet, ils savaient que Yann et Franck se connaissaient, mais ils n'en ont pas parlé avec lui. Par pudeur, sans doute. Laure creuse mais n'en retire rien. Ils ne savent dire que des banalités sur leur fils. La moisson est maigre et Laure les quitte dépitée.

Au même moment, Marc sonne à l'interphone de la grande villa de l'avenue des Naïades à Pornichet. La voix qui lui répond est hésitante. Puis le grand portail électrique en bois exotique s'entrouvre. La demeure dissimulée derrière l'interminable mur de brande est d'un tout autre acabit. Gigantesque, moderne, piscine, plusieurs Mercedes garées dans la cour. Marc reconnaît tout de suite celle qu'ils ont identifiée la nuit du 8 au 9 octobre sur le pont de Saint-Nazaire. L'heure est aux aveux, il le sent. Les deux gardiens de la paix le suivent dans l'escalier de béton. Les premières minutes vont être déterminantes. Marc sonne et attend un moment avant que la porte ne s'ouvre.

– Police nationale. Vous êtes Clément Moesson ?

– C'est moi.

Marc a préparé cet interrogatoire avec soin. L'expérience lui a appris qu'obtenir les aveux d'un coupable n'est une question ni de chance, ni de pression ou de persévérance, mais de méthode. Ce que les gens ne comprennent pas, c'est que les assassins sont des individus comme les autres. Ils ont des parents, une famille, ils aiment dormir dans des draps propres, ils aiment la chaleur de l'amitié, un bon repas quand il fait faim – et, parmi tous les sentiments et toutes les vertus qu'ils partagent avec les braves gens qui ne traversent jamais en dehors des clous, ils aiment la vérité. On pourrait se risquer à dire qu'ils l'aiment encore plus que les innocents, car elle possède ce pouvoir lénifiant d'envahir l'espace laissé vacant par le doute. Si le mensonge est un manque, la vérité est une plénitude qui quand elle est établie, ne souffre aucune contradiction. Elle met un terme aux faux-semblants et aux conjectures, rassure les indécis et réconcilie les adversaires. Pour un coupable, la vérité est un obscur objet de désir dont il se méfie autant qu'il la convoite, car il sait qu'elle seule est capable d'apaiser ses souffrances. S'il ment, c'est pour sauver son corps et sa peau, tandis que son âme, tourmentée par sa culpabilité, réclame la vérité. Si l'interrogatoire du flic est mené avec intelligence et doigté, si les questions sont calibrées pour mettre le suspect dans une honnête confiance, aucun coupable ne peut résister à la tentation de se libérer du poids insupportable du mensonge. Interrogez-le avec subtilité et il dira : « J'ai tué cet homme » aussi naturellement que s'il disait : « Il est neuf heures » ou : « J'ai sommeil ». C'est du moins la conviction du capitaine Ferré.

Quand il sonne à la porte, Marc pense à la première question qu'il posera à Clément, une question piège à laquelle le jeune homme répondra sans se méfier, se privant d'un atout majeur dans son jeu. Il sera dans la nasse et se débattra comme un petit poisson argenté. Manipulation ? Il ne le voit pas ainsi. Plutôt comme le premier pas du coupable vers la vérité libératrice.

– Bonjour, dit Marc, je viens vous voir dans le cadre de l'enquête sur le véhicule volé.

– Quel véhicule volé ? s'étonne Clément.

– Le vôtre. Mercedes décapotable gris argent, immatriculée EHT43GK. C'est bien votre voiture ?

– Oui. Mais elle n'est pas volée. Elle est là dans la cour.

Clément montre la Mercedes. Marc fait semblant de se creuser la tête.

– Je ne comprends pas. Votre véhicule a déjà été retrouvé ?

– Non, proteste Clément. Il n'a jamais été volé.

– On nous a signalé un vol le 8 octobre. Vous voulez dire que c'est une erreur ?

– Certainement, se défend Clément.

– Et vous êtes le seul à conduire cette voiture ?

– C'est ma voiture, répond Clément, qui commence à flairer un truc bizarre dans ces questions.

– Donc si cette voiture a roulé le 8 octobre, reprend Marc, c'est forcément que vous étiez au volant ?

Clément a une montée d'adrénaline. Il est en train de se faire piéger. Il le sent et ne sait quoi faire. Il est sans doute déjà trop tard. Ces flics ont mis le pied sur son territoire comme sur un parterre de fleurs. C'est le moment que choisit Marc pour abattre sa carte.

– Nous sommes aussi en charge de l'enquête sur le meurtre de Franck Rivière. Nous avons quelques questions à vous poser.

UN MOIS AUPARAVANT

68

Samedi 5 octobre. Tandis que Clément était monté dans sa chambre, Lionel était resté en bas des escaliers, paralysé par la colère et la trouille monumentale que lui inspirait Bruno Morandeau. Que son fils soit mêlé aux affaires de ce mafieux lui donnait envie de vomir. Ces types étaient imprévisibles et explosifs. Ils avaient la réputation d'être capables de tout. Quand l'un d'entre eux débarquait à la concession, c'est toujours Lionel qui le recevait. Derrière son comptoir, l'hôtesse d'accueil disposait d'une liste de noms qu'elle vérifiait systématiquement lorsqu'un client se présentait. Si le nom qu'on lui donnait figurait sur la liste, elle appelait immédiatement le patron. Les voyous aiment les Mercedes. Qu'est-ce qu'on y pouvait ? En plus, ils ne regardaient jamais à la dépense, ne négociaient jamais et payaient cash, un peu comme si leur argent leur brûlait les doigts. Plus un véhicule était bourré d'options superflues, plus ils salivaient. Qu'était-il censé faire ? Refuser de leur vendre ? Ils seraient allés ailleurs. Ça aurait changé quoi ? Alors Lionel leur donnait ce qu'ils voulaient et il empochait la monnaie. Ça s'appelait les affaires et si on avait le nez fragile, mieux valait faire un autre métier. Mais s'il prenait volontiers leur cash, la ligne rouge de Lionel était claire : défense de fricoter. Pas d'ami-ami avec la racaille. Se tenir à distance. Les traiter avec tous les égards, faire le larbin de service autant qu'on voudrait, mais éviter comme la peste de croiser leur chemin en dehors de la concession. Et ce petit con de Clément s'était pris dans leur toile ! Il n'en revenait pas. Quelle pitié ! Une fois la sidération passée, Lionel rassembla ses esprits, monta l'escalier quatre à quatre et se posta devant la porte de son fils avec l'envie de tout casser. Il frappa comme un sourd. Clément avait mis la musique à fond mais Lionel faisait tout trembler.

– Qu'est-ce qu'il y a ? gueula Clément en ouvrant rageusement.

Pour toute réponse, son père lui allongea une mandale. Une belle de huit cents grammes avec les os. On voyait les traces de doigts sur sa joue, comme quand il était petit. Clément chancela, étourdi de surprise. Lionel le poussa en arrière.

– Les trois types qui ont volé les Morandeau, c'est toi ?

Clément gémit, la joue en feu. Les yeux exorbités, le visage déformé par la haine et la peur, Lionel leva de nouveau la main quand Clément intercepta fermement son poignet.

– Tu arrêtes, maintenant ! Ou c'est moi qui t'en colle une !

Lionel se figea. Ils étaient massés l'un contre l'autre comme deux lutteurs en action.

– Dis-moi si tu y étais ! C'est tout ce que je demande. Je connais ces types. J'ai besoin de savoir.

Le cœur de Clément battait à toute allure. Son sang pulsait sous sa peau. Son père le fusillait du regard et Clément sentit ses yeux pénétrer dans les siens comme des tire-fond. Ça lui faisait mal et ça lui donnait envie de pleurer. Il avait la voix coupée. Impossible de dire un mot. Impossible de dire « Tu fais chier, c'était pas moi, c'était pas nous. » Il resta figé, les bras emmêlés dans ceux de son père, les yeux rouges et le corps frémissant.

– Clément. Dis que c'était pas toi…

Lionel relâcha la tension et serra son fils contre lui. Le jeune homme sentit une bouffée de chaleur lui remonter à la tête et fit un effort pour ne pas fondre en larmes.

– Qu'est-ce qui t'a pris, nom de Dieu ? C'était pour quoi ? Pour de l'argent ? Tu n'en as pas assez ?

Muet de stupeur, Clément ne répondait pas.

– Pourquoi tu ne m'as pas demandé ?

Puis il se colla à Lionel. C'était une scène étrange. Il n'avait pas tenu son père dans ses bras depuis… – il ne savait plus, les kermesses de fin d'année à l'école primaire ?… Ils restèrent ainsi enlacés, soufflés par le choc comme après un accident. Puis Lionel se dégagea et le considéra.

– Explique-moi ce qui s'est passé.

– Qu'est-ce que tu veux que je te raconte ?

– Tout.

Alors Clément s'exécuta. Il raconta tout à son père depuis le début. Le trio avec Yann Herruel et Franck Rivière. Le foot, les soirées de beuverie, le job de mule de Franck, le plan de Yann, la commande du gyrophare, la voiture empruntée au port de Pornichet, le braquage de la Peugeot et les sacs enterrés près de la plage de l'Ève, tout. Il raconta qu'il y en avait pour trois millions et qu'ils avaient tenté de négocier les sacs à un prix défiant toute concurrence mais qu'ils n'y étaient jamais parvenus. C'était Franck qui s'y était collé. Il s'était fait appeler Alouette. À chaque fois, les clients potentiels reniflaient la came, lui tournaient autour et finissaient par s'évaporer. Trois essais, trois échecs. À présent, ils avaient peur, car l'info circulait vite et ils avaient toujours cette came sur les bras. Lionel n'en revenait pas. Il avait l'impression de découvrir la face cachée de la lune. Quand son fils eut terminé, il mesura la gravité de la situation. Trois millions. Les gamins avaient piqué trois millions d'euros de cocaïne aux frères Morandeau. Pour un tel butin, ces salauds seraient prêts faire à n'importe quoi. Il fallait agir, trouver une issue, et Lionel n'avait pas beaucoup d'idées.

– Où sont tes complices ?

– Yann et Franck ? Chez eux, j'imagine. On a dit qu'on restait dans le coin jusqu'à ce qu'on ait une solution.

Lionel faisait les cent pas dans la chambre. Il se mit à la fenêtre, regarda le jardin à travers les branches des tilleuls qui se balançaient dans la lumière du soir.

– Il faut rendre ce que vous avez volé. Il n'y a pas d'autre solution. Toi, tu pars chez ta tante à Angers. C'est moi qui vais m'en occuper.

– Mais c'est Franck qui a la came…, protesta Clément.

– Je m'en occupe.

– Je vais appeler Yann, dit Clément.

– Non. C'est moi, je t'ai dit. Toi, tu pars.

– Et s'ils ne sont pas d'accord ?

– Je trouverai les mots pour les convaincre. C'est ce qu'il y a de mieux à faire, crois-moi.

Lionel prit Clément par les épaules.

– Il n'y a pas une minute à perdre. Je t'appelle un taxi. Tu as un quart d'heure pour faire ta valise.

Clément voulut ajouter quelque chose, mais Lionel claqua la porte de sa chambre et descendit l'escalier. Après le départ du taxi, il appela la première personne qui lui vint à l'esprit, Guillaume Herruel, le père de Yann. Son fils s'était mis dans la merde comme le sien et il n'y avait pas de raison qu'il ne partage pas le fardeau. Il connaissait vaguement Guillaume, qu'il avait croisé lors d'une soirée du Lions Club et à une régate de vieux gréements à Pornic. Ils avaient échangé quelques mots, deux ou trois banalités. Autant qu'il s'en souvenait, c'était un journaliste parisien, intello de gauche blasé et méprisant, pas du tout sa tasse de thé. Mais c'était sa meilleure idée, étant donné qu'il ne connaissait rien du troisième larron, Rivière, un inconnu au bataillon. Clément lui avait donné l'adresse de Yann, et Lionel commença par là. Il composa les renseignements et fut transféré sur le téléphone fixe des Herruel à Pornic. Il laissa sonner deux fois et une voix de femme décrocha. C'était Francine, la mère de Yann. Lionel, affable, se présenta en tant que membre du Lions Club et demanda à parler à son mari, qui prit le combiné quelques instants plus tard.

– Guillaume Herruel.

La voix était grave et assurée.

– Bonjour, je suis Lionel Moesson. Je vous appelle au sujet de nos fils, Yann et Clément.

– Il est arrivé quelque chose ?

– Non, pas du tout… Je veux dire, oui. Il faut que je vous parle.

69

Samedi 5 octobre. 22 h 10.

– Yann ?

– Clément ? Tu es où ?

– Dans le train pour Angers. Et toi ?

– À l'aéroport de Nantes.

Clément se leva de sa place et rejoignit la plateforme déserte pour éviter de gêner les voyageurs à côté de lui. Les phares des camions sur l'autoroute semblaient faire du sur-place à travers le double vitrage de la porte du TGV Atlantique. Yann, le casque sur les oreilles, patientait dans la salle d'embarquement du vol EasyJet de 22 h 35 à destination de Londres-Gatwick. Les deux paternels n'avaient pas traîné en besogne. Le soir même, leurs deux gamins étaient satellisés en lieu sûr. Lionel n'avait eu aucun mal à convaincre Guillaume que Clément et Yann ne leur seraient d'aucune utilité dans la dernière ligne droite et qu'il leur appartenait, et à eux seuls, de prendre les choses en main. Celui dont ils auraient besoin en revanche, c'était Franck Rivière, car il avait caché les sacs quelque part sur une plage de la côte.

Lionel avait son argumentaire tout prêt. Il connaissait les Morandeau, et le seul espoir qu'il caressait pour parvenir à résorber ce différend sans trop d'accroc était de les prendre en douceur. Et pour cela, il était le mieux placé. Ce n'était pas garanti, loin de là, mais il n'y avait pas d'autre option. Bien entendu, Guillaume Herruel n'avait rien eu à opposer à un tel plan, d'autant que Lionel Moesson était un vendeur de bagnoles et que leur réputation d'être capables de fourguer n'importe quoi à n'importe qui n'était peut-être pas totalement usurpée, après tout. Moesson avait tenté de rassurer Herruel. Les voyous étaient des gens comme les autres. Ils avaient le sens de leur intérêt et n'étaient pas démunis d'un certain code de l'honneur qui leur ferait reconnaître la bonne foi des deux pères. Il y avait eu une énorme méprise, un cafouillage regrettable, c'était fâcheux, malheureux, ce qu'on voulait, mais ils allaient tout réparer, effacer l'ardoise et leur ramener leur marchandise intégralement. N'était-ce pas ce qui comptait, finalement ? La voie était étroite. Lionel allait devoir mobiliser tout son pouvoir de conviction mais c'était jouable. Il saurait parler à Bruno Morandeau d'homme à homme et, s'il le fallait, en fonction de la façon dont leur conversation tournerait, il avait quelques arguments supplémentaires garés au rez-de-chaussée de son showroom.

– Je pars à Angers. Et toi ?

– À Birmingham. Mon père ne m'a pas laissé le choix.

– Le mien non plus.

Ils avaient du mal à parler. À se dire les choses. Il avait fallu que les darons s'en mêlent pour qu'ils osent mettre le doigt sur ce qui les préoccupait. Clément fut le premier à passer aux aveux. Depuis le début, il n'avait pas senti le truc. Depuis qu'ils avaient ouvert le coffre et trouvé des pains de cocaïne au lieu des liasses de billets. Cinquante kilos de came, ce n'était pas ce qui était prévu et c'était une tout autre histoire. Sur le coup, il avait été saisi de stupeur mais Yann avait insisté pour qu'ils poursuivent le plan initial. Yann concéda qu'il avait agi sous le coup du stress. Terrorisé à l'idée qu'un automobiliste s'arrête, il avait voulu se tirer le plus vite possible. Mais laisser les sacs derrière eux après ce qu'ils venaient d'entreprendre lui avait semblé n'avoir aucun sens. Il l'admettait maintenant : ils auraient dû tout arrêter. Ils avaient fait une connerie et Yann en prenait sa part de responsabilité. Et puis la tentative de revendre la came avait été un fiasco complet, dans lequel tout ce qu'ils avaient à gagner était de se faire trouer la peau. En un mot comme en cent, ils avaient merdé dans les grandes largeurs et l'intervention de leurs pères était tombée à point nommé. Il fallait appeler Franck. Le convaincre de collaborer pour rendre la cargaison. C'est Clément qui s'y colla.

– Franck ?

– Clément ?

Franck eut plus de mal à entrer dans la combine. Il y en avait tout de même pour trois millions au prix de détail. Et même dix pour cent, divisés par trois, ça faisait plus de cent mille balles chacun ! Il avait plein d'idées pour dépenser un pactole pareil. Clément y mit toute sa force de persuasion. Cent mille euros, c'était très alléchant, sauf s'il fallait le payer de sa vie. Ils avaient essayé de trouver des acheteurs et ils n'y étaient pas parvenus. Parce que les types se méfiaient. Ils voulaient en savoir plus sur la provenance, ils voulaient des garanties, des délais de paiement, toutes choses qu'ils seraient incapables de leur fournir.

– Souviens-toi de ce qu'on s'était dit. Zéro prise de risque.

C'était le contrat de départ. Franck était obligé de l'admettre. Tout avait été remarquablement organisé mais les choses ne s'étaient pas passées comme prévu. La poisse leur était tombée dessus et le pire à présent serait de refuser de l'admettre. Clément resta une demi-heure au téléphone à essayer de convaincre Franck. Ce ne fut pas facile, mais au moment de raccrocher, il était rassuré. Franck avait compris.

– Pourquoi c'est ton père qui leur parle ? avait-il demandé.

– Parce qu'il les connaît. Il leur vend des bagnoles depuis des années. Il bichonne leurs 4 × 4. Il est comme une nounou pour eux. Il est le mieux placé, crois-moi.

À court d'arguments, Franck avait fini par céder. Il resterait en lien avec ses potes et il s'en remettait à leurs darons.

70

Durant tout le reste du week-end, Lionel rumina son argumentaire. Au petit déjeuner, sous la douche, dans sa voiture, partout. Le dimanche matin, il fit un jogging de deux heures sur la plage de La Baule et tenta de se vider l'esprit avec un roman de gare avant d'aller se coucher tôt. Pas un instant cependant il ne cessa de penser au coup de fil qu'il passerait le lendemain soir. Il se rendit à la concession à sept heures le lundi matin, pressé d'en finir avec cette foutue longue journée. Avec Herruel, ils avaient convenu de s'y retrouver après la fermeture. Le journaliste était un peu dépassé par les événements. Il ne manquait pas d'opinions bien tranchées sur l'impact économique du trafic de drogue, la dépénalisation de la marijuana ou les nouveaux circuits des mafias internationales, mais pour ce qui était de négocier sa peau avec un bandit, il était totalement à sec. Il avait cependant insisté pour être présent lors du coup de fil à Morandeau, car il voulait entendre de ses oreilles ce que le vendeur de bagnoles allait lui raconter. Il se montra donc à vingt heures et Lionel, le visage fermé, l'emmena à travers le showroom désert jusqu'à son bureau situé à l'étage. Il était concentré comme un athlète avant une compétition. Les deux hommes se parlèrent peu. Herruel demanda à Moesson s'il se sentait prêt et s'il était au clair sur ce qu'il allait leur dire. Moesson répondit qu'il y avait pensé tout le week-end et qu'il était aussi prêt qu'on peut l'être en pareille circonstance. Son avis était qu'il fallait prendre une position basse, faire amende honorable, jurer que cela n'arriverait plus et fixer un rendez-vous pour leur rendre la marchandise. C'était le programme. Moesson se laissa tomber dans son fauteuil en cuir, tira une bouteille de scotch d'un tiroir de son bureau et remplit deux verres à ras bord. Puis il prit son téléphone fixe, un gros combiné avec clavier à touches. Guillaume se tenait en face de lui, son whisky entre les doigts. Le téléphone sonnait et il voyait la sueur luire sur le front de Moesson.

– Allô ? Monsieur Morandeau ?

Sa voix dérailla à la première phrase. Le « eau » de Morandeau ripa dans les aigus.

– C'est moi. Qui est à l'appareil ?

– Lionel Moesson, de la concession Mercedes de Pornichet. Comment allez-vous ?

À l'autre bout, Morandeau était surpris. La voix de Moesson était doucereuse et sucrée.

– Qu'est-ce qui se passe ?

– Je vous appelle car vous êtes passé à la concession vendredi. Vous vous souvenez ?

– Bien sûr que je me souviens. Et alors ?

– Eh bien. Vous m'aviez parlé d'une marchandise que vous aviez égarée, enfin, je veux dire, qu'on vous…

– Qu'on m'a volée. Des petits salopards me l'ont volée. Vous savez quelque chose ?

Lionel avait le front et les mains luisants. Guillaume, qui l'observait, tentait de ne rien laisser paraître de son inquiétude. Car même s'il tentait de donner le change, Lionel n'était pas dans son élément. Il était habitué à vendre des produits de luxe désirables et appétissants et ce qu'il avait à proposer à Morandeau était un paquet de merde malodorante.

– En effet. Je sais quelque chose. C'est pour ça que je vous appelle, répondit Lionel. Je me suis dit que vous seriez intéressés par…

– Tu connais ces enfoirés ?

Le tutoiement n'était pas une bonne nouvelle. Lionel le reçut en pleine figure comme une gifle.

– Disons que je crois savoir où se trouve la marchandise que vous avez perd… qu'on vous a volée.

– Qui a fait le coup, Moesson ? Donne-moi les noms.

– Comme je vous le disais, j'ai appris pour la marchandise. Elle est intacte, à ce qu'on m'a dit…

– Comment as-tu appris ? Qui te l'a dit ?

La conversation ne s'était pas du tout engagée comme Lionel l'avait imaginé. Sa stratégie était de la canaliser sur la drogue et Morandeau la ramenait vers les voleurs. Il continua calmement.

– L'informateur préfère rester discret, mais l'information est solide. Je peux vous…

– Écoute-moi, espèce de camelot de mes couilles, s'enflamma Morandeau. Je t'ai posé une question. Alors tu arrêtes de tourner autour du pot et tu me réponds. Pigé ?

Moesson était devenu blanc. Guillaume ne le lâchait pas des yeux. Il était partagé entre l'envie de lui mettre une gifle ou de lui taper dans le dos pour l'encourager. Lionel bredouilla :

– C'est clair. Tout à fait clair. Vous voulez savoir qui va vous rapporter la marchandise.

– C'est ça. Je t'écoute. Dépêche-toi, j'ai pas toute la nuit.

Lionel regarda Guillaume. Il ne pouvait pas dire qu'il ne l'avait pas prévu, celle-là. Il l'avait répétée au contraire, sous la douche et plusieurs fois, sur tous les tons. Il l'avait murmurée avec inquiétude, affirmée avec exaspération, suggérée avec connivence. Il avait aussi hésité, pesé le pour et le contre, élaboré une stratégie, car il était hors de question de porter le chapeau tout seul. D'abord, le procédé lui avait semblé misérable. Puis, en y réfléchissant, il n'y avait vu qu'une fatalité, avant de se résigner à le considérer comme inévitable. Il n'en avait pas parlé à Herruel. À quoi bon ajouter d'autres hésitations à celles qu'il avait déjà ? Et puis, Herruel se rangerait à son avis, il en était certain. Il repensa à tout cela en une seconde puis se jeta à l'eau.

– Il s'appelle Franck Rivière. C'est un ami de mon fils. Ils jouaient dans la même équipe de foot à Saint-Nazaire. Récemment, Franck s'est vanté auprès de Yann Herruel et de mon fils d'avoir fait un coup formidable. Il leur a demandé de l'aider à vendre son butin, mais ils ont refusé.

Lionel cherchait à éviter le regard de Guillaume. Celui-ci était foudroyé dans son fauteuil. Aucun son ne sortait de sa bouche. Au bout de la ligne, il y eut un silence. Morandeau attendit quelques secondes avant de reprendre la parole.

– Vous êtes à la concession ? demanda le truand sur un ton glaçant.

– En effet.

– Ne bougez pas.

Et il raccrocha. Il n'avait pas échappé à Lionel que Morandeau l'avait de nouveau vouvoyé. De même, son ton de voix s'était apaisé sur la fin, c'était un fait incontestable. Alors Lionel estima qu'il s'en était plutôt bien sorti et osa un coup d'œil penaud vers son complice. Mais celui-ci s'était raidi sur son séant. Appuyé sur les deux accoudoirs, il fusillait Moesson du regard.

– Vous vous rendez compte de ce que vous venez de faire ? s'exclama-t-il d'une voix offusquée. Ce garçon va porter le chapeau pour les trois. Que savons-nous de lui ? Rien. Dès lors, il est la victime parfaite ? Vous leur avez livré un coupable pour protéger votre fils.

– Et le vôtre, protesta Lionel. Le vôtre, ne l'oubliez pas !

– Ça reste à prouver. Et puis, vous auriez pu me consulter d'abord ! Je vous aurais dit non, d'ailleurs. Ce que vous venez de faire, c'est de la délation, un acte impardonnable.

Herruel était enflammé. Il pointait son index sur Lionel pour appuyer ses propos.

– Il n'était pas innocent, répliqua Moesson. C'est lui qui a volé.

– Ils étaient trois.

– Qu'est-ce que vous me chantez avec vos grands airs ? rétorqua Lionel. Morandeau me demandait le nom d'un coupable. Et vous vouliez que je lui en livre trois ? Si vous aviez une meilleure idée, vous n'aviez qu'à l'appeler.

– C'est ce que j'aurais dû faire, en effet. Je croyais que vous le connaissiez et que vous saviez mener une négociation.

Le ton monta entre les deux hommes, qui s'invectivèrent jusqu'à ce que la sonnette du portail retentisse.

71

Moesson regarda sa montre. Huit minutes. Morandeau avait mis huit minutes pour les rejoindre. Il posa sur Guillaume un regard inquiet avant de descendre au portail. Il faisait nuit. Herruel observait la scène depuis le premier étage. Des phares puissants formaient un halo de lumière bleutée derrière l'enceinte de la concession. Il vit la silhouette de Lionel avancer dans la pénombre puis le portail électrique se retirer pour laisser passer le gros SUV noir qui stoppa quelques mètres plus loin au milieu de l'allée, phares allumés et moteur ronflant. La portière côté passager s'entrouvrit et un type en descendit. Lionel échangea quelques mots avec lui avant de l'accompagner dans le showroom. Herruel entendit des pas dans l'escalier puis dans le couloir et Lionel entra dans le bureau suivi par Bruno Morandeau.

Avec son visage fin, son teint bronzé, ses cheveux poivre et sel sculptés par une épaisse couche de gel, sa chemise blanche et son blouson trop large aux épaules, il ressemblait à un patron de supermarché ou de boîte de nuit. On ne l'aurait pas remarqué dans la rue, pourtant si on l'observait, il émanait de lui une puissance singulière. Une sorte d'autorité naturelle qui n'avait ni l'intention, ni l'habitude d'être discutée et qui s'imposait physiquement par sa seule présence à ceux qui se trouvaient autour de lui. Guillaume en eut froid dans le dos. Lionel déployait des efforts intenses pour faire bonne figure. Il arborait son sourire de commercial et surjouait la décontraction au point que c'en était gênant. Il s'installa dans son fauteuil en invitant Morandeau à s'asseoir en face de lui. Mais celui-ci refusa d'un signe de main et Guillaume étant resté debout, Lionel vécut un terrible instant de solitude à se retrouver le seul assis parmi les trois. Morandeau passa au crible tous les recoins du bureau comme s'il cherchait un indice accusateur. Herruel était pétrifié et Moesson hésitait à se relever.

– Vous êtes qui, vous ? dit-il sans desserrer les dents.

– Guillaume Herruel, le père de Yann Herruel.

Morandeau esquissa un léger sourire et se tourna vers Moesson, qu'il fixa si intensément que l'autre se dressa sur ses deux bras comme un bouchon qui remonte à la surface.

– Vous vous foutez de ma gueule ?

Lionel s'excusa. Il ne comprenait pas. Il y avait méprise…

– Votre petite histoire. Franck Rivière qui propose un plan à vos deux fils, qui refusent et courent le dénoncer à leurs papas. Vous vous foutez de ma gueule ?

Lionel avait la gorge sèche, Guillaume des picotements dans les jambes.

– Vous me croyez assez stupide pour croire une histoire pareille ? Il suffit de vous voir pour comprendre. Même pas besoin d'entendre vos boniments. L'histoire est simple comme bonjour. Vos fils ont fait le coup avec Rivière. Les petits enculés qui m'ont volé, c'est eux trois. Et vous, au lieu d'assumer et de venir me parler d'homme à homme, vous avez cru malin de dénoncer le premier pour préserver les deux autres.

Lionel pissait dans son froc. Herruel avait honte. Ils étaient sermonnés par ce truand de province comme deux écoliers. C'était humiliant. Guillaume se détestait d'être ici, dans ce garage, à cette heure avancée de la soirée. Il en voulait à Yann, à ses fréquentations de caniveau et à cet imbécile de vendeur de bagnoles, mais quoi qu'il en soit, la balle était dans le camp du gominé et il n'y pouvait rien ; c'était à lui de jouer.

– Vous vous croyez beaux ? continua Morandeau. Avec vos cheveux et vos vestes bien coupées. Vous vous croyez du bon côté de la barrière, du côté des honnêtes gens et surtout pas des voyous comme moi, grinça-t-il en se touchant la poitrine avec l'index. Vous avez une haute opinion de vous-mêmes, mais quand vos gosses font une connerie, votre meilleure idée est de vous débiner pour échapper à vos responsabilités. Et s'il faut dénoncer un autre gamin pour dédouaner les vôtres, ça ne vous pose aucun problème. Vous appelez ça comment, chez vous ? Le pragmatisme ? L'instinct de survie ? Moi, j'appelle ça la lâcheté. C'est avec ça qu'on fait les déserteurs et les collabos. Moi, je suis peut-être un trafiquant, mais je ne suis pas un collabo. J'ai un code d'honneur, et la lâcheté, chez moi, c'est de la haute trahison. La peine capitale.

L'atmosphère s'était subitement tendue jusqu'à l'extrême. Lionel et Guillaume étaient immobiles et silencieux. Ils se contentaient de respirer sans faire de vagues. Discuter avec ce taré était à l'évidence totalement inutile. Bruno Morandeau se mit à faire les cent pas dans le bureau. Il jouait avec eux comme avec des marionnettes au bout de ses doigts.

– Les types qui ont attaqué mon chargement étaient trois. Franck, ce petit salopard de Rivière, et vos deux fils. Et il me semblerait juste que chacun paye sa part. Qu'en pensez-vous ?

Il posa une fesse sur le rebord du bureau de Moesson, qu'il observait comme un objet rare. Le concessionnaire était tétanisé. Il sentait littéralement les yeux de Morandeau lui courir sur le corps. Puis Morandeau se tourna vers Herruel. Celui-là semblait plus sournois et plus imprévisible.

– Qu'est-ce que vous voulez ? demanda Guillaume. De l'argent ?

Morandeau enfourna sa main dans son pantalon et en sortit un Glock automatique. Herruel tressaillit. Morandeau pointa son flingue dans sa direction. Herruel ne respira plus. Moesson se tenait à carreau.

– Vous n'avez pas les moyens, lâcha Morandeau à travers un sourire mauvais. Vous deux, continua-t-il en désignant les deux hommes du bout de son canon, vous êtes des salopes. Des salopes avec des slips en soie, mais des salopes quand même. Je ne suis pas là pour faire votre éducation. Je n'en ai ni le temps ni la vocation. Mais je voulais que vous le sachiez, qu'on vous le dise au moins une fois dans votre vie, parce que mon petit doigt me dit qu'on ne vous a pas mis au courant.

Les deux hommes n'osaient pas lever les yeux. Morandeau fit durer le plaisir de les voir penauds comme des garnements au bout de son flingue, puis il le rangea dans son pantalon.

– Je ne suis ni un justicier ni un tueur en série. Je veux simplement récupérer ma came. Et vous allez m'aider.

72

Le matin du 8 octobre, Franck s'était levé tôt et avait filé à la grande plage, les écouteurs vissés dans les oreilles. Il avait fait plusieurs fois l'aller-retour d'un bout à l'autre, histoire de bien se vider le corps et l'esprit, puis il était rentré se doucher vers dix heures. Il avait appelé Yann puis Clément. Les deux garçons avaient donné de leurs nouvelles. Yann était arrivé à Birmingham et habitait provisoirement chez un ami de son père, mais il prévoyait de déménager prochainement. Il avait repéré un quartier populaire avec des barbiers, des restos indiens, des épiceries pakistanaises et des marchands de vélos. Dans son budget, il trouverait bien un petit appartement à partager. La famille qui l'hébergeait était anglaise et francophile et le courant était bien passé entre eux. Il s'était fait de l'Angleterre une idée préconçue. C'était beaucoup plus libre, ouvert et métissé qu'en France. Il suffisait de débarquer à la gare de New Street pour s'en rendre compte. Ce n'était que le début, mais il sentait qu'il allait s'y plaire. Clément, pour sa part, avait commencé à préparer sa rentrée à l'école de commerce d'Angers. Les cours allaient bientôt commencer et il avait déjà sympathisé avec un mec de Vannes. Il avait visité les locaux, qui étaient impressionnants, et tout le monde ici se préparait pour le week-end d'intégration. Les cours n'avaient pas l'air passionnants. On lui avait dit que le premier trimestre était assez ennuyeux mais que ça s'améliorait au deuxième. Il avait prévu de s'inscrire à l'association sportive. Il y avait une équipe de foot et il allait leur expliquer la vie. Quant à l'Australie, il n'avait pas l'intention d'y renoncer. Ce n'était que partie remise, promis, juré. Franck leur avait parlé de la came. La restitution était prévue pour le soir même. Yann et Franck avaient baissé la voix pour dire que rendre les sacs aux Morandeau était de loin la meilleure option. Tout allait bien se passer. Franck était entre de bonnes mains avec leurs darons. Et demain, tout serait terminé. Ils se reverraient bientôt, aux prochaines vacances. Les coups de fil s'étaient terminés ainsi. Par des encouragements et des bonnes paroles qui n'étaient pas parvenues à rassurer Franck.

Lionel Moesson appela Franck vers quatorze heures. Le plan était simple. Il devait venir à vingt-deux heures avec les sacs dans son coffre, au rond-point des Apprentis, en bas du pont. Il y avait là, derrière une palissade, une aire de service désaffectée. Lionel l'attendrait avec la voiture de Clément, qu'il connaissait bien, il n'y aurait pas d'erreur possible. Une fois sur place, ils chargeraient les sacs dans la Mercedes, et Franck repartirait comme il était venu. Ensuite, Lionel remettrait les sacs à Morandeau à la concession. C'est ce qui était convenu. Franck trouvait compliqué de rajouter un intermédiaire, mais ça l'arrangeait. Moins il se confronterait aux Morandeau, mieux il se porterait.

La nuit tomba à sept heures. Glaciale. La température avait chuté de cinq degrés en deux jours. Lionel Moesson passa prendre Guillaume Herruel chez lui à vingt et une heures trente. Ils ne formaient certainement pas le meilleur duo du monde, mais ils savaient qu'ils se trouvaient dans la même seringue qu'il fallait pousser jusqu'au bout et qu'ils le feraient ensemble. Du reste, avaient-ils le choix ? Lionel n'avait aucune intention de faire tout le boulot alors que leurs deux fils étaient impliqués. Quant à Guillaume, il avait mesuré combien le vendeur de bagnoles était peu fiable et voulait voir la suite pour pouvoir protéger son fils de tout dérapage incontrôlé. Ils atteignirent le rond-point des Apprentis un peu avant vingt-deux heures. Quelques carcasses de fûts calcinés, des morceaux de banderoles et les vestiges d'un baraquement en palettes de bois témoignaient que ce lieu avait été occupé lors du conflit des Gilets jaunes. Ils déplacèrent une barrière de chantier et accédèrent au terrain vague avant de stationner cinquante mètres plus loin, toutes lumières éteintes. Morandeau avait tout organisé. Un lieu discret à une heure discrète. L'idée était qu'ils récupèrent eux-mêmes la came et qu'ils la lui rendent de la main à la main quand ils seraient de retour à la concession.

Guillaume était nerveux. Toute cette histoire était une mauvaise tragédie jouée par des comédiens amateurs et il avait une hâte infinie que tout soit enfin terminé. Il devait néanmoins rester sur ses gardes car comme il l'avait constaté lors de la visite de Morandeau à la concession, tout pouvait dérailler sans prévenir. Lionel lui tapait sur le système avec son air de tout savoir et sa manie de s'aplatir à la première déconvenue. Il aurait un tas de choses à lui dire lorsque le temps serait venu, mais à présent la priorité était de mettre un point final à cette histoire rocambolesque pour revenir à Paris où sa rédaction commençait à s'impatienter.

Ils attendaient tous deux, dans le silence et dans le noir, quand une voiture pénétra dans l'enceinte de l'aire de service, une Golf grise. C'était Franck Rivière, qui avançait à vitesse lente dans leur direction. Il s'arrêta à dix mètres devant eux, éteignit ses phares. Sans sortir de son véhicule, Lionel composa le numéro de Franck. Il y eut une sonnerie, Franck décrocha, c'était bien lui. Ils pouvaient commencer le transfert.

Ils avaient convenu que Guillaume chargerait les sacs mais quand le journaliste s'apprêta à sortir de la Mercedes, un éclair lumineux lui balaya le visage, suivi d'un bruit de moteur et d'un crissement de pneus. Puis une masse énorme surgit d'on ne savait où. Trois portières s'ouvrirent en même temps. Deux hommes armés sautèrent du véhicule et fondirent sur la Golf, un à l'avant, canon braqué sur le conducteur, et l'autre à l'arrière, en blouson de cuir, un pied-de-biche à la main. Pendant ce temps, deux autres types avançaient nonchalamment vers Lionel et Guillaume, figés au volant de leur voiture. Le premier, avec son look de patron de supérette, ils n'eurent aucune difficulté à l'identifier. L'autre en revanche, Moesson ne l'avait jamais vu. Bruno Morandeau tapota la vitre avec le canon d'une arme de poing.

– J'ai changé d'avis, dit-il en agitant son flingue sous le nez des deux darons. Je te la donne, il te la redonne… C'est trop compliqué. J'aime bien les choses simples. C'est ma marchandise, je me déplace, on n'en parle plus. C'est mieux, non ?

Lionel émit un borborygme incompréhensible qui voulait dire qu'il était d'accord tandis que Guillaume rongeait son frein sans oser faire le geste qui allait mettre le feu aux poudres. Décidément, il aurait donné cher pour allonger une bonne droite dans la mâchoire du gominé. Mais ce Morandeau de malheur avait encore l'avantage et il était bien obligé d'obtempérer.

– C'est bon ! clama une voix sur le terrain vague.

Le type avec le blouson de cuir venait de retirer les trois sacs du coffre sans même avoir à forcer. En entendant le signal, Bruno ferma les yeux et sourit d'aise. La came était enfin rentrée au bercail.

– Eh bien… je crois qu'on est quittes maintenant, tenta Lionel dont le ton hésitant exprimait tout le contraire.

Il tourna la tête vers Guillaume, qui acquiesça. Oui. Pour une fois, le camelot avait raison. On était quittes et chacun pouvait rentrer chez soi. C'était ce qu'il y avait de mieux à faire. Mais Bruno les contempla d'un regard las.

– J'aimerais que ça soit aussi simple, leur répondit Morandeau sur le ton de la confidence. J'aimerais vraiment, croyez-moi.

Alors, le type qui tenait Franck en joue ouvrit violemment sa portière et se pencha vers le tableau de bord pour allumer les phares. Le garçon était pétrifié. L'homme l'attrapa par le col et le tira dehors. Franck bascula de côté, se cogna la tête par terre et l'autre le traîna sans ménagement jusque dans le faisceau de lumière blanche. Les bras et les jambes de Franck flageolaient. Il manquait d'air, n'y voyait presque plus rien et son cri n'était qu'un couinement misérable dans ce terrain vague au milieu de nulle part.

Dans la Mercedes, Guillaume était indigné. Ces brutes étaient d'une violence insupportable. Il se serait volontiers interposé, mais ils étaient trop nombreux et trop bien armés. Quand Franck se redressa, il n'eut aucun mal à reconnaître celui qui lui faisait face. Une vieille connaissance qui répondait au nom de Riton. Celui-ci ne prononça pas un mot et se contenta de lever lentement le pied-de-biche qu'il tenait à la main. Franck qui comprit tout de suite ce qui allait se passer, fut pris d'un accès de panique. Il tenta de reculer sur ses coudes, mais le type qui l'avait sorti de la Golf l'empoigna par les épaules et le souleva de terre.

– Qu'est-ce que vous allez faire ? demanda Guillaume à Morandeau.

– Tu verras bien, répondit ce dernier avec lassitude.

Dans le halo de lumière blanche, Franck se débattait comme il pouvait mais le type qui lui bloquait les bras était lourd comme une enclume. Devant lui, serré dans son sale blouson de cuir pourri, Riton le fusillait du regard. Franck aurait aimé lui dire combien il avait un look de naze, et combien au fond de lui, il l'avait toujours méprisé. Mais il n'en eut pas le temps. Riton leva la barre de fer et l'abattit de toutes ses forces sur le tibia de Franck, qui fut pris d'une convulsion dans tout son corps et hurla de douleur. Dans la voiture, Guillaume et Lionel étaient terrifiés. Les choses venaient de prendre une tournure radicale et aucun d'eux n'osa poser de question à Morandeau. Tandis que Riton contemplait sa victime, Bruno murmura aux deux hommes sans quitter la scène des yeux :

– C'est lui qui s'est fait voler sa cargaison, alors il voulait donner une leçon à Rivière. Œil pour œil, dent pour dent. C'est comme ça, il faut payer.

Lionel et Guillaume se turent. La seule chose qui importait à présent, c'était qu'on en finisse et que chacun rentre chez soi. Morandeau avait récupéré sa drogue, il avait filé une trempe à Franck. Ils espéraient être arrivés au bout de cette scène de démence et même s'ils se faisaient tous deux la même réflexion, ni l'un ni l'autre ne prit l'initiative de dire quoi que ce soit à Morandeau. Ce type était timbré et mieux valait se taire et le laisser venir. Riton était rentré dans le 4 × 4, laissant Franck allongé sur le sol, en larmes et tordu de douleur.

– Mon ami a eu ce qu'il voulait, dit Bruno. Et croyez-moi, si ça ne tenait qu'à moi, j'en resterais là. Simplement, voilà, ce petit connard de Rivière et vos deux fils ne se sont pas contentés de me voler. Ils en ont parlé à tout le monde. Ils ont essayé de vendre ma came au quart du prix et tous les petits dealers des environs se sont pointés comme des rats.

En disant ces mots, Morandeau mimait avec le bout de ses doigts des petites pattes en train de courir sur le canon de son flingue.

– Mais comme les rats, ils ont un bon odorat et ils ont flairé l'embrouille. Et comme les rats, ils sont intelligents et ils ont compris que c'était ma came qu'on leur vendait à vil prix. Vous voyez le problème ?

Lionel et Guillaume hochèrent vaguement la tête d'un signe qui ne voulait dire ni oui ni non, de peur qu'il soit mal interprété.

– Maintenant, tout le milieu sait que Bruno Morandeau s'est fait piquer cinquante kilos. Et ils attendent la suite. Au moment où je vous parle, il y a une armée de caïds, de grossistes, de concurrents, de revendeurs et de petits dealers qui attendent de voir ce qui va se passer. Et s'il ne se passe rien, ils sauront qu'on peut piquer cinquante kilos à Morandeau et s'en tirer avec une jambe dans le plâtre. Vous voyez le problème ? Est-ce que vous voyez la fosse à purin dans laquelle vos petits merdeux m'ont jeté ?

Morandeau parlait d'une voix paisible. Autour d'eux, au-delà des phares de la Golf, c'était l'obscurité et le silence. Il y avait Franck recroquevillé à terre, le ronronnement de quelques voitures empruntant la rampe du pont au-dessus d'eux et la respiration difficile des deux pères, comme si l'eau montait dans leur maison un jour d'inondation.

– On se croit maître chez soi, continua Morandeau, mais c'est faux. On a toujours des contraintes. Des clients, des fournisseurs, une réputation à défendre. Pas vrai, Moesson, vous me comprenez, j'en suis sûr ?

Lionel ne voulait donner aucune prise à l'argumentation du malfrat, mais exprimée de la sorte, il ne pouvait qu'être d'accord. Terrorisé, il hocha la tête.

– Je n'ai pas le choix. Je dois leur montrer qu'on ne peut pas me piquer cinquante kilos sans conséquence, et pour cela, je dois faire un exemple. Je vais vous expliquer comment ça va se passer, mais avant cela, je vais vous montrer quelque chose.

Bruno claqua des doigts et un de ses hommes de main se pointa vers la Mercedes. Lionel se mit à trembler. Le bouledogue se posta devant la portière du côté de Guillaume, qui recula sur son siège. Puis l'homme tendit son bras à l'intérieur de l'habitacle. Au bout de sa patte velue, il y avait un téléphone portable sur l'écran duquel il fit défiler une série de photos. En regardant les clichés, Lionel gémit et Guillaume sentit que son cœur allait lâcher.

73

Les lumières s'éteignirent d'un coup, faisant le noir complet. Puis un épais faisceau blanc aux contours bleus apparut, braqué sur le corps raide et immobile de Jacky Morandeau. L'assemblée retenait son souffle, quand une salve de violons gicla des énormes baffles massées de chaque côté de la scène. Puis un kick de grosse caisse, un riff de guitare, une ligne de basse éléphantesque rivée à la pulsation. Des cris fusèrent. Des silhouettes se levèrent dès les premières mesures. L'assistance était fébrile. Plusieurs minettes en robe moulante bondirent sur leurs talons en se trémoussant. Tout le monde connaissait ce tube. Une bordée de cuivre électrisa la foule. Sur la scène, Jacky, à moitié fait avec ce qu'il avait picolé et sniffé depuis le début de la soirée, était dans un état second. Puis la voix haut perchée de Patrick Juvet jaillit des tweeters. « *It's so good to see you when you're back on the scene.* » Jacky se déhanchait en faisant semblant pour l'anglais. Un quart des gens étaient debout.

– *Lady Night*, de Patrick Juvet, souffla un camionneur à l'oreille de Bruno, qui sirotait une coupe de champagne et qui, par ailleurs, n'était pas très calé en disco.

Bruno leva haut son verre à la santé de son frère, de ses conducteurs de camion, de ses meilleurs clients, amis, partenaires qu'il avait invités pour cette soirée-spectacle au bar des Rochelles et dont il était prévu qu'elle laisse à tous un souvenir impérissable.

– Amène du champagne, putain ! Le seau est vide. Je veux que les seaux soient toujours plein, hurla Morandeau à un serveur mal dégrossi qui passait par là.

« Oh my Lady Lady Lady Lady Lady night. »

Sur scène, Jacky habitait son personnage dans les gestes, les poses, les mimiques. Il était aussi heureux qu'un gamin lancé à toute allure sur des montagnes russes. Bruno avala son verre cul sec sans quitter son frangin des yeux en pensant : quel couillon. Puis il se leva et fit la tournée des tables, comme à un mariage. Car ce soir, Bruno recevait. Tout s'était monté à l'arrache la veille, il avait privatisé la boîte, invité la terre entière et il fallait que ça se sache. Il passa entre les tables, distribua les tapes dans le dos, les accolades, les sourires complices. On le congratulait, on le félicitait pour son millième client. Il n'y en avait que huit cent quarante-sept dans son fichier, mais qu'importe. Un homme parmi d'autres comptait aux yeux de Bruno. Il était assis à une table avec sa bourgeoise et discutait avec le directeur de l'hypermarché de Guérande.

– Comment ça va, Régis ? demanda Morandeau en s'approchant.

– Merveilleusement. Bravo pour le millième. Et bientôt, le million ! dit-il en levant son verre. Dis donc, ajouta-il en lorgnant la scène où Jacky était à moitié torse nu, je ne connaissais pas les talents de ton frère pour la chanson.

Bruno considéra Jacky et se tourna vers Régis, dépité.

– La famille, quel fardeau.

À une heure du matin, sur l'aire de service déserte du rond-point des Apprentis, deux voitures étaient garées à vingt mètres l'une de l'autre, tous phares éteints.

– C'est insensé. Totalement absurde. On ne va quand même pas se laisser faire, pesta Guillaume Herruel en tapant sur la planche de bord de la Volkswagen. Il faut appeler la police. Je le fais, merde.

Il glissa sa main dans la poche intérieure de sa veste mais à peine eut-il sorti son téléphone, que Lionel le lui prit violemment des mains en menaçant de le jeter par la fenêtre.

– On en a déjà parlé. On n'a pas attendu ici comme des cons pendant deux heures pour appeler la police maintenant.

Guillaume leva le bras pour frapper Lionel, avant de se dégonfler et de s'effondrer la tête entre ses mains. Encore une fois, le vendeur de bagnoles avait raison. Cette situation était insupportable, ignoble, révoltante, il n'y avait pas de mot pour la qualifier, mais ils y étaient jusqu'au cou et ils n'avaient aucun moyen d'en sortir. C'en était trop pour ses nerfs. Il était à deux doigts de craquer. Et s'il laissait Lionel en plan ? Il y avait pensé, bien sûr, mais aussitôt émise, l'hypothèse lui apparaissait pour ce qu'elle était : totalement absurde. Il avait eu beau retourner le problème dans tous les sens – et Lionel avait fait la même chose –, il n'avait trouvé aucune idée lumineuse pour échapper à la situation insensée et inextricable dans laquelle ils étaient embarqués. Et ce Franck Rivière qui gémissait tout seul dans la Mercedes.

Quand Morandeau et ses hommes s'étaient tirés, Lionel et Guillaume s'étaient installés dans la Mercos avec le gosse. Mais au bout d'une heure, comme il n'arrêtait pas de couiner et de demander pourquoi on n'allait pas à l'hosto, Lionel avait déserté pour se réfugier dans la Golf. Guillaume l'avait méprisé pour cela, mais quinze minutes plus tard, il l'avait rejoint. Le gamin souffrait le martyre et ils avaient beau lui promettre l'hôpital, il n'en finissait pas de gémir. C'était insupportable.

– Et s'il n'appelle pas ? dit Guillaume.

– Il appellera, rétorqua Lionel.

Ils avaient convenu de ne prévenir personne, pas même leur femme. Elles leur auraient ordonné de tout arrêter, de rentrer à la maison. Elles auraient tout faire foirer car elles n'avaient pas vu les photos, elles. Comment ce salaud de Morandeau s'était-il procuré ces photos de Yann et de Clément ? Des photos récentes et authentiques. Le premier attendait un bus à impériale dans une rue de Birmingham, l'autre prenait une bière à la terrasse d'un bar du centre-ville d'Angers. Le message était clair. Morandeau avait un réseau. Il avait le bras long et tenait leurs deux garçons au bout de son flingue. S'ils n'exécutaient pas son plan, il appuierait sur la détente.

1 h 05. Toujours pas d'appel. Il ne devrait pas tarder. La marée était montante depuis une heure.

C'est au moment où Jacky, survolté et dégingandé comme un pantin de bois, sautait en l'air en criant : « Ça plane pour moi » que Bruno s'esquiva pour aller aux toilettes. Il descendit un escalier sombre, poussa une lourde porte en chêne et entra dans une pièce carrelée de blanc, où il se colla à la première cuvette blanche et dézippa son pantalon. Putain, ça faisait du bien. La musique résonnait, assourdie, à travers les murs de béton. Et pendant qu'il se soulageait d'un jet raide et brûlant, il attrapa son téléphone et composa le numéro.

– Allô ?

Lionel sursauta. Le coup de fil ne dura que cinq secondes, puis il raccrocha et regarda Guillaume totalement désemparé. Il avait les yeux luisants, ne pouvait plus parler. Ses mains tremblaient. Guillaume était accroché à ses lèvres comme un naufragé à son radeau. C'était l'heure.

– On en finit, se surprit-il à dire. On sort de ce cauchemar et on rentre chez nous.

Après s'être extrait de la voiture, Lionel se traîna jusqu'à la Mercedes de son fils comme un condamné au gibet. Franck était étendu sur la banquette arrière, assoupi. En refermant la portière, Lionel le réveilla.

– On va à l'hôpital ? gémit-il.

– Oui. On y va. On va à l'hôpital.

Et Lionel démarra la Mercedes. Guillaume était au volant de la Golf. Il n'en pouvait plus de ces gants en latex. La consigne de Morandeau était très claire. Il devait attendre cinq minutes que la Mercedes soit partie pour démarrer. Ensuite, il emprunterait le pont en direction de la rive sud jusqu'au premier pylône, jusqu'à l'endroit où Lionel se serait garé. Là, ils devraient s'assurer qu'aucun véhicule ne les suivait ni ne les précédait. Au moment le plus calme, il rejoindrait Lionel pour l'aider à sortir le gamin de la Mercedes. Ils disposeraient d'une minute. C'était parfaitement faisable. Ils n'avaient aucune raison de paniquer. Il serait plus d'une heure du matin. Il n'y avait presque pas de trafic sur le pont à cette heure un mardi soir. Ils devraient faire ce qu'ils avaient à faire sans se poser de question. Franck était épuisé et blessé, il n'aurait pas la force de s'interposer. La mer remontant, le corps serait porté vers Donges. Les flics le trouveraient le lendemain et n'y verraient que du feu. La mort du gamin passerait pour un suicide. La presse en parlerait. La nouvelle serait en première page de *Ouest France*. Encore un suicidé sur le pont de Saint-Nazaire. On hausserait les épaules dans tous les rades du coin, mais à ceux à qui il était adressé, le message serait limpide et parfaitement explicite : voilà ce qui se passait quand on s'avisait de voler cinquante kilos de came à Bruno Morandeau.

Guillaume se dégoûtait. Comment pouvait-il s'apprêter à commettre un tel acte ? Lui. Avec ses convictions, ses valeurs, ses choix politiques, comment était-ce même concevable ? Il était un type bien, un honnête homme, un gentil, merde. Alors quoi ? Il pouvait se torturer l'esprit, il connaissait très bien la réponse. Elle était élémentaire. Au bout de l'ultimatum de Morandeau, il y avait un choix d'une difficulté insurmontable et en même temps d'une effarante simplicité, un choix qu'il ne pouvait déléguer à nul principe, nulle intelligence supérieure, un choix brutal et solitaire qui lui appartenait et qui se situait sans doute à l'extrême limite entre le monde des innocents et celui des coupables. Ce choix, c'était Franck ou son fils. Morandeau l'avait répété deux fois, pour être certain que Lionel et Guillaume avaient bien compris : si le suicide de Franck Rivière n'était pas rapporté dans le journal le lendemain, leurs deux fils seraient abattus. Ces mots leur collaient encore aux oreilles comme des crachats empoisonnés. Guillaume ouvrit la vitre du conducteur et respira un bon coup. Il devait faire face. Il n'y avait plus à réfléchir. Le réel était trop présent, trop dense pour qu'il puisse y échapper. Il huma la brise marine, s'emplit les poumons, puis s'essuya le front avec son gant en latex et tourna la clé dans le Neiman.

ÉPILOGUE

74

Après avoir secoué Clément sur le prétendu vol de sa voiture, Marc et les deux flics entrent dans la demeure de Moesson à Pornichet. Clément est seul, paniqué, piégé. L'édifice s'effondre comme un château de cartes. Il tente de répondre qu'il était à Angers. Pour quoi faire ? Pour s'installer. Mais il vient de dire qu'il habitait chez sa tante. Il bafouille, perd ses moyens. Un rouget au fond de la nasse. Il appelle son père. Marc laisse faire. Il est sur le banc, il n'y a plus qu'à relever le filet. Le vieux débarque chez lui un quart d'heure plus tard, tordu, mielleux, à bout de force. On sent une colère tellurique poindre sous ses mimiques de garçon d'ascenseur. Il sue à grosses gouttes.

– Vous avez été filmé en haut du pont, le soir de la mort de Franck Rivière.

Marc bluffe. Mensonge par omission. L'autre se jette sur l'occasion. La vérité le torture à petit feu et il va enfin mettre un terme à ses souffrances. Tragi-comédie. Moesson s'effondre dans son canapé. Il suffoque, sanglote, fond en larmes. Son fils est épuisé. Moesson avoue tout.

– Laure ? C'est Marc. Qu'est-ce que t'a dit le père Herruel ?

– Qu'il ne savait rien.

Marc la met au courant et aussitôt, Laure fait demi-tour. Épingle à cheveux et épaisse trace de gomme sur la chaussée. Quand elle arrive à Pornic chez les Herruel, les deux parents sont déconfits. Ils n'ont pas tenu le choc. Ils attendent le retour des flics avec soulagement. Qu'on en finisse !

– Vous êtes en état d'arrestation pour le meurtre de Franck Rivière.

Laure récite ses droits au journaliste en lui passant les menottes. Quant à la troisième descente, c'est la cavalerie. Deux fourgons de flics armés jusqu'aux dents débarquent à Paimbœuf au siège de la petite entreprise de transport routier. Deux gras-doubles dévalent sur le parking, armés de barres de fer, mais ils voient tout de suite que c'est la police. On déconne pas. Ces branques tirent à balles réelles, de nos jours. Sommations. Ils déposent les armes. Les flics investissent les lieux. Bruno et Jacky Morandeau, les mains derrière le dos, jouent les fiers-à-bras. Ils s'offusquent comme deux bigotes qui auraient surpris leurs chienchiens en train de s'enculer. C'est inexplicable. Vous êtes complètement malades. C'est de l'acharnement. Vous vous expliquerez avec notre avocat, etc. Mais leurs jérémiades ne sont que du cinéma. Les deux vieux ont tout avoué. Guillaume Truc et Lionel Machin. Voilà ce qu'il en coûte de traiter avec des amateurs... C'est l'avis de Jacky, qui ronge son frein. Lui, il avait un plan plus simple, plus radical, moins alambiqué que celui du frangin. Et pour une fois, Bruno donnerait volontiers raison à son frère. Ils montent dans le fourgon. Les flics mettent les sirènes. C'est la fin.

75

Le lundi midi, quand Pascal Rivière se rend au Rallye pour l'apéro, il ne comprend pas ce qui se passe. Ses copains le regardent de travers, l'évitent, le fuient comme s'il puait ou qu'il avait trop bu, sauf qu'il n'a pas encore éclusé un seul gorgeon. Il se pointe au comptoir, commande un jaune et les autres continuent leur cirque, déploient une énergie considérable à faire comme si de rien n'était. Mais Pascal les connaît. Les lascars n'ont pas fait la rue Blanche et s'ils font semblant de rien, c'est qu'il se passe quelque chose. C'est Merlot qui se dévoue. Il s'avance prudemment et tend à Pascal le *Ouest France* du jour. Pascal le déplie et se prend la une en pleine face. Une grosse manchette bien grasse qui hurle : « Le suicidé du pont était un assassin ». Pascal est déboussolé. Il espère ne pas comprendre, mais il y a une photo du pont en pleine page et il est bien obligé de faire le lien. Les copains se sont reculés. Tous aux abris. Pascal ouvre le journal en page 3 et s'étrangle. « Du nouveau dans l'affaire Rivière. Quatre suspects en garde à vue. Lionel Moesson, concessionnaire à Saint-Nazaire, Guillaume

Herruel, journaliste à Paris, et Bruno et Jacky Morandeau, entrepreneurs dans le pays de Retz. Franck Rivière aurait été la victime d'un complot. » C'est à n'y rien comprendre. Mais double scoop. « La victime serait également coupable d'un meurtre rapporté par un témoin, Chloé Délineau, qui s'est confiée aux forces de l'ordre. Tout commence par une soirée dantesque au sein de la bonne société de La Bernerie-en-Retz. L'alcool et la drogue coulent à flots. Des jeunes débordés par situation. Une tentative de viol. Une rixe qui tourne mal. Bilan : un mort, et son assassin qui se suicide six mois plus tard. Les deux affaires sont-elles liées ? C'est une nouvelle hypothèse que rien ne permet d'écarter. Au milieu de ces deux affaires, un homme, Régis Tourneur, l'oncle de Rivière, patron d'une boucherie industrielle à Saint-Nazaire. Il aurait intimidé Chloé Délineau et serait en affaires avec Morandeau. » Pascal sent une bourrasque de vent glacé lui récurer les bronches.

– Putain, le salaud, clame-t-il en manquant de renverser son pastis sur sa chemise.

Il n'en revient pas. Régis Tourneur. Les copains n'osent pas intervenir. Pascal n'est pas dans son état normal. Ça serait un coup à s'en prendre une. Il lit l'article jusqu'au bout et le relit comme pour se remuer le couteau dans la plaie. Ça le retourne, ça le dégoûte, ça le met dans une rogne noire, et en même temps, il n'en perd pas une miette et se délecte de chaque phrase, de chaque détail. Régis. Le nom de son beau-frère tourne dans sa tête, l'obsède, une formule surtout. C'est à la fin, au dernier paragraphe. « Régis Tourneur : homme d'entreprise le jour, chef de meute la nuit ? » Un sourire mauvais fleurit sur le visage de Pascal, déformé par la colère et la haine. C'est comme si le journaliste avait trouvé la formule ultime pour qualifier ce tocard, cet arriviste, ce prétentieux de petit boucher de mes deux. Depuis des années, il le savait, lui, que ce peigne-cul de Régis n'était rien d'autre que de la graine de criminel, mais personne ne voulait l'écouter. Parce qu'il est au chômedu à moitié estropié et que l'autre a deux cents personnes sous ses ordres et tutoie monsieur le maire. Ça le met en rage. Régis, le chef de meute. L'assassin. S'il croit qu'il va se tirer d'affaire avec son fric et ses relations ! Pascal est rouge de colère. Il hésite à commander un autre verre, regarde autour de lui, désemparé, ne voit pas ses copains qui l'observent avec inquiétude. Tout est flou, irréel. Il plie le journal, le coince sous son bras avant de sortir du bar-tabac.

Le temps de repasser chez lui, de descendre au sous-sol, d'ouvrir le placard en métal où sont rangées ses affaires de chasse. Des années qu'il n'a pas tiré. La Remington est pleine de poussière, mais elle va servir une dernière fois. Il fiche deux cartouches dans le canon et emballe la carabine dans une couverture grise avant de jeter le tout dans le coffre de la Saxo. Dix minutes plus tard, le voilà à l'usine. Aucune hésitation, aucune tergiversation. Il n'a sans doute pas été un père à la hauteur, mais il n'ajoutera pas le déshonneur à l'impuissance. On est lundi, son beau-frère y est certainement. Il empoigne son arme enveloppée dans la couverture et se dirige d'un pas résolu vers l'entrée de l'entrepôt. M. Tourneur se trouve à l'abattoir, bâtiment A. « M. Tourneur à l'abattoir ? Ça tombe bien », rumine Pascal en suivant la ligne fléchée peinte sur le sol. L'adrénaline l'a dégrisé. C'est une boule de nerfs, tout rouge sous sa barbe hirsute. Il allonge le pas, sa couverture traîne à terre. Bâtiment B. Il approche sans croiser personne. Le couloir tourne à droite. « Bâtiment A ». C'est écrit en grand sur le mur. Il pousse la porte. C'est une chambre froide, immense, tout en longueur. Cinquante mètres de profondeur sur dix de large. Au plafond, huit rails en acier et sur les côtés, deux rangées de carcasses de bœufs éventrés, dépecés, les membres sectionnés, pendus par les crosses. Au centre, deux rails portent des demi-carcasses sur une dizaine de mètres et devant un attroupement, six personnes en combinaison, bottes et casques blancs.

Pascal a un moment d'hésitation. Ces cons-là sont tous habillés pareil. Impossible de reconnaître Régis. Il laisse tomber la couverture à terre, lève la Remington à la verticale.

– Régis ! Montre-toi, espèce de salope.

Il tire en l'air. Les autres paniquent. Ils ont capté qu'ils n'ont rien à faire là. C'est une affaire entre leur patron et un forcené. En voilà cinq qui se débinent, reculent, se planquent derrière la barbaque. Un seul reste debout, au milieu des quartiers de viande, saisi de stupeur.

– Putain, Pascal. Qu'est-ce que tu fous ?

C'est Régis. Pascal s'avance vers lui. Il lui reste une balle dans le canon.

– Le suicide de Franck. C'est toi qui es derrière, hein ?

– Quoi ? Mais qu'est-ce que tu racontes ?

– C'est dans le journal. Franck a tué un type et après il a été tué. Et au milieu, comme par hasard, y a tonton Régis.

Régis comprend soudain ce qui se passe. À ruminer toute la journée dans son salon, ce con est en train de se faire un film monumental.

– Tu crois que j'ai tué Franck ? Non, mais tu te fous de moi ?

– Les Morandeau, c'est des copains à toi, pas vrai ?

– Des copains, tu plaisantes ! C'est des relations de boulot, un point c'est tout.

– C'est eux qui l'ont buté. Alors si c'est des relations, pourquoi t'as rien fait pour les empêcher ?

Régis est atterré, mais Pascal pointe son fusil sur lui et il se dit que cet imbécile pourrait lui tirer dessus.

– Franck avait besoin de fric et le seul moyen qu'il ait trouvé, c'était de faire du trafic pour les Morandeau. Il est venu me voir et je lui ai dit que c'était une connerie mais il ne m'a pas écouté. Et puis il est arrivé ce qu'il est arrivé. Qu'est-ce que j'y pouvais, moi ? J'allais pas le marquer à la culotte, merde !

– T'aurais dû..., hurle Pascal. T'aurais dû m'appeler !

Pascal est décontenancé. Il a baissé son fusil. Régis reprend du poil de la bête.

– Ça aurait changé quoi ? Il ne voulait pas te parler !

– Moi, je lui aurais parlé.

Régis se fout en rogne. Cette tête de nœud qui débarque à l'abattoir au milieu de ses gars avec un fusil chargé et qui le menace parce qu'il n'a jamais rien compris à son rejeton, ça le débecte. Il s'avance vers lui, le menton en avant.

– Il ne t'aurait jamais écouté. Il te fuyait comme la peste. Tout ce que tu représentes, tout ce que tu es devenu, ça lui foutait la gerbe. Il voulait réussir, jouer au foot, faire quelque chose de sa vie, gagner du pognon, se construire un avenir. N'importe quoi, sauf ouvrier et chômeur. Et il pensait que s'il t'écoutait, il finirait comme toi.

Pascal s'est immobilisé. Tout s'embrouille à présent. Il a du mal à respirer tant il a de colère à évacuer. Régis écarte les bras. Il a vu ses collaborateurs qui rasent les murs et qui s'apprêtent à prendre Pascal à revers. Il faut leur laisser le temps de faire le tour. Il faut continuer d'embobiner le poivrot, le noyer sous une pluie de reproches, puisque ça a l'air de marcher. Régis hausse le ton.

– Moi, j'ai essayé de le conseiller, de le diriger, de m'occuper de lui, comme un père. J'ai peut-être pas tout réussi, mais au moins j'ai essayé.

Pascal sent une larme couler sur sa joue. Régis enfonce le clou.

– Et si tu avais essayé, toi aussi, au lieu de passer ton temps au bistrot, peut-être que ton fils ne serait pas tombé du…

Régis n'a pas eu le temps de finir sa phrase que le coup est parti. Une détonation assourdissante dont l'écho résonne longuement dans le hangar fermé. Tourneur prend le tir en pleine poitrine, un uppercut brûlant au-dessus du poumon. Il vacille, titube, stupéfait. Sa combinaison blanche est maculée d'une énorme tache rouge. Pascal est paralysé, les yeux brouillés de larmes, le canon fumant, les oreilles bourdonnantes. Régis tombe à genoux. Pascal voit tout flou et n'entend pas les cris autour de lui. Tout s'embrouille et se mêle quand soudain, une deuxième déflagration résonne mais dans sa tête cette fois. Une massue ou un bloc de béton qui l'aurait percuté à toute allure derrière le crâne. Pascal lâche son fusil, s'effondre face contre terre, la tête en sang sur le carrelage blanc.

76

Après leur nuit à Noirmoutier, Julia a déposé Marc au commissariat avant de repasser chez sa mère pour prendre des nouvelles. Avec Mélanie, elles ont trouvé une aide à domicile qui vient tous les matins pendant trois heures s'occuper de la maison et faire quelques courses. La jeune femme est très gentille et Christine l'a bien acceptée. Elle remonte la pente plus vite que Julia ne le pensait. La disparition de son fils cadet l'a assommée, mais c'est une dure à cuire, un roseau tout frêle qui plie mais ne rompt pas.

Ce lundi midi, sa mère a accueilli Julia en tablier de cuisine, les cheveux en pétard et les mains enduites de lessive. Elles ont discuté un peu ensemble dans l'odeur de poireau et de pomme de terre, une conversation heurtée, décousue, pleine de blancs. Julia a mesuré combien sa mère était perdue, désemparée. Dans son deuil comme dans sa vie, son existence n'est faite que de solitude à tromper. La seule connivence qu'elle éprouve au quotidien, c'est celle de Mélanie, sa sœur cadette. Heureusement qu'elle est là. Il est treize heures et Pascal est encore dehors. Christine l'a entendu rentrer il y a une heure. Il est parti farfouiller à la cave et puis il est reparti sans un mot. Dieu sait à quelle heure il reviendra. Julia tente de prolonger la conversation mais Christine a encore du mal à parler. Alors Julia serre sa mère dans ses bras, un fétu de paille, une brindille. Puis elle lui demande de dire bonjour à son père de sa part – un murmure dans un courant d'air, peu de chances qu'il parvienne jusqu'à lui. En refermant le portillon du 14 rue Marcel-Sembat, elle se dit qu'il est temps pour elle de repartir à Paris.

Marc l'appelle pour lui annoncer qu'ils ont trouvé les meurtriers de son frère, Moesson et Herruel, les pères des deux amis de Franck. L'histoire rocambolesque de notables menacés et manipulés par un mafieux qui les manœuvre sans se salir les mains. Julia n'en revient pas, mais au fond surtout, elle se rend compte qu'elle s'en fout. Le mal est fait. Les détails importent peu. Elle annonce à Marc son départ pour Paris. Marc accuse le coup. Il voudrait la revoir une ultime fois mais Julia hésite. Leur dernière soirée était parfaite, autant finir ainsi. Marc n'insiste pas. Julia rentre chez elle, rue de La Havane. Elle a faim et se fait une tartine. À quatorze heures trente, Marc la rappelle.

– Julia ! Ton père est à l'hôpital.

Une demi-heure plus tard, l'Audi pénètre dans le parking du centre hospitalier de Saint-Nazaire. L'immense bâtiment cylindrique déborde d'activité. Ambulances aux hayons ouverts, malades, visiteurs, brancardiers se croisent dans un désordre innommable. Julia évite de peu un type enturbanné qui fonce à toute allure dans son fauteuil roulant. Elle se rend à l'accueil. Pascal Rivière ? Il est en observation. Elle doit patienter. Quand elle aperçoit Marc qui déboule dans le hall, elle lui fait signe de la main.

– Julia ! Ton père. Tu as des nouvelles ?

– Traumatisme crânien. Il est sous surveillance. Quant à mon oncle, il est au bloc, mais ses jours ne sont pas en danger. Qu'est-ce qui s'est passé ?

Marc explique à Julia que Pascal a tiré sur son oncle au fusil de chasse et qu'un boucher l'a assommé. Julia est complètement abasourdie. Elle se laisse tomber sur un des fauteuils gris alignés dans le hall.

– C'est délirant. Qu'est-ce qui lui a pris ?

– Il a agi sous le coup d'une terrible confusion. Ses copains de bistrot nous ont prévenus, mais trop tard. Il a lu l'article dans *Ouest France* et il a vu rouge. Heureusement qu'il a touché que l'épaule. À dix centimètres près, c'était le cœur et le reste de sa vie en prison.

– Il va y aller quand même, soupire Julia.

– Sauf s'il a une bonne avocate…, tente Marc en souriant.

– Je ne fais pas de pénal, mais je vais lui trouver quelqu'un.

Marc acquiesce. Il semble sincèrement affecté et Julia lui pose la main sur le bras.

– Merci. Pour l'enquête.

– J'ai fait mon boulot.

Julia laisse sa main sur le bras de Marc. Elle se souvient de ce bras, de ces mains, de sa peau, et le désir de lui est encore vif en elle. Elle cherche ses mots.

– Et merci pour tout le reste.

Marc hésite à son tour. Il a envie de dire quelque chose et il a peur que cela sonne faux, mais il doit se lancer. Sinon, il sait qu'il le regrettera et qu'il se rejouera longtemps cet instant dans le hall de l'hôpital où il aurait dû lui dire ce qu'il avait sur le cœur.

– J'ai passé des heures uniques avec toi, Julia, des moments que je n'oublierai jamais. Te revoir après toutes ces années, ça a fait remonter plein de choses. Ma vie, mes choix, la voie que je me suis tracée se sont mis à tanguer comme une barque dans la tempête. Plusieurs fois je me suis dit que je voulais partir avec toi, tout laisser, tout abandonner pour vivre un amour passionné.

Julia écoute, en silence.

– Mais je ne l'ai pas fait car j'aime Stéphanie. On se chamaille tout le temps, on se reproche des tas de choses, mais au fond, je crois que nous sommes indispensables l'un à l'autre. Nous n'avons pas eu le temps de nous le dire mais je voulais le faire, pour que nous n'ayons jamais de regret.

Le cœur de Julia bat vite. Elle est soulagée et en même temps elle sent qu'elle pourrait éclater en sanglots. Cela n'a aucun sens. Ou bien si, peut-être, et il faudra qu'elle y réfléchisse. Elle prend la main de Marc et se penche pour lui parler de ce qu'elle a vécu avec lui pendant ces quelques semaines et de la suite qui désormais leur appartient. Elle entrouvre ses lèvres puis se ravise et les referme. Les mots seront bien fades et incapables d'exprimer ce qu'elle a envie de lui dire. Alors elle lui met la main derrière la nuque, approche son visage du sien et l'embrasse à pleine bouche une dernière fois.

77

Chambre 234. Christine est arrivée à l'hôpital avec Mélanie. Le psychodrame entre leurs maris ne les pas éloignées l'une de l'autre, au contraire, on dirait qu'il les a rapprochées. Les deux sœurs se tiennent par le bras. Elles retrouvent Julia, bouleversées et inquiètes. Elles ont eu si peur et sont tellement en colère. Julia et Christine montent au deuxième étage par le monte-charge car l'ascenseur est hors service. La chambre se trouve sur la droite, à quelques mètres de l'escalier. Les deux femmes poussent la porte. Il fait sombre. Près de la fenêtre, une silhouette corpulente est allongée sur le lit. Une énorme compresse de gaze lui enveloppe le crâne, tenue en place par un filet extensible. Il porte une chemise d'hôpital qui lui arrive à mi-bras. Il a la barbe qui dépasse. On dirait une marionnette. Il ne bouge pas. Christine s'approche. Elle est en larmes. Elle lui prend la main et murmure son prénom. Pascal. Elle sait qu'elle a failli le perdre. Il a beau la houspiller toute la journée, la perspective d'être séparée de lui est comme un tremblement de terre. Des spasmes agitent le corps chétif de Christine qui semble s'accrocher à la vie en tenant la main inerte de son mari. Pascal est à peine conscient. Il a reconnu sa femme et lui sourit. C'est un instant de grâce entre ses parents. Un moment rare, une scène apaisée, débarrassée de cette écume aigre du quotidien qui les empoisonne en permanence. Julia en est toute remuée. En cet instant ne subsiste que l'essentiel, la nécessité vitale de l'autre, de celui qui fait partie de soi et sans lequel on n'est rien. Jamais, autant qu'elle puisse s'en souvenir, Julia n'a vu entre son père et sa mère quelque chose qui ressemble autant à de l'amour. Pascal referme les yeux. Seul le drap qui se soulève sur son ventre atteste qu'il respire.

– Chéri, Julia est là, dit Christine en essuyant une larme sur sa joue.

Pascal essaie de lever de nouveau ses paupières. Ses yeux vitreux semblent figés. Un rictus de souffrance et de regret envahit son visage. Des larmes gonflent dans ses yeux. Il ouvre sa main. Julia y dépose la sienne. Elle sent la dureté de sa paume calleuse. Pascal resserre ses doigts. La main de sa fille est douce et minuscule. Il est faible et ne peut pas la serrer, alors il la caresse avec son pouce. Il respire lentement et remue les lèvres. On dirait qu'il veut parler. Christine et Julia scrutent ses moindres mouvements. Julia s'approche à portée du souffle de son père, entend sa respiration et retient la sienne. Il murmure. Deux mots. « Pardon… Pardon… » Trop difficile d'en dire davantage. Et Julia ne peut retenir un sanglot. Elle serre à son tour la main de son père. Christine aussi est en pleurs. Ils restent de longs instants ainsi, silencieux et prostrés, à rattraper comme ils le peuvent le temps perdu.

Le lendemain. Julia a décidé de rester la fin de la semaine à Trignac. Les jours de Régis ne sont plus en danger et les médecins assurent qu'il sortira de l'hôpital d'ici peu. Mélanie leur a fait savoir qu'il ne porterait pas plainte. Quant à Pascal, il écopera d'une cure de désintoxication. Cette fois-ci, il n'y coupera pas. Après avoir passé une heure à l'hôpital, Christine et Julia sont revenues à la maison. Christine s'agite, elle s'en amuse. Elle est tellement heureuse d'avoir sa fille auprès d'elle, pas seulement à Saint-Nazaire, mais ici, sous son toit. Sans réfléchir, elle l'a installée au premier étage, dans sa chambre d'ado. Julia y a retrouvé ses meubles et ses bouquins. Depuis treize ans, ses parents n'ont touché à presque rien, comme s'ils avaient voulu garder sa présence auprès d'eux ou qu'ils n'avaient jamais accepté son départ. Julia caresse du bout des doigts ses étagères en bois, le grain du papier peint au-dessus de son lit. Sa gorge se noue. Elle se rend compte qu'il s'en est fallu de peu que tout ceci reste secret, que la douleur les suive tous les trois jusque dans leur tombe sans qu'ils aient une nouvelle occasion de se dire qu'ils s'aimaient. Elle non plus n'a pas cherché les mots de l'apaisement. Cette petite chambre d'ado muette et figée dans le temps lui ressemble, après tout.

Tandis que sa mère furète dans les placards de la cuisine, Julia s'est installée à la table de la salle à manger. Elle regarde les rayons du soleil de onze heures dessiner un rectangle de lumière sur la toile cirée. Elle pense à Franck qui s'est brûlé les ailes pour avoir voulu échapper à son destin. Elle n'en veut à personne. Le ressentiment et la culpabilité ne servent à rien. La seule chose qui compte, c'est de continuer de se parler pour ne laisser aucune prise à la rancœur et à la haine. Elle s'est éloignée, elle a fui ce lieu et enfoui ses souvenirs, elle est partie pour tirer un trait sur ce passé et recommencer à zéro, c'est vrai. Pourtant, elle sait qu'on ne peut jamais tout effacer, que des traces subsistent toujours, qui nous collent à l'âme comme des taches de naissance et qui, même si on les dissimule, demeurent gravées en nous jusqu'à la fin. Julia est restée à Saint-Nazaire à cause de ce lien brisé dont elle sait à présent qu'il est réparé.

Le bruit du couteau sur la planche à découper la sort de sa rêverie. Elle se lève et se rend dans la cuisine où sa mère s'affaire sur une pomme de terre, un tablier autour de la taille.

– Julia ? Qu'est-ce qui se passe ?

– Ce n'est rien, maman. Je suis heureuse d'être là, c'est tout, répond-elle en essuyant une larme sur sa joue.

Sa mère la serre entre ses bras.

– Moi aussi, Julia, je suis heureuse.

Christine tend à Julia un couteau, dont elle vérifie en passant le doigt sur la lame qu'il est bien aiguisé. Puis elle l'invite à s'asseoir à la petite table en stratifié. Il est bientôt midi et il y a un grand sac de haricots à écosser.

Un dernier mot

J'ai passé toute mon enfance et mon adolescence en Vendée, non loin de Saint-Nazaire et du pays de Retz où se déroule cette histoire. Les lieux, les paysages et les personnages de ce livre ont été l'occasion pour moi de puiser voluptueusement dans de nombreux souvenirs d'enfance encore très présents à mon esprit. Mais je dois aussi rendre hommage à *Laetitia*, l'excellent ouvrage d'Ivan Jablonka, qui m'a replongé sur ces terres et m'a inspiré l'envie d'y revenir pour planter le décor de ce roman.

Merci à ma femme et mes filles pour leur soutien indéfectible et inestimable au fil de l'écriture.

J'adresse un clin d'œil affectueux à tous les anonymes qui m'ont inspiré la construction des personnages de ce roman et qui s'y reconnaîtront peut-être.

Merci à Caroline, Lina et à toute l'équipe des Éditions Albin Michel pour leur accompagnement de la gestation et de la vie de ce roman.

Le dernier remerciement, il est pour toi chère lectrice, cher lecteur. Merci d'avoir fait ton chemin dans cette histoire et de l'avoir peuplée de tes propres chimères. J'espère qu'elle t'aura passionné, ému et peut-être un peu bousculé, qui sait. J'ai hâte de te revoir.

Le 20 janvier 2021

DU MÊME AUTEUR
CHEZ UN AUTRE ÉDITEUR

Terminus Beltz, Éditions Liana Levi, 2013. Points 2015.

Les salauds devront payer, Éditions Liana Levi, 2016. Livre de Poche, 2017.

Kisanga, Éditions Liana Levi, 2018. Livre de Poche, 2019.

Composition Nord Compo
Impression CPI Bussière en mars 2021
Éditions Albin Michel
22, rue Huyghens, 75014 Paris
www.albin-michel.fr

ISBN : 978-2-226-45910-7
N° d'édition : 24357/01 – N° d'impression : 2055761
Dépôt légal : avril 2021
Imprimé en France